ANDREAS
FRANKE

ENDSTATION ISCHIA

Hartingers italienischer Fall

Kriminalroman

RHOMBOS

Bibliografische Information der Deutschen Nationalbibliothek
Die Deutsche Nationalbibliothek verzeichnet diese Publikation in der Deutschen Nationalbibliografie; detaillierte bibliografische Daten sind im Internet über http://dnb.d-nb.de abrufbar

Umschlag und Satz: Rhombos-Verlag, Bernhard Reiser, Berlin

Foto auf Umschlagseite: *Castello Aragonese, Ischia Ponte,* fotografiert von Andreas Franke

RHOMBOS-VERLAG
Kurfürstenstr. 17
D-10785 Berlin
www.rhombos.de
verlag@rhombos.de
VK-Nr. 65 859

Druck: Dbusiness GmbH, Berlin
Printed in Germany

ISBN 978-3-941216-07-5

O che bel sole
di mezz'agosto!
Io son piena di vita,
e, tutta illanguidita
per arcano desio,
non so che bramo!

Oh welch herrliche Sonne
an diesem Festtag im August!
So voll Leben bin ich
und doch so ausgezehrt
von einem dunklen Verlangen,
ich weiß nicht, was ich herbeisehne!

Pagliacci, Ruggero Leoncavallo

1

Der Himmel über dem Golf von Neapel strahlte im herrlichsten Blau. Bis zum Vortag hatte eine selbst für Ende Juli ungewöhnliche Hitze und Schwüle geherrscht und die Millionenmetropole am Fuße des Vesuvs zum Schwitzen gebracht. Seit dem frühen Nachmittag hatte sich der Himmel mehr und mehr verdunkelt, die immer dicker und schwärzer werdenden Wolken schienen den ganzen Golf unter sich begraben zu wollen. Am Spätnachmittag entluden sich die Gewitterwolken dann genau über der Stadt, sintflutartiger Regen brach über Neapel herein. In Sturzbächen lief das Wasser die Straßen entlang und trieb die Neapolitaner in ihre Häuser. Nach fast zwei Stunden riss die Wolkendecke endlich auf, und während aus der Ferne immer wieder noch ein leichtes Donnergrollen zu hören war, begann die Abendsonne mit ihren rot leuchtenden Strahlen, die vor Nässe triefende Stadt wieder zu trocknen. Außer vereinzelten Pfützen war von dem Unwetter nun nichts mehr zu sehen. Das gewaltige Castel Nuovo mit seinen mächtigen, zinnenbekränzten Ecktürmen glänzte, von der Sonne angestrahlt, und wachte wie schon seit mehr als acht Jahrhunderten über das, was sich am angrenzenden Hafen abspielte.

Marco Spinelli stand an der Reling der *Quirino* und ließ seinen Blick über das hektische Treiben schweifen, das am *Molo Beverello* herrschte. Laut Fahrplan sollte seine Fähre schon längst in Richtung *Ischia* abgelegt haben, aber immer noch standen einige Autos vor der heruntergelassenen Heckklappe und warteten darauf, vom gewaltigen Rumpf der Fähre, wie von einem riesigen Walfischmaul verschluckt zu werden.

„Und in einer Stunde werden sie von dem Walfisch wieder ausgespuckt, genauso wie Jona, nur dass dieser ganze drei Tage im Walfisch verbringen musste" sinnierte Spinelli.

Zwei junge Rucksacktouristen eilten schwer bepackt von der gegenüberliegenden Bushaltestelle herüber und reihten sich in die lange Schlange der Wartenden an den Fahrkarten-Schaltern ein, während von dort immer wieder Passagiere gelaufen kamen und sich beeilten, noch rechtzeitig an Bord der Fähre zu kommen. Der Boden unter Spinellis Füßen erzitterte genauso wie die Reling, als die Schiffsmotoren laut polternd angeworfen wurden und deutlich vernehmbar ankündigten, dass die Abfahrt der Fähre nun unmittelbar bevorstand. Ein weißer, ziemlich schmutziger *Fiat* Kastenwagen und eine laut knatternde rote *Ape* waren die letzten Gefährte, die vom Fahrkartenkontrolleur auf die Fähre gewunken wurden. Auf der Ladefläche der dreirädrigen *Ape*, sozusagen der großen Schwester der *Vespa*, waren leere Obstkisten gestapelt. Kaum war sie im Schiffsrumpf verschwunden, spannten sich die dicken Eisenketten, an denen die Heckklappe befestigt war, immer mehr und ächzend und quietschend wurde die Klappe emporgehoben und Stück für Stück geschlossen.

„Wie oft bin ich hier schon so gestanden?" überlegte Spinelli, als seine Augen über die Mole, die Fahrkartenschalter und den angrenzenden Taxi-Warteplatz hinüber zum *Castel Nuovo* wanderten. „Bestimmt vierzig Mal" dachte er sich, während das Stampfen der Schiffsmotoren immer stärker wurde und an der Mole die dicken Taue, mit der die Fähre befestigt war, gelöst und an Bord geworfen wurden.

Spinellis Vater Antonio war in den Jahren der ersten großen Einwanderungswelle als Gastarbeiter nach Deutschland gegangen. Nach dem deutsch-italienischen Anwerbevertrag von 1955 war für die Anwerbung und Vermittlung der italienischen Arbeitskräfte zuerst in *Verona* und 1960 dann auch in Neapel die „Deutsche Kommission", eine Zweigstelle der Bundesanstalt für Arbeit, eingerichtet worden. Dort ließ Antonio die aufwendige Anwerbeprozedur über sich ergehen, musste unzählige behördliche Bescheinigungen besorgen, einen Strafregisterauszug vorlegen und sich eingehend medizinisch untersuchen lassen. Da er ein junger kräftiger Bursche von gerade einmal dreiundzwanzig Jahren war, der sich noch nie etwas zuschulden hatte kommen lassen, war es aber kein Problem, als Gastarbeiter akzeptiert zu werden. So verließ er Neapel, ausgestattet mit einer Fahrkarte für die Reise nach Deutschland und einem Merkblatt über Verhaltensregeln in der Bundesrepublik, kehrte für eine Woche zu seinen Eltern und seiner Verlobten Anna auf die Insel *Ischia* zurück und machte sich dann mit einem flauen Gefühl in der Magengegend auf die lange Fahrt ins ferne, unbekannte Deutschland. Während die meisten ankommenden Italiener am Münchner Hauptbahnhof in andere Züge umsteigen mussten und ins Ruhrgebiet weitergeschickt wurden, konnte Antonio in München bleiben, da ihm ein Arbeitsplatz in einer Maschinenfabrik im Münchner Norden zugewiesen wurde. Einmal pro Jahr trat er voller Sehnsucht die Reise in die Heimat an, heiratete 1963 auf *Ischia* seine Anna und nahm sie mit nach Deutschland. Dort kam eineinhalb Jahre später Marco zur Welt und so machte sich im Sommer 1965 zum ersten Mal eine kleine dreiköpfige Familie auf die jährliche Reise gen Süden.

Obwohl Marco in München geboren war, war jede Reise nach *Ischia* für ihn so etwas wie eine Heimkehr. Gerne erinnerte er sich daran, wie er jährlich dem Beginn der Sommerferien entgegenfieberte, bis er Ende Juli mit seinen Eltern in den Zug München-*Napoli* einsteigen durfte und die lange Fahrt endlich begann. Papa Antonio musste zwar schon nach drei Wochen die Rückreise antreten, er selbst kostete die Ferien aber jeweils fast bis zum letzten Tag aus und kehrte dann mit seiner Mutter ebenfalls nach München zurück in der Hoffnung, dass die Zeit bis zum nächsten Juli möglichst schnell vergehen würde.

Die *Quirino* nahm allmählich Fahrt auf, und während beim Blick zurück die Mole und der Hafen kleiner und kleiner wurden, war immer mehr von dem riesigen Moloch Neapel mit dem Vesuv im Hintergrund zu sehen. Bald darauf waren linker Hand auch bereits die Halbinsel von Sorrent und die Insel *Capri* deutlich zu erkennen. Spinelli hatte inzwischen auf einer der Holzbänke am Heck der Fähre Platz genommen, saß zurückgelehnt mit geschlossenen Augen da, ließ sich die warme Sonne aufs Gesicht scheinen und genoss die frische salzige Meeresluft, die ihm der Fahrtwind entgegen blies. An diesem Tag war das Meer im ganzen Golf sehr ruhig. Nicht nur einmal hatte er es schon erlebt, dass es so stürmisch war, dass die Fähre vom aufgewühlten Wasser hin und her geworfen wurde und der Urlaub für einige Touristen, die ziemlich blass im Gesicht über die Reling gebeugt dastanden, mit einer unliebsamen Überraschung begann. So war es auch vier Jahre zuvor gewesen, als er seine Eltern nach *Ischia* begleitete. Papa Antonio hatte wenige Wochen vorher seinen fünfundsechzigsten Geburtstag gefeiert und weil er und seine Anna in Deutschland nie richtig heimisch geworden waren, stand außer Frage, dass sie so schnell wie möglich in ihre Heimat zurückkehren würden, sobald Antonio das Pensionsalter erreicht hatte und seinen Arbeitsplatz in München aufgeben konnte. Leider war es Antonio nicht vergönnt gewesen, seinen wohlverdienten Ruhestand lange zu genießen, denn nur ein knappes Jahr später war er plötzlich an einem Herzinfarkt gestorben.

„Mir soll es nicht genauso ergehen" hatte sich Marco damals geschworen. „Ich werde nicht erst als Rentner Deutschland den Rücken kehren."

Auch seine Mutter freute sich darüber, dass er so bald wie möglich nach *Ischia* nachkommen wollte, und bestärkte ihn in seinem Vorhaben. In letzter Zeit hatte er einiges an Geld auf die Seite legen können, so war er seinem großen Traum von einer eigenen *Pizzeria* auf *Ischia* schon ein ordentliches Stück näher gekommen. Seinen diesjährigen Urlaub wollte er auch dazu nutzen, auszuloten, wo sich für ihn eventuell die Möglichkeit ergeben könnte, in absehbarer Zeit eine bestehende *Pizzeria* vom alten Besitzer zu übernehmen oder wo er vielleicht auf eigene Faust ein ganz neues Lokal eröffnen könnte. Zuerst wollte er aber erst einmal ein paar Tage richtig ausspannen und vor allem das Sankt-Anna-Fest kräftig mitfeiern. Es ist eines der größten Feste der Insel, das jedes Jahr am 26. Juli, dem Festtag der heiligen Anna, der Schutzpatronin von *Ischia Ponte*, gefeiert wird.

In den vergangenen Jahren war es ihm immer gelungen, seinen Urlaub so zu legen, dass er kurz vor dem Fest anreisen konnte.

Inzwischen legte die Fähre zu einem kurzen Zwischenstopp in *Procida*, der kleinen Schwesterinsel von *Ischia* und *Capri* an, wo aber nur wenige Fahrgäste aus- und einstiegen. Trotz der Nähe zu den berühmten Schwestern hatte man auf *Procida* erfolgreich verhindert, dass in den vergangenen Jahrzehnten der Massentourismus über die Insel hereingebrochen war. Außer ein paar kleineren Hotels gab es nur einige Privatunterkünfte, im Grunde war *Procida* eine ruhige, malerische Fischerinsel geblieben, die meist nur von wenigen Tagestouristen besucht wurde. Im Hafen *Sancio Cattolico* spiegelten sich die Fassaden der kleinen, pastellfarbenen Fischerhäuschen im blauen Meer und es schien, als wäre hier die Zeit in den letzten Jahrzehnten stehen geblieben.

Die rote *Ape*, die in Neapel als letztes Fahrzeug auf die Fähre gefahren war, knatterte nun lärmend von Bord und ließ Spinelli, der ein wenig eingenickt war, hochschrecken. Um ihn herum hatten mittlerweile einige Touristen einen Platz im Freien aufgesucht und waren jetzt lautstark damit beschäftigt, sich über den malerischen Anblick des Hafens zu freuen und mit ihren Digitalkameras ein paar Bilder davon einzufangen. Spinelli nahm seinen Koffer und seine Reisetasche und schlenderte, den Koffer hinter sich herziehend, an der Reling entlang in Richtung Bug. Sobald die Fähre in *Procida* wieder abgelegt und den Küstenbereich der Insel verlassen hatte, war endlich der *Monte Epomeo*, ein längst erloschener Vulkan und die höchste Erhebung auf *Ischia*, zu sehen. Gerade die letzte kurze Etappe seiner langen Reise war für Spinelli immer ein besonderer Genuss, wenn sein Ziel, die Insel seiner geliebten Eltern, schnell Stück für Stück näher rückte, immer mehr Einzelheiten zu erkennen waren und die Fähre endlich im Hafen von *Ischia Porto* einlief.

2

„Klinik Seeblick, Sie sprechen mit Schwester Monika, was kann ich für Sie tun?"

„Hallo, hier ist Schmidt" meldete er sich mit falschem Namen. „Ich hätte gerne Herrn Professor Fischer gesprochen."

„Einen Moment bitte, ich sehe einmal nach, ob der Herr Professor von der Visite schon zurück ist."

In der Leitung knackte es und sofort wurde er von Mozarts Kleiner Nachtmusik berieselt. Nach einer Weile fing Jürgen Specht an, die Melodie mitzusummen. Er saß in seinem kleinen Büro in der Rosenheimer Innenstadt und konnte vom Fenster aus die Fußgängerzone überblicken. Obwohl es bereits später Vormittag war, war er gerade erst in sein Büro gekommen. Nachdem er an den vorangegangenen Abenden jeweils lange unterwegs gewesen war, hatte er sich heute ein bisschen mehr Zeit im Bett gegönnt, hatte geduscht und sich ohne Frühstück auf den Weg in sein Büro gemacht. Am Rande der Fußgängerzone genoss er in einer kleinen Bäckerei einen starken Kaffee und eine Butterbreze, hatte sich noch eine zweite einpacken lassen und mitgenommen. Sein Büro bestand nur aus einem einzelnen Raum mit einem kleinen Vorraum und einem winzigen Badezimmer. Eine Wand wurde vollständig von einem Bücherregal eingenommen, in dem sich teils in Ordnern, teils in losen Blättern verschiedene Akten und Fotos stapelten. Gegenüber, auf seinem etwas wackeligen kleinen Schreibtisch, war nicht viel mehr Platz als für seinen Laptop, eine Lampe und mehrere leere Kaffeebecher. Der einzige Luxus war der drehbare und sehr bequeme Ledersessel, auf dem er sich jetzt gelangweilt hin und her drehte, während das Band mit der Kleinen Nachtmusik gerade zum zweiten Mal von vorne begann. Da er als Privatdetektiv ohnehin die meiste Zeit auf Achse war, reichte ihm sein kleines Büro vollkommen aus. Außerdem hatte er schon Zeiten erlebt, in denen er nicht unbedingt viele Aufträge an Land ziehen konnte, da war es von Vorteil, wenn er seine laufenden Kosten sehr niedrig halten konnte.

Plötzlich knackte es wieder in der Leitung und erneut war Schwester Monika am Apparat:

„Sie haben Glück, der Herr Professor ist gerade in sein Zimmer zurückgekommen, einen Moment, ich verbinde Sie."

„Ja, Fischer" meldete sich der Professor mit seiner tiefen, sonoren Stimme.

„Ich bin es" antwortete Specht. „Ich habe jetzt so ziemlich alle Infos, die Sie haben wollten."

Es war förmlich durchs Telefon zu spüren, wie die Anspannung am anderen Ende der Leitung stieg.

„Dann lassen Sie einmal hören, was Sie herausgefunden haben."

„Also, er ist Italiener, heißt Marco Spinelli und ist einundvierzig Jahre alt. Er wohnt seit zwei Jahren hier in Rosenheim und arbeitet seitdem als *Pizza*-Bäcker in der *Pizzeria Da Silvio*. Vorher hat er in München gearbeitet, wo er auch geboren ist, er ist ein Gastarbeiter in zweiter Generation. Seine Eltern sind vor ein paar Jahren von München zurück auf die Insel *Ischia* im Golf von Neapel gegangen, sein Vater ist aber mittlerweile tot. Neben seinem Job als *Pizza*-Bäcker scheint er nicht viele Hobbys zu haben. Ab und zu geht er am späten Vormittag in ein Fitness-Studio, abgesehen von einer Pause am Nachmittag ist er von halb zwölf mittags bis elf Uhr abends in der *Pizzeria*. Außerdem ist er anscheinend Single, ich habe ihn jetzt mehr als eine Woche beobachtet, zusammen mit einer Frau habe ich ihn die ganze Zeit nicht gesehen. Seine Pause hat er meistens allein verbracht, nur zweimal war er mit einem anderen Italiener, der in seiner *Pizzeria* als Kellner arbeitet, in der Innenstadt unterwegs. Gestern Abend ist er, beladen mit Koffer und Reisetasche, in den Nachtzug nach Neapel gestiegen, er verbringt jedes Jahr seinen Urlaub auf *Ischia*. Obwohl er mit dem Flieger viel schneller in Neapel wäre, muss er immer mit dem Zug fahren, weil er Flugangst hat. In drei Wochen kommt er wieder zurück."

„Haben Sie irgendeine Verbindung zu meiner Klinik feststellen können?" fragte der Professor nach einer kurzen Pause und aus seinem Tonfall konnte man heraushören, dass er trotz der vielen Informationen, die er über diesen Italiener erhalten hatte, nicht vollständig zufrieden war.

„Nein, leider nicht, seit ich mich vor über einer Woche am Chiemsee an seine Fersen geheftet habe, hat er sich die ganze Zeit in Rosenheim aufgehalten und sich auch mit niemandem getroffen, bei dem man irgendeinen Bezug zu Ihrer Klinik vermuten könnte. Seine genaue Adresse und ein paar Fotos von ihm schicke ich Ihnen übrigens gleich per E-Mail. Kann ich sonst noch etwas für Sie tun?"

„Nein, im Moment nicht" entgegnete ihm der Professor. „Alles Weitere werde ich nun selbst in die Hand nehmen. Wenn ich noch etwas brauche, dann melde ich mich bei Ihnen."

„Okay, dann werde ich die Mail gleich abschicken."

„Ja, vielen Dank. Hat mein Vorschuss ausgereicht oder hatten Sie noch größere Auslagen?"

„Nein, nein, der Vorschuss hat für diese zehn Tage ausgereicht, auch wenn ich in der vergangenen Woche so viel *Pizza* wie schon lange nicht mehr essen musste."

Der Professor war aber offensichtlich nicht zu Scherzen aufgelegt, denn über Spechts letzte Bemerkung ging er ohne Kommentar hinweg, verabschiedete sich kurz und legte auf.

Während Specht sich daran machte, die avisierte Mail mit den Fotos, die er im Laufe der vergangenen zehn Tage geschossen hatte, sofort abzuschicken, stand Professor Fischer auf, öffnete das Fenster und atmete zwei-, dreimal tief durch. Draußen, im Garten der Klinik, der bis ans Ufer des Chiemsees reichte, gingen einige Patienten spazieren, bevor es in der herrlichen Juli-Sonne bereits gegen Mittag zu heiß dafür wurde und man sich am besten nur noch im Schatten aufhielt. Der Garten war von der Straße und dem Parkplatz der Klinik her nicht einsehbar, was besonders die in der Öffentlichkeit stehenden Patienten zu schätzen wussten. Der Professor war besonders in der Promi-Szene einer der gefragtesten Schönheitschirurgen und wer sich bei ihm unters Messer legte, war natürlich darauf bedacht, sich nach der Operation ungestört und vor allem unbeobachtet erholen zu können. Zwei Paparazzi hatten es zwar einmal gewagt, sich über den See in einem Ruderboot dem Garten zu nähern, allerdings wurden sie rechtzeitig bemerkt und das Objekt ihrer Begierde, eine berühmte Münchner Schauspielerin, konnte sich noch rechtzeitig ins Innere der Klinik retten, bevor die beiden Sensationsjournalisten sie aus der Nähe ablichten konnten.

Während der Professor den Spaziergängern nachsah, ging er in Gedanken noch einmal die Details durch, die ihm Specht gerade erzählt hatte.

„Ich muss etwas unternehmen und ich werde etwas unternehmen" sagte er mit geballter Faust energisch zu sich selbst, schloss das Fenster, drehte sich um und ging zu seinem Schreibtisch zurück, um den PC einzuschalten.

„Dann werden wir uns diesen Burschen einmal genauer ansehen."

3

Am Morgen des 26. Juli war Marco Spinelli schon zeitig auf den Beinen. Seine Mutter schlief noch, als er sich aus der Wohnung schlich und in Richtung *Via Luigi Mazzella,* der Hauptstraße von *Ischia Ponte,* aufmachte. In der *Bar dei Pescatori* genoss er wie jeden Tag einen starken und heißen Kaffee, aß ein mit Schokolade gefülltes *Cornetto* und überflog nebenbei auf der Titelseite der rosafarbigen *Gazetta dello Sport* die Schlagzeilen über die neuesten Millionentransfers in der *Seria A,* der obersten italienischen Fußballliga. Sonst las er die täglich erscheinende Pflichtlektüre der italienischen *Tifosi* gerne ausführlich von vorne bis hinten, aber heute fehlte ihm dazu die Zeit.

Nach seinem Frühstück verließ er die Bar und ging die Straße entlang in Richtung *Castello Aragonese.* Am Ende der *Via Luigi Mazzella,* auf der kleinen *Piazza,* waren ein paar Marktstände aufgebaut, an denen fangfrischer Fisch, Obst und Gemüse sowie frische Blumen angeboten wurden.

Auf der gegenüberliegenden Seite der *Piazza* beginnt der etwa zweihundert Meter lange *Ponte Aragonese,* der eher ein Damm als eine Brücke ist, dem Ort seinen Namen gab und ihn mit einem gewaltigen, der Insel vorgelagerten vulkanischen Felsen mit dem Wahrzeichen der Insel, dem *Castello Aragonese,* verbindet. Auf dem Felsen war bereits im fünften Jahrhundert vor Christus erstmals eine Festung errichtet worden. Fast zweitausend Jahre später war es dann ein König von Neapel, *Alfonso I. d'Aragona,* der sich auf den Überresten der alten Festungsanlage ein Schloss errichten und gleichzeitig den Felsen durch den Damm mit der Insel verbinden ließ. Im Laufe der Jahrhunderte war die Festung oft Zufluchtsort für bis zu zweitausend Familien gewesen, die auf der Insel wohnten und sich vor Übergriffen spanischer oder französischer Eroberer zu retten versuchten. Zuletzt waren es 1809 die Engländer gewesen, die mit ihren Kanonen die Festung beschossen und ihr großen Schaden zugefügt hatten. Nachdem die Festungsinsel dann auch noch mehrere Jahrzehnte als Gefängnis gedient hatte, war sie mittlerweile schon seit vielen Jahren in Privatbesitz.

Nun, so früh am Morgen, war der *Ponte* noch menschenleer, aber es würde nicht lange dauern, bis ihn die Touristen auf ihrem Weg zum *Castello* wie jeden Tag bevölkern und sich ein paar Hobbyfischer mit ihren Angelruten einen günstigen Platz zum Fischen suchen würden. An diesem Tag würden dann gegen Abend auch noch unzählige Einheimische dazukommen, denn die Feiern des Sankt-Anna-Festes spielten sich hauptsächlich in der Lagune zwischen dem Festungsfelsen und dem Ort ab und von dem *Ponte* war eine hervorragende Sicht auf das alljährliche Spektakel garantiert.

An einem der Marktstände kaufte Spinelli einen großen, bunten und herrlich duftenden Blumenstrauß und machte sich auf den Heimweg. Als er die Wohnung seiner Mutter fast erreicht hatte, lief ihm Luigi Rasoni über den Weg. Er war etwa so alt wie Marco und obwohl sie sich seit ihrer Kindheit kannten, hatten sie nie einen Draht zueinander gefunden. Im Gegenteil, von Anfang an war es Luigi missfallen, dass Marco jedes Jahr nach *Ischia* kam, sich mit den anderen Jungs aus dem kleinen Ort so gut verstand und immer spannende und interessante Geschichten aus dem fernen Deutschland erzählen konnte. Luigi sah in ihm stets einen Eindringling und ließ ihn deutlich spüren, dass er ihn nicht als *Ischitano* ansah. In späteren Jahren hatte sich ihre gegenseitige Abneigung mehr und mehr hochgeschaukelt, so manche Auseinandersetzung wurde zu einer handfesten Rauferei und endete mit blutigen Nasen, blauen Augen oder aufgeplatzten Lippen. Eskaliert war die Situation dann, als beide achtzehn waren und Marco in den Sommerferien, kaum in *Ischia* angekommen, Giulia kennenlernte, sich mit ihr anfreundete und sich in sie verliebte. Luigi hatte schon länger ein Auge auf Giulia geworfen, war aber bei ihr immer abgeblitzt und dass nun der Deutsche, wie er Marco meistens abfällig bezeichnete, sie so schnell erobert hatte, schürte seinen Hass auf ihn nur noch mehr.

Gegen Ende seines Urlaubs war Marco mit Giulia an einem Spätnachmittag in der Lagune zwischen dem *Castello* und dem Ort aufs Meer hinausgerudert und beide hatten nicht bemerkt, dass sie von Luigi die ganze Zeit beobachtet wurden. Als sie bereits ein ganzes Stück vom Strand entfernt waren, war Luigi in das kleine Motorboot seines Vaters gestiegen, hatte sich ihnen mit Vollgas genähert und ihr Ruderboot der Länge nach so gerammt, dass beide im Wasser gelandet waren. Marco hatte einige Mühe gehabt, wieder in das schaukelnde Boot zu klettern und die strampelnde, mit den Armen wild um sich schlagende und um Hilfe schreiende Giulia aus dem Wasser zu ziehen. Der romantische Bootsausflug war damit abrupt beendet und zu allem Überfluss hatte ihm Giulia dann auch noch beigebracht, dass sie die gemeinsam verbrachte Ferienzeit zwar wunderschön gefunden hatte, sich aber eine längere Beziehung mit ihm nicht vorstellen konnte. So saß Marco in doppelter Hinsicht wie ein begossener Pudel im Ruderboot, als sie den Strand wieder erreichten. Am Abend vor seiner Abreise revanchierte sich Marco dafür, in dem er bei Luigis nagelneuer *Vespa* die Reifen zerstach, und zwar so gründlich, dass sie in keinem Fall mehr zu flicken waren.

Als sie sich nun auf der Straße begegneten, warf ihm Luigi einen mehr als verächtlichen Blick zu, gerade so als wollte er damit sagen „was willst du denn schon wieder hier?"

Marco ging zunächst wortlos an ihm vorbei, konnte es sich dann aber nicht verkneifen, sich umzudrehen und ihm nachzurufen:

„Übrigens mache ich demnächst hier meine eigene *Pizzeria* auf."

Damit lehnte er sich ziemlich weit aus dem Fenster, denn seine Pläne dazu waren noch längst nicht spruchreif. Aber dieser eine Satz verfehlte seine Wirkung nicht, es war deutlich zu sehen, wie Luigi zusammenzuckte und als auch er sich umdrehte, sprach aus seinen Augen blanker Hass.

„Freu dich nur nicht zu früh! Wie du weißt, sitzt mein Vater im Gemeinderat, der einer Neueröffnung erst einmal zustimmen müsste und außerdem gibt es auch noch andere Mittel und Wege um zu verhindern, dass sich so ein Dahergelaufener wie du hier eine goldene Nase verdienen kann."

Diese Drohung traf auch ihr Ziel, denn Marco waren zwar schon viele Ideen für seine *Pizzeria* durch den Kopf gegangen, über den ganzen administrativen Aufwand, der mit so einer Neueröffnung auch in Italien nun einmal zusammenhing, hatte er sich noch überhaupt keine Gedanken gemacht. Ohne auf Luigis Drohung einzugehen, wandte er sich ab, denn eine Erwiderung seinerseits hätte nur zu einer lautstarken Diskussion geführt, die womöglich auch wieder mit Handgreiflichkeiten geendet hätte. So verkniff er sich die bissige Antwort, die ihm auf der Zunge lag, und setzte seinen Weg fort.

Marcos Mutter war gerade dabei, in der Küche aufzuräumen, als er nach Hause kam.

„*Auguri*, Mama. Alles Gute zu deinem Namenstag."

Er nahm sie in den Arm und drückte ihr den großen Blumenstrauß in die Hand.

„So schöne Blumen" freute sie sich. „Aber du sollst mir doch nicht immer so teure Geschenke machen. Vielen Dank."

„Ach, das ist doch nur eine Kleinigkeit und ich weiß doch, wie gerne du frische Blumen hast."

Trotz ihrer Freude über die Blumen meinte Marco, auch etwas Sorgenvolles in ihrem Blick zu erahnen und wurde sogleich bestätigt.

„Kurz bevor du gekommen bist, habe ich Luigi hier vorbeigehen sehen. Seid ihr euch begegnet?"

„Ja, leider. Er hat mir gedroht, mich daran zu hindern, meine *Pizzeria* zu eröffnen."

„Aber woher weiß er denn davon?"

„Ich habe mich leider verplappert" gestand Marco. „Allein wie er mich schon wieder angesehen hat, als wir uns über den Weg gelaufen sind, hat schon ausgereicht, mich zu provozieren. Und da ist mir das mit der *Pizzeria* einfach so rausgerutscht. Wenigstens hab ich ihm damit einen gehörigen Schrecken eingejagt."

„Trotzdem wäre es besser gewesen, wenn er nicht schon jetzt von deinen Plänen erfahren hätte. Du weißt doch, dass er immer darauf aus ist, dir eins auszuwischen."

„Ja, ich weiß, aber es ist nun einmal passiert und ich kann es nicht mehr ändern. Aber von so einem wie ihm lasse ich mir diesen schönen Tag nicht verderben. Ich freue mich so darauf, alle meine Freunde gleich unten am Strand zu treffen, die ersten haben bestimmt schon angefangen, die Flöße für heute Abend herzurichten."

Als er sich wenige Minuten später auf den Weg Richtung Strand machte, rief ihm seine Mutter besorgt hinterher, er solle sich möglichst von Luigi fernhalten.

An der *Spiaggia dei Pescatori*, dem Strand der Fischer, der gleich hinter der *Cattedrale* und den Fischerhäusern von *Ischia Ponte* beginnt, sich ein ganzes Stück Richtung *Ischia Porto* hinzieht und von dem aus man in entgegengesetzter Richtung immer das *Castello Aragonese* im Blick hat, wurde schon fleißig gehämmert und gesägt, als Marco dort eintraf. Roberto, Pasquale und Emilio, drei seiner Freunde, die er an den beiden Tagen seit seiner Ankunft noch nicht gesehen hatte, ließen sogleich ihr Werkzeug fallen, als sie Marco kommen sahen und umarmten ihn zur Begrüßung freudig. Nachdem sie sich kurz die wichtigsten Neuigkeiten und Ereignisse seit Marcos letztem *Ischia*-Urlaub erzählt hatten, machten sie sich gemeinsam wieder an die Festvorbereitungen.

Wie in jedem Jahr wurden zum Sankt-Anna-Fest an der *Spiaggia dei Pescatori* mehrere Flöße zusammengebaut, auf denen aus Pappmaschee die wichtigsten Gebäude von *Ischia Ponte* nachgebaut wurden. Wenn die Flöße fertig waren, kam die schwierige Aufgabe, sie vom Strand ins Wasser zu bringen. Zum Glück war das Meer an diesem Tag sehr ruhig. In manchen Jahren hatten hohe Wellen die Aktion zeitweise fast unmöglich gemacht, dann galt es, den günstigsten Moment abzupassen, damit die Flöße unbeschadet ins Wasser gelangten. An Tagen, an denen sich kaum Wellen am Strand brachen, war es wesentlich einfacher und jeder

der konnte schob mit, zog mit, drückte mit, um ein Floß nach dem anderen über den Sand ins Wasser zu befördern. Im Wasser wurden die Flöße dann mit Tauen an die Fischerboote angehängt und vorsichtig in Richtung *Castello* gezogen. Eine weitere schwierige Aufgabe war es, mit diesen Gespannen den Festungsfelsen zu umschiffen, denn dort herrschen tückische Strömungen, die schon so manchem ungeübten Bootsfahrer beinahe zum Verhängnis geworden waren. Wenn dann auch diese Schwierigkeit gemeistert war und alle Flöße nebeneinander in der Lagune zwischen dem *Castello* und der Stadt auf dem Wasser trieben, dann gab es für einen Tag zweimal das Städtchen *Ischia Ponte* – einmal auf dem festen Boden der Insel und einmal auf dem Meer davor.

Marco hatte diesmal zusammen mit Roberto, Pasquale und Emilio an dem Floß mitgearbeitet, auf dem die *Cattedrale* von *Ischia Ponte*, wie immer mit echten Glocken, nachgebaut wurde. Die Kirchenglocken dienten am Abend dazu, den Beginn des Schauspiels einzuläuten. Marco war nicht entgangen, dass Luigi, der an einem der anderen Flöße mitarbeitete, immer wieder misstrauisch zu ihm herübersah, während er selbst zusammen mit seinen Freunden lachend und scherzend die *Cattedrale* fertigstellte. Nachdem sie ihr Floß unbeschadet aufs Wasser geschoben und gezogen hatten, war ihr Part erledigt, denn an dem Transport der Flöße zur Lagune waren sie nicht mehr beteiligt, das übernahmen die Fischer. So konnten sich die vier Freunde ein Gläschen *Vino rosso* in der Strandbar am Rande der *Spiaggia dei Pescatori* genehmigen. Pasquale war auch *Pizza*-Bäcker und wusste wie Roberto und Emilio von Marcos Plänen, sich selbstständig zu machen. Insgeheim hoffte er, sich vielleicht beteiligen zu können, wenn Marco wirklich seine eigene *Pizzeria* eröffnen sollte, auch wenn er noch keine Idee hatte, wie er das notwendige Kapital dazu aufbringen sollte. Die ausgelassene Stimmung an diesem herrlichen Sommertag war ihm willkommen, um einen ersten Vorstoß zu wagen und Marco zum ersten Mal von seiner Idee zu erzählen. Dessen Reaktion fiel für Pasquale unerwartet aus, unerwartet heftig sogar. Marco fiel aus allen Wolken, dass sich jemand in sein Vorhaben und seine Pläne einmischen wollte. Von einem Moment auf den anderen herrschte eine angespannte Atmosphäre, da Marco Pasquale lautstark und sehr eindeutig klar machte, dass er sich diese Hirngespinste aus dem Kopf schlagen sollte. Roberto und Emilio, die beim ersten Wortwechsel ziemlich erstaunt abwechselnd Marco und Pasquale anstarrten, schlugen sich in der anschließenden heftigen Debatte schnell auf die Seite von Pasquale, weil sie nicht nur Marcos Reaktion für übertrieben hielten, sondern auch wussten, dass es gar nicht so einfach war, sich auf *Ischia* eine eigene Existenz aufzubauen.

„Du solltest froh und dankbar sein, dass dir Pasquale helfen will, deinen Traum in die Tat umzusetzen" war der vorwurfsvolle Tenor von Roberto und Emilio, die bemüht waren, die plötzliche aggressive Stimmung wieder zu beruhigen.

Aber Marco blieb stur. Als Einzelkind, noch dazu als Kind einer Gastarbeiter-Familie, war er es von klein auf gewohnt gewesen, immer auf sich allein gestellt zu sein und sich alleine durchzubeißen. Freilich, immer wieder hatte es in seinem Leben Situationen gegeben, in denen er hinterher selbst eingesehen hatte, dass es vernünftiger gewesen wäre, den Rat oder die Hilfe von Freunden, Lehrern oder Arbeitskollegen anzunehmen. Wirklich gelernt daraus hatte er allerdings nicht. Deshalb war er bei seinen *Pizzeria*-Plänen auch überhaupt nicht auf die Idee gekommen, einen eventuellen Geschäftspartner oder Teilhaber in seine Planungen mit einzubeziehen. Durch die an sich nachvollziehbaren und sinnvollen Vorschläge seiner drei Freunde fühlte er sich immer mehr in die Enge getrieben, denn allmählich gingen ihm die eigenen, schlüssigen Argumente aus.

„Wenn ich mein eigenes Lokal aufmache, dann werde ich das allein tun. *Basta*" sagte er trotzig, legte drei Euro für den Wein auf den Tisch, stand auf und ging.

„Du bist und bleibst ein Sturkopf" rief ihm Pasquale nach. „Du wirst schon sehen, dass du mit deinem Starrsinn nicht weit kommen wirst!"

Die Stunden bis zum Spätnachmittag verbrachte Marco zuhause. Der Festtag, auf den er sich so lange schon gefreut hatte, war bisher ziemlich unerfreulich verlaufen und er war sich nicht im Klaren darüber, über wen er sich nun am meisten ärgern sollte, über Luigi, über Pasquale oder über sich selbst. Er lag in seinem Zimmer auf dem Bett und starrte an die Decke, an der ebenso wie an den weiß gestrichenen Wänden die Spuren von so manchem nächtlichen Kampf mit den lästigen Mücken zu sehen waren. Letztlich war Marco, bewaffnet mit einem nassen Handtuch, einem Schuh oder schließlich mit einem Insektenspray immer wieder als Sieger hervorgegangen, die kleinen Blutspritzer und Mückenreste waren stumme Zeugen dafür. Wie die Kämpfe aber, die er heute völlig unerwartet begonnen hatte, ausgehen würden, das stand auf einem ganz anderen Blatt.

Im Nachdenken über den Ärger der vorangegangenen Stunden war er eingeschlafen und wurde erst wieder wach, als gegen halb sechs seine Mutter an die Zimmertür klopfte. Es war Zeit, sich auf den Weg zu machen. Oberhalb der Bucht, an der die *Scogli di Sant'Anna* aus dem Meer ragen, wurde, mit dem *Castello* im Hintergrund, unter freiem Himmel zu Ehren der Heiligen Mutter Anna ein Festgottesdienst gefeiert, bei dem man natürlich als Bewohner von *Ischia Ponte* nicht fehlen durfte. Nach getaner Buße dankte man für das abgelaufene Jahr und betete für ein weiteres gutes Jahr. Die Fischer hofften darauf, immer genügend Fische zu fangen, damit der eigene Lebensunterhalt gesichert war. Die Hotel- oder *Ristorante*-Besitzer baten um schönes Wetter, damit die Touristen zahlreich kommen, die Hotelbetten möglichst lange belegen und es sich mit den Köstlichkeiten der ischitanischen Küche lange gut gehen lassen würden.

Nach dem Gottesdienst verlagerte sich das Geschehen hin zur Lagune zwischen dem *Castello* und der Stadt. Das traditionelle Fest der Ischitaner war mit der Zunahme der Urlauberströme nach *Ischia* immer mehr zu einer Touristenattraktion geworden, dreißigtausend Zuschauer und mehr waren keine Seltenheit. Nach und nach füllten sich der *Ponte*, die Kaimauern und die angrenzenden Straßen und Plätze mit Menschen, jeder war darauf aus, sich einen besonders guten Platz zu sichern. Viele Touristen ließen es sich auch Einiges kosten, Boote anzumieten, um dem Spektakel auf dem Wasser möglichst nahe zu sein. Das Läuten der Kirchenglocken der nachgebauten *Cattedrale* sorgte dafür, dass das lautstarke Stimmengewirr etwas nachließ und alle gespannt darauf waren, was sich nun auf dem Meer abspielen würde. Nacheinander wurden die einzelnen Flöße an den Zuschauern vorbeigezogen, erzählt wurde so die wechselvolle Geschichte *Ischias*.

Nicht nur die Häuser von *Ischia Ponte* waren auf den Flößen nachgebaut, mehrere Flöße waren mit riesigen Segeln bestückt, sie sollten die Schiffe der spanischen und französischen Eroberer darstellen, deren Raubzüge und Belagerungen viele Jahrhunderte lang die größte Gefahr für die Ischitaner darstellten. Wirklichen Schutz für Leib und Leben hatte später erst das *Castello* geboten, das selbst aber oft nur knapp der Brandschatzung entgangen war. Daran wurde mit einer effektvolle Beleuchtung erinnert. Als es dunkel genug war, wurden auf dem Festungsfelsen Tausende Kerzen, Lampen und Fackeln entzündet, die den gesamten Felsen in einem roten, glühenden Licht leuchten ließen.

Das Haus von Pasquales Eltern war nahe dem *Ponte*, von dort aus hatte man einen herrlichen Blick über die gesamte Lagune. Marco hatte sich mit seinen Freunden bisher immer dort getroffen und von den offenen Fenstern aus den größten Teil der Feiern angeschaut und war dann erst zum Feuerwerk, das traditionell den Abschluss des Festtages bildete, auf die Straße hinausgegangen. Wegen des Streits nach dem Floßbau hatte er diesmal allerdings keine Lust dazu, den Abend mit den anderen zu verbringen. Als nun die Kirchenglocken zu Beginn des Festes läuteten, hatte er sich längst einen Sitzplatz auf der steinernen Begrenzungsmauer des *Ponte* gesichert. Eher gelangweilt verfolgte Marco an diesem Tag, wie ein Floß nach dem anderen an der Menge vorbeigezogen wurde. Um ihn herum waren hauptsächlich deutsche Touristen, die jedes Floß lautstark kommentieren mussten und pausenlos fotografierten. Obwohl er ein ganzes Stück von dem Haus entfernt war, von dem aus Pasquale, Roberto und Emilio das Spektakel gewöhnlich verfolgten, und ihm auch Luigi, seit sie mit dem Floßbau fertig waren, nicht mehr über den Weg gelaufen war, hatte er die ganze Zeit das Gefühl, dass er beobachtet wurde, konnte aber in seiner näheren Umgebung niemanden entdecken, den er kannte.

Ein dreifacher Kanonenschlag kündigte den Beginn des Feuerwerks an und schon sah man dünne Feuerschweife in den nächtlichen Himmel aufsteigen, die über der johlenden Menge in grünen, roten, silbernen und goldenen Lichtern hell leuchtend zerplatzten. Marco war von seinem Sitzplatz aufgestanden und hatte den Kopf etwas in den Nacken gelegt, um das prächtige Feuerwerk bequemer ansehen zu können.

Dann ging alles ganz schnell. Als fast direkt über ihm ein dreifacher silbern glänzender Fontänenregen niederging und die Zuschauer um ihn herum hell beleuchtete, sah er plötzlich völlig überrascht in ein bekanntes Gesicht und wurde von einem Stoß an die Brust so unvorbereitet getroffen, dass er das Gleichgewicht verlor und rückwärts zu Boden fiel. Auf dem warmen Steinboden des *Ponte* fand er sich mehr sitzend als liegend wieder. Von den umstehenden Touristen hatte anscheinend keiner etwas von dem Zwischenfall bemerkt, denn niemand drehte sich zu ihm um, um zu sehen, was geschehen war oder um ihm die Hand entgegenzustrecken und ihm aufzuhelfen. Alle starrten wie gebannt nach oben, um sich keine Feuerwerksrakete entgehen zu lassen. Relativ schnell war Marco von selbst wieder auf den Beinen und suchte mit den Augen die Menge um ihn herum ab, sah aber nur die Touristen, die schon während der gesamten Feierlichkeiten nahe bei ihm gestanden oder gesessen waren. Er klopfte sich den Staub von seinem Hosenboden und wollte sich wieder dem Feuerwerk zuwenden, als ihm plötzlich etwas schwindelig wurde und er ganz weiche Knie bekam. Der Platz, auf dem er den ganzen Abend gesessen hatte, war immer noch frei, er machte einen Schritt nach vorne und ließ sich wieder auf der Begrenzungsmauer des *Ponte* nieder. Das hauptsächlich deutsche Sprachgewirr um ihn herum hörte sich mit einem Mal seltsam verzerrt an und schien aus immer größerer Entfernung an seine Ohren zu dringen. Im Gegensatz dazu war es ihm, als würden die Lichter der Feuerwerksraketen näher und näher kommen, er meinte, direkt im Funkenregen zu sitzen. Das Letzte, was er wahrnahm, war eine grün-weiß-rote Kombination von Raketen und der anschließende Donnerschlag als Zeichen des Abschlusses des Feuerwerks. Und so wie die letzten Raketen über der jubelnden Menge verglühten, so verlosch der letzte Funke Leben in ihm.

Marco Spinelli war tot.

4

Maresciallo Francesco Bianchi schlief bereits, als kurz nach ein Uhr nachts sein *telefonino* auf dem Nachtkästchen läutete und ihm *Vice Brigadiere* Alfonso Seresti, der in dieser Nacht Dienst hatte, mitteilte, dass man auf dem *Ponte Aragonese* einen Toten gefunden hatte.

„Er ist allem Anschein nach nicht eines natürlichen Todes gestorben" meinte Seresti. „Die Spurensicherung und den Gerichtsmediziner aus Neapel habe ich bereits angefordert."

„Gut, ich bin in einer Viertelstunde da, Alfonso" antwortete Bianchi und sprang aus dem Bett.

„Was ist denn passiert?"

Bianchis Ehefrau Giulia war durch das Klingeln des Handys ebenfalls aufgewacht und drehte sich verschlafen zu ihm herum.

„Ich weiß noch nicht mehr, als dass man auf dem *Ponte* eine Leiche gefunden hat."

Bianchi war mittlerweile schon in seine dunkelblaue Hose geschlüpft, die an beiden Seiten den für die *Carabinieri*-Uniform typischen roten Längsstreifen trug, und knöpfte sich das Hemd zu.

„Alfonso meint, dass es nicht nach einem natürlichen Tod aussieht. Es könnte also etwas länger dauern, bis ich wieder da bin."

Er beugte sich zu seiner Frau hinunter und gab ihr einen Kuss. „Schlaf weiter und warte nicht auf mich. Ich melde mich, sobald es geht."

„*Ciao* Liebling, hoffentlich bist du nicht die ganze Nacht unterwegs."

Sie erwiderte seinen Kuss und ließ sich wieder in ihr Kissen sinken. Bianchi zog das Sakko seiner Uniform an, löschte die Nachttischlampe und verließ das Schlafzimmer.

Francesco Bianchi war vierundvierzig Jahre alt. Seit der Heirat mit seiner vier Jahre jüngeren Ehefrau Giulia vor fast achtzehn Jahren wohnte er nun schon in *Fiaiano*, einer kleinen Ortschaft oberhalb von *Ischia Porto* und *Ischia Ponte*. Zuerst hatten sie nur zwei Zimmer im Haus von Giulias Eltern bewohnt, im Jahr nach der Hochzeit hatte er dann zusammen mit seinem Schwiegervater und einigen Nachbarn und Freunden fast jede freie Minute damit verbracht, an das bestehende Haus eine große Wohnküche und darüber zwei Zimmer und ein Bad anzubauen. In Rom geboren und aufgewachsen, war er ein hektisches Großstadtleben gewohnt gewesen, umso mehr genoss er die Ruhe und Beschaulichkeit in *Fiaiano* etwas abseits der Touristenmassen, die *Ischia* Jahr für Jahr bevölkerten. Direkt unterhalb des Ortes liegt der größte Pinienwald der Insel, der zahlreiche Möglichkeiten für Spaziergänge, Fahrradausflüge und Trekkingtouren bis hinauf zum *Monte Epomeo* bietet. Die meisten Touristen und Kurgäste halten sich aber besonders in den Sommermonaten doch an den zahlreichen Stränden oder in den vielen Thermalgärten *Ischias* auf. Jetzt, mitten in der Nacht, lag der Pinienwald tiefschwarz und ruhig da, es ging fast etwas Unheimliches von ihm aus, während die vielen Lichter in den Orten an der Küste darauf hinwiesen, dass dort in dieser klaren Sommernacht das mediterrane Leben noch pulsierte. Die Anhöhe, auf der *Fiaiano* liegt, erlaubt nicht nur einen Blick hinunter bis zum *Castello*, das hinter dem dichten Pinienwald emporzuwachsen scheint, darüber hinaus sind *Procida* und dahinter der ganze Golf von Neapel mit dem alles überragenden Vesuv zu sehen. Für Bianchi war der nächtliche Anblick fast noch reizvoller als die Aussicht bei Tag, schon oft war er mit Giulia spät abends spazieren gegangen und hatte dann mit ihr zusammen von der Dorfterrasse aus die unzähligen Lichter beobachtet, die die Silhouette von Neapel, die Küstenlinien und die Umrisse der Inseln im Golf nachzeichneten.

Für diesen romantischen Ausblick war nun aber keine Zeit, Bianchi schwang sich in seinen dunkelblauen *Alfa Romeo*, schaltete das Blaulicht ein und machte sich auf den Weg Richtung *Ischia Ponte*. Als er den Ort erreichte, musste er sich mit seinem Auto mühsam einen Weg durch die vielen Menschen bahnen, die um diese Zeit noch auf den Straßen unterwegs waren. Der Zugang zum *Ponte Aragonese* war durch ein quer gestelltes Einsatzfahrzeug der *Carabinieri* versperrt. Daneben stand, mit weit geöffneten Hecktüren, ein Rettungswagen. Davor drängten sich viele Schaulustige auf der kleinen *Piazza*, um einen Blick zu erhaschen oder um ein bisschen mehr darüber zu erfahren, was überhaupt passiert war. Mit einem mehrfachen Druck auf die Hupe verschaffte sich Bianchi den nötigen Platz, um sein Auto neben dem seines Kollegen zu parken. Und genauso schnell, wie die Menge nach seinem Hupen auseinander gestoben war, so schnell war, nachdem er ausgestiegen war, auch sein Auto sofort wieder von Neugierigen umringt. In etwa hundert Metern Entfernung, also mitten auf dem von den Straßenlaternen nicht sonderlich hell beleuchteten *Ponte Aragonese*, sah er seinen Kollegen, *Vice Brigadiere* Alfonso Seresti stehen, neben ihm zwei Rettungssanitäter, die gerade dabei waren, ihre Ausrüstung wieder einzupacken, während ein dritter soeben den Toten mit einem weißen Tuch zudeckte.

„*Ciao* Alfonso" begrüßte er seinen Kollegen mit einem Handschlag.
„*Ciao* Francesco, gut, dass du so schnell kommen konntest."

„*Buonasera, Maresciallo*" begrüßten ihn nun auch die drei Rettungssanitäter und derjenige, der gerade die Leiche zugedeckt hatte, fügte mit Blick auf das weiße Leinen achselzuckend hinzu:

„Da war leider nichts mehr zu machen."

Bianchi trat näher heran und hob eine Ecke des Tuches an, um sich den Toten anzusehen. Er war mit einer Jeans und einem weißen T-Shirt bekleidet, das in der Herzgegend einen kleinen dunklen Fleck aufwies. Er trug keinen Ring, der einzige Schmuck war ein schmales goldenes Halskettchen ohne Anhänger. Seine Gesichtszüge wirkten entspannt, fast so, als würde er nur schlafen. Die kurz geschnittenen Haare und der Dreitagebart waren ganz schwarz, dem Aussehen nach konnte es sich also um einen Italiener handeln. Allerdings schien er für einen Einheimischen relativ wenig gebräunt. Oder täuschte er sich, wirkte er nur so blass, weil er tot war? Seit dem letzten Sommer, als eine schwedische Urlauberin am *Maronti*-Strand im Meer ertrunken war, hatte sich Bianchi keine Leiche mehr ansehen müssen. Der letzte Mord auf *Ischia* lag sogar schon knapp sechs Jahre zurück. Damals hatte ein Neapolitaner Mitte August im Ferienhaus seiner Familie in *Serrara Fontana*, einer Gemeinde im Südwesten der Insel, eine achtundzwanzigjährige Freundin aus Kindertagen zu vergewaltigen versucht und sie schließlich mit einem Bettlaken erdrosselt.

„Er heißt Marco Spinelli."

Alfonsos Bemerkung riss ihn aus seinen Gedanken.

„Er ist Italiener, hat aber eine deutsche Adresse. Außer seinem italienischen Personalausweis haben wir keine Dokumente bei ihm gefunden."

Bianchi wandte sich an die drei Rettungssanitäter, die im Begriff waren zu gehen.

„Können Sie mir etwas zur Todesursache sagen?"

„Genaueres lässt sich erst durch eine Obduktion klären, aber meines Erachtens ist er erstochen worden" antwortete ihm der Älteste der drei.

„Die relativ kleine Wunde etwas links vom Herzen könnte auf einen dünnen, sehr spitzen Gegenstand hindeuten, außer dieser Wunde haben wir keinerlei andere Verletzungen feststellen können."

Bianchi ließ das weiße Tuch wieder auf den Leichnam sinken und gab den Sanitätern zu verstehen, dass er sie nicht mehr brauchen würde.

„Wer hat ihn denn gefunden, Alfonso?"

„Ein junger Kellner aus *Porto* hat mich angerufen. Er war mit einigen Freunden dort hinten, fast am Eingang zum *Castello*, auf der Mauer gesessen, nach dem Feuerwerk kamen sie natürlich hier vorbei. Als sie ihn so allein und in sich zusammengesunken sitzen sahen, dachten sie zuerst, er hätte ein bisschen zu viel Wein erwischt, aber sie merkten schnell, dass etwas nicht in Ordnung war. Als er nicht auf ihre Fragen reagierte und sie ihn leicht anstießen, ist er einfach zur Seite weggekippt. Er muss bereits tot gewesen sein. Der Kellner heißt übrigens Rodolfo Simone und arbeitet im *Da Pietro* drüben in *Porto*. Das Ganze hat ihn ziemlich mitgenommen, weil er vorher noch nie einen Toten gesehen hatte. Deswegen habe ich ihn auch schon nach Hause geschickt. Die Personalien von ihm und seinen vier Freunden habe ich notiert, ich habe ihm angekündigt, dass wir morgen bei ihm in der *Trattoria* vorbeikommen werden."

„Weitere Zeugen?" fragte Bianchi.

„Leider nicht" entgegnete Seresti. „Als die fünf ihn gefunden haben, saß er, wie gesagt, alleine hier auf der Mauer. Aber ich kann mir nicht vorstellen, dass die, die um ihn herum standen, als es passiert ist, nichts davon mitbekommen haben."

„Wobei wir nicht wissen, ob der Stich – wenn die Sanitäter richtig vermutet haben und er erstochen wurde – auch hier, an dieser Stelle ausgeführt wurde oder ob er woanders angegriffen wurde und sich noch bis hierher schleppen konnte."

„Richtig, aber wenn der Tatort nicht hier war, dann kann es doch nur etwas weiter dort hinten passiert sein" meinte Seresti, während er in Richtung *Castello* deutete. „Denn wenn er vor jemandem davongelaufen wäre oder nach Hilfe gesucht hätte, dann wäre er wohl nicht Richtung *Castello* gelaufen, denn das wäre doch eine Sackgasse für ihn gewesen."

Seresti war stolz ob seines vermeintlichen Scharfsinns, wurde aber von Bianchi gleich ein wenig zurückgepfiffen.

„Ich glaube kaum, dass er darüber nachgedacht hätte, ob er am Ende des *Ponte* beim *Castello* weiterkommt, wenn er vor seinem Mörder in Todesangst geflohen wäre, deshalb könnte der Tatort auch weiter vorne gewesen sein. Vielleicht kann uns die Spurensicherung weiterhelfen."

Bianchi hatte gesehen, wie hinter Seresti ein blinkendes Blaulicht übers Meer schnell näher kam. Ein Schnellboot der Küstenwache brachte den Gerichtsmediziner und die Spurensicherung von Neapel herüber. Glücklicherweise wurden diese Herren auf *Ischia* selten benötigt, deshalb war es sinnvoller, sie bei Bedarf aus Neapel herüberzuholen, statt dafür auf *Ischia* eine eigene Abteilung zu unterhalten.

„Jetzt lassen wir die Herren erst einmal ungestört ihre Arbeit machen. Wir sollten uns in der Zwischenzeit ein bisschen mit den Schaulustigen dort vorne unterhalten. Vielleicht finden wir noch jemanden unter ihnen, der etwas beobachtet hat."

Das Schnellboot der Küstenwache hatte Dr. Fausto Nuccolo und vier Herren von der Spurensicherung am Strand abgesetzt, nun kamen sie, nachdem sie sich durch die Schar der Neugierigen gekämpft hatten, zu Fuß den *Ponte* entlang.

„*Ciao* Fausto" begrüßte Bianchi den Gerichtsmediziner und gab ihm die Hand. „Ich freue mich, dich zu sehen, kann ich jetzt wohl schlecht sagen" meinte er ironisch.

„Ja, ja, Francesco, mach dich nur wieder lustig über mich und meinen Job" entgegnete Dr. Nuccolo und gab ihm einen freundschaftlichen Stoß mit der Faust an die Schulter.

„Das ist eben das Schicksal von uns Gerichtsmedizinern, dass wir immer erst dann auf der Bildfläche erscheinen, wenn es wieder einmal irgendwo eine Leiche gegeben hat. Glaub mir Francesco, ich hätte wirklich etwas Besseres zu tun, als mitten in der Nacht hier übers Meer zu schippern."

„Wie geht's Gabriela und den Kindern?"

„Danke, alles bestens."

Während Dr. Nuccolo das weiße Tuch von Spinellis Leichnam nahm, erklärte Bianchi ihm in knappen Worten, was er bisher wusste. Um dem Doktor und der Spurensicherung nicht im Weg zu sein, ging er in Richtung der Schaulustigen, wo Seresti, den er vorausgeschickt hatte, bereits die Leute befragte. Mittlerweile war es schon nach halb drei Uhr morgens. Viele der Neugierigen waren gegangen, weil sie erkannt hatten, dass es wohl nicht mehr allzu viel Spektakuläres zu beobachten geben würde. Als Bianchi und Seresti die Verbliebenen danach fragten, ob jemand zu dem Mord eine Aussage machen könne, schüttelte jeder nur verneinend den Kopf.

„Wahrscheinlich ist es besser, wenn wir uns ein neueres Foto von Spinelli besorgen", meinte Bianchi nach der vergeblichen Befragung der Menge. „Vielleicht finden wir damit in den nächsten Tagen in den umliegenden Hotels oder am Strand noch Touristen, die etwas Brauchbares beobachtet haben."

Auf dem alten Foto in seinem Ausweis war Spinelli kaum mehr zu erkennen. Wenn man, so wie die *Carabinieri,* nur kurz seinen Leichnam gesehen hatte, konnte man fast meinen, es handele sich um eine andere Person.

Als Bianchi und Seresti wieder in Richtung Fundort der Leiche zurückgingen, war Dr. Nuccolo gerade mit seiner Arbeit fertig und auch die Herren der Spurensicherung waren schon damit beschäftigt, ihre Utensilien wieder einzupacken.

„Die Sanitäter haben recht gehabt, außer der kleinen Verletzung links vom Herzen scheint er völlig unversehrt zu sein. Als Todeszeitpunkt kommt in etwa Mitternacht infrage, plus minus eine halbe Stunde."

„Wann kann ich dich morgen beziehungsweise heute wegen des Obduktionsergebnisses anrufen, Fausto?" fragte Bianchi ungeduldig.

„Nicht vor fünf Uhr nachmittags, so viel Zeit musst du mir schon lassen, Francesco."

„Gut, ich melde mich bei dir am Nachmittag."

Mit einer Bahre wurde der zugedeckte Leichnam zum Schnellboot der Küstenwache getragen. Bianchi und Seresti standen bei ihren Autos, als sich das Blaulicht des Bootes langsam in Richtung Neapel entfernte.

„So" seufzte Bianchi. „Wir sollten versuchen, jetzt noch wenigstens für zwei bis drei Stunden zu schlafen, dann müssen wir zu allererst herausfinden, wo Spinelli auf *Ischia* gewohnt hat, er wird doch bestimmt Angehörige hier haben, die müssen so schnell wie möglich verständigt werden."

„Treffen wir uns im Büro?" fragte Seresti, der schon im Begriff war, in sein Auto einzusteigen.

„Nein, am besten um acht wieder hier" schlug Bianchi vor.

Eine Viertelstunde später schlüpfte Bianchi leise wieder unter seine dünne Bettdecke, während Giulia im Schlaf etwas Unverständliches murmelte, sich einmal umdrehte und dann ruhig weiterschlief. Es dauerte eine ganze Weile, bis er selbst zur Ruhe kam, zu viele Gedanken schwirrten ihm durch den Kopf – der Anblick des Toten, die unangenehme Aufgabe, am Morgen den Angehörigen die traurige Nachricht überbringen zu müssen, die wahrscheinlich schwierige Ermittlungsarbeit, um den Mörder zu finden. Schließlich schlief er doch irgendwann ein.

5

Es war gegen sieben Uhr, als Francesco Bianchi aufwachte und seine Frau Giulia in der Küche mit Geschirr klappern hörte. Er stand auf und ging die Treppe zur Wohnküche hinunter, wo ihm der Duft von frischem Kaffee entgegenströmte.

„Guten Morgen, Schatz, ich wollte dich gerade wecken“ lächelte Giulia ihn an, während sie die silberne Kaffeemaschine vom Herd nahm und den Kaffee in die zwei bereitgestellten Tassen eingoss. „Ich habe dich heute Nacht nicht mehr gehört, wann bist du denn nach Hause gekommen?“

„Es war schon kurz nach halb vier. Ich musste warten, bis Fausto mit seiner Untersuchung fertig war und die Leiche nach Neapel abtransportiert werden konnte.“

„Wer war es denn, ein Urlauber oder jemand von hier?“

„Ein gewisser Spinelli.“

„Doch nicht etwa Marco?“

„Doch, Marco Spinelli. Wieso? Kanntest du ihn?“

„Oh mein Gott.“

Giulia griff nach der Stuhllehne und ließ sich, schlagartig kreidebleich im Gesicht, auf den Stuhl sinken.

„Ja, ich habe ihn gekannt. Allerdings habe ich ihn vor drei oder vier Jahren zum letzten Mal gesehen, als er wie in jedem Jahr Ende Juli in den Urlaub hierher gekommen ist. Damals hat er seinen Eltern beim Umzug geholfen, sie sind aus München nach *Ponte* zurückgekehrt.“

„Und woher kanntest du ihn?“

„Das ist lange her, ich war gerade siebzehn geworden, da habe ich ihn im Sommer am Strand kennengelernt. Er war ganz verrückt nach mir und ich habe ihn auch sehr nett gefunden, schließlich haben wir seine ganzen Ferien zusammen verbracht.“

An Francescos neugierigem Blick sah sie, dass er noch mehr Details von ihrer stürmischen Jugendliebe hören wollte, war sich aber nicht sicher, ob ihn jetzt mehr ihre Vergangenheit interessierte oder ob es mehr dienstliches Interesse war. Sie erzählte ihm, was sie damals alles zusammen unternommen hatten, bis hin zu dem Bootsausflug, bei dem sie mit Marco Schluss machen wollte und bei dem sie nach Luigi Rasonis Angriff im Wasser gelandet waren.

„Dieser Luigi war ein wirklich lästiger und aufdringlicher Kerl. Mir hat er immer wieder nachgestellt und Marco und er sind sich in den folgenden Jahren mehrfach in die Haare geraten. Ich bin Marco immer wieder mal begegnet, wenn er im Sommer im Urlaub hier war.“

„Und er hat nie versucht, dich wieder rumzukriegen?“
Rein dienstlich waren seine Fragen also nicht.
„Doch, natürlich hat er es im darauf folgenden Jahr noch einmal versucht, aber ich habe ihm deutlich gemacht, dass ich mich auf ein kurzes Urlaubsabenteuer nicht noch einmal einlassen wollte und eine dauerhafte Beziehung wäre doch nur möglich gewesen, wenn ich mit ihm nach München gegangen wäre.“
„Weißt du wo seine Eltern wohnen?“
„Ja, seine Mutter wohnt am Rand von *Ponte* in Richtung *Cartaromana*, sein Vater Antonio hat nach der Rückkehr aus Deutschland nicht mehr lange gelebt. Ich habe zufällig seine Todesanzeige hängen sehen.“
In Italien sind Todesanzeigen in Zeitungen weitgehend unüblich und unbekannt. Statt dessen werden circa DIN-A3-große Todesanzeigen gedruckt, die dann als Plakate neben den Kirchen und an anderen öffentlichen Anschlagtafeln aufgehängt werden, um so die Nachbarschaft und die Gemeindemitglieder vom Tod eines Angehörigen zu informieren und den Zeitpunkt des Requiems und der Beerdigung bekannt zu geben.

Allmählich war wieder etwas Farbe in Giulias Gesicht zurückgekehrt und als sie aufstand, nahm Francesco sie besorgt in den Arm.
„Tut mir leid, dass ich dir so einen Schock versetzt habe.“
„Schon gut, es geht schon wieder. Viel schlimmer wird es für dich werden, wenn du es seiner Mutter schonend beibringen musst.“
„Ja, das steht mir jetzt dann gleich bevor, ich treffe mich um acht Uhr mit Alfonso. Zuerst spring ich aber noch schnell unter die Dusche.“
Er stellte seine leere Kaffeetasse ins Spülbecken und ging hinauf ins Bad. Das kalte Wasser der Dusche vertrieb seine Müdigkeit etwas und so fühlte er sich trotz der kurzen Nacht relativ fit, als er sich kurz darauf von Giulia verabschiedete und Richtung *Ponte* davonfuhr.

Alfonso Seresti wartete schon an dem vereinbarten Treffpunkt, als Francesco Bianchi dort eintraf.
„Stell dir vor, Giulia kannte ihn, sie konnte mir auch sagen, wo seine Mutter wohnt.“
Kurz erzählte er ihm, was er von Giulia über das Mordopfer erfahren hatte.
„Komm, bringen wir es hinter uns“ sagte er auffordernd zu Seresti, dem anzumerken war, dass er genauso wenig wie er selbst begeistert davon war, der Mutter von Spinelli die schreckliche Nachricht zu überbringen.
Seresti stieg zu Bianchi in den Wagen und gemeinsam fuhren sie die kurze Strecke bis zu der Adresse, die Giulia ihm genannt hatte. So früh

am Tag vermuteten sie die Wohnung in einer relativ ruhigen Gasse vorzufinden, doch weit gefehlt. Als sie vor dem Wohnhaus von Spinellis Mutter ankamen, stand eine ganze Traube von Menschen an der Haustür, während auf der anderen Straßenseite ein Rettungswagen mit blinkendem Blaulicht stand. Gerade als die beiden *Carabinieri* ausstiegen, trugen zwei Sanitäter eine Krankentrage aus dem Haus, während ein dritter, der am ausgestreckten Arm eine Infusionsflasche hielt, neben ihnen herging. Auf der Trage lag eine ältere Frau, die offensichtlich das Bewusstsein verloren hatte. Sie war leichenblass und in ihrem rechten Arm steckte eine Nadel, die über einen langen Schlauch mit der Infusionsflasche verbunden war.

Wie Bianchi sofort vermutete, handelte es sich bei der Notfallpatientin um Marco Spinellis Mutter. Eine etwa siebzigjährige Frau, die hinter den Sanitätern aus dem Haus gekommen war, stellte sich den beiden *Carabinieri* als Caterina Nola vor und bat sie in ihre Wohnung im ersten Stock, als der Krankenwagen mit Blaulicht und Sirene abgefahren war. *Signora* Nola wohnte Tür an Tür mit *Signora* Spinelli. Diese hatte besorgt bei ihr geklingelt, nachdem sie festgestellt hatte, dass Marcos Bett in der vergangenen Nacht unbenutzt geblieben war.

„Sie war kaum bei mir in der Wohnung, als mich mein Sohn anrief. Er hat mir erzählt, dass es gestern Abend beim Fest einen Toten gegeben habe. Falls ich davon hören sollte, sollte ich mir keine Sorgen machen, ihm gehe es gut. Ich habe ihn natürlich gefragt, ob er weiß, wer der Tote sei, aber das konnte er mir nicht sagen. *Signora* Spinelli hat das Telefonat mit angehört und hat sofort entsetzlich zu schreien angefangen. „Nein, bitte nicht mein Marco, bitte nicht!" hat sie geschrien und dann ist sie in meiner Küche einfach umgekippt."

„*Signora* Nola" unterbrach Bianchi ihren Redeschwall. „Leider handelt es sich bei dem Toten tatsächlich um Marco."

Nun war es *Signora* Nola, bei der die Gesichtsfarbe wechselte und der die Tränen in die Augen schossen.

„Der arme Marco" schluchzte sie. „Er war so ein lieber Junge. Was ist denn gestern Abend passiert?"

„Genaueres kann ich Ihnen noch nicht sagen, *Signora*, aber wahrscheinlich ist er ermordet worden."

Nun hatte es der *Signora* endgültig die Sprache verschlagen, Bianchi wollte sie nicht weiter belästigen, kündigte aber an, dass er in den nächsten Tagen eventuell nochmals bei ihr vorbeikommen müsse, je nachdem, wie lange *Signora* Spinelli im Krankenhaus sein würde.

„Eine Bitte habe ich noch. Haben Sie einen Schlüssel zur Wohnung von *Signora* Spinelli?"

Signora Nola schnupfte ein lang gezogenes „Ja" in ihr Taschentuch.

„Glauben Sie, dass wir dort ein aktuelles Foto von Marco finden?"

„Ja, *Maresciallo*, es hängt eines in der Küche, das ist erst im letzten Sommerurlaub von Marco aufgenommen worden. Hier ist der Wohnungsschlüssel."

„Vielen Dank."

Bianchi drückte Seresti, der die ganze Zeit wortlos in der Tür gestanden hatte, den Schlüssel in die Hand, damit er das Foto holen konnte. Dann verabschiedete er sich von *Signora* Nola, gab ihr seine Visitenkarte und wies sie darauf hin, dass sie ihn jederzeit anrufen könne, wenn sie wegen *Signora* Spinelli Hilfe benötigen würde. Im Treppenhaus kam ihm Seresti mit Marcos Foto entgegen, gab *Signora* Nola, die Bianchi bis zur Tür gefolgt war, den Schlüssel zurück und verabschiedete sich ebenfalls von ihr.

„Es macht wohl keinen Sinn, gleich zu *Signora* Spinelli ins Krankenhaus zu fahren" überlegte Seresti laut, als die beiden *Carabinieri* wieder im Auto saßen.

„Ja, wahrscheinlich ist es besser, wenn wir damit bis zum Nachmittag warten" bestätigte ihn Bianchi. „Ich setze dich bei deinem Auto ab, Alfonso, dann treffen wir uns auf dem Revier." Ein paar Minuten später ließ Bianchi seinen Kollegen bei dessen Auto aussteigen, rief ihm *„ciao*, bis gleich" hinterher und fuhr Richtung Revier der *Carabinieri* in *Ischia Porto* davon.

Das Revier, die *Stazione Carabinieri di Ischia Porto*, liegt in einer kleinen Seitenstraße der *Via Alfredo De Luca*, einer der Hauptverkehrsstraßen von *Ischia Porto*, die in Richtung *Ischia Ponte* hinüberführt. Nicht nur durch das große weiße Schild über dem Eingang, auf dem mit blauer Schrift *Carabinieri* geschrieben steht, ist von außen sofort zu erkennen, dass das dreistöckige weiße Gebäude eine Sicherheitsbehörde beherbergt. Auch die mehr als zwei Meter hohe Umzäunung mit nach außen gerichteten Metallspitzen als oberer Abschluss ist ein eindeutiges Indiz dafür.

Capitano Lombardo, der Leiter der *Carabinieri*-Einheit auf *Ischia* saß an seinem Schreibtisch, als Bianchi und kurz nach ihm Seresti dort eintrafen. Sie schilderten ihm, was in der Nacht und gerade eben alles vorgefallen war.

„Wie wollen Sie jetzt vorgehen, meine Herren?"

„Zuerst einmal muss ich mit diesem Rodolfo Simone reden" antwortete ihm Bianchi. „Das ist derjenige, der uns heute Nacht alarmiert hat, anschließend werde ich zu *Signora* Spinelli ins Hospital fahren, mal sehen, ob ich schon mit ihr sprechen kann. Ich denke, sie müsste uns am meisten dabei weiterhelfen können, erst einmal ein Motiv für den Mord zu finden. *Dottore* Nuccolo hat mir versprochen, dass ich bis gegen siebzehn Uhr ein erstes Obduktionsergebnis von ihm haben kann. Außerdem haben wir hier noch ein relativ aktuelles Foto von dem Ermordeten. Wir werden damit ein Flugblatt erstellen, das wir an den Rezeptionen der Hotels von *Ponte* auslegen werden. Außerdem werden wir die Besitzer der Strandbäder und Bars an den Stränden von *Ponte* bitten, es aufzuhängen. Auch wenn die Chance relativ gering ist, damit jemanden zu finden, der uns Hinweise zu dem Geschehen von heute Nacht geben kann, müssen wir es damit versuchen, solange wir keine anderen Anhaltspunkte haben."

„Gut" erwiderte *Capitano* Lombardo. „Sehen Sie zu, dass Sie den Fall so schnell wie möglich lösen können, ich möchte mir nicht tagelang von der Presse vorhalten lassen, dass wir den Tourismus hier gefährden, weil wir einen Mörder frei herumlaufen lassen."

Die restliche Zeit des Vormittags war Bianchi damit beschäftigt, die wichtigsten Akten, die sich derzeit auf seinem Schreibtisch sammelten, abzuarbeiten, um in den nächsten Tagen genügend Freiraum für die Ermittlungen im Mordfall Spinelli zu haben. Gegen Mittag rief er nach Seresti, der im Nebenraum arbeitete: „Alfonso, fährst du mit ins *Da Pietro*? Dann könnten wir dort auch gleich eine Kleinigkeit essen."

Seresti erschien in der Tür.

„Ja, von mir aus können wir in zehn Minuten starten" antwortete er und war sogleich wieder in seinem eigenen Büro verschwunden.

Die *Trattoria Da Pietro* lag direkt am Hafen von *Ischia Porto*. Das fast runde Hafenbecken ist ein ehemaliger Kratersee. Mitte des neunzehnten Jahrhunderts hatte man den See mehrere Meter tief ausgebaggert, die schmale Landzunge, die den See vom Meer trennte, durchbrochen und das Ufer des Sees mit einer Mole befestigt, die in ihren Grundfesten noch heute besteht. Rings um das Becken herrschte das tagtägliche meist hektische Treiben eines Tourismushafens, eine Fähre nach der anderen legte an und spülte Massen von Touristen an Land. An der rechten Seite des Hafenbeckens liegen vorwiegend kleinere und größere Jachten und dahinter, am Rive Droite, also dem rechten Ufer, das ungewöhnlicherweise einen französischen Namen trägt, liegt eine malerische Häuserzeile mit zahlreichen *Ristoranti* und kleineren Geschäften. Am Haus der Gemeindeverwaltung, das sich am Beginn des Rive Droite befindet und in dem auch das Bürgermeisteramt untergebracht ist, stellte Bianchi seinen Wagen ab, die letzten Meter zur *Trattoria* legten die beiden *Carabinieri* zu Fuß zurück. Unter den zwei riesigen weißen, rechteckigen Sonnenschirmen waren noch viele Plätze frei und sie setzten sich an den Tisch, der sich direkt neben der breiten Tür zum Innenraum der *Trattoria* befand. Der Kellner Rodolfo Simone hatte sie bereits entdeckt und kam sofort zu ihnen heraus.

„*Buongiorno, Signori*" begrüßte er sie.

„*Maresciallo* Bianchi" stellte sich der *Carabiniere* vor. „Meinen Kollegen *Vice Brigadiere* Seresti kennen Sie bereits."

„Ja, wir haben heute Nacht miteinander gesprochen. Was darf ich Ihnen bringen?"

„Zum Trinken eine Flasche *Acqua minerale* und zwei Gläser *Vino rosso.*"

„Zum Essen kann ich Ihnen heute unsere *Spaghetti alle vongole* empfehlen, die Venusmuscheln sind vorher ganz frisch eingetroffen."

Bianchi sah fragend zu Seresti hinüber und als dieser nickte, wandte er sich wieder dem Kellner zu.

„Also dann zweimal die *Spaghetti alle vongole*. In diesem Fall trinken wir aber natürlich einen *Vino bianco.*"

Der Kellner brachte die Bestellung zur Küche und kam wenig später zurück, stellte ein Körbchen mit frischem Weißbrot und die Flasche Mineralwasser auf den Tisch und servierte ihnen die zwei Gläser Weißwein.

„Setzen Sie sich doch einen Augenblick!" forderte ihn Bianchi auf.

Rodolfo Simone nahm Platz und fast entschuldigend begann er: „Leider kann ich Ihnen jetzt auch nicht mehr sagen als heute Nacht."

„Wann sind Sie denn mit Ihren Freunden zu dem Platz gegangen, von dem aus Sie beim Fest zugeschaut haben?"

„Das war so gegen acht. Wir wollten eigentlich etwas weiter vorne am *Ponte* stehen bleiben, aber da waren schon so viele Leute, dass wir fast bis zum *Castello* gehen mussten, bis wir endlich einen Platz gefunden haben."

Seresti zog das Foto von Marco Spinelli aus der Innentasche seiner Uniform und zeigte es dem Kellner.

„Das ist der Tote. Ist er Ihnen vielleicht schon im Laufe des Abends aufgefallen?"

Simone nahm das Foto in die Hand und betrachtete es eingehend. „Nein, ich habe ihn vorher noch nie gesehen" antwortete er und gab Seresti das Foto zurück.

„Und nach dem Feuerwerk sind Sie mit Ihren Freunden gleich aufgebrochen?"

„Nein, wir sind noch eine Weile sitzen geblieben. Wir hatten den Wein, den wir dabei hatten, noch nicht ganz ausgetrunken. Das Feuerwerk war bestimmt schon eine Viertelstunde vorbei, als wir langsam den *Ponte* nach vorne gegangen sind. Er hatte sich nach den letzten Raketen relativ schnell geleert und circa in der Mitte saß dann eben dieser Mann ganz allein und zusammengesunken auf der Mauer. Zuerst haben wir noch gescherzt, dass er vielleicht ein bisschen zu viel getrunken hat, aber als wir näher gekommen sind, hat er doch etwas komisch ausgesehen. Dass er dann einfach zur Seite gekippt ist, als ich ihn leicht an der Schulter angestupst habe, habe ich Ihnen bereits erzählt. Mein Freund Pietro hat sofort versucht, seinen Pulsschlag zu ertasten, aber da war gar nichts mehr zu fühlen. Dann habe ich sofort bei Ihnen angerufen."

Aus dem Inneren der *Trattoria* war das kurze, helle „Pling" einer kleinen Glocke zu hören, was Simone veranlasste aufzustehen. „Entschuldigen Sie mich einen Moment."

Kaum war er in der *Trattoria* verschwunden, da kam er auch schon mit zwei dampfenden, herrlich duftenden Portionen *Spaghetti* zurück und servierte sie den beiden *Carabinieri*.

„*Buon appetito, Signori!* Kann ich Ihnen sonst noch irgendwie weiterhelfen?"

„Nein, vielen Dank" entgegnete ihm Bianchi. „Ich denke, das reicht fürs Erste. Wir lassen Ihnen eine Kopie des Fotos da, bitte zeigen Sie es doch noch Ihren Freunden, vielleicht ist einem von ihnen doch schon etwas aufgefallen, bevor Sie ihn gefunden haben. Hier ist meine Karte mit meinen Telefonnummern."

Simone nahm die Karte und das Foto, steckte sie ein und verschwand wieder im Inneren der *Trattoria*.

Bianchi und Seresti genossen schweigend ihre *Spaghetti* und ließen sich es auch nicht nehmen, den köstlichen, im Teller zurückgebliebenen Muschelsud aus Butter, Zwiebeln, Knoblauch und Weißwein mit dem Weißbrot aufzutunken. Danach genehmigten sie sich noch einen *Espresso*, bevor sie die wenigen Schritte zu ihrem Dienstwagen zurückgingen.

„Ich denke nicht, dass uns die Anderen noch großartig weiterhelfen können" meinte Bianchi, als sie ihn den Wagen stiegen. „Hoffentlich kann uns *Signora* Spinelli mehr erzählen."

6

Das *Ospedale Anna Rizzoli,* in das Anna Spinelli eingeliefert worden war, liegt ziemlich genau an der Grenze zwischen *Casamicciola* und *Lacco Ameno,* an der Nordküste der Insel. Bianchi startete den Wagen und fuhr ein kurzes Stück am Hafen entlang, dann vorbei am zentralen Busbahnhof von *Ischia Porto* und bog schließlich nach rechts ab auf die *Strada Statale,* die Staatsstraße, auf der man ganz *Ischia* umrunden kann. In lang gezogenen Serpentinen schlängelt sich die Straße von *Porto* aus hinauf, führt weit oberhalb des Meeres Richtung Westen, um dann kurz nach den *Castiglione*-Thermen, an der Ortsgrenze von *Casamicciola,* wieder aufs Meer zu treffen. Die beiden *Carabinieri* durchquerten *Casamicciola,* den ersten Ort auf *Ischia,* der den Thermaltourismus entdeckt und entwickelt hatte, und näherten sich *Lacco Ameno.* Ein Stück vor dem Ortsschild zweigt die Straße zum Hospital nach links ab. Sie fuhren vorbei an der *Stazione Carabinieri di Casamicciola* und hatten dann nach wenigen Hundert Metern den gelben Bau des Hospitals mit den grünen Rollläden und Markisen sowie den grün gestrichenen Balkongeländern erreicht.

„Bitte fassen Sie sich kurz“ wurden sie vom behandelnden Arzt *Dottore* Acerno ermahnt, als sie sich nach der Zimmernummer von *Signora* Spinelli erkundigten. „Sie braucht nach ihrem Kollaps von heute Morgen dringend noch Ruhe.“

„Sicher, aber einige Fragen muss ich ihr schon stellen, um den Mörder ihres Sohnes möglichst schnell ermitteln zu können“ erwiderte Bianchi und betrat mit Seresti das Zimmer von *Signora* Spinelli.

Marco Spinellis Mutter lag mit geschlossenen Augen im Bett und ihre Gesichtsfarbe war fast noch so bleich wie am Morgen, als sie ohne Bewusstsein aus dem Haus getragen worden war. Sie schien zu schlafen, jedenfalls ging ihr Atem gleichmäßig. Die beiden *Carabinieri* traten näher an ihr Bett heran und noch bevor sie die Augen aufschlug, sagte *Signora* Spinelli plötzlich:

„Ich habe Sie schon erwartet, *Maresciallo.*“

„Wie geht es Ihnen, *Signora*?“

Ohne darauf zu antworten, entgegnete sie ihm:

„Ist es Marco?“

„Es tut mir sehr leid, *Signora,* wir müssen leider davon ausgehen, dass es sich bei dem Toten, der heute Nacht gefunden wurde, um Ihren Sohn Marco handelt. Jedenfalls trug er den Ausweis Ihres Sohnes bei sich.“

Marcos Mutter wirkte erstaunlich gefasst.

„Was ist denn passiert?“

„Das Obduktionsergebnis liegt noch nicht vor, aber wahrscheinlich ist er ermordet worden."

„Ermordet?"

„Ja, vermutlich erstochen."

Signora Spinelli lag eine ganze Weile wortlos da und starrte an die Decke, unzählige Gedanken schienen ihr durch den Kopf zu schwirren. Langsam begannen ihr die Tränen über die Wangen zu laufen, dann sagte sie nur kurz und kaum hörbar: „Luigi!"

„Luigi?" fragte Bianchi.

„Ja, Luigi Rasoni, er hat meinen Sohn gehasst, erst gestern Morgen sind sie sich begegnet und wieder einmal in Streit geraten."

Sie schilderte den beiden *Carabinieri*, was ihr Marco am Vortag von seiner Begegnung mit Luigi erzählt hatte und was in den vielen Jahren zuvor immer wieder zwischen den beiden vorgefallen war.

„Können Sie uns sagen, wo wir diesen Rasoni finden?"

„Er hat einen Souvenirladen in der *Via Luigi Mazzella*, nicht weit weg vom *Ponte Aragonese*.

„Wir werden natürlich überprüfen, ob Rasoni eventuell mit dem Mord an Ihrem Sohn etwas zu tun haben könnte. Ist denn gestern außerdem noch etwas Ungewöhnliches vorgefallen?"

„Marco hat gestern wie in jedem Jahr mit ein paar Freunden beim Floßbau mitgeholfen, danach ist er allerdings mit ihnen in Streit geraten und deshalb schon früh am Nachmittag wieder zuhause gewesen."

„Um was ging es bei dem Streit?"

Signora Spinelli konnte nicht mehr erzählen als dass es um Marcos *Pizzeria*-Pläne gegangen war, weil Marco nach seiner Rückkehr recht wortkarg gewesen war. Wenigstens mit den Namen seiner Freunde und wo sie arbeiteten, konnte sie aber den *Carabinieri* weiterhelfen.

„Wann ist Marco aus München angereist?"

„Aus München?"

„Ja, in seinem Personalausweis stand eine Münchner Adresse."

„Er hat am Sonntag den Nachtzug genommen und war am Montag gegen Mittag hier. Aber er wohnte nicht mehr in München. Er ist schon vor zwei Jahren nach Rosenheim umgezogen. Er hat dort in der *Pizzeria Da Silvio* gearbeitet. Rosenheim liegt circa fünfundsechzig Kilometer südöstlich von München."

„Stellen Sie sich vor, ich kenne Rosenheim. Meine Schwester Chiara wohnt dort. Sie ist mit einem Deutschen verheiratet, der bei der Kriminalpolizei in Rosenheim arbeitet. Hat Marco denn erzählt, ob dort in der letzten Zeit etwas Außergewöhnliches passiert ist."

„Nein, Nein, in der Hinsicht hat er nichts erwähnt."

„Ich glaube, es ist besser, wenn Sie die *Signora* jetzt wieder in Ruhe lassen."

Weder Bianchi noch Seresti hatten bemerkt, dass Dr. Acerno hinter ihnen ins Zimmer gekommen war.

„In Ordnung, *Dottore*, ich habe ohnehin nur noch eine Frage" meinte Bianchi entschuldigend.

„Mit wem wollte Marco denn das Fest feiern?"

„Normalerweise hat er sich mit seinen Freunden im Haus von Pasquales Eltern getroffen, aber nach dem Streit hat er das gestern nicht vorgehabt. Er hat mir nur gesagt, dass er sicher auch woanders einen Platz mit einer guten Sicht auf die Feier finden wird."

„Waren Sie selbst nicht beim Fest dabei?"

„Nein, *Maresciallo*, ich bin nach dem Gottesdienst wieder nach Hause. Mir ist bei dem Fest mit den vielen Tausenden Zuschauern mittlerweile viel zu viel Trubel."

Mit dem Hinweis, dass sie in den nächsten Tagen nochmals auf die *Signora* zukommen würden und dass ein Familienangehöriger Marco noch identifizieren müsse, verabschiedeten sich die beiden *Carabinieri* von ihr und verließen zusammen mit Dr. Acerno das Zimmer. Als der Doktor hinter sich die Zimmertür schloss und sich die beiden auch von ihm verabschieden wollten, kam aus dem Zimmer hinter ihnen ein schluchzender Schrei. Der Doktor machte auf dem Absatz kehrt und war sofort wieder im Zimmer der *Signora*.

„Arme *Signora*" murmelte Seresti, als sie das Hospital verließen und zum Auto zurückgingen. „Den einzigen Sohn so zu verlieren, das ist schon erschütternd."

„Ja, dafür war sie die ganze Zeit erstaunlich gefasst."

Auf der Rückfahrt Richtung *Porto* besprachen sie die weitere Vorgehensweise. Bianchi schlug vor, dass sie sich als erstes Luigi Rasoni vorknöpfen sollten.

„Giulia kennt ihn auch, das muss ein ganz unangenehmer Typ sein."

Danach sollte sich Seresti bei Pasquale erkundigen, ob Marco tatsächlich nicht wie sonst üblich zur Feier im Haus seiner Eltern erschienen war. Vielleicht hatte er es sich kurzfristig doch noch anders überlegt.

„Bevor ich mich dann bei Fausto wegen des Obduktionsergebnisses erkundigen kann, werde ich noch meinen Schwager Max in Rosenheim anrufen" plante Bianchi weiter. „Mal sehen, ob gegen Marco in Deutschland vielleicht etwas vorliegt."

„Glaubst du nicht, dass wir den Mörder eher hier auf *Ischia* suchen müssen?"

„Doch, natürlich, aber wenn ich schon die Möglichkeit habe, sozusagen auf dem kurzen Dienstweg eventuell noch an weitere Informationen über Spinelli zu kommen, dann kann uns das doch nur recht sein."

„Natürlich. Kommt Max nicht übermorgen ohnehin hierher?"

„Ja, ich freue mich schon richtig auf Samstag, ich habe Chiara schließlich seit Ostern nicht mehr gesehen, als wir uns in Rom bei meinen Eltern getroffen hatten. Max war damals leider nicht dabei, er musste gerade einen Doppelmord an zwei Frauen aufklären. Hoffentlich kommt ihm diesmal nicht wieder etwas dazwischen, damit die ganze Familie auch einmal gemeinsam Urlaub machen kann."

„Haben sie wieder im *Hotel Vesuvio* gebucht?"

„Ja, sie könnten auch bei uns wohnen, selbst wenn es dann ein bisschen eng wäre, aber vor allem die beiden Mädchen wollen doch lieber etwas näher am Strand sein und abends die Möglichkeit haben, auszugehen."

„Wie alt sind die beiden denn inzwischen schon?"

„Martina ist im Mai sechzehn geworden und Elena wird im September vierzehn. Mittlerweile ist auch die Kleine ihrer Mama schon fast über den Kopf gewachsen."

„Ja, eh man sich's versieht, sind sie erwachsen geworden und man fragt sich, wo die ganzen Jahre geblieben sind. Mein Giorgio wäre heute auch schon zwölf" seufzte Seresti.

Sein einziger Sohn Giorgio war als Vierjähriger an einer Infektionskrankheit gestorben. In der Trauer darüber war seine Ehe zerbrochen, seine Frau hatte die Scheidung eingereicht und war zurück nach Neapel gezogen. Er hatte nicht wieder geheiratet und lebte seitdem allein.

Sie durchquerten *Porto* und fuhren gleich weiter nach *Ponte* zu dem Souvenirladen, den *Signora* Spinelli ihnen genannt hatte. Vor dem Schaufenster von Rasonis Laden waren mehrere Körbe abgestellt, in denen verschiedene lokale Weine angeboten wurden. Daneben standen unterschiedliche Keramikfiguren, die zum Teil antike Statuen nachbildeten, Tiere darstellten oder als kleine Springbrunnen gestaltet waren. Neben der Ladentür, auf einem Drehständer, fanden Touristen die selbst in Zeiten von SMS oder E-Mail für viele so wichtig gebliebenen Bildpostkarten. Bianchi und Seresti betraten den Laden, in dem sich gerade kein Kunde aufhielt. Der in etwa quadratische Verkaufsraum war vollgestopft mit einem Sammelsurium aus bemalten und naturbelassenen Keramikgefäßen, Tassen, Tellern und Aschenbechern, von denen die bemalten meist den Schriftzug *Isola d'Ischia* trugen. Die Wände waren bedeckt mit unzähligen *Majolica*-Fliesen, die mit Blumenmustern und Ornamenten verziert oder auch mit Ziffern bemalt und als Hausnummer vorgesehen waren. An der Wand, die dem Schaufenster gegenüberlag, war ein Regal aus dunklem Holz angebracht, das bis zur Decke reichte. Hier fanden die Touristen wiederum eine Auswahl an lokalen Weinen neben einer Vielzahl von kleineren und größeren hellgelb leuchtenden *Limoncello*-Fläschchen. Die Fläschchen dieses Zitronenlikörs, der im gesamten Golf von Neapel, entlang der *Costiera Amalfitana* sowie auf Sizilien hergestellt wird, hatten zum Teil die Form von Muscheln, Geigen oder Stiefeln. Daneben befand sich ein weiteres reichhaltiges Angebot an verschiedenen Likören sowie in Öl eingelegten Oliven, getrockneten Früchten, Marmeladen und Honig. Neben diesem Regal stand ein kleiner Tisch, auf dem nicht viel mehr als die Registrierkasse Platz hatte. Dahinter saß eine hübsche junge Frau mit langen dunklen Haaren, Bianchi schätzte sie nicht älter als siebzehn oder achtzehn.

„*Buongiorno, Signorina*, ich bin *Maresciallo* Francesco Bianchi" stellte er sich vor.

„Das ist mein Kollege *Vice Brigadiere* Alfonso Seresti, wir hätten gerne *Signor* Luigi Rasoni gesprochen."

„Mein Vater ist nicht da."

„Wo können wir ihn denn finden?"

„Meine Eltern sind heute Morgen mit der ersten Fähre nach Neapel rüber und dann weiter nach *Avellino* gefahren. Mein Opa liegt dort im Krankenhaus, er ist gestern operiert worden. Meine Mama wollte zuerst alleine fahren, aber sie hat keinen Führerschein, da hat Papa gemeint, dass es einfacher ist, wenn sie von Neapel aus mit dem Auto weiterfahren kann. Deshalb ist er mit."

„Und wann kommt er zurück?"

„Nicht vor Sonntagabend. Kann ich ihm etwas ausrichten?"

„Ja, sagen Sie ihm bitte, er möchte sich bei uns melden, wenn er wieder zurück ist. Hier ist meine Karte mit meinen Telefonnummern vom Revier und auch von meinem Handy."

„Was meinst du?" fragte Seresti, als sie wieder im Wagen saßen und nach *Porto* zurückfuhren. „Hat der sich aus dem Staub gemacht?"

„Ich weiß nicht, die Geschichte mit dem kranken Opa in *Avellino* klang für mich nicht so, als hätte sich seine Tochter das gerade ausgedacht. Sie schien mir auch überrascht, als wir plötzlich im Laden waren."

Als sie nach wenigen Minuten ihr Revier erreichten, stieg Seresti in seinen Wagen, um als nächstes Pasquale zu vernehmen, während Bianchi in sein Büro ging. Die Tür von *Capitano* Lombardos Büro war geschlossen, er hörte ihn durch die geschlossene Tür telefonieren, das ersparte ihm, gleich wieder Bericht erstatten zu müssen. Ohnehin hätte er nicht allzu viel zu erzählen gehabt. In dem kleinen, schon etwas vergilbten Telefonbüchlein, das auf seinem Schreibtisch lag, suchte er nach der Nummer von seinem Schwager und griff sofort zum Telefon, als er sie gefunden hatte.

„Kripo Rosenheim, Hartinger, Grüß Gott!" meldete sich Max schon nach dem zweiten Klingeln.

„*Ciao* Max, ich bin's, Francesco."

„Francesco!" rief Max erstaunt. „Das ist aber eine Überraschung. Du kannst es wohl nicht mehr erwarten, bis wir nach *Ischia* kommen. Oder ist dir noch etwas eingefallen, was wir dir am Samstag mitbringen sollen?"

Obwohl Francesco Bianchi auch ein wenig Deutsch gelernt hatte, kommunizierten die beiden regelmäßig auf Italienisch. Francescos Schwester Chiara war Dolmetscherin und Italienischlehrerin. Sie war schon seit siebzehn Jahren mit Max verheiratet und deshalb sprach er mittlerweile ein perfektes Italienisch, auch wenn sich Francesco immer wieder darüber amüsierte, dass der bayerische Akzent noch herauszuhören war.

„Du wirst es nicht glauben, Max, ich rufe ausnahmsweise dienstlich an."

„Dienstlich? Das ist aber eine Premiere! Wie kann ich dir denn helfen?"

„Heute Nacht hat es zum ersten Mal seit fast sechs Jahren auf *Ischia* wieder einen Mord gegeben. Das Opfer heißt Marco Spinelli, er ist Italiener, hat aber in Rosenheim gewohnt."

Er erzählte ihm kurz die wichtigsten Einzelheiten und gab ihm die genauen Daten von Spinelli durch.

„Schau doch mal nach, ob bei euch schon einmal gegen ihn ermittelt wurde, vielleicht ergibt sich so irgendein Hinweis auf ein Mordmotiv."

„Das werde ich gleich machen. Bist du in der nächsten Stunde im Büro?"

„Ja, ich muss noch mit unserem Gerichtsmediziner in Neapel telefonieren und warte dann auf deinen Anruf."

„Okay, ich melde mich sofort wieder bei dir."

„*Ciao* Max."

Ohne den Hörer aufzulegen, drückte Bianchi auf die Gabel und wählte die Nummer von Dr. Nuccolo in Neapel. Diesmal musste er etwas länger warten, bis am anderen Ende der Leitung abgenommen wurde. Am Apparat war Dr. Nuccolos Assistent, der dann zu diesem durchstellte.

„Zwei Minuten nach fünf. Ungeduldig warst du schon immer, Francesco" meinte Dr. Nuccolo süffisant.

„Sieh es doch positiv, Fausto, bei mir weißt du wenigstens gleich immer, woran du bist" frotzelte Bianchi zurück. „Na, was hast du herausgefunden?"

„Der arme Spinelli war kerngesund und muss topfit gewesen sein. Eine etwas größere Narbe am rechten Knie stammt von einer Operation nach einem Kreuzbandriss. Sonst hatte er keinerlei Verletzungen, außer eben der Wunde am Oberkörper, die wir heute Nacht schon gesehen haben. Die Stichwunde war innen circa neun Zentimeter lang, durchdrang an der vierten Rippe die Brust, ging durch die Lunge und direkt durch das ganze Herz. Dieser Stich hat dann eine starke innere Blutung verursacht, durch die der Tod allmählich und relativ schmerzlos herbeigeführt wurde. Deswegen ist er auch nicht einfach zusammengebrochen und gestorben, sondern hatte noch die Zeit, sich nach dem Stich hinzusetzen. Wahrscheinlich hat er die Schwere der Verletzung gar nicht realisiert. Der Stich war in der Horizontalen relativ gerade, das könnte darauf hindeuten, dass der Mörder in etwa genauso groß war wie Spinelli und dass beide standen, als er oder sie zugestochen hat. Der Stich muss allerdings ziemlich heftig erfolgt sein, deshalb würde ich darauf tippen, dass der Mörder ein Mann war. Erstaunlich ist, dass das Mordwerkzeug auf beiden Seiten scharf war, also zum Beispiel ein beidseitig geschliffenes Messer. Wobei die Wunde relativ schmal war, das deutet eher auf ein anderes schmales Werkzeug hin, das vielleicht speziell für den Stich präpariert worden ist. Die Spurensicherung hat in der gesamten Umgebung des Fundortes der Leiche leider nichts Brauchbares gefunden, einzig auf Spinellis T-Shirt, genau neben der Wunde, war ein winziges Stückchen Haut, das eventuell nicht von ihm selbst stammt und aus dem sich vielleicht eine DNA-Probe gewinnen lässt."

Bianchi hatte die ganze Zeit konzentriert zugehört, um kein Detail zu überhören.

„Bis wann weißt du, ob wir eine DNA-Probe bekommen, Fausto?"

„Nagel mich nicht fest, vielleicht bis Samstag."

„Gut, die ganzen Einzelheiten bringen mich im Moment zwar noch nicht viel weiter, aber sie können natürlich noch sehr wichtig werden bei unseren Ermittlungen."

„Hast du schon einen Verdacht?"

„Nicht direkt, Spinelli war erst den dritten Tag im Urlaub hier, wir beleuchten erst einmal sein engeres Umfeld, mit dem er in diesen drei Tagen zu tun hatte. Die nächste Angehörige ist seine Mutter, die Arme hat heute Morgen einen Kollaps erlitten und liegt im Hospital, ich weiß deshalb auch noch nicht, wer nach Neapel rüberkommt, um ihn zu identifizieren. Ich hoffe, dass ich das bis morgen klären kann."

„Aus meiner Sicht spricht nichts dagegen, die Leiche schon freizugeben. Was meinst du?"

„Wenn du dein Möglichstes getan hast, dann dürfte tatsächlich nichts dagegen sprechen. Sicherlich wird die Beerdigung aber erst sein, wenn

Signora Spinelli die Klinik wieder verlassen konnte. Also wahrscheinlich nicht vor Montag oder Dienstag."

„In Ordnung. Ich melde mich bei dir, sobald ich Näheres zu der DNA-Probe weiß."

„Danke, Fausto, bis bald."

Nach seinem Telefonat mit Dr. Nuccolo musste Bianchi nicht lange warten, bis ihn sein Schwager aus Rosenheim zurückrief.

„Ich habe leider nichts Besonderes gefunden, Francesco, gegen ihn liegt bei uns nichts vor, außer dass er im vergangenen Jahr zweimal an der gleichen Stelle geblitzt worden ist. Auch die *Pizzeria,* in der er gearbeitet hat, ist bei uns ein völlig unbeschriebenes Blatt."

„Tja" seufzte Francesco. „Einen Versuch war es wert. Unser Gerichtsmediziner hat mir auch nicht sonderlich weiterhelfen können."

Von Kollege zu Kollege wiederholte er das Wichtigste des Obduktionsberichtes, aber auch Max fand darin keinen Hinweis, der die Ermittlungen sonderlich viel weitergebracht hätte.

„Bei meinem aktuellen Fall konnten wir den Mörder letzte Nacht zum Glück verhaften, Chiara hatte schon befürchtet, dass sie am Samstag mit den beiden Mädchen erst einmal alleine in den Urlaub starten muss. Das wäre nicht zum ersten Mal der Fall gewesen."

„Na hoffentlich bleibt das so bis Samstag, Giulia freut sich schon darauf, euch alle wieder zu sehen. Liebe Grüße an Chiara. Gute Reise, Max."

Kurz darauf klingelte das Telefon erneut. Diesmal war Seresti am Apparat. Die Befragung von Pasquale hatte nicht viel gebracht.

„Die Nachricht von Marcos Tod hat sich in *Ponte* schon wie ein Lauffeuer verbreitet, er war deshalb schon auf meinen Besuch vorbereitet. Er hat angegeben, den ganzen Abend mit seinen Freunden Roberto und Emilio zusammen gewesen zu sein, zuerst waren sie im Haus seiner Eltern, zum Feuerwerk sind sie dann auf die Straße hinaus. Den Streit mit Marco hat er von sich aus gleich erwähnt, danach hat zumindest er Marco nicht mehr gesehen."

„Hast du mit Roberto und Emilio auch schon gesprochen?"

„Nein, das werde ich jetzt gleich noch machen, auch wenn ich nicht glaube, dass uns das weiterbringt. Wenn die drei wirklich den ganzen Abend zusammen waren, dann werden sie das Gleiche aussagen wie Pasquale. Und wenn sie tatsächlich mit Marcos Tod etwas zu tun haben, dann haben sie sich doch längst abgesprochen, damit ihre Aussagen übereinstimmen."

„Da kannst du recht haben, überprüfen müssen wir es trotzdem."

„Wenn du einverstanden bist, komme ich danach nicht noch einmal aufs Revier, sondern fahre gleich nach Hause."

„Klar, mach das nur. Ich werde noch das Flugblatt mit Spinellis Foto fertigstellen, damit wir gleich morgen Vormittag darangehen können, es in *Ponte* zu verteilen und auszuhängen."

„Gut, dann also bis morgen. *Ciao* Francesco."

7

Dem oberbayerischen Voralpenland stand ein weiterer sehr heißer Sommertag bevor. Über Nacht hatte sich die Luft nicht sonderlich abgekühlt, um halb acht Uhr morgens zeigte das Thermometer bereits wieder vierundzwanzig Grad an. Während sich in Rosenheim Martina und Elena Hartinger mit dem Fahrrad auf den Weg in die Schule machten, um dort ihre Jahreszeugnisse in Empfang zu nehmen und um sich danach von ihren Schulkameradinnen in die Ferien zu verabschieden, war Rudi Schlosser mit dem Auto unterwegs zu seinem Arbeitsplatz in der Klinik Seeblick am Chiemsee, wo er als Krankenpfleger arbeitete. Seine Frau Heidi war Grundschullehrerin und war zwei Jahre zuvor zum Schuljahreswechsel von Ebersberg an eine kleine Schule im Landkreis Traunstein versetzt worden. Sehr gerne wäre Rudi in der großen Münchner Unfallklinik geblieben, in der er schon seit dem Ende seiner Ausbildung arbeitete, aber weder er noch seine Frau hatten große Lust, jeden Tag eine allzu weite Strecke mit dem Auto in die Arbeit zu fahren. So hatten sie sich entschieden, sich irgendwo näher bei Heidis neuer Schule eine neue Wohnung zu suchen und Rudi machte sich gleichzeitig auf die Suche nach einer neuen Arbeitsstelle. Relativ schnell wurde er am Chiemsee fündig. Die Umstellung von der großen Münchner Klinik auf die kleine, aber feine Klinik für Schönheitschirurgie war ihm zwar nicht ganz leicht gefallen, aber seine Arbeit machte ihm auch an seinem neuen Arbeitsplatz viel Spaß.

Wie üblich war der letzte Schultag auch für ihn der letzte Arbeitstag vor dem Urlaub. Heidi und er hatten sich angewöhnt, sofort am Ende des langen Schuljahres zu verreisen und während er dann nach der Reise wieder zu arbeiten begann, nutzte Heidi die restliche Ferienzeit meistens aus, um ein paar Tage bei ihren Eltern in der Nähe von Augsburg zu verbringen. Als Reiseziel hatten sie sich in diesem Jahr zum wiederholten Mal *Ischia* ausgesucht, nicht nur weil man dort den Urlaub auch mit Kuranwendungen verbinden konnte. Vor einigen Jahren hatte sich Rudi in der Münchner Klinik an einem etwas korpulenten Unfallpatienten verhoben und wahrscheinlich auch infolgedessen erlitt er kurz darauf einen Bandscheibenvorfall. Eine Operation war ihm zwar erspart geblieben, seitdem machte ihm sein Rücken aber immer wieder einmal Beschwerden. Auf Anraten eines Freundes war er dann mit seiner Frau zum ersten Mal nach *Ischia* gefahren und hatte festgestellt, dass sich die häufigen Thermalbäder und auch die Fangopackungen und Massagen sehr positiv auf seine Rückenbeschwerden ausgewirkt hatten. Heidi war ganz hingerissen gewesen von der zauberhaften Insel im Golf von Neapel und hatte ihn in diesem Jahr schon im Januar dazu gedrängt, den Sommerurlaub wieder auf *Ischia* zu buchen.

Als Rudi mit seinem Wagen auf den Angestelltenparkplatz der Klinik einbog, hörte er im Autoradio gerade einen Bericht darüber, dass man am Münchner Flughafen eines der heißesten Wochenenden des ganzen Jahres erwartete, weil Viele bereits am Freitagnachmittag nach Schulschluss den Flug in den Urlaub antraten und am Samstag der Tag mit den meisten Starts und Landungen des ganzen Jahres bevorstand. Während der letzten Sätze des Berichtes begann der Sender passenderweise im Hintergrund bereits mit den ersten Takten von „Ab in den Süden, der Sonne hinterher". Rudi stellte den Motor ab, drückte seinen Zigarettenstummel im Aschenbecher aus, wartete noch solange, bis der Refrain zum ersten Mal gesungen war und stieg aus. Er kannte natürlich die Autos der Ärzte, Schwestern und Pfleger und weil auch der dunkelblaue Porsche schon auf dem Parkplatz stand, wusste er, dass auch Professor Fischer bereits in der Klinik war.

Im kleinen Nebenzimmer, das man nur über den Aufenthaltsraum der Krankenschwestern und Krankenpfleger erreicht, holte Rudi seinen weißen Kittel aus dem Spind und schlüpfte hinein. Wegen der Hitze hatte er zuhause nicht mehr als ein T-Shirt, Shorts und Sandalen angezogen.

„Hallo Rudi!"

Schwester Sofie, deren Nachtschicht gerade zu Ende ging, wäre beinahe mit Rudi in der Tür zusammengestoßen, als er gerade den Aufenthaltsraum verlassen wollte.

„Grüß dich, Sofie."

„Geht's dir wieder besser?"

„Ja, es ist wieder alles okay, ich muss doch auch fit sein, morgen geht es schließlich ab in den Süden."

„Du Glücklicher, ich muss leider bis zu meinem Urlaub noch sechs Wochen arbeiten. Ich wünsch dir und Heidi ein paar schöne Tage in Italien, lasst es euch gut gehen."

„Danke, ich habe nichts anderes vor als zwei Wochen *dolce far niente*."

„Das werde ich dieses Wochenende auch machen. Ich lege mich an den See und lasse mir von meinem Schatz den Rücken eincremen und kühle Drinks servieren."

„Es scheint tatsächlich etwas Ernsteres zu werden mit euch beiden oder täusche ich mich da?"

„Ich hoffe, dass du recht hast, ich war schon lange nicht mehr so glücklich wie in den letzten fünf Wochen, seit ich den Michi kennengelernt habe."

„Man sieht es dir an!"

Schwester Sofie strahlte über das ganze Gesicht, als sie von ihrer neuen Liebe schwärmte.

„Gab es heute Nacht etwas Besonderes?" wechselte Rudi das Thema.

„Nein, es war sehr ruhig, nur die Brustvergrößerung von Nr. 17 wollte um halb zwei noch eine Schmerztablette, weil sie nicht schlafen konnte. Die OP war erst gestern Vormittag."

„Ich werde dann gleich mal bei ihr vorbeischauen. Zuerst geh ich aber mal zum Chef rauf, damit er weiß, dass ich wieder da bin."

„Herein!" ertönte es von innen, kaum dass Rudi an die Tür geklopft hatte. Er drückte auf die Klinke und ging hinein.

„Guten Morgen, Herr Professor."

„Guten Morgen, Rudi, schön, Sie wieder zu sehen. Wie geht es Ihnen heute?"

„Danke, mir geht's wieder gut. Ich weiß nicht, ob der Fisch, den ich am Dienstagabend gegessen habe oder ob etwas anderes Schuld daran war, dass ich gestern und vorgestern mehr Zeit auf der Toilette als irgendwo sonst verbracht habe."

„Hat Sie Ihre Frau wenigstens gut gepflegt?" fragte der Professor lächelnd.

„Nein, sie war ausgerechnet an diesen beiden Tagen nicht da. Sie war mit ihrer vierten Klasse im Landschulheim."

„So kurz vor den Ferien?"

„Ja, ursprünglich war dafür eine ganze Woche Anfang Juli eingeplant. Aber Heidi hatte eine kräftige Sommergrippe und um die Fahrt nicht ganz ausfallen zu lassen, ist sie in dieser Woche wenigstens noch für zwei Tage hingefahren."

Der Professor fand es sehr lobenswert, dass Rudi nach seinen zwei Krankheitstagen am letzten Tag vor dem Urlaub wieder zur Arbeit erschienen war. Er berichtete ihm kurz, was sich in den vergangenen Tagen in der Klinik ereignet hatte und gab ihm Anweisungen, um welche Patienten er sich an diesem Tag noch besonders kümmern sollte.

„Wir werden uns heute sicher noch ein paar Mal sehen, aber ich wünsche Ihnen und Ihrer Frau schon jetzt sehr erholsame Urlaubstage."

Rudi war aufgefallen, dass der Professor ausgesprochen gut gelaunt war, verabschiedete sich von ihm und machte sich an die Arbeit.

Der letzte Arbeitstag verging fast wie im Flug und ohne besondere Vorkommnisse, am Spätnachmittag konnte sich Rudi auch noch von seinen restlichen Kolleginnen und Kollegen, die gerade in der Klinik Dienst hatten, verabschieden und fuhr gut gelaunt nach Hause, wo er gleich mit dem Kofferpacken beginnen wollte, um am anderen Tag ohne Hektik in den Urlaub starten zu können. Als er daheim ankam, war seine Frau Heidi bereits am Kleiderschrank zugange.

„Lass noch etwas Platz in deinem Koffer, damit du das Ergebnis deiner Shoppingtouren auch mit nach Hause bringen kannst" neckte er sie.

„Als ob ich schon jemals viele Klamotten im Urlaub gekauft hätte" meinte Heidi ironisch.

„Irgendwie kann ich mich ganz dunkel daran erinnern, dass du vor drei Jahren auf Gran Canaria am Ende noch eine Reisetasche kaufen musstest, um alles nach Hause zu bringen."

Er konnte sich gerade noch ducken, um nicht von dem Kissen getroffen zu werden, dass Heidi nach seiner spitzen Bemerkung vom Bett genommen und nach ihm geworfen hatte. Sie selbst reagierte nicht so schnell, als Rudi das Kissen hinter sich vom Boden aufhob und es zurückschleuderte. Mit voller Wucht traf er sie am Kopf und um die Kissenschlacht zu beenden, machte er einen Satz nach vorne und umarmte sie, um ihr keine Gelegenheit mehr zu geben, abermals nach ihm zu werfen.

„Ich freue mich so auf die nächsten zwei Wochen mit dir, Heidi."

„Ich kann es auch kaum erwarten, wieder nach *Ischia* zu kommen."

„Hast du schon mit Sandra telefoniert?"

Heidis Kollegin Sandra hatte sich angeboten, die beiden am anderen Morgen zum Bahnhof zu fahren.

„Ja, sie will bis spätestens um sieben hier sein, da haben wir ausreichend Zeit, um kurz nach halb acht den Zug in Prien zu erwischen."

„Gut. Bevor ich auch zum Kofferpacken anfange, brauch ich noch einen Happen zu essen."

Heidi kniff ihn leicht in das Speckröllchen, das sich unter seinem T-Shirt abzeichnete und stellte fest:

„Man sieht überhaupt nicht, dass du zwei Tage nichts essen konntest."

„Trotzdem hab ich jetzt Hunger, soll ich dir auch ein Sandwich machen?"

„Nein, ich esse heute nur noch ein bisschen Salat, in der Schule gab's Kuchen für alle, da habe ich sowieso schon zu viel gegessen. Und ab morgen geht die Schlemmerei ohnehin weiter."

„Hoffentlich kocht Giovanni immer noch im *Hotel Vesuvio*, auf seine Kochkünste freue ich mich auch schon richtig."

„Ich fürchte sie eher, nach dem Urlaub habe ich bestimmt wieder ein paar Kilo mehr drauf. So viele Strandläufe kann ich doch gar nicht machen, um das zu verhindern."

„Ich kann dir auch noch eine andere Möglichkeit zeigen, ordentlich Kalorien zu verbrennen" grinste Rudi sie an und schob sie zum Bett.

8

Es war kurz vor neun Uhr, als Familie Hartinger am Münchner Flughafen ihr Gepäck aus einem großen Kombi auslud. Zum ersten Mal seit mehreren Jahren hatte es Max Hartinger geschafft, am Tag vor dem Abflug so rechtzeitig das Rosenheimer Polizeipräsidium zu verlassen, dass er ohne Stress die letzten Urlaubsvorbereitungen treffen konnte und die Familie nicht erst auf den letzten Drücker am Check-in-Schalter antanzte. Auch der Transfer zum Flughafen hatte reibungslos geklappt. Einige Jahre zuvor war Hartinger darauf aufmerksam geworden, dass viele ehemalige Landwirte in den Gemeinden rings um den Flughafen ihre leer stehenden Stallungen und Scheunen sowie größere Flächen im Freien als Urlauberparkplätze vermieteten, die Reisenden mit kleinen Shuttlebussen zum Flughafen brachten und bei der Rückkehr natürlich auch wieder abholten. Nachdem dies beim ersten Mal sehr gut funktioniert hatte, hatten die Hartingers nun jedes Jahr rechtzeitig vor dem Urlaub dort ihren Stammparkplatz reserviert.

Erwartungsgemäß dauerte das Einchecken heute ziemlich lange, der Ansturm am ersten Ferienwochenende in Bayern war gewaltig. Während Max und seine Frau Chiara geduldig in der langen Schlange stehen blieben, nutzten ihre beiden Töchter Martina und Elena die Wartezeit, um sich im nahe gelegenen Zeitungsladen noch mit genügend Lesestoff für den Flug einzudecken.

„Ich bin gespannt, ob Francesco bei seinem Mordfall schon weitergekommen ist. Was er mir am Telefon erzählt hat, hat mich ziemlich neugierig gemacht."

„Fang gar nicht erst damit an, dich jetzt auch noch in Italien mit Mordfällen herumzuschlagen. Du hast Urlaub!" meinte Chiara ernst.

„Ja, du hast ja recht, Schatz, ich freue mich schon auf zwei Wochen Nichtstun, aber du kennst mich doch, in solchen Fällen bin ich zu neugierig."

Die Warteschlange vor ihnen wurde langsam kürzer, Stück für Stück schoben sie die beiden Gepäckwagen mit den vier Koffern vorwärts. Als sie fast an der Reihe waren, kamen auch Martina und Elena, jede bepackt mit einem halben Dutzend Zeitschriften, endlich zurück.

„Wir fliegen doch nicht bis Australien" schüttelte Hartinger den Kopf. Ihm und Chiara reichten für den knapp zweistündigen Flug nach Neapel die im Flugzeug jeweils ausliegenden Tageszeitungen.

Max und Chiara hatten sich 1987 auf dem Oktoberfest kennengelernt. Chiara war damals vierundzwanzig, hatte auf der Universität *La Sapienza* in Rom Germanistik studiert und war wie schon mehrfach während ihres Studiums mit einer Freundin für drei Wochen in Deutschland gewesen, damals eben in München. Der ein Jahr ältere Max, der in Rosenheim wohnte und sich kurz vorher von seiner Freundin getrennt hatte, hatte eigentlich keine Lust gehabt, nach München zum Oktoberfest zu fahren, aber sein Freund Stefan überzeugte ihn dann doch mit dem Argument, dass so ein Oktoberfestbesuch bestimmt ganz gut dazu geeignet wäre, um auf andere Gedanken zu kommen. Es war ein wunderbar warmer Septemberabend und die Massen strömten zur Theresienwiese. Nachdem sich Max und Stefan in einem überfüllten Bierzelt eine Maß Bier und ein halbes Hendl hatten schmecken lassen, schlenderten sie durch die Schaustellergassen. Als Max einer Gruppe grölender und torkelnder Amerikaner auswich, stieß er mit Chiara zusammen, die ebenfalls den Amerikanern ausgewichen war. Der leuchtend rote Liebesapfel, von dem Chiara nur einmal abgebissen hatte, hinterließ einen roten, klebrigen Fleck auf Max' weißem Poloshirt.

„*Oh, scusami*" bat Chiara instinktiv auf Italienisch um Verzeihung und schickte sogleich noch ein „Entschuldigung" hinterher. Max war von ihrem strahlenden Lächeln sofort angetan und natürlich stimmte er gerne zu, als Chiara ihm anbot, ihn als kleine Entschädigung für den Fleck auf dem Shirt zu einer Runde Achterbahn einzuladen. Stefan und Chiaras Freundin Angelina wollten auch mitfahren und stiegen in den Wagen vor ihnen. Die Bügel wurden geschlossen und schon erklomm der Zug den steilen Anstieg hinauf bis zum höchsten Punkt der Achterbahn. Von dort hatte man einen wunderbaren Blick auf das bunte, blinkende Lichtermeer des Oktoberfestes, aber nur kurz, denn dann raste der Zug in die Tiefe. Chiara klammerte sich laut kreischend an Max' rechten Arm und obwohl sie sich erst vor wenigen Minuten zum ersten Mal begegnet waren, spürte Max eine Vertrautheit und Nähe, als ob sie sich schon sehr lange kennen würden. Nur ungern schien Chiara ihren Griff zu lösen, als nach der turbulenten Fahrt der Zug langsam ausrollte. Zu viert spazierten sie dann weiter über die Wiesn, am nächsten Süßigkeitenstand kaufte Max für Chiara ein Lebkuchenherz und als er ihr es umhängte, flüsterte er ihr ins Ohr, dass er sie sehr gerne wiedersehen würde. Leider hatten Angelina und Chiara schon für den übernächsten Tag ihren Rückflug nach Rom gebucht.

„Aber morgen könnten wir uns noch einmal treffen" hatte Chiara vorgeschlagen.

Stefan und Angelina war es natürlich nicht verborgen geblieben, dass es zwischen Max und Chiara anscheinend ganz heftig gefunkt hatte.

„Ich wollte morgen sowieso noch einen Einkaufsbummel machen, da kann ich auch alleine losziehen" gab Angelina ihrer Freundin freie Bahn, damit Chiara kein schlechtes Gewissen haben musste, sie am letzten Urlaubstag alleine zu lassen.

Nach einer Nacht mit relativ wenig Schlaf setzte sich Max am nächsten Tag, einem Samstag, gleich am Vormittag wieder in den Zug von Rosenheim nach München, wo ihn Chiara am Hauptbahnhof schon am Gleis erwartete. Nach einem Kaffee machten sie sich auf zum Englischen Garten, wo sie stundenlang nebeneinander im Gras lagen, die warme Septembersonne genossen, sich von ihren Wünschen und Träumen erzählten und schließlich planten, wie sie sich schnellst möglichst wieder sehen könnten. Chiara hatte bereits während ihres Studiums in Rom einen Job als Dolmetscherin bekommen und arbeitete gleichzeitig noch als Reiseführerin. Deshalb hatte sie relativ ungeregelte Arbeitszeiten, manchmal ging es am Wochenende ohne Pause weiter, dann wiederum hatte sie unter der Woche ein paar Tage frei oder konnte ein verlängertes Wochenende genießen.

„Bevor an Weihnachten die Touristen wieder nach Rom strömen, ist es im Herbst bei uns immer etwas ruhiger, da bin ich nicht so oft mit Reisegruppen in der Stadt unterwegs. Sicher habe ich im November einmal drei, vier Tage am Stück frei und kann wieder zu dir kommen."

„Und ich habe von Weihnachten bis Heilig Drei König Urlaub, da könnte ich dann nach Rom fliegen."

Was als heftiger Oktoberfest-Flirt begann, endete keine zwei Jahre später an einem herrlich sonnigen Juni-Samstag vor dem Traualtar eines kleinen oberbayerischen Dorfkirchleins. Der italienische Brautvater Aldo war zwar nicht begeistert, dass seine einzige Tochter ausgerechnet einen deutschen Polizisten heiraten wollte, konnte sich aber natürlich gegen den Willen seiner über beide Ohren verliebten Chiara genauso wenig durchsetzen wie gegen seine Frau Giovanna, die ihren zukünftigen Schwiegersohn gleich bei seinem ersten Rom-Besuch fest in ihr Herz geschlossen hatte. Dennoch ließ es sich Aldo nicht nehmen, dem Brautpaar eine Hochzeitsreise auf die Malediven zu spendieren. Sie verbrachten dort zwei traumhafte Flitterwochen und als Chiara schon drei Monate nach der Hochzeit feststellte, dass sie schwanger war, war ihr Glück perfekt.

„Grüß Gott, Ihre Pässe und Ihre Tickets bitte" wurden die Hartingers am Check-in-Schalter von der Lufthansa-Mitarbeiterin, die sich auch durch den nicht enden wollenden Ansturm der Fluggäste nicht aus der Ruhe bringen ließ, freundlich begrüßt. Die vier großen Reisekoffer erhielten ihre Gepäckaufkleber mit dem Kürzel NAP für den Flughafen *Napoli-Capodichino* und verschwanden hinter dem Schalter über das Gepäckförderband im Inneren des Flughafens, während jeder der vier Hartingers seinen Boardingpass erhielt.

„Sie haben bis zum Abflug Ihrer Maschine noch ziemlich genau eine Stunde Zeit. Ich empfehle Ihnen aber, gleich zur Handgepäck-Kontrolle zu gehen, denn dort werden heute die Warteschlangen ähnlich lang sein wie hier. Guten Flug und einen schönen Aufenthalt in Italien."

Wider Erwarten musste Max Hartinger mit seiner Familie nicht allzu lange warten, bis sie die letzte Kontrolle passiert hatten und dann auf den letzten freien Sitzplätzen im Wartebereich vor ihrem Flugsteig gemütlich auf ihren Abflug warten konnten. Einem Großteil der dort Sitzenden sah man an, dass es sich um Touristen handelte, aber in dem Sprachgewirr waren auch viele italienische Worte zu hören. Unter den Fluggästen waren also auch viele Italiener, die sich auf den Weg in den Heimaturlaub machten. Durch die jahrelange Polizeiarbeit hatte Hartinger gelernt, Menschen genau zu beobachten und so streifte sein Blick jetzt über diejenigen, die gleich mit ihm und seiner Familie im selben Flugzeug fliegen sollten.

Schräg gegenüber saß ein älteres Ehepaar, das gerade heftig miteinander diskutierte, das heißt, der Mann kam eigentlich gar nicht zu Wort. Während er in Erwartung der Sonne Süditaliens bereits einen Sonnenhut aus Stroh aufgesetzt hatte und sein Handgepäck, einen kleinen roten Rucksack, fest umklammerte, ganz so als ob er Angst haben müsste, dass gleich irgendjemand auf ihn zustürmen und ihm den Rucksack entreißen würde, fuchtelte sie wild mit den Armen umher und redete pausenlos auf ihn ein. Soweit Hartinger hören konnte, hatten die beiden anscheinend etwas zuhause vergessen.

„Na da geht ja der Urlaub schon gut los, wenn die schon am Flughafen zu streiten anfangen" dachte er sich.

Neben dem Ehepaar saß ein anderes Paar, das Hartinger schon in der Warteschlange vor dem Check-in aufgefallen war, weil unter dem weißen T-Shirt von ihm am rechten Oberarm der tätowierte Kopf einer Schlange hervorlugte. Jetzt sah er die beiden zum ersten Mal von vorne, er schätzte sie ungefähr so alt wie sich selbst und Chiara ein und im Sitzen fiel es nicht mehr so sehr auf, dass sie fast ein Kopf kleiner war als er. Er war kräftig gebaut, vielleicht ein bisschen übergewichtig, sie dagegen war sehr schlank und zierlich. Das Stimmengewirr um sie herum schien ihnen nichts auszumachen, beide waren in Zeitschriften vertieft, er las ein Sportmagazin, während sie sich über den neuesten Klatsch und Tratsch in der High Society informierte.

Martina und Elena machten sich auch über den eben gekauften Lesestoff her, Chiara beobachtete wie ihr Mann Max die anderen Fluggäste.

„Soll ich dir noch einen Kaffee holen, Chiara?"

„Danke Max, jetzt trinke ich keinen mehr. Lieber genieße ich gleich nach unserer Ankunft einen original italienischen."

Mit einem Augenzwinkern und einer Kopfbewegung nach links deutete Max hinüber zum Ausgang zur Gangway. Chiara und er amüsierten sich bei jeder Flugreise darüber, wie sich dort schon lange bevor ihr Flug aufgerufen wurde, die ersten Passagiere anstellten, als ob sie dadurch einen besseren als den auf ihrem Boardingpass aufgedruckten Sitzplatz ergattern könnten oder gar ein bisschen schneller als die anderen Fluggäste am Zielflughafen ankommen würden. Auch jetzt postierten sich dort schon wieder die ersten und aus so manchem Gesicht der anderen Passagiere, die noch saßen, war herauszulesen, wie sie überlegten, ob nicht auch sie sich schon anstellen sollten. Zehn Minuten später ertönte dann endlich die Lautsprecher-Durchsage:

„Sehr geehrte Damen und Herren, Ihr Flug LH 4050 von München nach Neapel steht jetzt für Sie bereit …"

Der Rest der Ansage ging fast in dem Lärm unter, den die Richtung Ausgang stürzende Menge verursachte. Die vier Hartingers blieben wie immer so lange sitzen, bis sich der erste Trubel gelegt hatte und sie dann ohne unnötig herumzustehen das Drehkreuz zur Gangway passieren konnten.

9

Nach einem ruhigen Flug mit einer ausgezeichneten Sicht aus der Vogelperspektive auf die Alpen, den Gardasee, Florenz und Rom, einer wie immer abenteuerlichen Taxifahrt durch das neapolitanische Verkehrschaos und einer problemlosen Fahrt mit der Fähre über den Golf von Neapel hatten die Hartingers ihr Urlaubsziel erreicht. Der Kapitän der *Maria Buono* ließ das Nebelhorn der Fähre laut ertönen, als sie die Hafeneinfahrt von *Ischia Porto* passierten. Max, Chiara, Martina und Elena blieben auf dem offenen Oberdeck so lange stehen, bis die Fähre ihren Ankerplatz erreicht hatte und das Dröhnen der Schiffsmotoren verstummt war. Schon von Weitem hatte Chiara ihren Bruder Francesco stehen sehen, der in seiner dunkelblauen Uniform neben seinem ebenfalls dunkelblauen Dienstwagen in der Menschenmenge am Hafen leicht auszumachen war. Obwohl Francesco an diesem Samstag im Dienst war, ließ er es sich natürlich nicht nehmen, seine Schwester mit ihrer Familie persönlich am Hafen abzuholen und zu ihrem Hotel zu bringen. Auch er hatte Chiara gleich gesehen, denn er reagierte sofort auf ihr stürmisches Winken und winkte zurück. Wenig später lagen sich die Geschwister nach vier Monaten endlich wieder in den Armen und danach wurden Max, Martina und Elena genauso herzlich von ihrem Schwager und Onkel begrüßt.

Max und Francesco hatten sich schon immer sehr gut verstanden. Dem großen Bruder war es natürlich nicht egal gewesen, wen seine einzige Schwester heiratete. Weil Max sehr schnell, nachdem er Chiara kennengelernt hatte, mehrere Italienischkurse besucht und mit Chiara eine ausgezeichnete private Lehrerin hatte, waren die anfänglichen Sprachbarrieren zwischen ihm und Francesco sehr schnell abgebaut. Neben der Liebe zu Chiara und dem gleichen Beruf teilten sie auch noch ihre Fußballleidenschaft. Stundenlang konnten sie über ihre Lieblingsvereine *AS Roma* und FC Bayern München sowie die Spiele der italienischen und deutschen Nationalmannschaft diskutieren. Die Fußballweltmeisterschaft in Deutschland lag nur wenige Wochen zurück, und nach der Niederlage der deutschen Nationalmannschaft im Halbfinale von Dortmund und dem anschließenden Finalsieg der Italiener in Berlin konnte es sich Francesco nicht verkneifen, seinen Schwager mit „Willkommen beim Fußball-Weltmeister" zu empfangen.

„Wir waren eben gute Gastgeber und hatten es nicht nötig, die FIFA gegen unsere Gegner aufzuhetzen und einen gegnerischen Spieler sperren zu lassen" konterte Max. „Und wer ist denn 1990 in Italien, in Rom, Weltmeister geworden?"

Bevor bereits am Hafen eine ihrer endlosen Fußball-Diskussionen entbrennen konnte, ging Chiara dazwischen.

„Ich denke, ihr werdet in den nächsten zwei Wochen noch oft genug Zeit haben, euch mit dem Thema Fußball die Köpfe heiß zu reden. Lasst uns doch jetzt erst einmal zu unserem Hotel fahren."

„Genau" stimmte ihr Martina zu. „Ich will doch gleich noch ins Meer hüpfen, nachdem ich ein bisschen ausgepackt habe."

Francesco und Max luden das Gepäck in den Kofferraum und weil sich der Kofferraumdeckel dann nicht mehr ganz schließen ließ, wickelte Francesco ein Stück Schnur an das Schloss des Deckels und band das andere Ende an der Stoßstange fest. Während Max auf dem Beifahrersitz Platz nahm, stiegen Chiara und die beiden Töchter hinten ein.

„Gut, dass wir alle drei so schlank sind" meinte Elena, die als Jüngste in der Mitte ein bisschen beengt sitzen musste, obwohl sie und auch ihre Mutter und ihre Schwester wirklich sehr schlank waren. Aber für die wenigen Minuten bis zum Hotel war der beschränkte Platz kein Problem.

„Den alten *Fiat Punto* von meinem Schwiegervater haben wir euch heute früh schon am Hotelparkplatz abgestellt" berichtete Francesco. „Erinnert mich daran, dass ich euch gleich noch den Schlüssel gebe. Und morgen Mittag seid ihr herzlich zu uns zum Essen eingeladen, Giulia freut sich schon sehr darauf, euch auch alle wieder zu sehen."

Das *Hotel Vesuvio* lag am Ende einer kleinen Seitenstraße, die vom *Corso Vittoria Colonna* abzweigte. Das dreistöckige Hotel war ein U-förmiger Bau direkt am Strand und war so angelegt, dass man von allen Balkonen aus einen Blick aufs Meer und den im Innenhof liegenden Swimmingpool hatte. Der Eingang zum Hotel wurde von zwei kerzengeraden Palmen flankiert. Rings um das Hotel war ein Garten angelegt, in dem weitere Palmen, Kakteen und Zitronenbäumchen wuchsen sowie leuchtend violett und rosarot blühende Bougainvillea-Stauden gepflanzt waren. Auf dem angrenzenden Hotelparkplatz stand, wie von Francesco angekündigt, der weiße *Fiat Punto* von Giulias Vater bereit, den die Hartingers während ihres Urlaubs nutzen konnten.

Als Stammgäste wurde die Familie vom Besitzer des *Vesuvio* persönlich begrüßt und willkommen geheißen. Max und Chiara bezogen ihr Zimmer im ersten Stock, das Zimmer von Martina und Elena war genau ein Stockwerk darüber. Obwohl die beiden Mädchen sehr verschieden waren und zwischen ihnen ab und zu auch ordentlich die Fetzen flogen, verstanden sie sich im Großen und Ganzen recht gut. Ihrem Aussehen nach mochte man fast nicht glauben, dass die beiden Halbitalienerinnen Schwestern waren. Elena, mit ihren langen schwarzen Haaren und den großen dunklen Augen, war ihrer italienischen Mutter sehr ähnlich, sah sich aber durch und durch als Deutsche an, auch wenn sie so wie die ganze Familie natürlich sehr gerne in jedem Jahr den Urlaub in Italien verbrachte. Martina hatte von ihrem Vater die blonden Haare geerbt, fühlte sich aber mehr zu Italien hingezogen und hatte bereits nicht nur einmal erwähnt, dass sie sich vorstellen könnte, nach dem Abitur zum Studieren oder Arbeiten nach Italien zu ziehen. Mit der italienischen Sprache würde sie dabei keinerlei Probleme haben, weil sie und ihre Schwester selbstverständlich zweisprachig aufgewachsen waren.

Im Zimmer angekommen waren die Koffer schnell ausgepackt, Martina wollte wie immer die Erste sein, die sich ins Meer stürzte. Alle vier zogen das Meer dem Pool vor. Am hoteleigenen Strand waren für sie zwei Sonnenschirme und vier Liegestühle reserviert, das ersparte ihnen, wie die Ölsardinen nebeneinander zu liegen, was an den angrenzenden freien Strandabschnitten im Hochsommer meistens nicht zu vermeiden war. Den Rest des Nachmittags verbrachten die Töchter größtenteils im Wasser, während ihre Eltern die meiste Zeit im Liegestuhl lagen, aufs blaue Meer hinaussahen oder vor sich hin dösten. Nach einem vorzüglichen Abendessen im Hotel mit *Pasta*, gegrillten Hähnchenteilen und einem Eis zum Dessert schlenderten die Vier noch ein wenig durch *Ischia Porto*. Besonders die *Via Roma*, die für den Verkehr gesperrt ist, sowie der anschließende lange *Corso Vittoria Colonna*, der in etwa zur Hälfte als Fußgängerzone gestaltet ist, sind allabendlich von Touristen bevölkert, die sich zwischen fliegenden Händlern, Porträtmalern und anderen Künstlern hindurchschieben. Am ersten Abend fiel der Spaziergang allerdings relativ kurz aus, ziemlich müde von ihrer Reise ließen sich Max, Chiara, Martina und Elena beizeiten in ihre Betten fallen.

10

Am nächsten Morgen war es Chiara, die als Erste im Meer war. Noch vor dem Frühstück ging sie eine Runde schwimmen und genoss es, das warme Wasser fast für sich alleine zu haben. Max und ihre beiden Töchter krochen etwas später aus den Federn, sie trafen sich im Speisesaal zum Frühstücken und gingen dann gemeinsam den circa fünfzehnminütigen Weg Richtung Hafen, um wie immer in der *Chiesa Santa Maria di Porto Salvo* den Sonntagsgottesdienst mitzufeiern. Neben den vor allem älteren Ischitanern hatten auch zahlreiche Touristen den Weg in die schöne helle Kirche gefunden, die einst zur Eröffnung des Hafens errichtet worden war. Besonders sehenswert war dort jedes Jahr in der Karwoche das Heilige Grab, das aus einem Meer von Blumen zusammengestellt wurde und die Seitenkapelle rechts vom Altarraum nahezu vollständig ausfüllte. Max und Chiara hatten schon dreimal die Osterfeiertage auf der Insel verbracht und dabei auch an der farbenprächtigen Palmprozession am Palmsonntag teilgenommen und das Spiel der Passionsszenen am Karfreitag bewundert.

Auf dem Rückweg vom Gottesdienst machten sie noch auf einen Kaffee in einer Bar Halt. Da es nicht gern gesehen wurde, wenn man in allzu knapper Sommerbekleidung in die Kirche ging, hatten sie jeweils lange Hosen angezogen und die beiden Mädchen verzichteten auf ärmellose Oberteile. Als sie nach dem Kaffee zum Hotel zurückkehrten, schlüpften sie schnell in eine etwas luftigere Kleidung, stiegen in den alten *Fiat Punto*, dessen Motor wider Erwarten gleich ansprang, und fuhren nach *Fiaiano*, wo Giulia sie schon zum Mittagessen erwartete. Mit einem lauten Hupen kündigte Max ihre Ankunft an. Giulia kam ihnen aus dem Haus entgegen, fiel Chiara um den Hals und hätte dabei beinahe den Blumenstrauß zerdrückt, den Chiara auf dem Weg von *Porto* herauf bei einem Straßenhändler noch für sie gekauft hatte.

„Vielen Dank für die Blumen" freute sich Giulia. „Kommt doch herein, das Essen ist schon fertig. Francesco muss auch gleich da sein, er wollte nur noch schnell auf dem Revier vorbeischauen, obwohl er heute frei hat."

„Ist er denn bei seinem Mordfall schon weitergekommen?" fragte Max, auch auf die Gefahr hin, von Chiara wieder diesen typischen Du-hast-doch-Urlaub-Blick einzufangen.

„Soviel ich weiß, tappt er noch ziemlich im Dunkeln, aber das soll er dir später alles selbst erzählen."

Gerade als sie ins Haus hineingehen wollten, kam Francesco auch schon mit seinem Auto um die Ecke gebogen.

Giulia war eine ausgezeichnete Köchin und hatte den ganzen Vormittag mit den Vorbereitungen für das Mittagessen zugebracht. Aus der geräumigen Wohnküche strömte ihnen schon ein herrlicher Essensduft entgegen. Der große Tisch, der mitten im Zimmer stand, war bereits gedeckt und Giulia hatte auch schon verschiedene *Antipasti* darauf angerichtet: in Öl eingelegtes Gemüse, mit *Mozzarella* gefüllte und mit *Origano* gewürzte, zusammengeklappte und dann panierte und frittierte Weißbrotscheiben, die sich *Mozzarella in carrozza* nannten, und eine riesige Platte mit einer *Insalata caprese* aus leuchtend roten Tomaten, echter Büffel-*Mozzarella* und frischem *Basilico* aus dem eigenen Kräutergarten. Dazu gab es frisches, knuspriges, selbst gebackenes Weißbrot.

Giulia beobachtete Martina, die sich gerade ein großes Stück Tomate in den Mund schob.

„Du wirst auch immer hübscher, Martina, gib nur Acht, die jungen Italiener werden dir bestimmt schöne Augen machen."

Martina wurde ein bisschen rot wegen des Kompliments.

„Danke, Tante Giulia, ich werde schon auf mich aufpassen."

„Den ersten Verehrer hat sie schon" konnte Elena die Meinung ihrer Tante gleich bestätigen. „Er heißt Toto und ist der *Bagnino* an unserem Strand. Der hat sie gestern Nachmittag überhaupt nicht mehr aus den Augen gelassen" grinste Elena schelmisch. Das Grinsen verging ihr allerdings ziemlich schnell, als Martina, deren Gesicht inzwischen knallrot angelaufen war, ihr unter dem Tisch einen heftigen Tritt gegen das Schienbein versetzte.

„Das ist doch auch seine Aufgabe als Bademeister, dass er die Badegäste am Strand nicht aus den Augen lässt" kam Max seiner älteren Tochter zu Hilfe, allerdings nicht ohne den Hintergedanken, sich bei der nächsten Gelegenheit am Strand den *Bagnino* auch etwas genauer anzusehen. Denn Giulia hatte Recht, Martina war wirklich sehr hübsch und wirkte im Vergleich zum Vorjahr mittlerweile schon richtig erwachsen.

Nach den *Antipasti* hatte Giulia als ersten Gang aus schwarzen Oliven, Tomaten, Sardellenfilets, Peperoni, Kapern und sehr viel Knoblauch köstliche *Spaghetti alla puttanesca* gezaubert, die so gut schmeckten, dass sich sowohl Max als auch Francesco noch eine zweite Portion nahmen.

„Ich habe heute Vormittag mit Mama telefoniert" erzählte Francesco zwischen zwei Gabeln *Spaghetti*.

„Den beiden geht's soweit ganz gut, nur die große Hitze in Rom macht ihr in diesem Jahr wieder besonders zu schaffen."

„Es wird wirklich Zeit, dass Papa bald seine Praxis aufgibt" meinte Chiara. „Dann könnten sie im Sommer für längere Zeit raus aus der Stadt. Im Moment schaffen sie es oft nicht einmal am Wochenende, weil Papa so viel arbeitet."

Dottore Aldo Bianchi war Internist und hatte eine sehr gut gehende Arztpraxis im Zentrum von Rom. Weil er ausschließlich Privatpatienten behandelte, war er außerhalb der normalen Sprechzeiten sehr oft am Abend und eben auch am Wochenende zu Hausbesuchen unterwegs. Natürlich hätte er es gerne gesehen, wenn auch sein einziger Sohn Medizin studiert und ihn in seiner Praxis beerbt hätte, aber mit Medizin hatte Francesco überhaupt nichts am Hut, schon als kleiner Junge hatte er immer erzählt, dass er einmal Polizist werden würde.

Elena half Giulia, die leeren *Spaghetti*-Teller abzuräumen und den Hauptgang aufzutragen: *Bistecche alla pizzaiola* mit gerösteten Rosmarin-Kartoffeln. Obwohl alle schon bei den *Spaghetti* ordentlich zugelangt hatten, hielt sich auch bei den Rindersteaks keiner zurück.

„Mit den *Bistecche* hast du dich wieder einmal selbst übertroffen, Giulia. Ich bringe diesen tollen Geschmack nie so hin. Wie machst du das bloß?" fragte Chiara ihre Schwägerin neugierig.

„Es ist eigentlich ganz einfach, ich lasse die Steaks ganz kurz in heißem Olivenöl scharf anbraten, nehme sie heraus und gebe den Knoblauch und die gehackten Tomaten ins heiße Öl und lösche mit einem ordentlichen Schuss Rotwein ab. Wenn die Soße ein bisschen eingekocht ist, gebe ich die Steaks wieder hinein und lasse sie bei kleiner Hitze noch eine Viertelstunde langsam schmoren. Zum Würzen nehme ich nur Salz, Pfeffer und *Origano*."

„Vielleicht liegt es daran, dass die Tomaten bei uns bei Weitem nicht so einen guten Geschmack haben. Was es da in Deutschland oft zu kaufen gibt, ist echt eine Katastrophe. An dem Rotwein kann es jedenfalls nicht liegen, da nehme ich auch zum Kochen nur den Besten. Übrigens, der hier ist auch ausgezeichnet."

Chiara hob ihr Glas und ließ sich von Francesco noch einmal nachschenken.

Nach dem Hauptgang brauchten alle erst einmal eine Pause, bevor sie sich über das *Tiramisu* hermachten, das Giulia, wie sie selbst feststellte, fast mit ein bisschen zu viel Likör getränkt hatte. Nach dem abschließenden *Espresso* waren dann endgültig alle bis zum Platzen voll.

Max hatte Martina und Elena versprochen, sie nach dem Mittagessen wieder nach *Porto* hinunterzufahren, denn den ganzen Nachmittag mit den Erwachsenen in *Fiaiano* zu verbringen, war ihnen dann doch zu langweilig. Der Strand und das Meer waren ihnen da viel lieber. Giulia machte sich mit Chiaras Hilfe daran, die Teller, Tassen und Töpfe zu spülen und Francesco bot sich an, Max und die Mädchen zu begleiten.

Nachdem sie die beiden am Hotel abgesetzt hatten, machte Francesco den Vorschlag, kurz auf dem Revier vorbeizufahren. Während des Mittagessens hatte es sich Max verkniffen, den Mordfall Spinelli zu erwähnen, aber jetzt, als sie alleine waren, platzte es aus ihm nur so heraus, er wollte alles ganz genau wissen.

„Warte einen Moment, ich zeig dir auf dem Revier gleich ein paar Fotos, dann erzähl ich dir alles von Anfang an" spannte ihn Francesco noch ein wenig auf die Folter.

Francesco und sein Kollege Alfonso hatten sich den Dienst an diesem Wochenende aufgeteilt. Nachdem Francesco den Samstag übernommen hatte, war heute Alfonso dran. Er saß in seinem Büro, als die beiden am Revier eintrafen.

„Aha, unsere Verstärkung aus Deutschland ist da" begrüßte er Max freundlich.

„Lass das bloß nicht meine Frau hören, Alfonso, sonst haben wir beide ein Problem."

„Komm, Max, ich habe die Fotos in meinem Büro."

Max folgte Francesco ins Nebenzimmer, wo dieser einen Hängeordner aus dem Schreibtisch nahm und die Fotos herauszog, die auf dem *Ponte* nach dem Fund von Marco Spinellis Leiche gemacht worden waren.

„Und dieses Foto hier wurde im letzten Sommer aufgenommen. Hast du ihn zufällig in Rosenheim schon einmal gesehen?"

„Nein, der ist mir völlig unbekannt."

Francesco wiederholte noch einmal das Wichtigste aus dem Obduktionsbericht, über den er Max am Tag nach dem Mord bereits vorab am Telefon informiert hatte. Anschließend berichtete er Max, was vor dem Mord tagsüber alles passiert war, soweit sie dies anhand der Aussagen von Anna Spinelli und Marcos Freunden Roberto, Pasquale und Emilio hatten rekonstruieren können.

„Zu dem Streit mit Marco und dem Verlauf des Abends haben die drei unabhängig voneinander das Gleiche ausgesagt. Entweder haben sie sich vorher sehr gut untereinander abgesprochen, weil sie wussten, dass wir früher oder später auf sie zukommen würden oder sie haben Marco nach ihrer Auseinandersetzung tatsächlich nicht mehr gesehen."

„Der Streit wegen der *Pizzeria*-Beteiligung wäre natürlich schon ein Motiv, aber ich halte es für relativ unwahrscheinlich, dass man deswegen gleich einen Mord begeht. Außerdem ist für Pasquale die Chance nun endgültig dahin, sich zusammen mit Marco selbstständig zu machen."

„Das gleiche Fazit hat Alfonso auch schon gezogen. Und ich halte die drei auch für unschuldig. Dann bleibt nur dieser Luigi Rasoni."

„Hat er denn ein Alibi?" wollte Max wissen.

„Er hat sich bei mir noch nicht gemeldet. Bis morgen früh müsste er das aber tun, weil er laut seiner Tochter spätestens heute Abend aus *Avellino* zurückkommen wollte. Auf alle Fälle stimmt es, dass sein Schwiegervater dort im Krankenhaus liegt. Ich habe das überprüfen lassen. Er hatte am Mittwoch eine Bypass-Operation."

„Dass Rasoni ausgerechnet am Morgen nach dem Mord mit seiner Frau nach *Avellino* gefahren ist, kann natürlich Zufall sein."

„Ja, und wenn er jetzt auch noch ein Alibi hat, dann stehe ich mit meinen Ermittlungen wieder ganz am Anfang und habe überhaupt keinen Anhaltspunkt, warum und von wem Spinelli ermordet wurde. Die Hoffnung, über eine DNA-Probe weiterzukommen, hat sich auch zerschlagen. Fausto, also ich meine der Gerichtsmediziner Dr. Nuccolo, hat mich am Freitag angerufen. Sein Assistent hat bei der Analyse des kleinen Hautpartikels, den die Spurensicherung auf Spinellis T-Shirt gefunden hat, irgendetwas vermurkst."

„Sonst gab es keine Spuren?"

„Nein, überhaupt keine. Die Tatwaffe haben wir auch nicht gefunden. Die gesamten Bereiche rings um den *Ponte* habe ich schon von Tauchern absuchen lassen. Sie haben nichts gefunden. *Capitano* Lombardo steigt mir auch schon auf die Füße, weil er endlich Untersuchungsergebnisse präsentiert haben möchte."

Francesco sah mit einem Mal richtig verzweifelt aus.

„Lass dich doch von deinem Chef nicht aus der Ruhe bringen" munterte Max seinen Schwager auf. „Ich kenne das auch zur Genüge. Wir sollen immer ruck zuck einen Mörder aus dem Hut zaubern, egal wie schwierig und undurchsichtig der Fall ist. Wenn man keine Zeugen hat, dann kann sich die Suche nach dem Täter eben oft hinziehen."

„Bei den Menschenmassen, die am Mittwoch wieder beim Fest dabei waren, muss es eigentlich Zeugen geben. Wir haben am Freitag ein Flugblatt mit Spinellis Foto und ein paar Angaben zur Tat in *Ponte* verteilt, in allen Hotels und an den Stränden. Leider hat sich daraufhin kein einziger Zeuge gemeldet."

„Das hätte ich nicht anders erwartet. Wenn jemand den Mord direkt beobachtet hätte, dann wäre er doch sicher längst auf euch zugekommen, auch ohne erst das Flugblatt und den Aufruf gesehen zu haben. Außerdem strömen doch immer von überall die Touristen zum Fest nach *Ponte,* demnach hättest du also das Flugblatt auf der ganzen Insel verteilen müssen."

Francesco schüttelte resignierend den Kopf, stand auf, holte sich aus dem Regal neben seiner Bürotür ein Glas und eine Flasche Wasser.

„Möchtest du auch einen Schluck, Max?"

„Danke, nein. Wir sollten vielleicht auch schön langsam wieder einmal zu euch nach Hause fahren. Unsere beiden Liebsten werden sich bestimmt schon Gedanken machen, wo wir so lange stecken."

„Ja, du hast recht, lass uns zurückfahren. Heute kann ich hier ohnehin nichts mehr ausrichten."

Im Hinausgehen steckten sie noch einmal die Köpfe bei Alfonsos Bürotür hinein.

„*Ciao* Alfonso, bis morgen."

„*Ciao,* bis morgen. Und euch einen schönen Urlaub, Max. Aber wir werden uns bestimmt noch einmal sehen."

„Da bin ich mir sicher, Alfonso."

Als sie ins Auto einstiegen, fragte Max:

„Wie geht es denn *Signora* Spinelli inzwischen?"

„Sie ist gestern Vormittag entlassen worden, aber es geht ihr natürlich noch nicht sonderlich gut. Sie wäre nicht fähig gewesen, nach Neapel hinüber zu fahren, um die Leiche zu identifizieren. Das hat ihr einziger Bruder übernommen, der in *Pozzuoli* wohnt."

„Wann ist die Beerdigung?"

„Morgen Nachmittag"

„Du gehst doch hin?"

„Ja, natürlich, auch wenn ich mir nicht viel davon verspreche. Der Mörder wird sich dort kaum sehen lassen."

„Wenn er nicht aus dem engsten Umfeld von Marco Spinelli stammen sollte, dann sicherlich nicht. Wenn es sich einrichten lässt, gehe ich bei meinen Fällen immer zur Beerdigung, weil das Verhalten der Angehörigen manchmal ganz interessant und aufschlussreich sein kann."

Als sie wieder in *Fiaiano* ankamen, saßen Giulia und Chiara mit einer eisgekühlten Flasche *Prosecco* auf der schattigen Terrasse. Giulias Eltern waren von nebenan dazugekommen. Francesco holte aus der Küche noch zwei weitere Gläser und setzte sich mit Max zu der fröhlichen Runde. Den Rest des Nachmittages erwähnte keiner von beiden den Mordfall Spinelli, obwohl bei Francesco und jetzt auch bei Max viele Gedanken um diesen mysteriösen Fall kreisten. Gegen Abend, als allen vom vielen Lachen allmählich das Zwerchfell wehtat, fuhren Max und Chiara in ihr Hotel zurück, wo sie von ihren Töchtern bereits an ihrem Tisch im Speisesaal erwartet wurden. Zur Verwunderung des Kellners, der natürlich nichts von ihrem üppigen Mittagsmahl wissen konnte, hielten sich alle vier beim Abendessen auffallend zurück.

11

„Guten Morgen."

Chiara kam gerade von ihrem morgendlichen Schwimmen im Meer zurück und blickte sich im Speisesaal um, ob Max und die Mädchen bereits zum Frühstück heruntergekommen waren. Da schaute sie plötzlich in ein Gesicht, das ihr etwas bekannt vorkam.

„Guten Morgen" antwortete sie.

„Wir waren im selben Flieger von München hierher" half ihr die andere Urlauberin auf die Sprünge, als sie an Chiaras Gesichtsausdruck merkte, dass diese anscheinend nicht so recht wusste, wo sie sich schon einmal gesehen hatten.

„Heidi Schlosser" stellte sie sich vor.

„Chiara Hartinger"

„Sie sind mit Ihrem Mann und Ihren zwei Töchtern da, nicht wahr?"

„Ja, ich habe gerade nach ihnen Ausschau gehalten, aber sie sind wohl noch nicht aus den Federn gekommen. Ich stehe immer ein bisschen eher auf, weil ich jeden Morgen vor dem Frühstück noch zum Schwimmen gehen will."

„Wir kommen morgens normalerweise auch nicht so früh aus dem Bett, aber mein Mann möchte heute pünktlich um neun Uhr in *Casamicciola* sein, wenn die *Castiglione*-Thermen aufmachen. Er hat dort heute seinen ersten Kurtag mit Fangopackungen und Massagen. Und weil ich nicht mitfahre, wollten wir wenigstens noch zusammen frühstücken."

Als sie von ihrem Mann sprach, deutete Heidi Schlosser zu einem Herrn, der drei Tische vom Frühstücks-Buffet entfernt saß und gerade einen Orangensaft trank. Er hatte ein ärmelloses, blaues Shirt an. Als Chiara auf dem rechten Oberarm den tätowierten Schlangenkopf sah, erinnerte sie sich wieder an den Mann und die Frau, die ihnen zwei Tage zuvor in der Abflughalle des Flughafens in München schräg gegenübergesessen hatten.

„Einen Tag in den Thermen haben wir auch eingeplant, am schönsten finde ich die Poseidon-Gärten in der *Citara*-Bucht."

„Sie waren also auch schon öfter hier?"

„Ja, *Ischia* ist praktisch so etwas wie meine zweite Heimat. Ich bin schon als Kind mit meinen Eltern regelmäßig von Rom aus hierher gekommen. Meinem Mann und meinen beiden Töchtern gefällt die Insel ebenfalls sehr gut und nicht zuletzt komme ich immer wieder hierher, weil mein einziger Bruder mit einer Ischitanerin verheiratet ist und hier lebt."

„Wir waren vor fünf Jahren zum ersten Mal hier. Rudi, mein Mann, hat immer wieder einmal Probleme mit dem Rücken, die Thermalbäder, Fangopackungen und Massagen tun ihm richtig gut, deswegen sind wir jetzt auch schon zum vierten Mal hier."

„Und Sie gehen nicht mit in die Thermen?"

„Doch, aber nicht jeden Tag. Rudi hat sich für die beiden kommenden Wochen jeweils für drei Tage in den Thermen angemeldet. Da habe ich noch mehrere Gelegenheiten, mitzugehen. Heute will ich erst einmal ein bisschen bummeln gehen und mich dann an den Pool legen."

„Dann wünsche ich Ihnen einen schönen Tag."

„Danke, den wünsche ich Ihnen auch."

Heidi Schlosser, die sich nebenbei am Buffet bedient hatte, ging zu ihrem Mann zurück. Dieser lächelte freundlich zu Chiara herüber, die mit einem Kopfnicken antwortete. Als sie sich dann ihr Frühstück zusammengestellt hatte und sich an einen freien Tisch setzen wollte, kamen Martina und Elena und kurz nach ihnen schließlich auch Max in den Speisesaal.

„Sie heißt Chiara Hartinger" berichtete Heidi ihrem Mann.

„Ich habe mir gedacht, dass sie Italienerin ist. Irgendwie schaut sie nicht wie eine typisch deutsche Touristin aus."

„Direkt danach gefragt habe ich sie nicht, aber der Name spricht schon dafür. Außerdem hat sie mir erzählt, dass sie schon als Kind von Rom aus öfter hier war."

„Woher sind sie denn?"

„Das habe ich sie nicht gefragt. Sicher werden wir uns noch öfter über den Weg laufen, da kann ich bestimmt wieder einmal ein bisschen mit ihr ratschen. Er sieht auch ganz sympathisch aus."

„Aber ein Italiener ist er auf alle Fälle nicht" stellte Rudi fest.

„Die beiden Mädchen machen auch einen netten Eindruck, heutzutage fällt es schon richtig auf, wenn zwei Teenies wie die beiden nicht in völlig ausgeflippten Klamotten rumlaufen."

Zu der Grundschule, in der Heidi arbeitete, gehörte auch eine Teilhauptschule und so bekam Heidi täglich hautnah mit, wie in ihren Augen unmöglich sich viele Schülerinnen, die sogar noch ein paar Jahre jünger waren als die beiden Hartinger-Töchter, oftmals kleideten. Rudi und Heidi hätten gerne auch eigene Kinder gehabt, aber leider hatte ihr die Natur einen Strich durch die Rechnung gemacht. Ihr Frauenarzt hatte es zwar für möglich gehalten, dass sie durch eine künstliche Befruchtung schwanger werden könnte, aber sowohl ihr als auch Rudi widerstrebte es, eine derartige Methode anzuwenden. So hatten sie sich schließlich damit abgefunden, dass sie kinderlos bleiben würden.

„Nun muss ich mich aber beeilen, damit ich den nächsten Bus noch erwische“ stellte Rudi mit einem Blick auf seine Uhr fest, als sie nach dem Frühstück zu ihrem Hotelzimmer zurückgingen. Das Zimmer lag ganz in der Nähe des Speisesaales im Erdgeschoss des Hotels.

„Wann willst du denn los zum Einkaufen?“

„Vielleicht so gegen zehn Uhr. Zuerst werde mich noch ein bisschen auf die Terrasse setzen und lesen.“

Im Zimmer angekommen, schnappte sich Rudi nur noch den vorbereiteten Rucksack mit seinen Badesachen, setzte sich seine Sonnenbrille auf und verabschiedete sich mit einem Kuss von seiner Frau.

„Servus mein Schatz, mach dir einen schönen Tag. Bis heute Abend.“

„Lass dich schön durchkneten und mit Fango einschmieren“ rief sie ihm hinterher, als er durch die Terrassentür verschwand. Dann nahm sie das Buch von ihrem Nachtkästchen und ging ebenfalls auf die Terrasse hinaus. Rudi war schon nicht mehr zu sehen.

Langsam rollte der große dunkle BMW die lange Auffahrt hinauf und hielt an. Martin und Valerie öffneten die Vordertüren und stiegen aus. Es war ein kühler, windiger Abend und dicke, schwarze Gewitterwolken zogen auf. Martin lehnte sich an seinen Luxuswagen und schlug den Mantelkragen hoch. Valerie kam zu ihm und kuschelte sich in seine Arme.

Langsam rollte der große dunkle BMW die lange Auffahrt hinauf und ...

Heidi machte nun bereits den dritten Anlauf, an der Stelle ihres Romans weiterzulesen, an der sie am Vorabend aufgehört hatte. Ihre Augen wanderten zwar über die Zeilen, aber das, was sie erfassten, drang nicht bis zu ihrem Gehirn vor. In Gedanken war Heidi ganz woanders. Sie atmete tief durch, klappte das Buch zu und lehnte sich in ihrem Liegestuhl zurück. Ihre kleine Terrasse war durch eine niedrige Hecke von der Liegewiese rings um den Pool abgetrennt. Jetzt, um diese Zeit, waren noch alle Liegestühle leer, nur ein paar unverbesserliche Urlauber hatten schon in aller Früh ihre Handtücher auf den Liegen direkt am Pool ausgebreitet, um diese für sich zu reservieren. Zwei ältere Herren zogen in dem rechteckigen Pool langsam und gleichmäßig ihre Bahnen. Im Hintergrund war an dem direkt angrenzenden Strand Toto, der *Bagnino*, schon damit beschäftigt, die Sonnenschirme für die ersten Hotelgäste aufzuspannen.

Heidi schaute auf die Uhr. Kurz vor neun. Noch eineinhalb Stunden Zeit. Gleich nach dem Aufstehen hatte sie geduscht. Als sie nur mit einem Handtuch bekleidet wieder ins Schlafzimmer gekommen war, hatte Rudi sie zu sich aufs Bett gezogen. Seiner eindeutigen Absicht wollte sie sich aber entziehen.

„Du willst doch um neun in den Thermen sein. Wenn wir nicht gleich zum Frühstück gehen, dann schaffst du das nie."

Als sie jetzt daran dachte, hatte sie plötzlich das Bedürfnis, nochmals zu duschen. Sie ging ins Zimmer zurück, schloss die Terrassentür hinter sich und zog sich aus. Im Bad drehte sie den Wasserhahn der Dusche auf, wartete, bis das anfangs eiskalte Wasser etwas wärmer wurde und stellte sich dann darunter. Mit sehr viel Duschgel schäumte sie sich vom Hals bis zu den Füßen ein und nachdem sie auch das letzte bisschen Schaum wieder abgewaschen hatte, blieb sie noch ein paar Minuten fast regungslos unter dem warmen Wasserstrahl stehen. Dann trocknete sie sich ab und föhnte sich kurz ihre schulterlangen, blonden Haare. Sie schlüpfte in einen frischen Slip, öffnete den Kleiderschrank und entschied sich spontan für das leichte gelbe Sommerkleid mit den Spaghettiträgern. Vor dem Spiegel im Bad legte sie ein wenig Make-up auf und sprühte sich etwas von ihrem Lieblingsparfum an den Hals. Ihren Lippenstift, eine Haarbürste und ihre kleine Geldbörse verstaute sie in einem schwarzen Handtäschchen. So verließ sie kurz vor dreiviertel zehn ihr Hotelzimmer.

Zur nächsten Bushaltestelle hatte Heidi Schlosser nur wenige Minuten zu laufen. Als sie dort ankam, warteten schon zwei ältere Damen, die ganz offensichtlich Einheimische waren, auf den Bus. Von der angeregten Unterhaltung der beiden Ischitanerinnen verstand Heidi überhaupt nichts, denn ihre Italienischkenntnisse beschränkten sich auf ein paar Worte, die gerade ausreichten, in einem *Ristorante* etwas zu essen zu bestellen oder beim Einkaufen nach dem Preis fragen zu können. Der Bus ließ auf sich warten. Heidi blickte auf die Uhr, der Bus sollte schon längst da sein. Etwas nervös ging sie an der Haltestelle auf und ab. Sie wusste zwar, dass die Busfahrer es bei dem an sich sehr gut ausgebauten Busnetz auf *Ischia* oft mit dem Einhalten des Fahrplanes nicht so genau nahmen. Aber warum musste der Bus ausgerechnet jetzt Verspätung haben? Sie wollte doch nicht zu spät kommen. Allerdings hatte sie reichlich Zeit, laut Fahrplan sollte sie ihr Ziel bereits fünf Minuten nach zehn erreichen.

Bei der Ankunft am Samstag hatten sich Heidi und ihr Mann am Busbahnhof, der gleich gegenüber vom Hafen liegt, ein Zweiwochenticket für alle Busse gekauft. Das fanden sie sehr praktisch, da es in den Bussen keine Fahrkarten zu kaufen gab und man sich somit nicht vor jeder Busfahrt ein Einzelticket an einem Zeitungskiosk oder in einem der typisch italienischen *Tabacchi*-Läden besorgen musste. Außerdem konnten sie sich damit auch ein bisschen etwas sparen. Bei ihren bisherigen *Ischia*-Urlauben hätten sie für sämtliche Einzelfahrten während ihres zweiwöchigen Urlaubs insgesamt erheblich mehr zahlen müssen als für das Zweiwochenticket.

Endlich näherte sich der rot-weiße Bus der Linie 8. Zischend öffnete sich die Vordertür und die beiden Italienerinnen sowie Heidi stiegen ein. Der Bus war fast leer, Heidi ging ganz nach hinten und setzte sich in der letzte Reihe ans Fenster. Unter ihr dröhnte der Dieselmotor und brachte die dünnen Scheiben des Busses zum Erzittern. Erst als der Busfahrer aufs Gaspedal trat, lief der Motor wieder etwas gleichmäßiger und ruhiger. Auf der kurzen Fahrt durch *Porto* stoppte er nicht an allen Haltestellen, da an den wenigsten davon neue Fahrgäste warteten und auch niemand aussteigen wollte. Der Bus verließ *Porto* und erreichte nach wenigen Minuten den kleinen Vorort *San Michele*. Heidi drückte den roten Halteknopf, um dem Busfahrer zu signalisieren, dass sie an der nächsten Haltestelle aussteigen wollte. Mit ihr stiegen auch die beiden Italienerinnen aus. Heidi lief ein Stück weit die Hauptstraße entlang und bog dann an der Ecke nach rechts in eine Seitenstraße ab, wo ein Pfeil auf den Weg zur *Cartaromana*-Bucht hinwies. Die Straße führte circa einhundert Meter leicht bergab, dann lag linker Hand ein großer Parkplatz, auf der rechten Seite begann die lange gelbe Mauer des Friedhofs von *San Michele*. Dieser ist einer der beiden Friedhöfe für die Verstorbenen von *Porto* und *Ponte*. Etwa in der Mitte der langen Mauer kam Heidi an dem großen Eingangstor des Friedhofs vorbei und blieb kurz stehen. Der Friedhof sah völlig anders aus als die, die man in Bayern gewohnt war. Er war von hohen Mauern durchzogen und dadurch in viele verschiedene Parzellen zerteilt. In die Mauern waren zahlreiche Nischen eingelassen, von denen noch einige offen und leer waren. Die meisten waren allerdings schon mit einer Steinplatte verschlossen, auf denen die Namen sowie die Geburts- und Sterbedaten der dort Beigesetzten geschrieben waren. Auf dem Boden davor standen brennende Grablichter und vereinzelt auch Vasen mit meist vertrockneten Blumensträußen darin. In den Parzellen zwischen den Mauern befanden sich Grabstätten mit Marmor-Abdeckplatten, die wie steinerne Sarkophage aussahen. Nur vereinzelt gab es auch Gräber, wie sie in Deutschland üblich waren, bei denen der Sarg tatsächlich eingegraben wurde. Nicht allzu weit vom Eingangstor entfernt waren zwei Arbeiter damit beschäftigt, ein solches Grab auszuheben. Die Namen der Verstorbenen, die in diesem Grab bereits bestattet waren, konnte Heidi nicht lesen, dazu stand sie ein wenig zu weit entfernt.

Heidi sah auf die Uhr, es war bereits zehn vor halb elf, jetzt musste sie sich aber beeilen, um pünktlich zu sein. Am Ende der Friedhofsmauer führte die Straße weiter und ging nach einigen Serpentinen in einen schmalen Fußweg über. Dieser wurde schließlich immer steiler, weshalb auf dem letzten Stück bis hinunter zur *Cartaromana*-Bucht Stufen angelegt waren. Mit ihren leichten Sandalen hätte Heidi mehrfach beinahe den Halt verloren. Nach etwa zehn Minuten, die sie teilweise im Laufschritt zurückgelegt hatte, erreichte sie den Strand und musste sich erst einmal auf einen Stein setzen, da sie ziemlich außer Atem war.

Außer dem kleinen *Ristorante* am Ende des Fußwegs gab es in der ganzen Bucht nur Meer und Sandstrand sowie einen Steg, der ziemlich genau in der Mitte der Bucht ins Wasser ragte. An dem schmalen Strand lagen bereits einige Urlauber in der Sonne. Zwei Mädchen standen hüfthoch im Wasser und warfen einen roten Ball hin und her. Ein kleiner Junge versuchte, die sanft am Strand auslaufenden, kleinen Wellen in seine gelbe Gießkanne schwappen zu lassen. Heidis Augen wanderten vom Ende der Bucht über den gesamten Strand bis hinüber zu den schroffen Sankt-Anna-Felsen, aber von ihm war nichts zu sehen. Hinter den Felsen ragte in einiger Entfernung das mächtige *Castello Aragonese* in die Höhe. Bis dorthin konnte sie das Meer überblicken, aber auch dort entdeckte sie ihn nicht. In der Bucht, außerhalb des Bereiches, der von den Schwimmern genutzt wurde, lagen mehrere kleine Boote vor Anker, aber das Boot, das er sich schon öfter ausgeliehen hatte, war nicht dabei. Von der Bucht aus konnte man nach *Procida* hinüber sehen, am Horizont zeichnete sich der gewaltige Vesuv ab und in Richtung Südosten war *Capri* ganz deutlich zu erkennen. Aber für diese herrliche Aussicht hatte Heidi im Moment keinen Nerv.

Dreiviertel elf – wer weiß, wo er noch ein wenig aufgehalten wurde? Bestimmt wird er gleich mit dem kleinen Motorboot Kurs in Richtung Strand nehmen. Vielleicht hätten sie nach ihrer Ankunft doch noch einmal miteinander telefonieren oder wenigstens eine SMS schreiben sollen. Nein, das wäre zu gefährlich gewesen, am Ende hätte Rudi noch etwas davon bemerkt und das wollte sie auf keinen Fall riskieren. Doch jetzt, jetzt war er weit genug weg.

Heidi wollte das Handy aus ihrer Handtasche holen, musste aber feststellen, dass sie es im Hotelzimmer liegen gelassen hatte. Sie stand auf und ging in das kleine *Ristorante* hinein. Dort gab es ein öffentliches Telefon, zum Glück schien es zu funktionieren. Sie warf eine Fünfzig-Cent-Münze ein und wählte seine Nummer. Nach dem dritten Klingeln landete sie bei seiner Mailbox.

„*Ciao amore*, ich warte schon an unserem Treffpunkt. Leider hab ich mein Handy vergessen, ich hoffe, du bist bald da."

Danach warf sie nochmals Geld ein und tippte die Nummer von seinem zweiten Handy, das mit dem italienischen Netzbetreiber, vielleicht war er da zu erreichen. Sie hatte kaum gewählt, da hörte sie schon eine mechanisch klingende, italienische Frauenstimme. Sie verstand zwar nicht, was für einen Ansage da vom Band lief, aber das konnte eigentlich nur der Hinweis sein, dass der Handy-Besitzer im Moment nicht erreichbar war. Enttäuscht hängte sie den Hörer ein.

Sie verließ das *Ristorante*, zog sich ihre Sandalen aus und ging langsam Richtung Wasser, der warme Sand unter ihren Füßen fühlte sich angenehm an. Dann ließ sie ihre Füße von den kleinen Wellen umspülen und spazierte, den Blick immer aufs Meer hinaus gerichtet, am Strand entlang. Nach ein paar Minuten drehte sie um und ging den gleichen Weg zurück. Die Fußabdrücke im Sand, die sie gerade hinterlassen hatte, waren vom Meer schon weggespült worden. Plötzlich hörte sie das Knattern eines Motors, das allmählich lauter wurde. Wie gebannt starrte sie aufs Meer hinaus. Ihr Herz schlug höher, als sie sah, wie sich ein weißes Boot rasch näherte. Noch konnte sie die Person in dem Boot nicht erkennen, aber das musste er sein. Endlich! Mit den Sandalen in der Hand lief sie auf den Steg und winkte dem Boot entgegen. Bestimmt hatte er sie schon gesehen, in ihrem leuchtend gelben Kleid musste sie doch schon von Weitem zu erkennen sein. Das weiße Boot kam direkt auf sie zu. Sie fühlte, wie ihr Herz immer heftiger schlug.

Doch was war das? Als das Boot näher und näher kam, erkannte sie, dass hinter der Person, die vorne im Boot saß, noch eine zweite Person an Bord war. Frustriert ließ sie ihren Arm sinken, mit dem sie pausenlos gewunken hatte. Das konnte er nicht sein, er würde doch allein kommen. Jetzt war auch schon deutlich zu erkennen, dass da im Boot zwei Fremde waren. Traurig drehte sie sich um und ging zum *Ristorante* zurück, setzte sich dort an einen Fensterplatz, damit sie die Bucht weiterhin im Blick hatte und bestellte sich einen *Cappuccino*. Nur langsam beruhigte sich ihr Puls wieder etwas.

Halb zwölf – eine Stunde Verspätung. Das passte überhaupt nicht zu ihm. Er war doch sonst immer pünktlich. Ihm wird doch nichts zugestoßen sein? Nein, für seine Verspätung gibt es bestimmt eine ganz einfache Erklärung. Zu dumm, dass ihr Handy im Hotelzimmer lag. Womöglich hatte er sich längst bei ihr melden wollen, er wusste doch, dass sie jetzt allein war und auf ihn wartete. Vielleicht hatte er auch nur eine SMS geschickt, dass er sich verspäten würde. Sie ärgerte sich maßlos über ihre Schusseligkeit. Warum hatte sie ausgerechnet heute das Handy vergessen? Was sollte sie jetzt machen?

Nach einem zweiten *Cappuccino,* einem weiteren langen Strandspaziergang und unzähligen sehnsüchtigen Blicken aufs Meer hinaus setzte sich Heidi wieder auf den Stein, auf dem sie nach ihrer Ankunft ein wenig verschnauft hatte. Mittlerweile war es fast ein Uhr und die meisten Urlauber verließen den Strand, um in dem *Ristorante* eine Kleinigkeit zu essen. Sie putzte sich so gut es ging den Sand von den Füßen und schlüpfte wieder in ihre Sandalen. Nachdem er nun nach über zweieinhalb Stunden immer noch nicht gekommen war, wollte sie nach *Porto* zurückfahren. Der Fußweg, den sie von *San Michele* herunter gelaufen war, kam ihr jetzt ungleich länger vor. Es ging steil bergauf und ihre Enttäuschung trieb ihr immer wieder Tränen in die Augen.

Sie erreichte die Bushaltestelle, als der nächste Bus schon in Sichtweite war. Erschöpft ließ sie sich auf den Platz in der hintersten Reihe sinken. Unzählige Gedanken schossen ihr durch den Kopf. Vielleicht gab es einen ganz simplen Grund dafür, dass er sie so hatte sitzen lassen. Aber was sollte sie tun, wenn er sich nicht bei ihr melden würde? Was könnte sie unternehmen, wenn ihm wirklich etwas passiert wäre? Würde sie es überhaupt erfahren? Zum ersten Mal seit langer Zeit war Heidi Schlosser wirklich ratlos.

12

Zur gleichen Zeit, als Heidi Schlosser noch froh gelaunt im Bus auf der Hinfahrt zur *Cartaromana*-Bucht war, fuhren Francesco und sein Kollege Alfonso in ihrem Dienstwagen in Richtung *Ischia Ponte*. Luigi Rasoni, der im Moment ihr einziger Verdächtiger im Mordfall Marco Spinelli war, hatte sich am Morgen telefonisch bei Francesco gemeldet. Er war am Vorabend aus *Avellino* zurückgekehrt. Francesco hatte ihm am Telefon angekündigt, dass sie im Laufe des Vormittags vorbeikommen würden, weil sie eine Aussage von ihm benötigten. Rasonis Frage, worum es sich denn handele, ließ Francesco unbeantwortet.

„Wann sperren Sie Ihren Laden auf?"

„Um neun Uhr. Ich bin heute den ganzen Vormittag da."

„In Ordnung. *Arrivederci*."

Francesco parkte den Wagen direkt vor Rasonis Laden, absichtlich so, dass jeder, der vorbeikam, daraus schließen konnte, dass Rasoni Besuch von den *Carabinieri* bekommen hatte. In einem kleinen Ort wie *Ponte* würde sich das schnell herumsprechen. Sollte Rasoni wirklich der Täter sein, könnte ihn das Getuschel der Einheimischen vielleicht ein wenig verunsichern und dazu verleiten, Fehler zu machen. Zwei Urlauberinnen, die gerade an dem Drehständer vor dem Laden Postkarten aussuchten, blickten ihnen neugierig nach, als sie aus dem Wagen stiegen und an ihnen vorbei in den Laden hineingingen. Drinnen hielt sich nur eine Person auf. Francesco schätzte den Herrn, der hinter der Kasse stand, auf etwa Mitte Vierzig. Die kurzen Haare waren schon ziemlich grau, was ihn vielleicht etwas älter aussehen ließ, als er tatsächlich war.

„*Buongiorno, Signor* Rasoni?"

„Ja, das bin ich."

„Ich bin *Maresciallo* Bianchi, das hier ist mein Kollege *Vice Brigadiere* Seresti."

„Sagen Sie mir jetzt endlich, was Sie von mir wollen?"

„*Signor* Rasoni, wir hätten gerne von Ihnen gewusst, wann Sie Marco Spinelli zuletzt gesehen haben?"

„Marco? Ich bin froh, wenn ich diesen Scheißkerl nicht zu Gesicht bekomme!"

Francesco wusste zwar von *Signora* Spinelli und auch von Giulia, dass Rasoni Marco hasste und insgesamt ein ziemlich unangenehmer Zeitgenosse sein musste, aber über diese heftige Reaktion war er dann doch erstaunt.

„Würden Sie bitte meine Frage beantworten" sagte er ernst.

„Ich weiß zwar nicht, was das hier soll. Aber bitte schön: Es war am letzten Mittwoch an der *Spiaggia dei pescatori*. Ich habe an einem Floß mitgearbeitet. Da ist er an den Strand gekommen und zu dem Floß gegangen, auf dem die *Cattedrale* aufgebaut wurde. Und Pasquale, Roberto und Emilio, diese drei Arschkriecher, haben ihn gleich mitmachen lassen."

„Und dann?"

„Als mein Floß fertig war, bin ich zurück in meinen Laden. Marco habe ich seitdem nicht mehr gesehen."

„Wo haben Sie sich während des Festes aufgehalten?"

„Insbesondere während des Feuerwerks" präzisierte Alfonso Francescos Frage.

„*Signori*, der 26. Juli ist der umsatzstärkste Tag im ganzen Jahr. Was glauben Sie wohl, wo ich den ganzen Abend war? Hier natürlich. An dem Tag müssen wir immer mindestens zu zweit hier sein. Bei der ganzen Touristenmeute muss man doch aufpassen wie ein Wachhund, dass einem vor dem Geschäft oder auch hier drin nichts weggeklaut wird."

„Vielleicht sollte dir einmal jemand sagen, dass du von dem Geld dieser Touristenmeute, wie du deine Kunden nennst, dein tägliches Brot bezahlst" dachte sich Francesco.

Wie gerne hätte er jetzt diesem unsympathischen Kerl die Meinung gegeigt, wollte sich aber nicht auf dessen Niveau herablassen.

„Wer war am Mittwoch zusammen mit Ihnen hier?"

„Meine Frau."

„Wie lange?"

„Wie lange? Na, solange bis wir zugesperrt haben. Das war ungefähr um eins."

„Und Sie waren beide den ganzen Abend hier?"

„Ja, verdammt noch mal, das habe ich doch schon gesagt. Und als wir zugesperrt hatten, sind wir sofort in unsere Wohnung hinauf und ins Bett gegangen, weil wir am nächsten Morgen gleich nach *Avellino* zu meinem Schwiegervater fahren wollten. Die Wohnung ist direkt hier über dem Laden. Wollen Sie mir nicht endlich erklären, worauf Sie hinaus wollen?"

Mittlerweile hatte Rasonis Gesichtsfarbe das Rot einer schönen reifen Tomate angenommen und Francesco meinte, dass er ihn jetzt genug gereizt hatte.

„Marco Spinelli ist am letzten Mittwoch während des Feuerwerks ermordet worden."

Francesco und Alfonso hatten viele Reaktionen erwartet, diese jedoch nicht.

Rasoni starrte sie mit großen Augen an und dann brach er in ein schallendes Gelächter aus. Er lachte und lachte und konnte sich kaum beruhigen.

„*Maresciallo*, Sie müssen mir unbedingt sagen, wer es getan hat, damit wir ihm einen Orden dafür verleihen, dass er uns diesen lästigen Deutschen endlich vom Hals geschafft hat."

Francesco verlor selten die Beherrschung, jetzt war er nahe daran. Alfonso jedoch platzte der Kragen.

„Dir wird dein dreckiges Lachen schon noch vergehen, Rasoni" brüllte er.

Francesco versuchte nicht, ihn zurückzuhalten.

„Wenn du glaubst, du kannst hier eine Show abziehen, Rasoni, dann hast du dich aber getäuscht. Dein Alibi ist alles andere als stichhaltig. Du kannst auch gerne mit aufs Revier kommen und dort bleiben, solange bis wir das Alibi überprüft haben."

Nun verging Rasoni wirklich das Lachen. Die beiden Urlauberinnen, die gerade in den Laden kamen, um die draußen ausgesuchten Postkarten zu bezahlen, blieben in der Tür stehen, als sie Alfonso brüllen hörten.

„Ich komme nirgendwohin mit, schließlich muss ich mich um meinen Laden kümmern. Sie können gerne meine Frau fragen, sie wird Ihnen bestätigen, dass ich den ganzen Abend hier war."

„Ist Ihre Frau oben in der Wohnung?" wollte Francesco wissen.

„Nein, sie ist in *Avellino* bei ihrer Mutter geblieben, weil es ihrem Vater immer noch nicht sonderlich gut geht."

„Wann wird sie wieder hier sein?"

„Keine Ahnung."

„Dann geben Sie mir bitte Ihre Telefonnummer in *Avellino*."

„Wollen Sie etwa bei ihr anrufen?"

„Nein. Ich will mir den Zettel mit der Telefonnummer übers Bett hängen."

Allmählich war auch Francesco mit seiner Geduld am Ende.

Widerwillig schrieb Rasoni die Nummer auf, unter der seine Frau bei seiner Schwiegermutter erreichbar war. Nachdem Francesco den Zettel eingesteckt hatte, sagte er nur noch kurz „Sie hören wieder von uns" und verließ mit Alfonso den Laden. In der Tür standen immer noch die beiden Urlauberinnen, die interessiert das Schauspiel verfolgt hatten, das sich gerade vor ihren Augen abgespielt hatte.

„Entschuldige, aber ich konnte mich einfach nicht mehr beherrschen" meinte Alfonso, als sie wieder in ihren Dienstwagen gestiegen waren.

„Kein Problem, ich glaube nicht, dass es ihm geschadet hat, dass ihm jemand einmal so richtig die Meinung gesagt hat."

„Eigentlich sind wir jetzt genau so schlau wie vorher."

„Ich meine, er ist ein grandioser Schauspieler oder glaubst du ihm etwa, dass er tatsächlich noch nichts von dem Mord an Spinelli gehört hatte? Du weißt, was am Mittwoch in der Nacht hier los war. Auch wenn er direkt von seinem Laden in die Wohnung hinauf gegangen sein sollte, müsste er doch vorher schon etwas von dem Menschenauflauf am Anfang des *Ponte*, wo der Krankenwagen und unsere Autos standen, mitbekommen haben."

Francesco startete den Wagen und fuhr los.

Alfonso bezweifelte auch, dass Rasoni ihnen die Wahrheit erzählt hatte.

„Etwas unglaubwürdig kommt es mir schon vor, aber beweisen können wir es ihm natürlich nicht. Und seine Frau wird seine Aussage sicher bestätigen. Dafür wird er schon gesorgt haben, falls er tatsächlich der Täter war."

„Richtig. Andererseits spricht wieder für ihn, dass er nicht wissen konnte, dass Spinelli sich mit seinen Freunden gestritten hatte und deswegen nicht mit ihnen zusammen feiern wollte."

„An das habe ich noch gar nicht gedacht" entgegnete Alfonso.

Francesco führte seine Überlegungen weiter aus. Rasoni hätte also im Laufe des Nachmittags oder des Abends – auf welchem Weg auch immer – von dem Streit erfahren müssen. Dann hätte er wissen müssen, wo sich Spinelli während des Feuerwerkes aufhalten würde. Und schließlich hätte er für eine gewisse Zeit seine Frau im Laden allein lassen müssen, um den Mord zu begehen.

„Ohne Zeugen werden wir ihm das alles sehr schwer nachweisen können."

Die Aussage von Rasoni hatte die beiden *Carabinieri* im Grunde keinen Schritt weiter gebracht.

Zurück auf dem Revier wurden sie schon von ihrem Kollegen Riccardo Torro erwartet, der nach seinem zweiwöchigen Urlaub bei seiner Familie auf Sizilien wieder in den Dienst zurückgekehrt war.

„*Ciao*, du alter Schwerenöter, wie viele sizilianische Frauenherzen hast du denn diesmal wieder gebrochen?" begrüßte ihn Alfonso.

„So alt bin ich nun auch wieder nicht" grinste ihn Riccardo an. „Und wenn ich schon Urlaub habe, dann will ich mich auch vergnügen. Sonst könnte ich doch gleich hier bleiben."

„Ich glaube, wir müssen unseren jungen Kollegen gleich ordentlich mit Arbeit eindecken, damit er hier nicht auch noch auf dumme Gedanken kommt" schaltete sich Francesco süffisant ein.

„*Salve* Riccardo, schön dass du wieder da bist."

„*Salve Maresciallo*. Was war hier während meines Urlaubs los, der übliche Touristen-Kleinkram?"

„Nein, stell dir vor, wir ermitteln gerade in einem Mordfall."

Damit *Carabiniere* Torro auch auf dem Laufenden war, schilderten sie ihm, was sich in den letzten Tagen, insbesondere beim Sankt-Anna-Fest, ereignet hatte.

Danach kamen sie nicht umhin, auch *Capitano* Lombardo Bericht zu erstatten. Ihr Vorgesetzter war alles andere als erfreut, dass sie bei ihren Ermittlungen immer noch nicht vorangekommen waren.

„Ich werde gleich versuchen, die Frau von Rasoni in *Avellino* zu erreichen und am Nachmittag werden wir uns in Zivil unter die Trauergäste bei Spinellis Beerdigung mischen" erklärte Francesco die geplante weitere Vorgehensweise.

Der *Capitano* sollte nicht denken, sie würden tatenlos herumsitzen und darauf warten, dass sich ihr Mordfall von alleine lösen würde. Die erwartete Standpauke fiel allerdings viel gemäßigter aus als erwartet.

„Meine Herren, nun sind seit dem Mord schon fünf Tage vergangen, schön langsam brauchen wir konkrete Ermittlungsergebnisse. Halten Sie mich immer sehr zeitnah auf dem Laufenden."

Francescos und Alfonsos Blicke kreuzten sich, als sie wortlos Lombardos Büro verließen. Sie zwinkerten sich gegenseitig zu, so als wollten sie sagen „war doch gar nicht so schlimm". In seinem Büro kramte Francesco den Zettel hervor, auf dem ihm Rasoni die Telefonnummer von seiner Schwiegermutter aufgeschrieben hatte, setzte sich an seinen Schreibtisch und wählte die Nummer. Schon nach dem dritten Klingeln meldete sich die Mutter von Rasonis Frau. Sofort gab sie den Hörer an ihre Tochter, die anscheinend bereits neben ihr stand, weiter. Francesco erzählte ihr kurz sein Anliegen und wie nicht anders erwartet, bestätigte ihm Rasonis Frau, dass sie am 26. Juli während des ganzen Abends mit ihrem Mann zusammen in ihrem Geschäft gewesen sei. Im Weiteren sagte sie aus, dass sie an jenem Abend nichts Außergewöhnliches bemerkt hätte. Auch von dem Rettungseinsatz auf dem *Ponte* wollte sie nichts mitbekommen haben. Francesco verabschiedete sich von ihr und legte auf. Er war sich sicher, dass Rasoni noch vor ihm mit seiner Frau telefoniert und Francescos Anruf angekündigt hatte. Welchen Wahrheitsgehalt hatten also ihre Aussagen? Er berichtete Alfonso kurz von seinem Telefonat und fuhr anschließend nach Hause.

Von dem Festmahl vom Sonntag waren noch zwei kleinere *Bistecche alla pizzaiola* übrig geblieben, die hatte ihm Giulia im Kühlschrank bereitgestellt. Sie selbst kam mittags meistens nicht nach Hause. Giulia arbeitete im Büro eines größeren Hotels direkt am *Maronti*-Strand. In der Regel machte sie nur eine kurze Mittagspause, damit sie am Spätnachmittag mit ihrer Arbeit fertig war und dann ausreichend Zeit hatte, das Abendessen zu kochen. Francesco fuhr mittags nur nach Hause, wenn vom Vortag noch etwas zu Essen da war, das er sich nur wärmen brauchte. Sonst ging er mittags oft zusammen mit Alfonso in eine der zahlreichen kleinen *Trattorie* in *Porto*. Jetzt stellte er sich die Pfanne auf den Herd und ließ die Steaks in der herzhaften Tomatensoße langsam warm werden. Danach verspeiste er sie direkt aus der Pfanne und aß nur Giulias selbst gebackenes Weißbrot dazu.

Während das Essen zum Warmwerden auf dem Herd gestanden war, hatte er sich seine *Carabinieri*-Uniform ausgezogen und war in eine schwarze Hose und ein weißes Hemd geschlüpft. Nach dem Essen genehmigte er sich noch eine halbstündige *Siesta* auf der Terrasse, nahm dann sein schwarzes Sakko aus dem Schrank und kehrte mit seinem privaten *Fiat Bravo* zum Revier zurück. Das Requiem in der *Chiesa dello Spirito Santo* mit der anschließenden Beerdigung war für sechzehn Uhr angesetzt. Da sie nicht erwarteten, dass sonderlich viele Trauergäste anwesend sein würden und um nicht unnötig Aufsehen zu erregen, hatte er mit Alfonso besprochen, dass sie ohne Uniform hingehen würden.

13

Nur einige Hundert Meter von der Stelle entfernt, an der Marco Spinelli fünf Tage zuvor ermordet worden war, hatten sich seine wenigen Angehörigen, einige seiner Freunde sowie Bekannte und Nachbarn seiner Mutter in der *Chiesa dello Spirito Santo* versammelt, um von ihm Abschied zu nehmen. Der weiße Bau der Kirche stammt aus dem siebzehnten Jahrhundert und steht an der *Via Luigi Mazzella*, unweit der *Cattedrale* von *Ischia*. Über neun dunkle Stufen gelangt man zur schweren hölzernen Tür der Kirche. Das Kirchenschiff wird sowohl auf der linken als auch auf der rechten Seite von drei Seitenkapellen gesäumt. *Don* Alfredo, der seit vielen Jahren der Priester der Gemeinde war, und seine Ministranten standen unterhalb der Treppe schon bereit, als Francesco und Alfonso kurz vor vier Uhr eintrafen. Wie erwartet waren nicht sonderlich viele Trauernde anwesend. Nur die ersten drei Bänke links und rechts waren besetzt. Vorne im Mittelgang, direkt vor den Stufen zum Altar hinauf, stand ein Holzpodest, das mit einem schwarzen Tuch behangen war. Darauf ruhte der massive dunkelbraune, mit einem Gesteck aus unzähligen weißen Rosen bedeckte Sarg von Marco Spinelli. Francesco schob Alfonso in die vierte Bank auf der rechten Seite und nahm dort ebenfalls Platz. Sie hatten sich kaum hingesetzt, da mussten sie sich bereits wieder erheben. Das Orgelspiel begann und *Don* Alfredo zog von hinten durch den Mittelgang in die Kirche ein. Am Altar angekommen segnete er zuerst den Sarg mit Weihwasser und Weihrauch und begrüßte dann die Trauergemeinde.

Anna Spinelli saß auf der linken Seite ganz vorne. Francesco schien es so, als wäre sie in den letzten Tagen um Jahre gealtert. Der ältere Herr neben ihr musste ihr einziger Bruder aus *Pozzuoli* sein, der Marcos Leiche identifiziert hatte. Er war ungefähr siebzig Jahre alt, relativ groß und hatte mit Ausnahme eines dünnen weißen Haarkranzes eine Glatze. Immer wieder legte er tröstend seinen Arm um *Signora* Spinelli, die tief gebeugt dastand. Pausenlos liefen ihr die Tränen übers Gesicht.

„Signore pietà, Christo pietà, Signore pietà" betete *Don* Alfredo mit lauter Stimme. Langsam verbreitete sich Weihrauchduft in der ganzen Kirche.

Die Personen hinter *Signora* Spinelli kannte Francesco nicht. Da er die Erwachsenen auf circa vierzig Jahre schätzte, konnten es womöglich Cousins oder Cousinen von Marco mit ihren Ehepartnern und ihren Kindern sein. Zumindest sah einer von ihnen dem Herrn neben *Signora* Spinelli sehr ähnlich. Die vier Kinder waren zwischen acht und zwölf Jahre alt.

„Gloria a Dio, nell'alto dei cieli"

„Auf unserer Seite, in der ersten Bank sitzen Roberto, Pasquale und Emilio" flüsterte Alfonso.

Da Alfonso die Vernehmungen alleine durchgeführt hatte, war Francesco ihnen noch nicht begegnet. Er konnte zwischen den vor ihm Stehenden hindurch auf Marcos Freunde sehen. Pasquale und Emilio waren eher klein und hatten eine kräftige Statur. Roberto dagegen wirkte sehr schlank und war fast einen Kopf größer als die beiden anderen. Obwohl er die drei nur von hinten sah, bemerkte er, wie sie sich immer wieder ernste und traurige Blicke zuwarfen.

„Dal vangelo di Giovanni."

Don Alfredo hatte für das Requiem einen Text aus dem Johannes-Evangelium herausgesucht.

„Ich bin die Auferstehung und das Leben. Wer an mich glaubt, wird leben, auch wenn er stirbt, und jeder, der lebt und an mich glaubt, wird auf ewig nicht sterben."

Direkt vor Francesco stand *Signora* Nola, die Nachbarin von *Signora* Spinelli. Von den weiteren Trauergästen in den Bänken davor kannte Francesco niemanden. Da es sich ausnahmslos um ältere Herrschaften handelte, nahm er an, dass dies wohl der engere Bekanntenkreis von Marcos Mutter war.

In seiner sehr persönlich gehaltenen Predigt erzählte *Don* Alfredo zuerst kurz die Lebensgeschichte von Marco, angefangen von der Geburt in München bis hin zu seiner Arbeit an seinem letzten Wohnort Rosenheim sowie den jährlichen Fahrten nach *Ischia*.

„Er hatte sich so sehr gewünscht, bald nach *Ischia* umziehen und dann den Rest seines Lebens auf unserer schönen Insel verbringen zu können."

Während der Predigt schluchzte Anna Spinelli mehrmals laut auf und auch die Frauen hinter ihr wischten sich andauernd die Tränen aus den Augen.

„Wir wollen nicht wahrhaben, dass er so plötzlich aus unserer Mitte gerissen wurde und unsere Fragen nach dem Sinn dieses allzu frühen und noch dazu gewaltsamen Todes bleiben unbeantwortet."

An den Schluss seiner Predigt setzte *Don* Alfredo ein kurzes Gebet:

„Herr, Dein Wille geschehe, auch wenn ich ihn nicht verstehe. Amen."

Am Ende des Requiems trugen Roberto, Pasquale, Emilio und einer der vermeintlichen Cousins von Marco gemeinsam den Sarg aus der Kirche und schoben ihn in den bereitstehenden schwarzen Leichenwagen, an dessen Seiten mehrere große farbenprächtige Blumengebinde hingen. Hinter dem Sarg verließ die kleine Trauergemeinde die Kirche. Marco sollte auf dem Friedhof von *San Michele* im Familiengrab der Spinellis, in dem auch schon sein Vater und dessen Eltern lagen, beigesetzt werden. Da die Strecke bis zum Friedhof zu weit war, um sie zu Fuß zurückzulegen, stiegen alle in ihre in der näheren Umgebung abgestellten Autos und fuhren hinter dem Leichenwagen im Konvoi langsam in Richtung *San Michele* davon.

Francesco und Alfonso reihten sich am Ende des Konvois ein.

„Pasquale hat gerade ziemlich erschrocken geschaut, als er mich gesehen hat" unterbrach Alfonso nach einer Weile ihr Schweigen.

„Vielleicht sollten wir ihn doch noch einmal ein bisschen in die Mangel nehmen."

„Versuchen könnten wir es, aber ich würde mir davon nicht zu viel versprechen. Solange er behauptet, mit den beiden anderen zusammen gewesen zu sein und uns diese das auch bestätigen, können wir ihn nicht festnageln."

„Ich möchte morgen *Signora* Spinelli noch einmal einen Besuch abstatten. Vor der Beerdigung wollte ich ihr das nicht mehr zumuten. Vielleicht ist ihr inzwischen doch noch etwas eingefallen, was uns weiterhelfen könnte. Außerdem will ich mir das Gepäck, das Marco dabei hatte, ein bisschen genauer ansehen, ich wäre froh um jeden noch so kleinen Hinweis. Ist dir in der Kirche sonst noch etwas Verdächtiges aufgefallen?" wollte Francesco von Alfonso wissen.

„Nein, überhaupt nichts."

Nach etwa einer Viertelstunde gemächlicher Fahrt erreichte der Konvoi den Friedhof. Die gleichen vier Träger wie zuvor hoben den schweren Sarg aus dem Leichenwagen und trugen ihn zu dem offenen Grab, das ganz in der Nähe des Haupteinganges des Friedhofs lag. Dunkel gekleidete Angestellte der Friedhofsverwaltung nahmen die Kränze vom Leichenwagen, trugen sie ebenfalls zum Grab und hängten sie an dafür vorgesehene dreieckige Metallständer, die rings um das offene Grab postiert waren. Neben dem Grab standen eine Schale mit Erde sowie ein Weihwasserkessel bereit. Als der Sarg in das Grab hineingelassen war, warf *Don* Alfredo eine Schaufel voll Erde darauf, während er betete:

„Asche zu Asche, Staub zu Staub. Aus der Erde bist du genommen, zur Erde kehrst du zurück. Der Herr vollende an dir, was in der Taufe begonnen wurde."

Signora Spinelli musste von ihrem Bruder gestützt werden, als sie als Erste nach *Don* Alfredo an das offene Grab trat und ebenfalls eine Schaufel voll Erde auf den Sarg ihres Sohnes warf. Einer nach dem anderen tat es ihr gleich und schüttelte ihr danach die Hand, um ihr sein Beileid auszudrücken. Als letzte reihten sich Alfonso und Francesco ein.

„Haben Sie den Mörder schon gefasst?" wollte *Signora* Spinelli wissen, als sie ihr nochmals kondolierten.

„Leider fehlt uns noch der entscheidende Hinweis, *Signora*" musste Francesco zugeben. „Aber ich bin mir sicher, dass wir den Mörder ihres Sohnes fassen werden. Ich würde mich auch gerne noch einmal mit Ihnen unterhalten, darf ich Sie morgen Vormittag zuhause besuchen?"

„Wenn Sie wollen, können Sie auch gleich mitkommen, *Maresciallo*. Meine Familie wird ohnehin mit der nächsten Fähre wieder nach Neapel zurückfahren."

„Wird dir das nicht zu viel, Anna?" schaltete sich jetzt ihr Bruder ein, der sich ihnen vorstellte.

„Giuliano Montella, ich bin Marcos Onkel."

„Lass nur, Giuliano, mir fällt doch allein daheim sowieso nur die Decke auf den Kopf. Und je eher ich dem *Maresciallo* weiterhelfen kann, umso besser."

Als sie zu viert als Letzte den Friedhof verließen, waren mit Ausnahme der Familienangehörigen schon alle Trauergäste abgefahren. Die zwei Herren, die Zigarette rauchend neben ihren Autos standen, stellte *Signor* Montella als seine Söhne Tonio und Giuseppe vor. Giuseppe war derjenige, dessen Ähnlichkeit mit *Signora* Spinellis Bruder Francesco schon in der Kirche aufgefallen war. Ihre Frauen standen plaudernd ein wenig abseits, während die Kinder zwischen den Autos Fangen spielten.

„Wann haben Sie denn Ihren Cousin zum letzten Mal gesehen?" schaltete sich Alfonso ins Gespräch mit ein.

Tonio antwortete zuerst: „Das war im letzten Jahr. Ich hatte vor, am Sonntag, also gestern, mit meiner Familie von Neapel herüberzukommen."

„Ich habe mich mit Marco am Montag Vormittag kurz am *Molo Beverello* getroffen" erzählte dagegen Giuseppe.

„Ich arbeite auf einem der Tragflügelboote auf der Linie zwischen *Napoli* und *Capri*. Als Marco vom Bahnhof aus am *Molo Beverello* ankam, hat er mich auf dem Handy angerufen. Ich hatte bis zum nächsten Auslaufen noch circa eine Stunde Zeit, da sind wir zusammen einen Kaffee trinken gegangen. Das haben wir immer wieder gemacht, wenn er hier angekommen ist und ich zufällig zur gleichen Zeit am Hafen war."

„Hat er Ihnen am Montag etwas Besonderes erzählt?“ bohrte Alfonso nach. „Oder ist Ihnen sonst etwas Außergewöhnliches an ihm aufgefallen?“

„Nein, überhaupt nichts. Er war so wie immer, er freute sich auf seine drei Wochen Urlaub. So wie mein Bruder hatten wir uns auch für gestern verabredet.“

„Wenn wir die nächste Fähre erreichen wollen, müssen wir schön langsam aufbrechen.“

Die Ehefrauen von Tonio und Giuseppe kamen auf sie zu und mahnten zur Eile.

„Wenn Sie möchten, können Sie gleich mit uns fahren“ bot Francesco *Signora* Spinelli an, was sie auch gerne annahm. Sie verabschiedete sich von ihren Angehörigen, die in ihre Autos stiegen und davonfuhren. Alfonso hielt ihr die Beifahrertür von Francescos Wagen auf und setzte sich selbst auf die Rückbank. Während der kurzen Fahrt vom Friedhof zu ihrer Wohnung schwieg *Signora* Spinelli und die beiden *Carabinieri* hielten sich mit ihren Fragen auch noch zurück. In der Wohnung angekommen bat sie die beiden, im Wohnzimmer Platz zu nehmen, während sie in der Küche den Kaffee aufsetzte. Das Wohnzimmer war ziemlich klein, außer einem Sofa, einem Sessel und einem kleinen Tisch waren nur ein Schrank mit Glastüren und ein kleines Fernsehtischchen vorhanden. Über dem Fernseher hingen drei Fotos an der Wand. Das schwarz-weiße Hochzeitsfoto von Marcos Eltern, ein Foto von Marco zusammen mit seinen Eltern am Tag seiner Erstkommunion sowie ein Porträt von Marcos Vater Antonio im Alter von etwa sechzig Jahren. An der rechten unteren Ecke des dritten Bildes hing eine kleine schwarze Schleife.

Signora Spinelli brachte ein Tablett mit drei vollen Kaffeetassen herein und setzte sich in den Sessel. Alfonso zog das Foto von Marco, das er am Tag nach dem Mord aus ihrer Küche mitgenommen hatte, aus der Sakkotasche und legte es auf den Tisch. Sie nahm das Foto und sah es eine Weile an.

„Ich verstehe es immer noch nicht, *Maresciallo*, seit Tagen lasse ich mir immer wieder jede einzelne Minute seit Marcos Ankunft vor einer Woche durch den Kopf gehen. Aber ich finde einfach keinen Hinweis darauf, warum ihn jemand hätte umbringen sollen. Außer der alten Feindschaft mit Luigi Rasoni, von der ich Ihnen schon im Krankenhaus erzählt habe und dem Streit wegen der eventuellen Beteiligung an seiner *Pizzeria*.“

„So wie es im Moment aussieht, hat Rasoni allerdings genauso ein stichhaltiges Alibi wie Pasquale, Roberto und Emilio“ erklärte ihr Francesco.

„Wir haben bisher auch keinen Anhaltspunkt für ein Motiv gefunden. Deshalb wollte ich auch noch einmal mit Ihnen sprechen. Wie hat Marco denn für gewöhnlich seine Urlaubstage hier verbracht?"

„Tagsüber war er die meiste Zeit am Strand und abends ist er in der Regel mit seinen Freunden unterwegs gewesen. Meine Neffen kommen mit ihren Familien im Sommer hin und wieder am Wochenende von Neapel herüber. Marcos Urlaub war dafür öfters ein Anlass. Wie Sie vorher gehört haben, war es für das vergangene Wochenende auch geplant. Marco hat sich mit seinen Cousins sehr gut verstanden."

„Hatte er denn keine Freundin?" wollte Alfonso wissen.

„Er hat mehrere Jahre mit einer Italienerin in München zusammengelebt, sie war die Tochter des Inhabers der *Pizzeria,* in der er viele Jahre gearbeitet hat. Die Trennung vor zweieinhalb Jahren war einer der Gründe, warum er dann aus München weggegangen ist. Ob er nun in Rosenheim eine feste Freundin hatte, weiß ich nicht genau. Er hat in dieser Hinsicht immer sehr wenig erzählt. Anscheinend hat er sich aber im letzten Jahr, als er im Urlaub hier war, einige Male mit einer Frau getroffen. Irgendwie habe ich ihm das angemerkt."

„In der vergangenen Woche auch?"

„Nein, da ist mir nichts dergleichen aufgefallen. Vielleicht war es eine Urlauberin, die in diesem Jahr nicht hier ist."

„Würden Sie uns bitte sein Gepäck zeigen, jeder noch so kleine Hinweis könnte wichtig sein."

„In seinem Zimmer ist bisher alles noch so, wie er es zurückgelassen hat, *Maresciallo.* Mein Bruder hat nur Marcos schwarzen Anzug aus dem Schrank geholt, den ihm die Bestatter angezogen haben."

Gemeinsam gingen sie in Marcos Zimmer. Die Fensterläden waren zugeklappt, durch die Ritzen drang ein wenig Sonnenlicht herein. Francesco knipste das Licht an. Die Bettdecke war zwar nicht zurückgeschlagen, trotzdem sah man, dass jemand auf dem Bett gelegen hatte. Auf dem breiten zweitürigen Schrank lag ein Koffer, neben dem Schrank stand eine offene, leere Reisetasche. *Signora* Spinelli drehte den Schlüssel am Schrank herum und öffnete die zwei breiten Türen. In der linken Hälfte des Schrankes waren einzelne Fächer, darin lagen zusammengefaltete T-Shirts und Hemden, mehrere Paar Socken sowie einige Unterhosen. An der Kleiderstange in der rechten Schrankhälfte hingen zwei Sommerblousons, zwei Sakkos und eine blaue Hose, darunter lag noch eine Jeans. Francesco durchsuchte die Jackentaschen und fand darin ein angebrochenes Päckchen Kaugummis, einen Kugelschreiber sowie eine silbern glänzende Sonnenbrille. Die Hosentaschen waren alle leer. Alfonso streckte sich, um den Koffer auf dem Schrank zu erreichen. Außer einer Bahn-Fahrkarte Rosenheim – *Napoli Centrale* und zurück war auch der Koffer leer. Neben dem Fenster stand ein Stuhl, auf dem eine blaurot gestreifte Badehose lag. Über der Stuhllehne hing ein Strandtuch. Francescos Blick fiel auf das weiße Nachtkästchen neben dem Bett. Darauf stand eine einfache gläserne Lampe. Er zog die Schublade auf und fand darin Marcos Reisepass, eine Kreditkarte auf den Namen Marco Spinelli sowie zwei Handys. Beide waren ausgeschaltet.

„Sie kennen nicht zufällig die PIN-Codes der Handys?" wollte Francesco von *Signora* Spinelli wissen.

„Ach, *Maresciallo*, mit so einem modernen Kram kenn ich mich überhaupt nicht aus, mir reicht mein gutes altes Telefon in der Küche."

„Wir werden die Handys mitnehmen, unsere Techniker in Neapel werden die Codierung bestimmt umgehen können. Für uns wäre es sehr interessant, zu wissen, mit wem Ihr Sohn zuletzt telefoniert hat. Vielleicht bekommen wir so den entscheidenden Hinweis auf seinen Mörder oder auf das Tatmotiv."

„Ich habe ihn zwar nicht damit telefonieren gesehen, seit er am Montag hier angekommen ist, aber sie können die Handys selbstverständlich mitnehmen."

Francesco und Alfonso verabschiedeten sich von ihr, nochmals mit dem Hinweis, dass sie sich jederzeit bei ihnen melden könne, falls ihr doch noch etwas Wichtiges einfallen sollte.

„Ich bringe die Handys am besten heute noch nach Neapel rüber" schlug Alfonso während der Rückfahrt nach *Porto* vor. „Wir müssen so schnell wie möglich wissen, mit wem er in den letzten Tagen noch telefoniert hat. Setz mich doch am besten gleich am Hafen ab, Francesco. Warum er wohl zwei Handys hatte?"

„Ich vermute, dass er eines mit einem italienischen Netz hatte und es nur im Urlaub verwendete, um damit günstiger telefonieren zu können."

„Da könntest du recht haben."

Sie erreichten den Hafen gerade noch rechtzeitig bevor das nächste Tragflügelboot in Richtung Neapel auslief. Alfonso rief nur noch „*Ciao*, bis morgen", sprang aus Francescos Auto und sprintete zur Anlegestelle. Er war der Letzte, der an Bord ging. Kurz darauf legte das Boot ab.

14

Familie Hartinger hatte einen erholsamen Tag am Strand verbracht. Die Sonne brannte den ganzen Tag heiß herunter, sodass man sich am besten nur im Schatten oder im Meer aufhielt. Elena hatte eine etwa gleichaltrige Italienerin kennengelernt, mit der sie sich die meiste Zeit im Wasser tummelte. Martina gesellte sich zeitweise dazu. Meistens saß sie jedoch unter dem roten Sonnenschirm mit der weißen Aufschrift *Salvataggio*, dem Platz des Strandwächters Toto. Dieser war nicht nur dafür zuständig, den Hotelgästen die Sonnenschirme aufzuspannen und die Liegestühle zuzuteilen, sondern musste bei Badeunfällen auch als Lebensretter fungieren. Das kam zum Glück aber selten vor. Wenn Martina bei Toto saß, beobachtete Max die beiden sehr aufmerksam. Neugierig lugte er hinter seiner Zeitung hervor oder tat so, als schliefe er, tatsächlich aber ließ er sie, gut getarnt durch seine dunkle Sonnenbrille, keine Sekunde aus den Augen.

Gegen Abend, als Chiara und Max ihre Badesachen zusammenpackten, um ins Hotel zurückzugehen, kam Martina herüber.

„Toto hat mich gefragt, ob ich mit ihm heute Abend ins *Dionisio* gehe. Ich darf doch, Papa, oder?"

Das *Dionisio* ist eine Bar im amerikanischen Stil und ein beliebter Treffpunkt der jungen Leute von *Ischia Porto*. Max, der den ganzen Tag beobachten konnte, wie die beiden geflirtet hatten, hatte schon vorher mit Chiara darüber diskutiert, ob sie Martina allein mit Toto ausgehen lassen sollten.

„Ich denke, sie ist alt genug zu wissen, was sie tut" hatte Chiara für ihre Tochter Partei ergriffen. „Oder willst du dir von deiner tagelang schmollenden Tochter unsere schöne Urlaubsstimmung vermiesen lassen?"

Freilich, als Mutter war Chiara auch nicht ganz wohl dabei, ihre Tochter gleich am zweiten Abend mit dem jungen Italiener ausgehen zu lassen. Letztlich hatten sie sich darauf verständigt, ihr bis Mitternacht das Ausgehen zu erlauben.

„Nur bis um zwölf? Ich bin doch kein Kind mehr!"

„Aber du bist auch erst sechzehn! Wie alt ist eigentlich Toto?"

„Er ist neunzehn."

Obwohl sie mit der zeitlichen Beschränkung keineswegs einverstanden war, akzeptierte Martina sie dann doch etwas widerwillig und war sofort wieder in Richtung Toto verschwunden. Sie wusste, dass sie schwer dagegen ankommen würde, wenn sich ihre Eltern einig waren.

Nach dem gemeinsamen Abendessen war Martina schnell wieder in ihr Hotelzimmer zurückgegangen. Und weil die große Schwester allein ausgehen durfte, wollte Elena die Gunst der Stunde nutzen.

„Darf ich mit Diana auch ein bisschen alleine losziehen?"

Diana hieß also die Italienerin, mit der Elena den ganzen Tag am Strand herumgetollt hatte, dachte sich Max. Während des Abendessens hatte er sie ein paar Tische weiter mit ihrer Familie entdeckt. Ihre Eltern sahen sehr sympathisch aus. Ihre jüngeren Brüder, die unverkennbar Zwillinge waren, hatte er tagsüber am Strand bereits gesehen.

„Was habt ihr denn vor?" wollte Chiara wissen.

„Wir wollen uns einfach in der *Via Roma* und am *Corso* ein bisschen ins Getümmel stürzen und dort noch ein Eis kaufen. Bitte, Mama."

„Na von mir aus" war Chiara einverstanden, nicht ohne das zustimmende Nicken von Max abgewartet zu haben.

„Prima, danke!" rief Elena, die sofort aufgesprungen war und zum Tisch von Dianas Familie hinüber lief.

„Tja, so geht's, kaum sind die Kinder auf der Welt, schon sind sie flügge geworden und ihre alten Eltern sitzen abends alleine da" lamentierte Max mit einem unüberhörbaren ironischen Unterton.

„Ach du mein armer alter Mann" kam die nicht weniger ironische Antwort von Chiara, die Max, bevor er etwas erwidern konnte, auf den Mund küsste.

„Du wirst wohl in Zukunft immer öfter damit klarkommen müssen, dass du die Abende alleine mit deiner Frau verbringst."

„Ich wüsste nicht, mit wem ich es lieber täte" lächelte Max seine Chiara an und jetzt war er es, der ihr einen Kuss gab. „Was möchtest du denn heute Abend noch anstellen?"

„Du darfst mich gerne noch auf ein Glas *Prosecco* oder ein Eis einladen, Max. Und dann sehen wir weiter."

Während sie den Speisesaal verließen, kam Martina aus dem Lift. Sie hatte eine hautenge Jeans an. Die beiden vorderen Enden ihrer bauchfreien, ebenfalls sehr engen und kurzen weißen Bluse waren vorne zu einer Schleife geknotet. Ihre langen blonden Haare hatte sie zu einem Pferdeschwanz gebunden und ihre vollen Lippen wurden durch einen knallroten Lippenstift noch besser betont.

Kein Wunder, dass sie dem *Bagnino* den Kopf verdreht hat, dachte sich Max, als er Martina so herausgeputzt auf sich zukommen sah.

„Wo trefft ihr euch denn?" fragte Chiara.

„Toto holt mich mit seiner *Vespa* hier vor dem Hotel ab, Mama."

„Steig aber nicht ohne Helm auf" mahnte Max seine Tochter, weil er wusste, mit welchem waghalsigen Tempo die italienischen *Vespa*-Fahrer oft unterwegs waren.

„Schon gut, Papa, Toto bring einen zweiten Helm mit und außerdem haben wir doch überhaupt nicht weit zu fahren."

„Richtig, eigentlich könntet ihr doch gleich zu Fuß bis zum *Dionisio* gehen" stellte Max fest.

„Ich wünsch dir einen schönen Abend, meine Große" sagte Chiara, während sie Martina in den Arm nahm.

„Und denk dran, um zwölf wieder hier zu sein. Klopf bitte noch bei unserem Zimmer an, wir sind sicher noch wach, wenn du zurückkommst" wollte Max sie nochmals erinnern, sich an die Zeitvorgabe zu halten.

„*Ciao, ciao*" rief Martina, ohne darauf einzugehen und schlenderte vergnügt beim Haupteingang des Hotels hinaus.

Max hatte es sich natürlich nicht nehmen lassen, Chiara während des Abendspazierganges in einer Bar auf ein Glas *Prosecco* einzuladen. Auf dem Weg dorthin hatten sie Elena und Diana getroffen. Gegen halb zwölf waren sie wieder im Hotel zurück, Chiara kontrollierte noch, ob Elena wie versprochen schon im Bett war und ging dann in ihr Zimmer ein Stockwerk tiefer. Max kam soeben vom Balkon herein

„Das Meer ist ganz ruhig und der Himmel sternenklar, das Wetter wird sicher schön bleiben."

„Das will ich auch hoffen, Max. Was willst du denn morgen unternehmen?"

„Wir könnten doch nach *Sant'Angelo* oder an den *Maronti*-Strand fahren."

„Der Strand wäre mir lieber, aber rechne nicht damit, dass Martina und Elena mitkommen."

„Elena würde vielleicht mitfahren, wenn wir Diana auch mitnehmen. Aber dass Martina in den nächsten zwei Wochen tagsüber ihre Zeit woanders als an unserem Hotelstrand verbringen will, damit rechne ich natürlich nicht."

Chiara war für ein paar Minuten im Bad verschwunden und legte sich dann aufs Bett.

„Willst du noch nicht ins Bett?" fragte sie Max erstaunt, weil er keinerlei Anstalten machte, sich auch bettfertig zu machen. Er saß in einem der zwei Sessel und blätterte in einer italienischen Zeitschrift.

„Solange Martina noch nicht zurück ist, bleibe ich noch auf."

„Sei nicht albern, Max, sie ist doch zuhause am Wochenende auch abends unterwegs und du gehst ins Bett."

„Das ist doch ganz etwas anderes."

„Was ist denn hier anders? Und wenn sie nicht ganz pünktlich zurückkommt, willst du dann sofort losziehen und nach ihr suchen?"

„Das weiß ich nicht."

Chiara wollte die in ihren Augen unnütze Diskussion nicht mehr weiterführen, schlüpfte unter das dünne Betttuch und drehte sich zur Seite. Max blätterte demonstrativ in seiner Zeitschrift weiter. Chiara schien relativ schnell eingeschlafen zu sein, jedenfalls atmete sie sehr gleichmäßig. Deshalb verhielt sich Max auch ruhig, als es mittlerweile fast halb eins geworden war und Martina noch nicht zurück war. Er legte die Zeitschrift beiseite. Im Grunde hatte er Chiaras Frage, ob er denn sofort nach Martina suchen würde, wenn sie nicht Punkt zwölf im Hotel wäre, unbeantwortet gelassen. Jetzt überlegte er, wie lange er noch auf seine Tochter warten sollte, ohne etwas zu unternehmen.

Plötzlich zerriss ein gellender Schrei die Stille.

„Das war doch Martina" schoss es Max durch den Kopf.

Er sprang auf, riss die Balkontür auf und stürzte nach draußen. Tatsächlich sah er Martina unten am Pool bei den Liegestühlen stehen. Toto war hinter ihr und hatte seine Arme um sie geschlungen. Martina schrie noch einmal. Max wollte Toto gerade anbrüllen, dass er Martina gefälligst loslassen sollte, da bemerkte er, dass Toto nur darauf aus war, Martina davon abzuhalten, näher an den Pool heranzugehen. Der Pool war durch mehrere Unterwasserlampen hell erleuchtet. Mitten auf dem Wasser trieb, mit dem Gesicht nach unten, ein männlicher Körper, der hinter sich eine dunkelrote Blutspur durchs Wasser zog. Max stockte der Atem, als er auf dem rechten Arm den tätowierten Schlangenkopf sah.

15

„**W**as ist denn los?"

Chiara war durch Martinas Schreie aufgewacht und kam auf den Balkon heraus.

„Ich muss sofort nach unten, ruf du den Rettungsdienst und Francesco an."

Max stürzte an Chiara vorbei zurück ins Zimmer. In mehreren Hotelzimmern nebenan gingen die Lichter an und einige Urlauber kamen ebenfalls auf den Balkon heraus, um zu sehen, was passiert war. Als Chiara die Gestalt im Wasser treiben sah, fiel ihr Blick auch sofort auf die Tätowierung am rechten Oberarm.

„Mein Gott, das ist ja der Herr Schlosser."

Unten kam Max mit dem Nachtportier im Schlepptau herausgelaufen und lief zu allererst zu Martina. Sie zitterte am ganzen Körper und Toto versuchte vergeblich, sie zu beruhigen. Nun nahm Max sie in den Arm und Toto, der auch ziemlich blass aussah, zog sich seine Turnschuhe, seine Jeans und sein T-Shirt aus und sprang in den Pool. Er packte Rudi Schlosser am Arm und zog ihn zum Beckenrand. Zusammen mit dem Nachtportier hob er den leblosen Körper aus dem Wasser.

„Schau lieber nicht hin!"

Max hatte Martina immer noch im Arm und hielt sie so, dass ihr der grausame Anblick von Rudi Schlosser erspart blieb. Seine Augen waren weit aufgerissen. Beim Herausziehen aus dem Pool war sein durchlöchertes T-Shirt etwas nach oben gerutscht und gab jetzt den Blick auf zwei große klaffende Wunden am Bauch frei. Toto fühlte sowohl am Handgelenk als auch an der Halsschlagader nach dem Puls, fand aber kein Lebenszeichen mehr.

Chiara brauchte einen Augenblick, um sich von dem ersten Schock zu erholen, lief dann aber zu dem Telefon auf ihrem Nachttisch und wählte zuerst die 113, um den Rettungsdienst zu verständigen. Anschließend wählte sie die Nummer von ihrem Bruder.

Francesco hob nach dem siebten oder achten Klingeln ab.

„*Ciao* Francesco, ich bin's, Chiara. Du musst sofort kommen, hier hat man gerade einen Hotelgast tot aus dem Pool gezogen."

„*O mio Dio,* was ist denn passiert?"

„Ich weiß es nicht genau. Max ist gerade nach unten gelaufen. Ich konnte es nur vom Balkon aus sehen. Den Rettungsdienst habe ich bereits verständigt, aber soweit ich das von hier oben beurteilen kann, ist da nichts mehr zu machen."

„Ich mach mich gleich auf den Weg, Chiara. Ich muss vorher nur noch Alfonso und Riccardo alarmieren."

Chiara wollte sich etwas überziehen, um auch nach unten zu gehen, als die Tür aufging und Max Martina hereinbrachte. Sie zitterte immer noch heftig und war schneeweiß im Gesicht. Weinend fiel sie ihrer Mutter um den Hals.

„Ihr bleibt am besten hier drin, ich schaue nur schnell nach, ob Elena auch wach geworden ist, dann bin ich wieder unten."

„Francesco wollte sich gleich auf den Weg machen, Max."

Elena hatte Martinas Schreie offenbar nicht gehört, sie schlief tief und fest, als Max leise die Zimmertür öffnete und wieder vorsichtig schloss. Er lief durchs Treppenhaus nach unten. Am Pool hatte der Nachtportier zwischenzeitlich Rudi Schlosser mit einem Bettlaken zugedeckt. Zudem war er damit beschäftigt, den Teil der Terrasse zwischen Hotel und Pool, auf dem die zugedeckte Leiche lag, mit zwei Seilen abzusperren, da sich nach und nach immer mehr neugierige Hotelgäste rings um den Pool sammelten. Toto hatte sich inzwischen wieder angezogen, saß auf den Stufen, die von der Pool-Terrasse zum Strand hinunterführten, und rauchte eine Zigarette. Er hatte schon wieder etwas mehr Farbe im Gesicht. Max setzte sich zu ihm.

„Was ist mit Martina, *Signor* 'artinger?"

Das im Italienischen stets stimmlose H verschluckte er.

„Ich habe sie zu ihrer Mutter ins Zimmer gebracht. Sie hat einen ziemlichen Schock. Habt ihr gesehen, wie es passiert ist?"

„Nein. Als wir vom Strand her gekommen sind, ist er schon im Wasser gelegen. Martina hat gleich die Leiche in dem beleuchteten Pool treiben gesehen und sofort zu schreien begonnen. Soweit ich es mitbekommen habe, war die Terrasse leer, wie wir hier die Stufen heraufgekommen sind. Ich habe auch nicht bemerkt, dass jemand weggelaufen wäre."

„Wie lange wart ihr denn am Strand?"

Max war natürlich auch neugierig darauf, was zwischen Toto und seiner Tochter passiert war.

„Höchstens zehn Minuten. Ich habe die *Vespa* vor dem Hotel abgestellt, dann sind wir außen herum bis zum Meer und haben uns auf einen Liegestuhl gesetzt. Aber weil es doch schon fast halb eins war, hat Martina gesagt, dass sie nun leider reingehen muss."

„Ist euch am Strand jemand begegnet?"

„Nein, zumindest habe ich niemanden gesehen."

„Die *Carabinieri* sind noch nicht da. Aber wenn du willst, kannst du nach Hause fahren. Ich werde ihnen sagen, wo sie dich morgen Vormittag finden können, wenn sie nochmals eine Aussage von dir benötigen. Was du mir gerade berichtet hast, kann ich schon einmal weitergeben. Martina hat dir sicher erzählt, dass ich in Deutschland bei der Kriminalpolizei arbeite und ihr Onkel der *Maresciallo* der *Carabinieri* von *Porto* ist."

„Ja, ich weiß es. Kann ich noch schnell zu Martina, bevor ich nach Hause fahre?"

„Ich glaube, es ist besser, wenn wir sie jetzt in Ruhe lassen."

Plötzlich hörte man, wie die heulende Sirene eines Rettungswagens immer lauter wurde.

„Eher werde ich ihr noch einen Sanitäter hochschicken, vielleicht braucht sie eine Beruhigungsspritze. Ihr könnt euch sicher morgen Vormittag wieder sehen."

„Okay, dann fahre ich jetzt nach Hause."

„Musst du weit fahren?"

„Nein, ich wohne hier in *Porto* und bin in fünf Minuten daheim."

Toto wählte diesmal den Weg durch das Hotel, bei der Rezeption kamen ihm drei Rettungssanitäter entgegen gelaufen.

„Draußen am Pool liegt er."

Er zeigte ihnen den Weg hinaus zur Terrasse, schwang sich dann auf seine *Vespa* und fuhr davon.

Ein paar Minuten nach dem Rettungswagen waren Francesco, Alfonso und Riccardo fast gleichzeitig beim *Hotel Vesuvio* eingetroffen. Während sich Francesco suchend nach Max umblickte, kümmerten sich die beiden anderen *Carabinieri* erst einmal darum, die neugierigen Hotelgäste noch weiter zurückzudrängen, denn die Sanitäter hatten natürlich das weiße Bettlaken, mit dem Rudi Schlosser zugedeckt war, weggezogen. Während sie die Leiche untersuchten, war sie den Blicken der Schaulustigen preisgegeben.

Max war nach seinem Gespräch mit Toto noch einmal in sein Hotelzimmer hinaufgegangen, um nach Martina zu sehen. Chiara hatte sie in ihr Bett gelegt, saß neben ihr und hielt ihre Hand. Martina hatte sich zwar ein klein wenig beruhigt, war aber immer noch schneeweiß.

„Die Sanitäter sind gerade eingetroffen, wenn du willst, kann ich dir gleich einen raufschicken."

„Danke, Papa. Es geht schon wieder. Ich glaube nicht, dass ich einen brauche."

„Wie du meinst. Hast du denn beim Pool jemanden gesehen, wie du mit Toto vom Strand heraufgekommen bist?"

„Da war niemand. Ist Toto noch da?"

„Nein, ich habe ihn nach Hause geschickt. Er sah auch ein bisschen mitgenommen aus. Ich werde wieder runtergehen, wahrscheinlich wird Francesco jetzt auch schon da sein."

„Weiß die Frau Schlosser schon Bescheid, Max? Die Arme war heute Morgen so fröhlich, als wir im Frühstücksraum geratscht haben. Das wird sicher ein furchtbarer Schock für sie sein. Wenn ich irgendwie helfen kann, dann sag mir Bescheid" bot Chiara ihre Hilfe an.

„Ich habe sie noch nicht gesehen. Eigentlich müsste sie doch ihren Mann längst vermissen. Weißt du Ihre Zimmernummer?"

„Nein, aber ich glaube das Zimmer ist im Erdgeschoss."

„Der Nachtportier wird es uns schon sagen können."

Francesco sprach gerade mit den Sanitätern, als Max dazu kam.

„*Ciao* Francesco."

„Max, da bist du ja. Hast du die Leiche gefunden?"

„Nein, das waren Martina und Toto, der *Bagnino*."

Schnell berichtete Max seinem Schwager, was er von den beiden erfahren hatte und dass der Tote Schlosser hieß und ein deutscher Hotelgast war.

„Es scheint sich um zwei Stichverletzungen am Bauch zu handeln. Die Spurensicherung und den Gerichtsmediziner habe ich bereits aus Neapel angefordert, Riccardo wird sie am Hafen abholen. Vorher soll er zusammen mit Alfonso die Hotelgäste befragen, ob jemand etwas gesehen oder gehört hat. Hat Herr Schlosser alleine hier im Hotel gewohnt?"

Max schüttelte den Kopf.

„Mit seiner Frau. Am besten gehen wir gleich zu ihr."

Vom Nachtportier wurden sie zum Zimmer mit der Nummer 09 geschickt. Es lag im Erdgeschoss, im linken Flügel des Hotels. Francesco klopfte an. Nachdem sich im Zimmer nichts rührte, klopfte Max ein wenig kräftiger an.

„Frau Schlosser, sind Sie da?"

Jetzt war von drinnen ein leises „Moment, ich komme schon" zu hören und wenige Augenblicke später öffnete Heidi Schlosser die Tür. Sie war mit einem kurzen dünnen Nachthemd bekleidet, hatte zerzauste Haare und wirkte ziemlich verschlafen. Bevor Max und Francesco etwas sagen konnten, stammelte sie:

„Mein Mann ist verschwunden."

„Wann haben Sie das bemerkt?"

„Soeben als ich durch ihr Klopfen aufgewacht bin."

„Können wir kurz hereinkommen?"

„Bitte."

Sie machte einen Schritt zur Seite und ließ sie ins Zimmer hinein.

„Was ist passiert?"

Ohne zu antworten, stellte Max sich und Francesco erst einmal vor.

„Das ist *Maresciallo* Bianchi von den örtlichen *Carabinieri,* ich bin sein Schwager und bin in Rosenheim bei der Kripo. Seit wann ist Ihr Mann verschwunden?"

„Ich bin kurz vor zwölf ins Bett und er wollte wie jeden Abend nur noch auf die Terrasse hinaus und eine Zigarette rauchen. Ich bin relativ schnell eingeschlafen und habe erst als Sie geklopft haben bemerkt, dass sein Bett leer ist. Wissen Sie wo er ist?"

Zuerst übersetzte Max für Francesco ihren kurzen Dialog ins Italienische, dann antwortete er ihr:

„Wir haben leider eine schlimme Nachricht für Sie. Ihr Mann wurde draußen im Pool tot aufgefunden."

Heidi Schlosser starrte ihn mit offenem Mund an.

„Ist er ertrunken?"

„Das können wir noch nicht genau sagen. Er hat zwei Wunden am Bauch, die wie Stichverletzungen aussehen."

„Erstochen?"

„Soweit wir das jetzt schon beurteilen können, sieht es tatsächlich so aus, als wäre er erstochen worden."

Heidi Schlosser machte zwei Schritte nach hinten und setzte sich auf den Rand ihres Bettes. Sie stützte sich mit ihren Ellenbogen auf den Knien auf, verbarg das Gesicht in ihren Händen und ließ ihren Tränen freien Lauf.

Nach einer Weile sah sie zu Max und Francesco auf.

„Das ist doch nicht möglich, wer sollte meinem Rudi so etwas antun?"

„Das wissen wir noch nicht. Ich werde meine italienischen Kollegen natürlich so weit es geht unterstützen, damit möglichst schnell geklärt werden kann, was passiert ist. Zwei *Carabinieri* sind bereits dabei, die anderen Hotelgäste zu befragen."

„Kann ich ihn sehen?"

„Im Moment ist es besser, wenn Sie noch nicht nach draußen gehen, Frau Schlosser. Wir warten noch auf den Gerichtsmediziner und die Spurensicherung. Wenn die ihre Arbeit erledigt haben, können Sie ihn sicher sehen. Wenn Sie ärztliche Hilfe brauchen, kann ich einen der Sanitäter, die noch hier sind, hereinrufen. Meine Frau hat auch ihre Hilfe angeboten."

„Vielen Dank Herr Hartinger, aber ich möchte jetzt am liebsten alleine sein. Holen Sie mich bitte, wenn ich zu meinem Rudi kann."

„Selbstverständlich."

Francesco hatte nur teilweise verstanden, was Max und Heidi Schlosser geredet hatten, im Hinausgehen übersetzte ihm Max wieder das Wichtigste. Auf der Terrasse waren nun nicht mehr so viele Neugierige wie zuvor, Riccardo und Alfonso hatten die einzelnen Hotelgäste, nachdem sie diese befragt hatten, jeweils gebeten, wieder in ihre Zimmer zu gehen. Aber nicht alle waren dieser Aufforderung gefolgt. Die Sanitäter hatten den Leichnam wieder zugedeckt und waren im Begriff zu gehen.

„Ich kann nicht zweifelsfrei sagen, ob er an den Stichverletzungen gestorben oder im Pool ertrunken ist. Das kann nur durch eine Obduktion geklärt werden“ hatte einer der Sanitäter Alfonso unterrichtet.

Diese Information gab er an Max und Francesco weiter, als er sie aus dem Hotel herauskommen sah.

„Gibt es sonst schon etwas Brauchbares, Alfonso?“

„Leider nein, Francesco, von den Hotelgästen will niemand etwas gehört oder gesehen haben. Nur einer hat ausgesagt, dass er den *Signor* Schlosser gegen Mitternacht auf der kleinen Terrasse vor seinem Zimmer gesehen hat. Er heißt Fabrizio Silano und hat sein Zimmer zusammen mit seiner Frau dort oben im zweiten Stock. Er war noch auf dem Balkon, um ein Handtuch zum Trocknen aufzuhängen. Dabei hat er *Signor* Schlosser hier unten mit einer Zigarette im Mund beobachtet. In den vergangenen Tagen war ihm das schon mehrfach aufgefallen, deshalb hielt er es heute Nacht für nichts Außergewöhnliches. Außer *Signor* Schlosser hat er niemanden hier unten gesehen. Allerdings ist er sofort wieder ins Zimmer zurück, nachdem er das Handtuch aufgehängt hatte.“

„Wo ist Riccardo?“

„Er ist schon auf dem Weg zum Hafen, Dr. Nuccolo hat vorher Bescheid gegeben, dass sie in circa zehn Minuten einlaufen werden.“

„Fausto wird richtig begeistert sein, dass er nun schon zum zweiten Mal innerhalb einer Woche mitten in der Nacht nach *Ischia* herüberkommen darf. Ich hatte dir gestern von ihm erzählt, Max. Er hat auch die Obduktion von Marco Spinellis Leiche durchgeführt.“

Dann wandte sich Francesco wieder an Alfonso.

„Was hat denn der Nachtportier ausgesagt?“

„Mit ihm haben wir noch nicht gesprochen.“

„Bleib du hier Alfonso, dann gehe ich mit Max zu ihm.“

Der Nachtportier hieß Valerio Tursi, war etwa fünfundfünfzig Jahre alt, hatte grau meliertes Haar und war ziemlich korpulent. Sie fanden ihn an seinem Platz an der Rezeption.

„*Signor* Tursi, seit wann sind Sie heute Nacht im Dienst?“

„Meine Arbeit beginnt immer um dreiundzwanzig Uhr.“

„Ist Ihnen heute etwas Ungewöhnliches aufgefallen?“

„Nein, es war ein ganz normaler später Abend, bis *Signor* 'artinger gegen halb eins nach unten gerannt gekommen ist und rief, dass ein Toter im Pool liegt. Da bin ich sofort mit ihm nach draußen.“

„Und in der Zeit zwischen dreiundzwanzig Uhr und halb eins?"

„Zuerst sind nach und nach einzelne Hotelgäste nach Hause gekommen und haben sich bei mir an der Rezeption ihre Zimmerschlüssel geholt, die letzten in etwa kurz vor Mitternacht. Dann war es absolut ruhig, bis ich den Schrei von *Signor* 'artingers Tochter gehört habe. Ich war mir zuerst nicht sicher, woher der Schrei kam, deswegen bin ich auch nicht sofort auf die Terrasse gelaufen."

„Saßen Sie ununterbrochen hier an der Rezeption?"

„Ja, das heißt, einmal war ich kurz auf der Toilette, die ist gleich hier hinten. Ich hatte noch die Kurznachrichten um Mitternacht im Radio gehört und bin dann schnell verschwunden."

„Wie lange waren Sie ungefähr weg?"

„Ich denke maximal drei Minuten. Das Ehepaar Schlosser war übrigens bei den Hotelgästen, die nach dreiundzwanzig Uhr ins Hotel zurückgekommen sind. Sie haben sich sehr angeregt unterhalten, aber ich habe leider nicht verstanden, worum es bei ihrer Unterhaltung ging."

„Was meinen Sie damit, sie hätten sich angeregt unterhalten?" bohrte Francesco nach. „Haben sie sich gestritten?"

„So direkt würde ich das nicht sagen. Sie haben über etwas diskutiert und dabei beide ziemlich ernst geschaut."

„Danke *Signor* Tursi, melden Sie sich bitte bei uns, falls Ihnen doch noch etwas einfallen sollte, was für uns von Bedeutung sein könnte."

Am blinkenden Blaulicht vor dem Hotel erkannten sie, dass Riccardo zusammen mit Dr. Nuccolo und der Spurensicherung eingetroffen war. Riccardo wies ihnen den Weg durch die Hotelhalle, an der Rezeption vorbei, hinaus auf die Terrasse. Während die drei Herren von der Spurensicherung Francesco und Max nur im Vorbeigehen grüßten, blieb Dr. Nuccolo bei ihnen stehen.

„*Ciao* Francesco."

„*Ciao* Fausto, tut mir leid, dass wir uns wieder nur unter diesen Umständen mitten in der Nacht treffen."

„Lass das bloß nicht einreißen, mein Lieber, sonst bekommst du ein Problem mit Gabriela."

„Na, deine Frau wird schon verstehen, dass ich dich nicht aus Jux und Tollerei durch die Nacht jage."

„Das wäre ja auch noch schöner. Aber jetzt sollte ich mich vielleicht an die Arbeit machen."

Dr. Nuccolo verschwand mit Francesco in Richtung Terrasse, während ihnen Max nachrief:

„Ich gehe kurz zu meiner Familie."

Als Max sein Hotelzimmer betrat, deutete ihm Chiara mit dem auf den Mund gelegten Zeigefinger an, dass er leise sein sollte. Sie saß noch immer am Rand ihres Bettes, in dem Martina lag.

„Sie ist erst vor ein paar Minuten eingeschlafen" flüsterte sie.

„Dann leg du dich doch auch endlich ins Bett" antwortete Max leise.

„In deines?"

„Na klar, leg dich ruhig in mein Bett, ich kann auch hier auf der Couch oder oben bei Elena schlafen. Zuerst gehe ich aber noch nach unten, solange bis die Spurensicherung und der Gerichtsmediziner fertig sind. Frau Schlosser will ihren Mann noch einmal sehen, bevor er weggebracht wird, da wäre ich gerne dabei, nicht nur, weil sie kaum Italienisch spricht."

„Wie hat sie denn reagiert, als sie es erfahren hat?"

„Sie ist in Tränen ausgebrochen und wollte sofort zu ihm. Dann wollte sie erst einmal alleine sein."

„Es ist wirklich schlimm, wenn ein schöner Urlaub so jäh endet."

Auf der Terrasse gesellte sich Max zu den neugierigen Hotelgästen, die die Arbeit der Spurensicherung verfolgten und nebenbei ganz aufgeregt über den Mord und ein mögliches Motiv diskutierten. Ein deutscher Urlauber spekulierte, dass der Ermordete sich bestimmt an eine hübsche Italienerin herangemacht hätte und der gehörnte Ehemann das Treiben dann auf seine Weise beendet hätte.

„Man ist sich hier seines Lebens nicht mehr sicher, wenn jetzt schon harmlose Touristen ermordet werden" befürchtete eine ältere Dame, die unüberhörbar aus der Schweiz kam.

Max wartete solange, bis Dr. Nuccolo den toten Rudi Schlosser wieder zudeckte und auch die Herren von der Spurensicherung ihre Untersuchungskoffer zusammenpackten. Dann stieg er über das Absperrseil und steuerte auf den Gerichtsmediziner zu.

„*Dottore*, die Frau des Ermordeten sitzt hier in ihrem Hotelzimmer und wartet darauf, dass wir sie zu ihrem Mann lassen."

„Es war wahrscheinlich ganz gut, dass sie ihn nicht sofort gesehen hat. Ich bin bestimmt Einiges gewöhnt, aber der Anblick der Wunde und seine weit aufgerissenen Augen waren nicht gerade angenehm anzusehen. Ich habe ihm die Augenlider geschlossen, soweit es ging. Und sein Bauch sollte bedeckt bleiben, wenn Frau Schlosser kommt."

„In Ordnung. Ich werde auch dafür sorgen, dass die Terrasse leer ist, wenn wir Frau Schlosser hierher bringen. Ich meine, die Schaulustigen haben bereits genug gesehen."

„Da haben Sie recht."

Die drei *Carabinieri*, die sich ausführlich mit den Herren von der Spurensicherung unterhalten hatten, drehten sich zu ihnen um.
„Wann bekommen wir das Obduktionsergebnis, Fausto?"
„So schnell wie möglich, Francesco, das weißt du doch. Du kannst mich am Spätnachmittag anrufen. Soweit ich es schon beurteilen kann, hätten die Stichverletzungen ausgereicht, um ihn zu töten. Ob er aber noch gelebt hat, als er in den Pool gefallen ist, kann ich erst nach der Obduktion sagen."
„Vielleicht wurde er sogar hineingestoßen" meinte Alfonso.
„Gut möglich. Aber das anhand der Leiche festzustellen, wird schwierig, außer ich finde noch außergewöhnliche Druckstellen am Körper" entgegnete ihm Dr. Nuccolo.
„Die Spurensicherung hat auch nicht viel Brauchbares gefunden, nur ein paar Blutspritzer am Rande des Pools, die höchstwahrscheinlich von Schlosser stammen. Es sei denn, der Täter hat sich auch verletzt. Aber das werden sie bei der Analyse im Labor ohne Weiteres feststellen können. Die Tatwaffe haben sie leider nicht ausfindig gemacht, obwohl sie das gesamte Hotelgelände hier draußen abgesucht haben" erzählte Francesco seinem Schwager und Dr. Nuccolo.
Riccardo bezweifelte, dass man die Tatwaffe überhaupt finden würde, wenn der Mörder womöglich über den Strand geflüchtet war und sie einfach im hohen Bogen ins Meer geworfen hatte.
„Theoretisch könnte er auch durch das Hotel geflohen sein. Die kurze Zeit, die *Signor* Tursi nach Mitternacht auf der Toilette war, hätte doch ausgereicht, um unbemerkt an der Rezeption vorbeizukommen."

Francesco forderte seine beiden Kollegen auf, die letzten Hotelgäste von der Terrasse zu vertreiben, damit Max die Frau des Ermordeten aus dem Hotelzimmer holen konnte. *Dottore* Nuccolo drängte darauf, dass der Leichnam möglichst schnell nach Neapel abtransportiert werden müsse, denn es war mittlerweile schon weit nach zwei Uhr in der Nacht. Die letzten Neugierigen hatten eingesehen, dass es für sie nun wahrscheinlich nicht mehr allzu viel zu sehen geben würde und räumten das Feld. Max ging zum Zimmer 09, klopfte an und trat ein. Heidi Schlosser hatte sich inzwischen eine Jeans und ein T-Shirt sowie eine leichte Strickjacke angezogen und saß mit geröteten Augen auf ihrem Bett.

„Frau Schlosser, wir wären jetzt soweit, dass Sie Ihren Mann identifizieren können. Kommen Sie, ich bringe Sie hin."
Sie stand wortlos auf und folgte ihm. Dr. Nuccolo, Francesco und die Herren von der Spurensicherung standen ein paar Meter neben dem zugedeckten Leichnam, als Max mit Frau Schlosser auf die Terrasse herauskam.

Alfonso und Riccardo hatten sich an der Tür postiert, damit nicht doch noch einige der Hotelgäste auf die Terrasse zurückkommen konnten. Max führte Frau Schlosser bis an das Ende des Lakens, unter dem der Kopf von Rudi Schlosser lag, und schlug behutsam das weiße Tuch zurück. Es dauerte einen Moment, bis Heidi Schlosser nickte und leise sagte:

„Ja, das ist mein Mann."

Dann sank sie direkt neben seinem Kopf auf die Knie, die Tränen schossen ihr wieder in die Augen und sie schluchzte laut.

„Warum, Rudi, warum?"

Max wartete einige Zeit, bis sie sich wieder etwas beruhigt hatte, bedeckte den Kopf von Rudi Schlosser wieder und half der immer noch leise schluchzenden Witwe aufzustehen.

„Frau Schlosser, Ihr Mann wird nun in die Gerichtsmedizin nach Neapel gebracht, wo eine Obduktion durchgeführt werden muss. Seine Armbanduhr können wir vorher noch abnehmen, darüber hinaus hatte er nichts an persönlichen Sachen bei sich."

„Das kann aber nicht sein" erwiderte Heidi Schlosser erstaunt. „Er hatte doch seinen Geldbeutel immer in der Hosentasche, auch wenn er nur seine Shorts anhatte. Den Geldbeutel nahm er erst raus und legte ihn auf sein Nachtkästchen, wenn er ins Bett ging."

Francesco winkte einen Kollegen der Spurensicherung heran und erklärte ihm auf Italienisch, was Frau Schlosser gerade ausgesagt hatte.

„*No, niente!*" bekam Max zur Antwort.

Noch einmal wurde ihm also bestätigt, dass in den Hosentaschen des Ermordeten nichts gefunden worden war.

„Aber wo soll denn sein Geldbeutel sonst sein?"

„Hatte Ihr Mann sehr viel Bargeld bei sich?"

„Nein, es dürften nicht mehr als einhundert Euro gewesen sein. Seit wir am Samstag angekommen sind, war er noch nicht am Geldautomaten. Aber seine EC-Karte, seine Kreditkarte, der Führerschein und der Personalausweis waren auch im Geldbeutel."

„Sehen Sie doch noch einmal in Ihrem Zimmer nach, vielleicht hat er den Geldbeutel heute doch nicht in der Hosentasche gehabt, als er zum Rauchen auf die Terrasse ging. Aber wenn Sie ihn nicht finden können, sollten Sie die Karten sofort sperren lassen, damit Ihnen nicht auch noch ein finanzieller Schaden entsteht."

„Ja, das werde ich gleich machen. Wie soll es denn nun überhaupt weitergehen, Herr Hartinger? Ich möchte jetzt am liebsten sofort nach Hause."

„Das kann ich gut verstehen. Ich kann Ihnen aber nicht versprechen, dass die Gerichtsmedizin den Leichnam von Ihrem Mann sofort nach der Obduktion freigeben wird. Außerdem sollten Sie sich wenigstens noch ein paar Tage zu unserer Verfügung halten. Das ist aber auch abhängig davon, wie schnell wir mit den Ermittlungen vorankommen werden."

„Ich kann mir das alles einfach nicht erklären" stammelte Heidi Schlosser, der wieder die Tränen in die Augen stiegen. „Glauben Sie denn, dass ihn jemand umgebracht hat, nur um seinen Geldbeutel zu stehlen? Er hatte doch eigentlich relativ wenig Bargeld dabei."

„Auszuschließen ist es aber trotzdem nicht. Ich habe schon Fälle von Raubmord gehabt, bei denen der Täter wesentlich weniger erbeutet hat. In jedem Fall ist es ein erster Anhaltspunkt. Ich bringe Sie jetzt in Ihr Zimmer zurück, dann können wir gleich nachsehen, ob der Geldbeutel tatsächlich nicht da ist."

Max rief Francesco zu, dass er gleich wieder zurück sein werde und dass man Rudi Schlosser noch seine Armbanduhr abnehmen solle, bevor sie ihn wegbringen würden, dann ging er mit Frau Schlosser wieder ins Hotel hinein. Das Zimmer der Schlossers sah sehr aufgeräumt aus, fast so, als hätte Heidi in der vergangenen Stunde bereits angefangen, ihre Abreise vorzubereiten. Im Beisein von Max durchsuchte sie nun das Nachtkästchen, die Jacken und den Rucksack von ihrem Mann, der Geldbeutel kam aber nicht zum Vorschein.

„Er ist nicht da, so wie ich vermutet habe. Rudi muss ihn also dabei gehabt haben."

„Dann sollten Sie die Karten wirklich sofort sperren lassen. Haben Sie die Notrufnummer, über die Sie das rund um die Uhr veranlassen können?"

„Ja, die habe ich. Seit mir vor einigen Jahren einmal beim Einkaufen meine Geldbörse aus der Handtasche geklaut wurde, habe ich die Telefonnummer immer dabei, besonders im Urlaub."

„Gut. Kann ich denn im Moment noch etwas für Sie tun?"

„Nein. Danke Herr Hartinger. Auch wenn ich nicht weiß, wie es jetzt weitergehen soll. Ich denke, ich nehme erst einmal eine Schlaftablette, damit ich etwas zur Ruhe komme und vielleicht ein bisschen schlafen kann."

„Wenn Sie in den nächsten Tagen Hilfe brauchen, dann scheuen Sie sich nicht, sich bei mir oder auch meiner Frau zu melden."

„Vielen Dank."

Als Max auf die Terrasse zurückkehrte, hatte man die Leiche von Rudi Schlosser bereits weggetragen und Dr. Nuccolo verabschiedete sich soeben von den drei *Carabinieri*. Er gab auch Max noch die Hand und verschwand mit Riccardo durch das Hotel, um sich von ihm zum Hafen zurückfahren zu lassen, wo das Schnellboot der Küstenwache auf ihn wartete. Alfonso gab Max die Armbanduhr, die sie dem Toten noch abgenommen hatten, damit er sie an dessen Frau weiterreichen konnte. Die Zeiger der Uhr waren um elf Minuten nach Mitternacht stehen geblieben. Max nahm die Uhr, steckte sie ein und erzählte dann, dass Frau Schlosser den Geldbeutel von ihrem Mann im Hotelzimmer nicht gefunden hatte.

„Ich kann mir die Schlagzeilen der Zeitungen schon vorstellen, wenn die Presse Wind von der Sache bekommen sollte – RAUBMORD AUF DER HOTELTERRASSE – und das mitten in der Hochsaison" meinte Alfonso. „Der *Capitano* wird im Dreieck springen, wenn er das hört."

„Noch sind wir nicht soweit" bremste Francesco seinen Kollegen etwas. „Zum einen muss es nicht unbedingt ein Raubmord gewesen sein, nur weil der Geldbeutel des Toten verschwunden ist, zum anderen müssen wir einfach verhindern, derartige Ermittlungsdetails der Presse zugänglich zu machen."

Und an seinen Schwager gewandt sagte er:

„Ich möchte mich am Vormittag noch einmal etwas ausführlicher mit *Signora* Schlosser unterhalten. Mein Deutsch ist dafür aber wahrscheinlich zu schlecht und sie spricht wohl kaum etwas mehr Italienisch. Kannst du dabei sein, Max?"

„Natürlich, Francesco. Wir hatten ursprünglich vor, nach *Sant'Angelo* oder an den *Maronti*-Strand zu fahren, aber das werden wir sicher bleiben lassen. Ich muss auch erst einmal abwarten, wie es Martina nach diesem Schock gehen wird. Deshalb werden wir uns bestimmt nur im Hotel oder gleich hier am Strand aufhalten."

„In Ordnung, dann weiß ich, wo ich dich finden kann. Und jetzt sollten wir vielleicht auch nach Hause fahren und ins Bett gehen, es wird ohnehin wieder eine sehr kurze Nacht werden."

Francesco und Alfonso machten sich auf den Heimweg und Max ging zu seinem Hotelzimmer hinauf. Auf der Treppe überlegte er kurz, ob er sich zu Elena ins Zimmer legen sollte, entschied sich dann aber doch dafür, in seinem eigenen Zimmer auf der Couch zu schlafen. Chiara und Martina schliefen, als er sich leise ins Zimmer schlich. Er nahm sich zwei Kissen und eine dünne Decke, die im obersten Fach des Kleiderschrankes lagen und machte es sich so gut es ging auf der Couch bequem. Während Chiara wie immer tief und fest schlief, hatte Martina in dieser Nacht einen relativ unruhigen Schlaf, sie wälzte sich im Bett hin und her und schien von Albträumen geplagt. Es dauerte eine ganze Weile, bis auch Max endlich einschlafen konnte.

16

Wie an jedem Morgen wollte Chiara Hartinger vor dem Frühstück zum Schwimmen gehen. Sie zog sich im Bad ihren Bikini und ein T-Shirt an und obwohl sie die Zimmertür sehr leise hinter sich zuzog, wachten Martina und Max auf, als sie das Zimmer verließ.

„Guten Morgen, Papa."

„Guten Morgen, Martina. Du warst ziemlich unruhig heute Nacht. Wie geht's dir?"

„Ach, es geht schon. Ich hab nur die ganze Nacht lauter wirres Zeug geträumt. Du warst noch länger unten, oder?"

„Ja, du weißt doch, wie lange so etwas jeweils dauert. Hier kam noch dazu, dass die Spurensicherung und der Gerichtsmediziner erst einmal von Neapel herüberkommen mussten. Und die Frau Schlosser, das ist die Frau von dem Toten, spricht auch kaum Italienisch, da bin ich gleich auch noch als Dolmetscher eingesprungen."

„Habt ihr schon herausgefunden, wer es war?"

„Nein, wir haben zwar ein paar Spuren, aber einen konkreten Verdacht noch nicht."

„Immer und immer wieder geht mir die Szene von heute Nacht durch den Kopf, aber solange ich auch darüber nachdenke, ich finde nichts Ungewöhnliches bis zu dem Punkt, als ich ihn im Pool liegen sah. Da war niemand am Strand und auch niemand auf der Terrasse."

„Das kann gut sein, er dürfte schon eine Weile drin gelegen haben, denn seine Armbanduhr ist um elf nach Mitternacht stehen geblieben."

„Also circa zwanzig Minuten, bevor wir ihn gefunden haben und ungefähr zehn Minuten, bevor ich mit Toto zum Strand gegangen bin."

„Ja, da war für den Täter genügend Zeit zu verschwinden."

„Wirst du Onkel Francesco helfen, ihn zu finden?"

„Sicher. Mama wird zwar nicht begeistert sein, wenn ich wieder einmal im Urlaub meiner Arbeit nachgehe, aber Francesco kann schon heute Vormittag Hilfe gebrauchen, weil er nochmals mit der Frau Schlosser reden will."

Martina stand auf, schlüpfte in ihre Jeans und nahm ihre weiße Bluse von der Lehne des einen Sessels. Sie hatte sich zum Schlafen in der Nacht nur ein T-Shirt von ihrer Mutter übergezogen.

„Ich geh jetzt rauf zum Duschen, Elena wird bestimmt auch schon wach sein. Gehst du dann auch gleich zum Frühstück runter?"

„Ja, ich spring auch nur noch schnell unter die Dusche. Dann treffen wir uns am besten gleich unten im Frühstücksraum."

Für den Fall, dass ihre Schwester doch noch schlafen sollte, wollte sich Martina leise ins Zimmer schleichen, aber Elena stand schon frisch geduscht im Bad vor dem Spiegel und föhnte sich ihre langen schwarzen Haare.

„Hi Elena."

„Na du bist ja lustig. Solltest du nicht um Mitternacht zuhause sein? Und jetzt schleichst du dich hier um halb acht in der Früh herein. Ich hätte nicht gedacht, dass du mit Toto gleich am ersten Abend in die Kiste springst."

„Spinnst du? Ich habe unten bei Mama und Papa geschlafen."

„Ja, ja, und bei mir ist heute Nacht Eros Ramazzotti am Bett gesessen und hat mir ein Schlaflied vorgesungen. Bei deinen Ausreden hattest du auch schon einmal mehr Fantasie."

„Ach, du weißt ja nicht, was heute Nacht hier los war."

„Was soll hier schon los gewesen sein?"

„Toto und ich haben eine Leiche im Pool gefunden."

Elena hatte inzwischen den Föhn abgestellt und schaute ihre ältere Schwester ungläubig an.

„Im Pool von unserem Hotel?"

„Ja, die Leiche ist auf dem Bauch liegend im Wasser getrieben und hat eine Blutspur hinter sich hergezogen. Das hat echt total grausam ausgesehen. Er ist ermordet worden."

„Und wer war das? Jemand aus dem Hotel?"

„Ja, einer der Urlauber, der sogar mit uns im Flieger gesessen ist. Der mit dem tätowierten Schlangenkopf am rechten Arm."

„Ach der, der hat doch eigentlich ganz sympathisch ausgesehen, wer sollte den denn umbringen?"

„Das weiß ich auch nicht, aber Papa und Onkel Francesco werden es schon herausfinden. So, und jetzt lass mich mal ins Bad rein."

„Ich bin ja schon fertig."

Elena legte ihre Haarbürste zur Seite und überließ Martina das Bad.

„Du musst mir gleich noch mehr erzählen, ich finde das total spannend. Du weißt doch, wie gern ich Krimis lese. Und dann ein Mord in unserem Hotel. So ein Mist, dass ich das alles verschlafen habe."

„Papa kann dir mehr erzählen als ich, er war heute Nacht noch ziemlich lange unten auf der Terrasse. Mir hat er auch noch nicht alles gesagt."

„Gut. Ich geh dann schon mal runter."

„Du brauchst dich nicht zu beeilen, die Mama ist erst vor einer Viertelstunde zum Schwimmen gegangen und Papa war auch noch nicht unter der Dusche, als ich gerade bei ihm unten weg bin."

„Trotzdem geh ich schon runter, vielleicht ist die Diana schon da. Bestimmt weiß die noch nichts davon."

Obwohl es noch nicht einmal acht Uhr war, als Elena den Frühstücksraum des Hotels betrat, war er an diesem Morgen schon relativ voll. Anscheinend hatten die turbulenten Ereignisse der vergangenen Nacht vielen Hotelgästen die Nachtruhe geraubt und sie beizeiten aufstehen lassen. Wie Martina bereits vermutet hatte, waren die Eltern der beiden Mädchen noch nicht beim Frühstück. Elena sah sich um, entdeckte in der Nähe des Buffets ihre Freundin Diana mit ihrer Familie und steuerte sofort auf deren Tisch zu.

„Guten Morgen, Diana, hast du schon gehört, was heute Nacht hier passiert ist?"

„Klar. Es war nicht zu überhören, wie deine Schwester da draußen am Pool geschrien hat. Ich war gerade eingeschlafen, als sie wie eine Sirene losgelegt hat. Es waren gleich eine Menge Urlauber auf ihren Balkonen und unten auf der Terrasse."

„Ach so. Dass sie so geschrien hat, als sie die Leiche im Pool entdeckte, hat sie mir natürlich nicht erzählt."

Nun ärgerte sich Elena erst recht, dass sie nichts von alledem mitbekommen und seelenruhig geschlafen hatte, wenn schon einmal so etwas Spannendes in ihrem Hotel passierte. Mit dem Frühstück wollte sie noch auf ihre Familie warten, deswegen holte sie sich nur ein Glas Orangensaft und setzte sich zu Dianas Familie an den Tisch.

Chiara genoss das warme Meerwasser, das sie wieder fast für sich alleine hatte, denn vor dem Frühstück waren jeden Tag nur sehr wenige Urlauber beim Schwimmen. Vom Meer aus sah sie, wie zwei Angestellte des Hotels, die sich immer um die Außenanlagen des *Vesuvio* kümmerten, das Wasser aus dem Swimmingpool ausließen. Es war selbstverständlich, dass der Pool nach dem Vorfall der letzten Nacht gereinigt und frisches Wasser für die Hotelgäste eingelassen werden musste. Chiara hatte ein etwas mulmiges Gefühl, wenn sie daran dachte, dass ihr im Hotel jederzeit Heidi Schlosser über den Weg laufen konnte. Sie war etwas unsicher, wie sie sich ihr gegenüber verhalten sollte, schließlich war es erst ein paar Stunden her, dass ihr Mann ermordet worden war. Außerdem war sie alles andere als glücklich darüber, dass ausgerechnet in ihrer nächsten Umgebung dieser Mord passiert war und Max schon mitten in den Ermittlungen steckte. Er war eben durch und durch ein Kriminaler und konnte sich schwer zurückhalten, wenn es darum ging, ein Verbrechen aufzuklären. Da war es ihm auch egal, dass er eigentlich Urlaub hatte und sich von seiner Arbeit erholen sollte. Nach allem, was er ihr in der Nacht noch erzählt hatte, konnte sie auch nicht unbedingt damit rechnen, dass der Fall sehr schnell gelöst sein würde. Und da war auch noch der ungeklärte zweite Mord, von dem ihr Bruder erzählt hatte. Der Mörder dieses Italieners aus Rosenheim war auch noch nicht ermittelt. Auch dieser Fall hatte Max schon in seinen Bann gezogen. Ihr war nicht entgangen, wie er und ihr Bruder Francesco am Sonntag, als sie die meiste Zeit miteinander verbracht hatten, eine Gelegenheit gesucht hatten, einige Zeit allein und ungestört zu sein. Worüber sollten sie sich sonst unterhalten haben als über den Mordfall Spinelli? Höchstens über Fußball. So in Gedanken versunken schwamm Chiara ans Ufer zurück, wo Toto gerade eingetroffen war und begann, die Liegestühle und Sonnenschirme für die Hotelgäste herzurichten.

„*Ciao* Toto."

„*Buongiorno*. Können Sie mir sagen, wie es Martina geht?"

„Sie hat noch geschlafen, als ich aufgestanden bin. Aber nach dem Frühstück wird sie sicher zu dir herauskommen. Und wie geht es dir?"

„Ich bin nur etwas müde, weil ich ein bisschen schlecht geschlafen habe. Aber sonst bin ich okay."

Vom Strand aus wollte Chiara direkt zum Frühstücken gehen und lief vor dem Frühstücksraum prompt Heidi Schlosser in die Arme. Ihr an so einem Tag einen guten Morgen zu wünschen, wäre wahrscheinlich etwas unpassend gewesen.

„Hallo Frau Schlosser. Mir tut so leid, was passiert ist."

Heidi wollte etwas sagen, brachte aber zuerst keinen Ton heraus. Ihr stiegen wieder die Tränen in die Augen, sie schniefte ein paar Mal und meinte dann:

„Ach, Frau Hartinger, ich weiß überhaupt nicht weiter."

Spontan nahm Chiara sie in den Arm.

„Ich kann mir denken, wie Sie sich fühlen müssen. Haben Sie wenigstens ein bisschen schlafen können?"

„Kaum, nicht einmal eine Schlaftablette hat geholfen. Um fünf Uhr bin ich dann aufgestanden und habe angefangen, unsere" sie machte eine kurze Pause, „also meine Sachen einzupacken. Ich würde natürlich am liebsten sofort abreisen. Aber Ihr Mann hat gemeint, dass ich noch ein paar Tage hier bleiben muss."

„Sie müssen sicher nicht länger als unbedingt nötig bleiben. Waren Sie schon Frühstücken oder wollten Sie auch gerade erst hineingehen."

„Ich war schon, hab aber keinen Bissen runter gebracht. Deswegen habe ich nur ein Glas Orangensaft und eine Tasse Kaffee getrunken. Ihrem Mann können Sie ausrichten, dass ich heute bestimmt den ganzen Tag in meinem Zimmer bleiben werde, falls er noch etwas von mir wissen muss. Ich habe keine Lust, mich heute hier ständig den neugierigen Blicken der anderen Hotelgäste auszusetzen."

Sie deutete zum Frühstücksraum.

„Es hat schon gereicht, wie ich da drin von allen angestarrt wurde."
Sie wollte sich schon in Richtung ihres Zimmers verabschieden, als Max und Martina gemeinsam aus dem Lift kamen. Max erkundigte sich auch sofort, wie es ihr ginge und wies sie darauf hin, dass die *Carabinieri* am Vormittag nochmals eine Aussage von ihr bräuchten.
Martina stand dabei und sagte nichts.
„Ich komme gerne wieder dazu" kündigte Max ihr an. „Mein Schwager, *Maresciallo* Bianchi, versteht zwar im Deutschen schon einiges, aber es ist bestimmt für alle einfacher und besser, wenn ich wieder als Dolmetscher dabei bin."
„Ich habe Ihrer Frau schon gesagt, dass ich heute im Zimmer bleiben werde, Herr Hartinger."

Heidi Schlosser ging mit gesenktem Kopf zu ihrem Zimmer zurück, während Chiara von Max und Martina einen Guten-Morgen-Kuss bekam. Gemeinsam gingen sie in den Frühstücksraum und fanden gleich in der Nähe der Tür einen freien Tisch. Elena hatte sie sofort entdeckt und kam zu ihnen herüber.
„Papa, du musst unbedingt erzählen, was heute Nacht hier los war!"
„Guten Morgen, erst einmal, meine Kleine" meinte Chiara ein wenig streng.
„Guten Morgen. Diana hat auch zugeschaut, wie die Leiche aus dem Wasser gezogen wurde. Nur ich hab's verpennt."
„Sei froh, dass du es nicht gesehen hast, das war wirklich kein schöner Anblick" meinte Max, der wusste, dass seine jüngere Tochter seine kriminalistische Ader geerbt hatte und immer sehr neugierig war, wenn es um seine Arbeit ging.
„Und soviel gibt es da auch nicht zu erzählen, Elena. Aber jetzt lasst uns erst einmal etwas zu essen holen."

Trotz des reichhaltigen Buffets, auf dem viel frisches Obst, verschiedene frisch gepresste Säfte, Müsli, Joghurt, Eier, Käse, Wurst und Schinken angeboten wurden, blieb Max auch im Urlaub bei schwarzem Kaffee und seinen heiß geliebten Buttersemmeln mit *Nutella*. Chiara aß zum Frühstück oft nur Obst oder Müsli mit ein wenig Joghurt. Elena langte richtig zu und lud sich Käse, Schinken, Butter und Marmelade auf den Teller. Martina, die sonst morgens einen ähnlichen Appetit hatte wie Elena, beschränkte sich an diesem Tag auf eine kleine Schüssel Müsli. Während des Essens hielt sich Elena mit ihren Fragen zum Mord an Rudi Schlosser zurück, aber Max merkte ihr an, dass sie vor Neugier fast platzte. Nachdem Max seine zweite Semmel aufgegessen hatte, wollte er seine Tochter nicht länger auf die Folter spannen und schilderte ihr, was alles passiert war, nachdem Toto und Martina den Toten entdeckt hatten.

„Warum war er denn überhaupt um Mitternacht noch allein auf der Terrasse draußen?“ wollte Elena wissen.

„Er wollte, bevor er ins Bett ging, nur noch eine Zigarette rauchen.“

„Siehst Du“ stellte Elena fest und warf ihrer Schwester einen triumphierenden Blick zu. „Rauchen kann tödlich sein – steht doch schon auf der Packung drauf.“

„Elena, bitte! Hier wurde jemand umgebracht, da macht man keine solchen Scherze.“

Max hatte zwar Verständnis dafür, dass Elena sich immer so interessiert an seinen Fällen zeigte, aber für sie war das Rätseln über einen Mord und seine möglichen Hintergründe mehr noch ein Spiel, für Max war es die oft bittere Realität seiner täglichen Arbeit. Er konnte nicht wissen, warum Elena in der letzten Zeit immer wieder gegenüber ihrer Schwester solche spitzen Bemerkungen machte, wenn es um das Thema Rauchen ging. Es war kurz nach den Pfingstferien, als Elena zufällig beobachtet hatte, wie sich Martina nach der Schule zusammen mit zwei Freundinnen eine Zigarette angesteckt hatte, was allem Anschein nach nicht zum ersten Mal passiert war. Immer wieder fiel es Elena in der Folge auf, dass Martinas Kleidung intensiv nach Rauch roch. Seitdem ließ sie keine Gelegenheit aus, ihrer älteren Schwester deutlich zu machen, was sie vom Rauchen hielt. Sie selbst hatte nämlich erst wenige Wochen zuvor zum ersten Mal überhaupt eine Zigarette im Mund gehabt. Bei einer Geburtstagsparty hatten sich ein paar Jungs aus der Nachbarschaft eine Kippe angezündet und aus Neugierde wollte Elena auch mal daran ziehen. Und dieser eine Zug reichte aus, um sie ein für alle Mal vor diesem Laster zu bewahren. Sie fand den Geschmack im Mund furchtbar abscheulich und außerdem wurde ihr danach so schlecht, dass sie sich beinahe übergeben musste. Deshalb hatte sie sich geschworen, nie wieder eine Zigarette anzurühren. Trotzdem hatte sie sich ein paar Tage später im Internet über die gesundheitlichen Folgen des Rauchens informiert und als sie die ekligen Fotos der Raucherbeine und Raucherlungen sah, war ihr gleich noch einmal schlecht geworden.

„Also ich glaube nicht, dass es ein von langer Hand geplanter Mord war“ zog Elena ein Fazit aus dem Bericht ihres Vaters.

„Und warum nicht?“

„Das wäre doch viel zu riskant gewesen. Von jedem Balkon des Hotels aus ist die ganze Pool-Terrasse zu überblicken. Da hätte der Täter doch immer damit rechnen müssen, dass er beobachtet wird.“

„Das stimmt“ gab ihr Max recht. „Aber wenn die Tat länger geplant war, dann musste der Täter sich doch einen Zeitpunkt suchen, zu dem er Schlosser ziemlich sicher alleine antraf. Ein Hotelgast hat ausgesagt, dass er ihn an den vergangenen Abenden immer wieder auf der kleinen Terrasse vor seinem Zimmer beim Rauchen gesehen hat. Und je später am Abend das war, desto wahrscheinlicher war es doch, ihn dort allein anzutreffen, weil die angrenzende große Terrasse rings um den Pool längst leer war.“

Jetzt schaltete sich auch Martina in die Diskussion ein.

„Vielleicht liegst du mit deiner Vermutung richtig, Papa, trotzdem hätte der Täter doch nicht allzu viel Zeit für die Planung gehabt, die Schlossers sind doch auch erst am Samstag angekommen. Davor hätte doch höchstens einer von der Rezeption wissen können, dass sie ein Zimmer mit Terrasse haben werden. Hätten sie ein Zimmer im ersten oder zweiten Stock gehabt, wäre er zum Rauchen sicher nur auf den Balkon hinaus und sein Mörder hätte keine Chance gehabt, ihn zu erwischen.“

„Am Ende war es sogar noch seine eigene Frau“ spekulierte Elena.

Chiara war ziemlich entrüstet über diese Vermutung ihrer Tochter.

„Wie kommst du denn auf so eine Idee? Was sollte sie denn für einen Grund dafür gehabt haben?“

„Was weiß ich? Vielleicht irgendein Ehedrama.“

„Das kann ich mir überhaupt nicht vorstellen, ich habe die beiden doch erst gestern früh noch zusammen hier erlebt. Es hat überhaupt nicht danach ausgesehen, als ob es zwischen ihnen irgendwelche Probleme geben würde. Im Gegenteil, sie schien mir sehr besorgt um die Gesundheit ihres Mannes und er himmelte sie an wie ein frisch verliebter Teenager.“

Max hörte sich die Diskussion seiner drei Damen in Ruhe an und zog dann einen Schlussstrich.

„Jetzt warten wir einfach mal das Obduktionsergebnis, die Laboranalyse der Blutspur und die weiteren Untersuchungen ab, insbesondere die Befragung von Frau Schlosser, dann erübrigen sich vielleicht eure Spekulationen. Was wollt ihr denn heute unternehmen?“

Martina und Elena hatten sofort eine Antwort parat.

„Ich werde jetzt gleich mal zu Toto rausgehen.“

„Dianas Familie will heute hier am Strand bleiben, also habe ich auch keine Lust, woanders hinzufahren.“

Ehe Max und Chiara sich versahen, saßen sie wieder alleine da.

„Dich brauche ich wohl nicht zu fragen, was du heute vorhast, Max, oder?“

Chiara hatte sich bereits damit abgefunden, dass ihr Mann den ganzen Tag mehr mit ihrem Bruder als mit ihr selbst verbringen würde. Der resignierte Unterton in Chiaras Stimme war Max nicht entgangen und er hatte deswegen auch ein bisschen schlechtes Gewissen.

„Bisher habe ich Francesco nur angeboten, dass ich bei der Vernehmung von Heidi Schlosser dabei sein werde. Er wollte heute Vormittag nicht zu spät vorbeikommen. Was er danach noch vorhat, weiß ich nicht. Da kann ich mich dann sicher ausklinken."

„Das könntest du schon, aber ob du das auch willst?"

„Also gut, ich werde mich danach ausklinken. Versprochen! Dein Bruder und seine Kollegen sollen schließlich auch noch etwas zu tun haben. Offiziell darf ich mich ohnehin nicht in die Ermittlungen einmischen, aber mich mit Francesco beratschlagen und ein bisschen dolmetschen kann mir niemand verbieten."

„Ja, nicht einmal ich."

Chiara wollte es eigentlich mit ernster Miene sagen, musste dann aber selbst darüber lachen. Sie war auch nicht wirklich sauer auf Max gewesen, dass er ihrem Bruder helfen wollte. Im Grunde waren es seine Hartnäckigkeit und sein Engagement für Recht und Gerechtigkeit, was sie so sehr an ihm schätzte.

Um seinen guten Willen zu zeigen, machte Max auch gleich einen konkreten Vorschlag.

„Wenn die Mädchen unbedingt hier bleiben wollen, dann könnten wir zwei am Nachmittag doch alleine zum *Maronti*-Strand hinüberfahren, so wie wir es gestern schon besprochen hatten. Was meinst du?"

„Ja, das ist eine gute Idee, da sind wir dann hoffentlich weit genug weg von allen Mördern und allen *Carabinieri* dieser Insel."

Eine Stunde später klingelte das Telefon im Zimmer von Max und Chiara. *Signorina* Emilia von der Rezeption rief an, weil zwei *Carabinieri* in der Hotelhalle auf Max warteten.

„Ich komme sofort" antwortete er, legte auf und rief Chiara, die am Balkon draußen saß, zu: „Francesco ist da."

„Wenn ihr mit der Befragung von Frau Schlosser fertig seid, findest du mich wahrscheinlich bei unserem Sonnenschirm am Strand."

Francesco hatte Riccardo mitgebracht, sie machten nach der kurzen Nacht einen noch etwas müden Eindruck.

„Frau Schlosser wartet in ihrem Zimmer auf uns. Ich bin ihr heute früh schon begegnet, sie sah ziemlich mitgenommen aus."

„Wundert dich das, Max? Ihr Mann ist gerade mal ein paar Stunden tot. Da ist es doch keine Überraschung, wenn sie immer noch unter Schock steht."

Sie erreichten das Zimmer 09 und Max klopfte an.

„Es ist offen."

Die drei traten ein. Heidi Schlosser lag auf ihrem Bett und hielt sich mit der rechten Hand das Handy ans Ohr. Mit dem linken Arm deutete sie den drei Herren, dass sie sich setzen sollten. Francesco und Riccardo nahmen in den zwei Sesseln Platz, Max holte sich einen Gartenstuhl von der Terrasse und setzte sich zwischen die zwei *Carabinieri*.

„Ich muss jetzt Schluss machen, Mama."

Neben Heidi Schlosser, auf der anderen Hälfte des Doppelbettes lag ein aufgeklappter, zur Hälfte gepackter Koffer. Ein zweiter Koffer stand zwischen Bett und Fenster und war wohl schon fertig gepackt.

„Ja, Mama, mach dir keine Sorgen um mich. Ich melde mich wieder, sobald ich etwas mehr weiß. Bis dann."

Sie schaltete das Handy ab und setzte sich auf.

„*Buongiorno*, Frau Schlosser" sagten Francesco und Riccardo fast gleichzeitig.

„Hallo. Entschuldigen Sie, das war meine Mutter. Sie macht sich natürlich Sorgen um mich und hat heute schon dreimal angerufen."

„Wir werden Sie nicht länger als nötig behelligen" begann Francesco auf Italienisch und Max übersetzte es sofort ins Deutsche.

„Haben Sie schon Hinweise darauf, wer meinen Rudi heute Nacht ermordet hat?"

„Leider nein. Von den Hotelgästen, die wir befragen konnten, hat keiner etwas gesehen. Es haben sich bei uns auch keine anderen Zeugen gemeldet. Unter Umständen kann uns die Spurensicherung weiterhelfen, wenn wir heute im Laufe des Tages die Ergebnisse der Laboranalysen der Tatort-Spuren bekommen."

„Wie kann ich Ihnen denn jetzt noch weiterhelfen? Ich habe die ganze Nacht hin und her überlegt, aber mir ist nichts eingefallen, was auch nur ein bisschen darauf hinweisen könnte, warum ihn jemand hätte umbringen sollen."

„Wie haben Sie Ihre ersten Urlaubstage hier verbracht?"

Heidi erzählte, dass sie mit Rudi am Samstag am Spätnachmittag angekommen war und am Abend nach dem Essen noch einen längeren Spaziergang am Strand gemacht hatte. Am Sonntag waren sie den ganzen Tag zusammen am hoteleigenen Strand gewesen, abends hatten sie sich unter die vielen Touristen von *Ischia Portos* Flaniermeile gemischt.

„Den Montag haben wir tagsüber getrennt voneinander verbracht. Mein Mann hatte seinen ersten Kurtag in den *Castiglione*-Thermen in *Casamicciola*, ich habe am Vormittag einen Einkaufsbummel gemacht und bin dann den ganzen Nachmittag hier am Pool gelegen. Rudi kam am frühen

Abend zurück, wir haben wie jeden Tag im Hotel zu Abend gegessen, sind dann noch spazieren gegangen, haben uns ein Eis gekauft und sind zum Hotel zurück. Das dürfte ungefähr kurz nach elf Uhr gewesen sein."

„Hatten Sie mit Ihrem Mann einen Streit? Der Nachtportier hat ausgesagt, Sie hätten eine heftige Diskussion gehabt, als Sie gestern Abend ins Hotel zurückgekommen sind."

„Glauben Sie etwa, ich hätte meinen Mann umgebracht?"

„Frau Schlosser, Sie müssen verstehen, dass wir jedem noch so kleinen Hinweis nachgehen müssen, wenn wir keine Zeugen und keine brauchbaren Spuren vom Tatort haben."

„Rudi und ich haben uns nicht gestritten. Er hatte mir immer wieder versprochen, endlich mit dem Rauchen aufzuhören. Er hat es auch mehrfach versucht, aber mehr als ein paar Tage hat er nicht durchgehalten. Und darüber haben wir gestern wieder einmal diskutiert, als wir ins Hotel zurückgekommen sind, weil er es gerade jetzt zu Beginn des Urlaubs wieder einmal versuchen wollte, aber schon am ersten Abend wieder auf der Terrasse stand und rauchte. Aber ein Streit war das nicht."

Bis dahin hatte Max die Fragen von Francesco und die Antworten von Frau Schlosser kommentarlos übersetzt, nun schaltete er sich direkt in die Befragung ein.

„Sie haben bereits gepackt. Haben Sie dabei den Geldbeutel von Ihrem Mann noch gefunden?"

„Nein, der Geldbeutel ist nicht aufgetaucht. Ich wüsste auch nicht, wo ich hier noch danach suchen sollte, denn ich habe alle Sachen meines Mannes, bevor ich sie in seinen Koffer gepackt habe, nochmals danach durchsucht."

„Hier ist übrigens die Armbanduhr von Ihrem Mann."

Max gab ihr die Uhr, die vor dem Abtransport der Leiche dem Toten noch abgenommen worden war.

„Sie haben uns schon geschildert, was Sie an den vergangenen ersten Urlaubstagen unternommen haben. Hatten Sie dabei näheren Kontakt zu anderen Urlaubern oder zu Einheimischen?"

„Die einzige Urlauberin, mit der ich mich unterhalten habe, war Ihre Frau, Herr Hartinger. Außer zu den Angestellten des Hotels oder Verkäufern in den Geschäften von *Porto* hatten wir keinen Kontakt zu den Einheimischen. Allerdings weiß ich nicht, ob Rudi gestern in den *Castiglione*-Thermen jemanden kennengelernt hat. Er hat mir am Abend nur erzählt, dass ihm die Behandlungen richtig gut getan haben."

„Haben Sie ein Foto Ihres Mannes, das wir mitnehmen könnten?"

Heidi Schlosser stand auf, holte ihre Handtasche, die am Kleiderhaken neben der Tür hing, und nahm ihre Geldbörse heraus. Sie öffnete sie und holte ein Foto von ihrem Mann hervor.

„Das ist das einzige, das ich dabei habe, deswegen würde ich es gerne zurückhaben."

„Sie bekommen es selbstverständlich wieder, sobald wir uns eine Kopie davon gemacht haben."

Max nahm das Foto und gab es an Riccardo weiter.

In den vielen Jahren seiner Polizeiarbeit hatte Max Hartinger die Erfahrung gemacht, dass manchmal scheinbare Nebensächlichkeiten aus dem privaten Umfeld der Opfer von Verbrechen die entscheidenden Hinweise auf Motiv und Täter liefern konnten. Von Rudi Schlosser wusste er bisher nicht viel mehr, als dass er zusammen mit seiner Frau zwei Tage zuvor angereist war.

„Sie waren am Samstag auf dem Flug von München nach Neapel in der gleichen Maschine wie meine Familie. Wohnen Sie in München?"

„Nein, wir wohnen seit zwei Jahren in Seebruck am Chiemsee. Ich bin in Seeon Lehrerin an einer Grundschule. Rudi war Krankenpfleger und hat in einer Klinik für Schönheitschirurgie in der Nähe von Prien gearbeitet."

„Und davor?"

„Wir hatten uns in München kennengelernt, wo Rudi seit seiner Ausbildung an einer Unfallklinik gearbeitet hat. Meine erste feste Anstellung nach der Referendariatszeit war in Ebersberg, wo wir viele Jahre auch gewohnt haben, bis ich vor zwei Jahren dann an den Chiemsee versetzt wurde."

„Denken Sie an die letzte Woche zurück. Ist in den letzten Tagen vor Ihrer Abreise zuhause etwas Ungewöhnliches vorgefallen?"

Über diese Frage dachte Heidi Schlosser etwas länger nach. Im Hotelzimmer herrschte eine gespannte Stille. Schließlich antwortete sie:

„Es waren wie so oft ein paar hektische Tage zum Schuljahresende. Diesmal kam noch dazu, dass ich mit meiner Klasse für zwei Tage im Landschulheim war und mir diese beiden Tage dann natürlich auch für die Urlaubsvorbereitungen fehlten. Aber das war schon alles, was von meinem gewohnten Alltags-Rhythmus abwich."

„Und bei Ihrem Mann in der Klinik? Hat er vielleicht vor dem Urlaub dort Schwierigkeiten gehabt?"

„Ich wüsste nicht, dass es dort Probleme gegeben hätte. Rudi hätte es mir sicher nicht verschwiegen. Seine Arbeit hat ihm immer sehr viel Freude gemacht, mit seinen Kollegen und auch dem Leiter der Klinik, Professor Fischer, hat er sich ausnahmslos gut verstanden."

Max hatte vorerst keine weiteren Fragen mehr an Heidi Schlosser. Er schaute zu Francesco, der seinen fragenden Blick verstand. Auch seine

Fragen waren erst einmal ausreichend beantwortet, deshalb schüttelte er mit dem Kopf.

„Frau Schlosser, das wäre es für den Moment. Ich verstehe, dass Sie nicht länger hier bleiben möchten, muss Sie aber noch um Geduld bitten. Wir werden es Ihnen selbstverständlich sofort mitteilen, wenn Sie Ihre Heimreise antreten können. Und bei der Organisation der Überführung der Leiche Ihres Mannes sind wir Ihnen natürlich auch behilflich."

„Vielen Dank, Herr Hartinger, ich wüsste nicht, wie ich das alles alleine schaffen sollte. Schon allein die Sprache ist ein Problem."

Max und die beiden *Carabinieri* verabschiedeten sich von ihr, verließen ihr Zimmer und gingen zusammen vor das Hotel, wo Francesco seinen dunkelblauen *Alfa* geparkt hatte.

„Was meinst du, Francesco?"

„Außer dem verschwundenen Geldbeutel habe ich keine Ansatzpunkte für ein mögliches Motiv gefunden."

„Hattet ihr in der letzten Zeit viele Fälle von Taschendiebstahl oder sogar auch Überfälle?"

„Nur einzelne Taschendiebstähle hier in *Porto* und in *Sant'Angel*o und Mitte Juli einen Überfall hier in der Nähe."

Und Riccardo ergänzte:

„Im letzten Jahr hatten wir bereits Anfang Juli ungewöhnlich viele Anzeigen wegen gestohlener Geldbörsen. Zum Glück konnten wir schnell eine Dreierbande festnehmen, die vorwiegend am Wochenende von Neapel herübergekommen war und es hier auf Touristen abgesehen hatte. Die Geldbörsen wurden meist am Strand oder beim Einkaufen gestohlen. Leider sind viele Touristen immer wieder sehr leichtsinnig und lassen ihre Sachen am Strand unbeaufsichtigt. Da haben solche Kerle dann leichtes Spiel. Direkt überfallen wurden die Touristen aber nicht. Nachdem wir die drei dingfest gemacht hatten, war es für den Rest des Sommers sehr ruhig. Von dem Überfall hier in der Nähe weiß ich noch gar nichts, Francesco."

„Ich hatte noch gar keine Zeit, dich darüber zu informieren, Riccardo. Es war Mitte Juli, während du im Urlaub warst. Eine österreichische Touristin war mitten in der Nacht allein auf dem Rückweg zu ihrem Hotel. Sie hatte es schon fast erreicht, als plötzlich ein junger Mann hinter einer Palme hervorgesprungen ist und ihr im wahrsten Sinne des Wortes ein Messer auf die Brust gesetzt hat. Zum Glück hat sie ohne Widerstand ihre Handtasche hergegeben. Letztlich war sie noch froh darüber, dass er es anscheinend wirklich nur auf ihre Wertsachen abgesehen hatte und ihr offensichtlich keine Gewalt antun wollte."

„Habt ihr den Kerl schon erwischt?"

„Nein, bisher leider noch nicht. Allerdings hat sie ihn recht gut beschreiben können. Er war circa zwanzig Jahre alt, mit circa eins siebzig in etwa genauso groß wie sie, hatte kurze schwarze Haare und einen schwarzen Vollbart. Auffällig war eine ungefähr fünf Zentimeter lange Narbe, die waagrecht übers Kinn lief. Die hat der Vollbart nicht ganz überdeckt. Er hat auf sie einen ziemlich verwahrlosten Eindruck gemacht."

Max malte sich aus, was passiert sein könnte, falls dieser Verwahrloste auf der Hotelterrasse Rudi Schlosser ebenfalls bedroht hätte, er aber seinen Geldbeutel nicht sofort hergegeben hätte.

„Stellt euch vor, der Kerl erscheint hier auf der Terrasse und will Schlossers Geldbeutel. Der hätte doch nur einmal laut schreien müssen und schon wäre das halbe Hotel wach gewesen. Ich habe selbst gesehen, wie viele Urlauber sofort auf den Balkonen waren, als Martina beim Fund der Leiche im Pool so laut geschrien hat."

„Und wenn er sich, ohne zu schreien, geweigert hätte, sein Geld herzugeben? Meinst du, der andere hätte sofort mit seinem Messer zugestochen?"

„Schon möglich" meinte Riccardo, bevor Max auf Francescos Frage antworten konnte. „Schlosser wäre doch bestimmt zwanzig Zentimeter größer gewesen als er, vielleicht wollte sich Schlosser wehren, der andere sieht, dass er ihm körperlich unterlegen wäre, bekommt Panik und sticht zu."

„Ich weiß nicht" zweifelte Max. „So recht überzeugt davon bin ich nicht, dass es sich so abgespielt haben könnte. Ich werde mir das heute Nachmittag alles noch einmal in Ruhe durch den Kopf gehen lassen."

„Was habt ihr denn heute noch vor, Max?"

„Chiara und ich wollten zum *Maronti*-Strand rüber fahren, Martina und Elena werden bestimmt hier bleiben. Martina bei ihrem *Bagnino,* Elena bei ihrer neuen Freundin Diana."

„Hast du mit dem *Bagnino* heute noch einmal gesprochen?"

„Bisher noch nicht, aber ich werde es gleich noch tun. Chiara wartet ohnehin am Strand auf mich."

„Dann lass mein Schwesterherz nicht mehr länger warten. Grüß sie von mir. Und vielen Dank für deine Hilfe."

„Ist doch selbstverständlich. Wie lange bist du heute noch auf dem Revier?"

„Das kommt darauf an, wann ich Fausto wegen des Obduktionsberichtes erreiche und was sonst noch an Arbeit ansteht."

„Das Ergebnis interessiert mich natürlich auch. Eventuell komme ich auf der Rückfahrt vom *Maronti*-Strand auf dem Revier vorbei oder ich rufe dich von hier aus an."

„Gut, dann kann ich dich auf dem Laufenden halten. Chiara wird es aber bestimmt lieber sein, wenn wir es telefonisch machen oder ich hier vorbeikomme. Sicher hat sie keine Lust, bei uns auf dem Revier herumzusitzen."

Mit einem Handschlag verabschiedete sich Max von seinem Schwager und dessen Kollegen. Beide stiegen ins Auto und brausten davon, während Max vom Hotel aus zum Strand hinunter ging.

17

Chiara lag in ihrem Liegestuhl und las in der *Gente,* einer italienischen Klatsch-Illustrierten, als Max zu ihrem Sonnenschirm kam. Martina saß, wie nicht anders zu erwarten war, im Schatten bei Toto und Elena tobte mit Diana und deren beiden jüngeren Brüdern am Wasser. Chiara blickte von ihrer Zeitschrift auf.

„Hast du interessante Neuigkeiten?"

„Leider nicht, wir sind nicht sonderlich vorwärts gekommen. Außer dem verschwundenen Geldbeutel haben wir bisher keine Anhaltspunkte."

Max erzählte ihr, was sie von Heidi Schlosser erfahren hatten und auch, was Francesco über den Überfall auf die Österreicherin berichtet hatte. Darüber war Chiara richtig entsetzt. Dass besonders in der Hochsaison hin und wieder neapolitanische Taschendiebe auf *Ischia* ihr Unwesen trieben, damit musste man leider rechnen. Aber von so einem dreisten Überfall hatte sie noch nie gehört.

„Meinst du, wir können die Mädchen überhaupt noch abends alleine losziehen lassen, solange der Kerl nicht gefasst ist?" machte sich Chiara verständlicherweise Sorgen.

„Darüber habe ich natürlich auch schon nachgedacht. Aber ich denke, wir sollten nicht zu ängstlich sein. Martina können wir zusammen mit Toto bestimmt ausgehen lassen. Bei Elena und Diana bin ich mir da jetzt nicht so sicher. Auf alle Fälle müssen wir es ihnen erzählen, damit sie nie allzu viel Geld oder andere Wertsachen dabei haben und alles notfalls ohne Gegenwehr hergeben."

Max hatte es sich auch in seinem Liegestuhl bequem gemacht, konnte das Nichtstun aber nicht richtig genießen, zu viele Gedanken schwirrten ihm noch durch den Kopf. Mittlerweile ging es bereits auf Mittag zu.

„Hast du schon Hunger, Chiara?"

„Inzwischen schon ein bisschen, ein *Panino* wäre ganz gut."

„Darauf hätte ich jetzt auch Appetit. Du willst es bestimmt mit Tomaten und *Mozzarella*?"

„Ja, genau. Zu trinken hab ich noch genügend hier."

„Ich gehe nur kurz bei Toto vorbei, dann hole ich uns die *Panini*."

Im *Hotel Vesuvio* wurde auch ein komplettes Mittagessen angeboten, weil viele Urlauber gerne Vollpension buchten. Für die anderen, die wie Familie Hartinger Halbpension mit Frühstück und Abendessen bevorzugten, gab es mittags die Möglichkeit, sich günstig *Panini*, Salate oder andere kleine Snacks zu holen.

Max ging zu Toto hinüber, der immer noch zusammen mit Martina unter seinem Sonnenschirm saß. Leider konnte Toto jetzt auch nicht mehr erzählen als in der vergangenen Nacht. Er war niemandem begegnet und er hatte auch niemanden gesehen.

„Klar, du hast doch sowieso nur noch Augen für meine Tochter!" hätte Max ihm am liebsten geantwortet, biss sich aber gerade noch rechtzeitig auf die Zunge.

Er ließ die beiden wieder allein, holte im Hotel für sich ein *Panino* mit Schinken und Käse, für Chiara das gewünschte mit Tomaten und *Mozzarella* und schlenderte an den Strand zurück. Genüsslich verspeisten sie ihr Mittagessen, danach suchte Chiara ihre Badesachen zusammen und packte sie in ihre große bunte Badetasche.

„Max, die Mädchen wissen schon Bescheid, dass wir alleine an den *Maronti*-Strand fahren."

„Gut, dann packe ich oben auch nur noch schnell meine Badehose und mein Handtuch ein, dann können wir starten."

Jedes Mal, wenn er den alten *Fiat Punto* anlassen wollte, hielt Max die Luft an, aber auch diesmal sprang der Motor sofort an. Sie durchquerten *Ischia Porto* und folgten der *Strada Statale* in Richtung *Barano*. Sie passierten das kleine Dörfchen *Molara*, und als dahinter dann *Casabon*a und *Piedimont*e mit seiner in hellem Gelb leuchtenden, von Weitem sichtbaren Kirche zu erkennen waren, bog Max nach links ab. Über *Vatoliere* erreichten sie *Testaccio*, das hoch über der langen Bucht liegt, die bis hinüber nach *Sant'Angelo* reicht. Von dort aus schlängelt sich die Straße in lang gezogenen Serpentinen bergab, hinunter zum *Maronti*-Strand. In der Nähe der *Piazzetta*, die Endhaltestelle und auch Wendeplatz für die Buslinie Nr. 5 ist, stellten sie das Auto auf einem der zwei großen bewachten Parkplätze ab. Zu Fuß legten sie das letzte Stück bis zum Meer zurück.

Mit seinen ungefähr zweieinhalb Kilometern Länge ist der *Maronti*-Strand, der sich an der Südseite von *Ischia* erstreckt, der längste der Insel. An seiner Nordseite erheben sich hohe Tuffsteinwände, die den Strand derart abgrenzen, dass ein eigenes Klima entsteht, das zu den wärmsten der ganzen Insel gehört. Die vielen Bars und Strandrestaurants, die auf Stelzen gebaut entlang des Strandes stehen, verleihen ihm fast ein karibisches Flair. Ganz typisch für den Strand ist auch sein dunkler, sehr grobkörniger Sand, der im Hochsommer so heiß wird, dass man ihn barfuss kaum betreten kann. Manche Badegäste kommen sogar auf die Idee, rohe Eier im Sand einzugraben. Nach sechs bis neun Minuten sind die Eier fertig „gekocht". Oft reicht auch schon ein schwacher Wind aus, um herrliche

Wellen am Strand auslaufen zu lassen, was den Badespaß vor allem für die kleineren Badegäste beträchtlich vergrößert. Einmalig ist auch die Aussicht vom Strand. Im Osten der *Monte Cotto,* weit draußen auf dem Meer ist bei klarer Sicht ganz deutlich die Insel *Capri* zu sehen und im Westen reicht der Blick bis zum malerischen *Sant'Angelo,* zu dem man sich auch mit einem der vielen kleinen Wassertaxis hinüberfahren lassen kann.

Zumindest einmal während ihres *Ischia*-Urlaubs wollten Max und Chiara einen Tag an diesem herrlichen Strand verbringen, obwohl sie den hoteleigenen Strand beim *Vesuvio* direkt vor der Nase hatten. Die Atmosphäre war einfach einzigartig. Als sie ankamen, war der Strand relativ leer, weil die meisten Badegäste vor der Mittagshitze geflohen oder in ihre naheliegenden Hotels oder die vielen Bars und *Ristoranti* zum Mittagessen gegangen waren. Sie mieteten sich zwei Liegestühle und einen Sonnenschirm in erster Reihe und zogen ihre T-Shirts und Shorts aus. Max stürzte sich sofort in das klare warme Wasser und schwamm ein Stück aufs Meer hinaus, während Chiara sich erst einmal mit Sonnenmilch eincremte. An einer Boje, die Bootsfahrern signalisieren sollte, welchen ufernahen Bereich sie wegen der Schwimmer nicht befahren durften, drehte Max um und schwamm zum Strand zurück. Er kam gerade rechtzeitig, um Chiara den Rücken einzucremen. Sie genoss die sanfte Massage seiner großen Hände, als er die Sonnenmilch auf ihrer Haut verteilte.

„Mmhh, mach ruhig weiter" hauchte Chiara zufrieden, als Max die Sonnenmilch fertig einmassiert hatte und seine Hände von ihrem Rücken nahm. Er ließ sich nicht zweimal bitten und massierte sie weiter. Sie revanchierte sich dafür, indem sie ihm anschließend ebenfalls zärtlich den Rücken eincremte. Als sie fertig war, schlang sie ihre Arme um ihn und flüsterte ihm ins Ohr.

„Heute Nacht lassen wir aber niemanden in unser Zimmer."

„Ich will doch hoffen, dass wir unser Bett wieder ganz für uns alleine haben" antwortete Max, drehte sich um, schaute ihr tief in die Augen und küsste sie leidenschaftlich.

„Außerdem war es auch nicht sonderlich bequem, die ganze Nacht auf der Couch zu schlafen."

Wie ein frisch verliebtes Paar lagen sie anschließend Händchen haltend in ihren Liegestühlen, genossen die Ruhe am Strand mit dem angenehmen, gleichmäßigen Rauschen des Meeres als Hintergrundgeräusch. Es dauerte nicht lange, da war Chiara eingeschlafen. Max hätte auch gerne ein Nickerchen gemacht, aber die Ereignisse der letzten Stunden ließen ihn wieder nicht so recht zur Ruhe kommen, zu sehr beschäftigte ihn der ungeklärte Mordfall. Er ließ den Vormittag noch einmal Revue passieren.

Irgendetwas an den Aussagen von Heidi Schlosser war merkwürdig, das spürte er, aber er kam partout nicht darauf, was es war und wo er ansetzen sollte. In seinem Überlegen übermannte ihn dann schließlich doch die Müdigkeit und er schlummerte etwas ein.

Plötzlich kam Toto auf ihn zu, sein Gesicht wirkte verzerrt, er sah seltsam verändert aus. Er hatte einen Vollbart und je näher er kam, desto deutlicher sah man die Narbe auf seinem Kinn. Er trug einen Korb bei sich, der mit der weißen Bluse von Martina zugedeckt war. Als er fast direkt vor ihm stand, zog er die Bluse zur Seite und in dem Korb kam der Kopf von Rudi Schlosser zum Vorschein, der ihn mit seinen weit aufgerissenen Augen anstarrte. Dann griff Toto in den Korb und zog ein langes Messer hervor. Max wollte schreien, aber der Schrei blieb ihm im Hals stecken. Toto starrte ihn an, schwang in der einen Hand das Messer, in der anderen Hand den Korb und rief:

„Cocco, cocco bello. Cocco, cocco bello."

Max schreckte hoch, als er von seinem kurzen Albtraum erwachte. Vor ihm stand ein braun gebrannter junger Mann, der nur mit einer verschlissenen kurzen Hose und einer Baseball-Kappe bekleidet war und in der Hand einen Korb trug, in dem frische Kokosnuss-Stücke lagen.

„Cocco, cocco bello" rief er nochmals, aber Max machte ihm mit einem Kopfschütteln deutlich, dass er lieber bei anderen Badegästen versuchen sollte, seine Kokosnüsse zu verkaufen. Chiara war durch sein lautes Rufen auch aufgewacht.

„Das ist der Vorteil an unserem Strand direkt beim Hotel, da kommt normalerweise keiner der fliegenden Händler hin."

„Der *Coccobello* stört mich eigentlich nur, weil er immer so schreit."

Die Hartingers hatten alle Kokosnuss-Verkäufer *Coccobello* getauft, weil jeder, egal an welchem Strand in Italien er auftauchte, seine Ware immer mit dem Ruf *„cocco bello"* anpries.

„Richtig aufdringlich sind doch meistens nur die mit unzähligen Handtüchern oder mit Billiguhren, Schmuck, Sonnenbrillen und sonstigem Ramsch beladenen Verkäufer oder die Chinesinnen, die dich massieren wollen."

„Die haben doch keine Chance" lachte Chiara. „Du hast mich doch vorher schon so toll massiert."

Es dauerte nicht lange, bis tatsächlich innerhalb einer Viertelstunde drei Chinesinnen an ihren Liegestühlen Halt machten und mit ihrer piepsigen Stimme fragten:

„Massagi, Signori?"

Von diesen kleinen Störungen ließen sich Max und Chiara aber ihre Stimmung an diesem wunderschönen Nachmittag am Strand nicht vermiesen. Nach und nach kamen die Urlauber von ihrer Mittagspause ans Meer zurück und wer nicht schon am Vormittag einen Sonnenschirm gemietet hatte, hatte bald Schwierigkeiten, noch einen freien zu finden. Es war sehr heiß, selbst im Schatten unter dem Sonnenschirm, nur das Meer sorgte immer wieder für Erfrischung.

Den ganzen Nachmittag hatte es Max vermieden, das Thema Rudi Schlosser zu erwähnen, erst als sie sich gegen Abend auf der Rückfahrt *Ischia Porto* wieder näherten, fragte er Chiara:

„Können wir noch schnell bei Francesco auf dem Revier vorbeifahren oder willst du lieber gleich ins Hotel zurück?"

„Wie bist du denn mit ihm verblieben?"

„Er wollte am Abend ins *Vesuvio* kommen, wenn ich vorher nicht auf dem Revier erscheine oder ihn anrufe."

„Dann lass uns doch jetzt zum Hotel fahren. Wenn ihr zwei euch über den Fall austauscht, dann dauert das doch bestimmt länger. Wer weiß, was er im Laufe des Nachmittags alles recherchiert hat. Da ist es vielleicht am besten, wenn ihr euch später im Hotel trefft."

Max wäre überrascht gewesen, wenn er eine andere Antwort von Chiara bekommen hätte. Als sie *Ischia Porto* erreichten, fuhr er geradewegs zu ihrem Hotel. Mit Martina und Elena hatten sie vereinbart, dass sie jeweils zusammen frühstücken und zu Abend essen würden, damit die Familie wenigstens bei den Mahlzeiten zusammen war. Sie waren darauf gefasst, dass die beiden wieder spätestens beim Essen ihre Ausgehwünsche für den Abend äußern würden. Als sie nun am Hotel ankamen, waren ihre zwei Töchter immer noch am Strand. Während Max bereits ins Zimmer ging, duschte und sich fürs Abendessen anzog, ging Chiara noch zu Toto, der immer noch zusammen mit Martina unter seinem Sonnenschirm saß. Er hatte natürlich vor, auch an diesem Abend mit Martina auszugehen, deswegen wollte Chiara Martina in seinem Beisein von dem Überfall auf die Österreicherin erzählen.

„Machen Sie sich keine Sorgen, *Signora* 'artinger, ich passe auf Martina schon auf. So einer jagt mir keine Angst ein. Außerdem bringe ich Martina mit meiner *Vespa* wieder direkt bis zur Tür vom Hotel, deshalb kann ihr gar nichts passieren."

Später beim Abendessen erzählte Max dann auch Elena von dem Überfall. An diesem Abend konnte sie aber ohnehin nicht mit ihrer Freundin weggehen, weil Dianas Familie nach dem Essen noch gemeinsam etwas unternehmen wollte.

„Ich werde vielleicht ein bisschen lesen oder mal sehen, was im Fernsehen läuft. Was habt ihr denn noch vor?“ wollte Elena von ihren Eltern wissen.

„Onkel Francesco wird noch herkommen, weil er mir mitteilen will, was er heute Nachmittag noch alles in Erfahrung bringen konnte. Ich kann noch nicht sagen, wie lange das dauern wird. Wenn es noch nicht zu spät ist, könnten wir danach noch Eis essen gehen. Was meint Ihr?“

Für ein Eis waren Elena und Chiara immer zu begeistern, wobei Chiara bezweifelte, dass sich ihr Mann und ihr Bruder nur so kurz unterhalten würden, dass dafür noch ausreichend Zeit blieb. Deshalb machte sie den Vorschlag, eventuell alleine mit Elena zum Eis essen zu gehen.

„Ich würde euch ungern alleine losziehen lassen, solange der Kerl, der die Österreicherin überfallen hat, noch frei herumläuft und wir vor allem nicht wissen, ob er es nicht vielleicht war, der Rudi Schlosser erstochen hat.“

„Nun sei mal nicht zu ängstlich, Max. Wir sind ja zu zweit, außerdem trage ich hier sowieso nie großartig Wertsachen bei mir.“

„Wir lassen uns schon nichts antun, Papa!“

Nach dem Essen warf sich Martina wieder für ihren *Bagnino* in Schale, Elena schnappte sich ein Buch und verschwand auf dem Balkon ihres Zimmers. Max und Chiara gingen auch in ihr Zimmer, von dort aus rief Max auf dem Revier an und ließ Francesco, der im Augenblick nicht in seinem Büro war, ausrichten, dass er in seinem Hotelzimmer auf ihn warten würde. Dann setzte er sich zu Chiara auf den Balkon.

18

Gaetano Terrasini nahm wieder das letzte *Aliscafo*, um am Abend von Neapel nach *Ischia* hinüberzufahren. Als er am *Molo Beverello* an Bord gegangen war, hatte er sich einen Sitzplatz in der hintersten Ecke der Fahrgastkabine gesucht. Im Gegensatz zu den größeren Fähren, auf denen die Passagiere auch auf dem Deck Platz nehmen und so in alle Richtungen den herrlichen Blick über Neapel und den ganzen Golf genießen konnten, durfte sich bei den Tragflügelbooten keiner im Freien aufhalten. Aufgrund der viel höheren Geschwindigkeit wäre das einfach zu gefährlich gewesen. Mit an Bord waren an diesem Abend einige Touristen, die einen Tagesauflug nach Neapel unternommen hatten und jetzt auf ihre Urlaubsinsel zurückkehrten. Außerdem waren einige Ischitaner, die in Neapel ihrer Arbeit nachgingen, mit dem Boot auf dem Heimweg. Es blieben aber viele Plätze frei. Das war Terrasini ganz recht, so musste er sich wenigstens nicht inmitten zahlreicher anderer Passagiere aufhalten, sondern konnte mit einigem Abstand zu den anderen alleine sitzen. Größere Menschenmengen flößten ihm immer Angst ein. Das ganze Boot vibrierte, als die Motoren angeworfen wurden. Die Türen wurden geschlossen und der Kapitän legte ab. Mit noch geringem Tempo verließ das Boot das Hafenbecken. Dann nahm es immer mehr Fahrt auf und je schneller das Boot wurde, desto mehr hob es sich aus dem Wasser und düste an der Wasseroberfläche übers Meer.

Es dämmerte bereits, als sich das Tragflügelboot dem Hafen von *Ischia Porto* näherte. Heute war es in der Kabine fast unerträglich heiß, weil die Klimaanlage ausgefallen war. Terrasini stand der Schweiß auf der Stirn. Ohne seinen Vollbart wäre die Hitze vielleicht ein bisschen erträglicher gewesen, aber es blieb ihm nichts anderes übrig. Wenn er wollte, dass seine hässliche Narbe am Kinn nicht sofort für jeden sichtbar war, dann musste er in Kauf nehmen, im Hochsommer mit dem Bart noch mehr als sonst zu schwitzen.

Als Fünfjähriger war er beim Spielen hingefallen und mit dem Kinn direkt auf dem Kopfsteinpflaster aufgeschlagen. Die Wunde hätte genäht werden müssen, dann wäre sie sauber verheilt und die Narbe wahrscheinlich nicht sonderlich auffallend gewesen. Aber seine Eltern, die in einem der ärmsten Viertel von Neapel mit fünf Kindern in einer winzigen Einzimmerwohnung hausten, konnten sich den Arzt und die Behandlungskosten nicht leisten. Seine Großmutter, die nebenan wohnte, hatte die Wunde notdürftig versorgt, sie desinfiziert, mit einer Salbe eingeschmiert und mit einem großen Pflaster überklebt. Bis heute schmerzte ihn die Narbe hin und wieder. Besonders wenn das Wetter umschlug, verspürte er immer ein Ziehen am Kinn. Der Armut, in der er aufgewachsen war, hatte er auch später nicht entfliehen können. Als Ältester der fünf Geschwister musste er schon als Kind Gelegenheitsjobs annehmen, um so mitzuhelfen, die Familie zu ernähren. An einen geregelten Schulbesuch oder gar einen ordentlichen Schulabschluss war deshalb überhaupt nicht zu denken gewesen. Als er fünfzehn war, starben innerhalb weniger Monate seine Eltern und mehr und mehr war er dann in die Kleinkriminalität und schließlich sogar in die Obdachlosigkeit abgerutscht.

Nachdem das Boot in *Ischia Porto* angelegt hatte, wartete Terrasini solange, bis alle anderen Passagiere vor ihm ausgestiegen waren, dann ging als Letzter auch er von Bord. Um diese Zeit war es am Hafen schon etwas ruhiger, die letzte Fähre war schon vor einer knappen Stunde angekommen. Die Autos und Passagiere hatten die Fähre längst verlassen und sich in alle Himmelsrichtungen verteilt, nur noch die Besatzung war an Bord und bereite alles darauf vor, um am nächsten Morgen wieder pünktlich auslaufen zu können.

Terrasini hatte Hunger. Er tastete seine Hosentaschen und die Taschen seiner Jacke ab und sammelte die Münzen zusammen, die er fand. Insgesamt hatte er gerade einmal noch acht Euro. Wenn er sich nun etwas zu Essen kaufen würde, würde das Geld nicht einmal mehr für die Rückfahrkarte reichen. Also musste er sich wieder etwas Geld beschaffen, egal wie. Zuerst aber brauchte er wirklich dringend etwas zu essen, sein Magen knurrte schon, seit er in Neapel an Bord gegangen war.

Zwischen den Ankerplätzen der Tragflügelboote und der großen Fähren waren unzählige kleine und größere Boote festgemacht. In der Häuserzeile, die direkt gegenüber verlief, war ein kleines Lebensmittelgeschäft, das noch geöffnet hatte. Über der Tür stand in roten Leuchtbuchstaben *Alimentari* geschrieben, allerdings waren mehrere Glühbirnen der Beleuchtung ausgefallen. Der Laden war so klein, dass es nicht einmal Einkaufswägen gab, neben der Registrierkasse gleich neben dem Eingang stand lediglich ein Stapel Einkaufskörbe. Links und rechts an der Wand sowie in der Mitte des Ladens waren kleine Regale mit verschiedenen *Pasta*-Sorten, Reis, Mehl, Zucker, Flaschen mit passierten Tomaten, Konservendosen und Getränken. An der Stirnseite gegenüber der Tür war einerseits ein kleines Kühlregal mit Milch, Joghurt, Butter, Käse und etwas frischem Gemüse und Obst. Daneben stand noch eine kleine Kühltheke mit *Mortadella*, Schinken, Käse und eingelegten Oliven. Hinter der Theke stand der Inhaber des Ladens, der Terrasini freundlich begrüßte. Terrasini holte sich aus dem Regal auf der rechten Seite eine Ein-Liter-Flasche *Acqua minerale frizzante* und wandte sich dann an den Verkäufer. Er verlangte die zwei letzten *Panini*, die in dem Brotkorb hinter dem Verkäufer lagen, ließ sie sich mit Schinken belegen und einpacken. Außer ihm war gerade kein Kunde im Laden. Einen Moment lang überlegte er, einfach abzuhauen, ohne zu bezahlen. Aber das würde seine Situation nicht verbessern. Er hätte sich zwar das Geld für das Essen gespart, andererseits hätte er womöglich schnell die *Carabinieri* am Hals. Und das konnte er nun wahrlich nicht gebrauchen, wenn er sich an diesem Abend noch ausreichend Geld für sein Essen, den Wein und die Zigaretten der nächsten Tage beschaffen wollte. Also bezahlte er seine Einkäufe und verließ den Laden.

Entlang des Hafenbeckens ging er in Richtung der schmalen Einfahrt des fast kreisrunden Hafens und von dort aus ein Stück weiter auf der Mauer, die zum roten Leuchtturm hinaus führte. Auf der anderen Seite der Hafeneinfahrt lugte an der Spitze eines dicht bewachsenen Hügels das dunkelrote Gebäude des Meeresbiologischen Instituts aus den grünen Bäumen und Sträuchern hervor. Terrasini setzte sich auf den warmen, tagsüber von der Sonne aufgeheizten Betonboden. Hier würde ihn niemand stören oder beobachten. Er aß seine eben gekauften *Panini* und trank die ganze Flasche *Acqua minerale* leer. Nachdem er fertig war, zog er sein Springmesser aus der Tasche und ließ es einmal aufschnappen. Etwas mulmig war es ihm schon jedes Mal, wenn er sein Messer einpackte, aber was sollte er sonst tun? Und bisher hatte das Messer noch immer seine gewünschte Wirkung erzielt. Er klappte es wieder zu und lehnte sich zurück an einen Mauervorsprung. Nun musste er nur noch warten, bis es ganz dunkel war, vorher wollte er sich vorsichtshalber nicht in den Ort hineinwagen.

19

Eine halbe Stunde, nachdem Max auf dem Revier angerufen hatte, klopfte Francesco an die Zimmertür von Max und Chiara.

„*Buonasera*, Francesco."

„*Buonasera*."

Francesco begrüßte auch seine Schwester, die immer noch auf dem Balkon saß, sich mittlerweile eine Kerze angezündet hatte und Zeitung las. Dann nahm er wie Max in einem der Sessel Platz.

„Was gibt's Neues?"

„Jede Menge. Also, pass auf! Riccardo ist heute Nachmittag mit dem Foto von Schlosser nach *Casamicciola* gefahren. In den Thermen hat er mit dem Masseur gesprochen, der Schlosser gestern behandelt hat. Ihm ist nicht aufgefallen, dass er sich mit jemandem länger unterhalten hätte. Eine Angestellte vom *Ristorante* dort hat ihn aber auf dem Foto wiedererkannt und hat ausgesagt, dass er zusammen mit einem offenbar deutschen Paar gemeinsam zum Mittagessen gekommen ist. Die drei wirkten auf sie, als würden sie sich schon länger kennen, tranken zum Essen Rotwein und lachten viel miteinander. Später hat sie alle drei nochmals zusammen gesehen, weil sie beim 28°-Becken ihre Liegestühle direkt nebeneinander hatten. Das Paar war in der letzten Woche auch schon einmal dort, wenn die zwei diese Woche noch einmal auftauchen sollten, wird sie sie darüber informieren, dass sie sich bei uns auf dem Revier melden sollen. Die Mitarbeiterin an der Kasse erkannte Schlosser auch und ist sich sicher, dass er sowohl allein angekommen ist, als auch am Spätnachmittag den Thermalgarten ohne Begleitung wieder verlassen hat."

„Das bringt uns alles nicht wirklich weiter. Ich kann mir auch nicht vorstellen, dass das Paar, falls es sich tatsächlich bei dir melden sollte, etwas Entscheidendes aussagen wird."

„Ich bezweifle das auch, aber wir müssen jedem nur möglichen Hinweis nachgehen."

„Was hast du aus Neapel für Informationen bekommen?"

„Das wollte ich jetzt gleich erzählen. Fausto hat festgestellt, dass bei Rudi Schlosser die Stichverletzungen allein schon tödlich waren. Die Wunden verliefen innerlich fast in einem 90-Grad-Winkel, was darauf hinweisen könnte, dass die Tatwaffe eine offene Schere war. Für Fausto ist es unwahrscheinlich, dass der Täter, zum Beispiel mit einem Messer, zweimal so zugestochen hat, dass die Einstichstellen fast direkt beieinander liegen und er ihm die Wunden in dem beschriebenen Winkel zugefügt hat. Auf der einen Seite wurde die Bauchschlagader getroffen, deshalb wäre er in jedem Fall verblutet. Allerdings hat er noch gelebt, wie er in den Pool gefallen ist. Das ließ sich leicht feststellen, weil er Wasser in den Lungen hatte. An der Leiche gab es aber keinen Hinweis, dass der Täter noch großartig nachgeholfen hat, ihn in den Pool zu befördern."

„Das ist wohl letztlich egal."

„Ja. Interessant ist noch, dass die beiden Wunden im Körperinnern leicht aufwärts verliefen. Das könnte bedeuten, dass der Täter etwas kleiner war als Schlosser."

„So wie der Kerl von dem Überfall auf die Österreicherin."

„Darauf habe ich Fausto auch angesprochen. Er meinte, ein Größenunterschied von zwanzig Zentimetern könnte hinkommen."

„Hat die Spurensicherung etwas Interessantes liefern können?"

„Leider nicht. Alle Blutspuren, die sie auf der Terrasse sicherstellen konnten, stammen eindeutig von Schlosser."

„Das sind insgesamt aber nicht viele Informationen, die wir jetzt haben."

Gemeinsam rekapitulierten sie nochmals, was sie bisher an Anhaltspunkten hatten, um den Mörder von Rudi Schlosser zu finden. Das war wirklich nicht viel.

„Heute Nachmittag hatte ich die Hoffnung, dass ich wenigstens in Sachen Spinelli einen Schritt vorwärts kommen würde, aber da habe ich mich auch zu früh gefreut."

„Wieso? Was ist passiert, Francesco?"

„Am Spätnachmittag erschien ein deutscher Tourist auf dem Revier, der sich wegen unseres Flugblattes mit Spinellis Foto melden wollte. Zum Glück sprach er recht gut Italienisch, sodass wir uns problemlos unterhalten konnten."

„Und was hat er zum Mord an Spinelli aussagen können?"

„Leider nicht das, was ich mir erhoffte. Er hat in der Nähe von *Forio* eine Ferienwohnung gemietet, war letzte Woche beim Sankt-Anna-Fest und ist heute nochmals nach *Ponte* gefahren, weil er das *Castello* innen besichtigen wollte. Danach ist er den *Lungomare Aragonese* entlang spaziert, weiter durch den Ort, bis zur *Spiaggia dei Pescatori*. Dort hat er dann an einer Bar, bei der er sich etwas zu Trinken kaufen wollte, das Flugblatt hängen gesehen."

„Kannte er Spinelli?"

„Nein, das nicht, aber er ist sich relativ sicher, dass er letzte Woche beim Fest kurz mit ihm gesprochen hat."

„Worüber denn?"

„Er hatte ihm wohl angesehen, dass er Italiener war und hat ihn gefragt, wo er sich einen Platz suchen solle, damit er den besten Blick auf die Darbietungen hätte. Spinelli war sehr freundlich zu ihm und meinte, wenn er niemanden kenne, der in den Häusern gegenüber vom *Castello* wohne, dann wäre einer der besten Plätze auf dem *Ponte Aragonese*. Er selbst würde sich dort auch einen Platz suchen."

„War Spinelli allein?"

„Das habe ich natürlich auch sofort gefragt. *Signor* Grimm, so heißt der Deutsche, hatte nicht den Eindruck, dass Spinelli in Begleitung gewesen wäre."

„Das würde die Aussagen von Pasquale, Emilio und Roberto bestätigen. Genauso wie das Vorhaben Spinellis, dass er sich auf dem *Ponte* einen Platz suchen würde."

„Ja, genau."

„Hat er ihn später nochmals gesehen?"

„Leider nicht. *Signor* Grimm ging vor dem Fest noch zum Essen. Als er wieder zum *Ponte* zurückkam, waren da bis hin zum *Castello* schon so viele Menschen, dass er ganz am Anfang des *Ponte* stehen bleiben musste. Nach dem Feuerwerk ist er sofort zurück nach *Forio* gefahren."

„Außer ihm hat sich keiner wegen des Flugblattes gemeldet?"

„Nein, kein Einziger. Jetzt sitze ich da mit meinen beiden ungeklärten Mordfällen" seufzte Francesco „und weiß nicht, wo ich noch ansetzen könnte, um auf die Spur der Täter zu kommen. Keine Zeugen, keine Tatwaffen. Die zwei kommen hierher, wollen in Ruhe Urlaub machen und sich erholen, da trifft sie der Tod wie ein Blitz aus heiterem Himmel."

Nach dieser Bemerkung sah Max seinen Schwager erstaunt an, Francesco merkte, dass Max anscheinend gerade eine gute Idee hatte.

„Sag das noch mal, Francesco!"

„Die zwei kommen hierher, um in Ruhe Urlaub zu machen, da trifft sie der Tod wie ein Blitz aus heiterem Himmel."

Max sprang auf.

„Das ist es! Das ist es, was mir bei der Aussage von Heidi Schlosser irgendwie auffällig vorgekommen war und was ich nicht einordnen konnte."

„Tut mir leid, Max, ich versteh überhaupt nichts."

„Erinnerst du dich an letzte Woche, als du mich in Rosenheim angerufen hast, nachdem du von *Signora* Spinelli gehört hattest, dass ihr Sohn in Rosenheim gewohnt und gearbeitet hat?"

„Natürlich, du hast mir geantwortet, dass weder er noch die *Pizzeria*, in der er gearbeitet hat, zuvor auffällig geworden sind."

„Stimmt fast. Ich habe dir gesagt, dass bei uns nichts gegen ihn vorliegen würde, außer dass er im vergangenen Jahr zweimal an der gleichen Stelle geblitzt worden ist. Als du gerade vom Blitz gesprochen hast, ist es mir wieder eingefallen. Rate mal, wo er geblitzt worden ist?"

„Keine Ahnung."

„Am Ortseingang von Prien. Dort steht eine fest installierte Radarfalle und zwar genau an der Straße, die von Rosenheim her führt."

„Ich weiß immer noch nicht, auf was du hinaus willst."

„Überleg doch mal. Wo hat Rudi Schlosser laut seiner Frau gearbeitet?"

„In einer Klinik in der Nähe von Prien."

„Richtig. Und wenn man von Rosenheim aus zu dieser Klinik hinfahren will, dann passiert man genau die Stelle, an der Spinelli geblitzt wurde."

„Du meinst, die zwei kannten sich?"

„Ja, sieh dir doch mal die Parallelen an. Beide haben in München gearbeitet und sind dort vor ungefähr zwei Jahren weg. Beide sind in die selbe Gegend gezogen. Spinelli kommt jedes Jahr hier her, die Schlossers waren auch schon ein paar Mal da. Und beide werden hier ermordet. Das kann doch alles kein Zufall sein. Ich würde mich nicht wundern, wenn es zwischen beiden Fällen irgendeine Verbindung gibt."

„Dann sollten wir als erstes Heidi Schlosser fragen, ob sie Marco Spinelli kannte."

„Damit würde ich noch warten, sie würde es bestimmt verneinen. Entweder, weil sie ihn wirklich nicht kannte oder weil sie irgendwie in die Mordfälle verstrickt ist und sich nicht verdächtig machen will."

Chiara kam vom Balkon herein.

„Na ihr zwei, seid ihr schon weitergekommen?"

„Ja, dein Mann ist inzwischen der Meinung, dass die beiden Mordfälle miteinander zu tun haben."

Max erklärte ihr, wie er zu dem Schluss gekommen war, dass es kein Zufall sein konnte, was in den letzten Tagen mit Spinelli und Schlosser passiert war.

„Aber dieser Spinelli ist doch schon am Mittwoch ermordet worden, da waren die Schlossers noch zuhause. Du weißt doch, dass sie mit uns im Flieger waren."

„Das ist schon klar, aber es bedeutet nicht, dass die Morde nicht irgendwie in Verbindung stehen."

„Die Frage könnte am besten Heidi Schlosser beantworten."

Jetzt erklärte Francesco, warum sie sich mit dieser Frage bei Frau Schlosser zurückhalten wollten.

„Wann wollt ihr sie denn nach Hause fliegen lassen, Francesco?"

„Darüber wollte ich mich mit Max auch noch beratschlagen. Fausto hat die Leiche bereits freigegeben, in der Hinsicht spricht also nichts gegen ihre Abreise. Im Moment sehe ich auch noch keinen Grund, sie zu verdächtigen."

„Ihr seid sicher noch länger beschäftigt, oder?"

„Ich denke schon, Schatz, wir müssen noch besprechen, wie Francesco jetzt am besten weiter vorgeht."

„Na gut, dann gehe ich jetzt alleine mit Elena zum Eis essen."

„Seid aber bitte vorsichtig, Chiara."

„Keine Sorge, wir passen schon auf uns auf."

Mit einem zärtlichen Kuss für Max und einem *bacino* auf die Wange ihres Bruders verabschiedete sie sich und holte ein Stockwerk höher ihre jüngere Tochter ab, um ihr noch das versprochene Eis zu spendieren. Francesco und Max tüftelten weiter an ihrem Fall.

„Ich werde morgen Vormittag meinen Rosenheimer Kollegen auf die Sache ansetzen. Er soll prüfen, ob Rudi Schlosser schon einmal polizeilich aufgefallen ist. Außerdem schicke ich ihn in die Klinik, in der Schlosser gearbeitet hat. Vielleicht gibt es von einem der Kollegen oder diesem Professor Fischer einen Hinweis, der uns zumindest beim Motiv weiterhelfen könnte."

„Wenn du wirklich recht hast und die beiden Morde im Zusammenhang stehen, dann können wir hier wahrscheinlich relativ wenig ausrichten. Der Schlüssel zu diesem Rätsel ist dann bestimmt in Rosenheim oder Prien zu finden."

„Das glaube ich auch. Trotzdem müssen wir auch hier versuchen, so viel wie möglich in Erfahrung zu bringen. Einen Grund, warum die beiden dann ausgerechnet hier ermordet wurden, muss es doch auch geben, auch wenn die Motive dafür in Bayern zu finden sein sollten. Und was stellen wir nun am besten mit Frau Schlosser an? Unter welchem Vorwand willst du sie noch hier behalten?"

„Wie gesagt, eigentlich müsste ich sie abreisen lassen, aber ich hätte schon ein etwas ungutes Gefühl dabei. Dass wir keinerlei Spuren und Hinweise haben, kann genauso gut für sie als auch gegen sie sprechen. Was überhaupt nicht zu deiner Theorie passt, ist der verschwundene Geldbeutel."

„Das kommt darauf an. Es könnte doch sein, dass in dem Geldbeutel irgendein Beweisstück zu finden gewesen wäre und der Mörder hat ihn deshalb verschwinden lassen. Oder wir sollten einfach nur auf eine falsche Fährte gelockt werden. Der Geldbeutel hat mit dem Mord vielleicht überhaupt nichts zu tun und der Mörder nimmt ihn nur mit, um das Ganze wie einen Raubmord aussehen zu lassen."

Noch eine ganze Weile diskutieren Max und Francesco über ihre Vermutungen, aber letztlich kamen sie immer wieder zu dem selben Ergebnis. Ohne klare Beweise hielt keine ihrer Theorien einer Prüfung stand. Sie vereinbarten, dass Francesco am nächsten Tag Heidi Schlosser nochmals aufsuchen und ihr die Freigabe der Leiche ihres Mannes für Donnerstag in Aussicht stellen sollte. So würden sie zwei Tage Zeit gewinnen, in der die Kollegen von Max ihnen unter Umständen interessante Details aus dem persönlichen Umfeld von Schlosser liefern konnten.

„So, dann werde ich mal nach Hause fahren“ sagte Francesco, als er merkte, dass sie sich mit ihren Überlegungen allmählich im Kreis drehten und nicht mehr weiterkamen.

„Giulia hat mich mit Ausnahme des Sonntags in den letzten Tagen kaum zu Gesicht bekommen. Das ist sie gar nicht gewohnt, denn normalerweise ist meine Arbeit hier nicht so spektakulär und zeitraubend. In der Regel kann ich mich an meine normalen Schichten halten, außer der Reihe bin ich nicht so oft unterwegs. Außerdem würde mir eine Nacht mit ein bisschen mehr Schlaf als nur drei oder vier Stunden bestimmt auch wieder einmal gut tun. Zum Glück muss ich nicht noch mal aufs Revier, heute hat Alfonso die Spätschicht.“

„Wann kommst du morgen Vormittag her?“

„Mal sehen, vielleicht in etwa so wie heute. Bist du hier?“

„Ich meine schon, aber wir haben noch nicht besprochen, was wir morgen unternehmen werden. Auf alle Fälle werde ich in der Früh in Rosenheim anrufen, mein Kollege Wiggerl dürfte schon ab acht Uhr im Büro sein. Falls wir danach wegfahren sollten, rufe ich dich vorher auch noch an.“

Valerio Tursi, der Nachtportier des *Vesuvio*, trat gerade seinen Dienst an, als Francesco aus dem Lift kam und an der Rezeption vorbei in Richtung Ausgang ging.

„*Buonasera, Maresciallo.*“

„*Buonasera, Signor* Tursi. Ist Ihnen zur letzten Nacht noch etwas eingefallen?“

„Nein, sonst hätte ich mich schon bei Ihnen gemeldet. Hoffentlich wird das heute eine ruhigere Nacht, soviel Aufregung brauch ich nicht noch einmal.“

„Das gilt auch für mich, *Signor* Tursi. *Arrivederci.*“

Kurz nach dreiundzwanzig Uhr verließ Francesco das Hotel. Auf dem Weg zum Parkplatz begegnete ihm Heidi Schlosser. In einem deutsch-italienischen Mix sagte er ihr, dass er sehr erstaunt sei, sie noch so spät allein draußen anzutreffen.

„Wissen Sie, ich habe mich den ganzen Tag in meinem Hotelzimmer verkrochen, weil ich niemanden sehen wollte. Aber jetzt musste ich doch noch ein bisschen an die frische Luft.“

Obwohl Francesco zustimmend nickte, war sie sich nicht sicher, ob er ihr folgen konnte. Dennoch fragte sie ihn noch danach, ob er schon neue Erkenntnisse bei seinen Ermittlungen hätte und wann sie endlich nach Hause reisen könne.

„Nach Hause" hatte Francesco verstanden. Er versuchte, ihr deutlich zu machen, dass er ihr noch nicht sagen könne, wann sie abreisen könne. So wie eben mit Max besprochen, erwähnte er, dass es vielleicht am Donnerstag, also in zwei Tagen, soweit sein könnte.

„*Giovedi* – Donnerstag" wiederholte er, als er ihrem fragenden Gesichtsausdruck entnahm, dass sie nicht auf Anhieb wusste, was er meinte. Dann nickte sie. Er wünschte ihr eine gute Nacht und sie antwortete auch mit „*Buonanotte*".

Francesco sah ihr nach, als sie ins *Vesuvio* hineinging. Er war ganz froh, dass er ihr allein begegnet war. Die sprachlichen Verständigungsprobleme ersparten ihm genauere Erklärungen, warum sie noch auf *Ischia* bleiben sollte. Etwas erleichtert stieg er in sein Auto und fuhr nach Hause.

20

Nach seinem bescheidenen Abendessen war Gaetano Terrasini ein bisschen eingenickt. Nach etwa zwei Stunden wachte er wieder auf, weil das Licht des Leuchtturms seine regelmäßigen Kreise zog und der Lichtstrahl immer wieder sein Gesicht streifte. Mittlerweile war es ganz dunkel geworden. Der Schein der Straßenlaternen und die bunten Lichter der *Ristoranti* am Rive Droite spiegelten sich im ruhigen Wasser des Hafens. Das Stimmengewirr der vielen Urlauber, die noch im Freien saßen, drang bis zu ihm herüber. Er stand auf und fühlte an seiner Jacke und an seiner Hose, ob ihm nichts aus den Taschen gefallen war. Dann ging er auf dem selben Weg, auf dem er vorhin zu seinem Rastplatz gegangen war, entlang des Hafenbeckens wieder zurück. Die große Fähre stand noch immer mit geöffneter Heckklappe da, bereit dafür, im Morgengrauen die ersten Autos und Passagiere von der Insel zu bringen. Einer dieser Passagiere würde er sein, das Geld für die Fahrkarte und hoffentlich noch eine ganze Stange mehr würde er bis dahin schon organisiert haben.

Terrasini passierte die *Chiesa Santa Maria di Porto Salvo*. Die große hölzerne Tür der Kirche sowie das Eisentor des mit Säulen umrandeten Vorbaus der Kirche waren bereits geschlossen. Auf der anderen Straßenseite, neben dem berühmten *Cafe Calise*, durchsuchte Terrasini den großen runden Papierkorb, aber heute hatte kein Tourist etwas weggeworfen, was für ihn noch brauchbar schien. Die lang gezogene Parkbucht, die direkt neben dem Aufgang zur Kirche und schräg gegenüber der Anlegestelle der Tragflügelboote liegt, war jetzt völlig leer. Tagsüber warteten hier die Taxis auf ihre Fahrgäste. Leider sah man seit einiger Zeit nur noch vereinzelt die für *Ischia* typischen Mini-Taxis. Sie basierten auf der dreirädrigen *Ape*, deren ursprüngliche Ladefläche überdacht und mit Sitzbänken versehen und so zu einem Fahrgastraum umfunktioniert worden war. Mittlerweile gab es fast nur noch weiße Mini-Vans als Taxis.

Terrasini wanderte weiter am Hafen entlang, vorbei an mehreren Booten der Küstenwache. Die rote Aufschrift *Guardia Costiera* stach ihm ins Auge. Obwohl die Boote anscheinend alle leer waren, beschlich ihn wie so oft das Gefühl, beobachtet zu werden. Am Haus der Gemeindeverwaltung verließ er seinen Weg entlang des Hafenbeckens. Je weiter er sich in den Ort hineinwagte, desto mehr Menschen begegneten ihm und desto unbehaglicher wurde es ihm. Der kürzeste Weg zu seinem Ziel hätte ihn geradeaus durch die belebte *Via Roma* geführt, aber wegen der vielen Touristen dort nahm er einen Umweg gerne in Kauf. Deshalb schwenkte er nach rechts ab, ging zügig durch die um diese Zeit von Fußgängern weniger frequentierte *Via Alfredo de Luca* bis zur *Piazza degli Eroi* und stieß dann über einen Querstraße auf den *Corso Vittoria Colonna.*

An der Abzweigung der nächsten Querstraße, die vom *Corso* zum Strand hinunterführte, las er die Hinweisschilder: *Residence Del Sole, Hotel Vesuvio, Hotel Terme Vittoria.* Er blieb stehen, hielt kurz inne, als er die Schilder ansah und ging dann weiter. Auch an der nächsten Kreuzung blieb er stehen. Diesmal stand auf den Pfeilen, die in die Straße hineinzeigten *Hotel Principessa Elisabetta* und *Albergo Monte Epomeo.* Er blickte um sich, niemand schien ihn zu beobachten. Am Ende der Straße sah er die hell erleuchteten Schilder der Hotels, sonst war die ganze Straße nur durch wenige Straßenlaternen relativ schwach beleuchtet. Links und rechts parkten Autos und auf der rechten Seite standen wie an einer Perlenkette aufgereiht am Straßenrand Palmen mit dicken Stämmen, die für den dahinter liegenden Gehsteig nur wenig Platz ließen. Terrasini ging die Straße zweimal auf und ab, bis er einen für ihn günstigen Platz gefunden hatte. Er postierte sich hinter einer Palme, neben der ein weißer Lieferwagen geparkt war. Von dort aus konnte er rechtzeitig sehen, wenn vom *Corso* ein Fußgänger in die Straße einbiegen sollte. Andererseits war er selbst aber nicht sofort zu entdecken. Er lehnte sich an die Palme und wartete. Es dauerte nicht lange, da hörte er Stimmen, vom *Corso* her kamen vier Personen rasch näher, es waren zwei Erwachsene und zwei Kinder, offenbar eine Familie auf dem Rückweg zu ihrem Hotel. Vier auf einmal waren zu viel für ihn, er ging zwischen Palme und Lieferwagen in die Knie und wartete, bis die Familie vorbeigegangen war.

Es war völlig ruhig, nur ab und zu fuhr vorne am *Corso*, dessen für den Verkehr freigegebener Teil eine Einbahnstraße ist, ein Auto vorbei. Ein Blick auf seine zerkratzte Uhr sagte ihm, dass es schon zwanzig Minuten vor Mitternacht war. Er ging wieder in die Knie, als sich laut knatternd eine *Vespa* näherte und an ihm vorbeifuhr. Der *Vespa*-Fahrer fuhr bis ans Ende der Straße weiter und bog dann in die Einfahrt des *Hotels Principessa Elisabetta* ab. Terrasini hatte ihm nachgeschaut und als er sich wieder umdrehte, sah er, wie zwei Frauen, mitten auf der Straße gehend, auf ihn zukamen. Sie waren in etwa noch dreißig Meter von ihm entfernt, er konnte sie schon sprechen hören und wusste deshalb, dass es sich um zwei Italienerinnen handelte. Beide hatten Schuhe mit hohen Absätzen an, würden ihm also nicht sehr schnell nachlaufen und ihn verfolgen können. Die linke war klein und zierlich, sie trug ein helles Sommerkleid. Die rechte war ein Stückchen größer als ihre Begleiterin, wirkte etwas kräftiger und war mit einer Jeans und einem schwarzen Top bekleidet. Beide hatten kleine Handtäschchen umgehängt. Terrasini duckte sich hinter dem Lieferwagen, hörte, wie ihre Schritte immer näher kamen und ihre Stimmen immer lauter zu vernehmen waren. Er griff in seine Hosentasche, zog das Springmesser heraus, ließ es aufschnappen und schnaufte einmal tief durch. Dann sprang er aus seinem Versteck hervor, genau in dem Augenblick, als die zwei Frauen den Lieferwagen passiert hatten. Es ging so schnell, dass sie nicht auf seinen Angriff reagieren konnten. Sofort hatte er von hinten seinen linken Arm um die Frau in dem Sommerkleid gelegt und drückte ihr mit der rechten Hand die kalte, blitzende Klinge seines Messers an den Hals.

„Komm nicht auf die Idee zu schreien, wenn du noch ein bisschen länger leben willst" zischte er ihr ins Ohr.

Die Frau war derart überrascht und vor Schreck so erstarrt, dass sie keinen Ton herausbrachte. Er fuhr die andere an:

„Los, her mit deiner Handtasche."

Sie wagte nicht, ihm zu widersprechen, solange ihre Freundin das Messer am Hals hatte. Deswegen nahm sie langsam die umgehängte Tasche von ihrer Schulter und hielt sie ihm hin. Aber er wollte mehr.

„Deine Uhr und die Kette, rein damit in die Tasche."

Es blieb ihr nichts anderes übrig, als sich auch noch ihre Kette und ihre Armbanduhr abzunehmen und in ihrer Handtasche zu verstauen. Er ergriff mit der linken Hand die Tasche, ohne das Messer von der Stelle zu rühren.

„So, und jetzt deine Sachen, aber mach bloß keine Dummheiten."

Um seiner Drohung Nachdruck zu verleihen, drückte er ihr das Messer noch ein bisschen fester an den Hals. Die Frau zitterte, als sie ihren Armreif und ihre Uhr im Täschchen verstaute und dann zu ihm nach hinten reichte. Blitzschnell zog er das Messer zurück, griff nach der zweiten Tasche und versetzte seinem Opfer einen kräftigen Stoß. Dieser traf die Frau so unvorbereitet, dass sie nach vorne taumelte, stolperte und auf die Knie fiel. Terrasini wollte sich umdrehen und davonrennen, da entglitt ihm die zweite Tasche und schlug ausgerechnet so auf den Boden auf, dass sie aufsprang und die Uhr, ein roter Lippenstift und eine kleine Geldbörse herauspurzelten.

„*Merda*" fluchte er, bückte sich und sammelte hastig seine Beute ein. Der kurze Augenblick, in dem er sich auf die Wertsachen auf der Straße konzentrierte, reichte aus, um seinem zweiten Opfer die entscheidenden Sekunden zum Überlegen zu geben. Er hatte die Uhr und die Geldbörse wieder in die Tasche hinein geschoben und sich aufgerichtet, da versetzte ihm die Frau einen kräftigen Tritt genau zwischen die Beine und fing an, laut um Hilfe zu schreien.

„Aiuto! Aiuto!“

Terrasini war zusammengesackt, sie hatte ihn dermaßen hart getroffen, dass ihm für einen kurzen Moment vor Schmerz schwarz vor Augen wurde.

„Aiuto! Aiuto!“

Raffaele Laurino, der kurz zuvor die Stelle des Überfalls mit seiner *Vespa* passiert hatte, wollte soeben ins *Hotel Principessa Elisabetta* hineingehen und seinen Nachtdienst antreten, als er die Hilfeschreie hörte. Er lief auf die Straße, sah von Weitem die drei Personen, von denen zwei auf der Straße knieten, und sprintete los. Terrasini musste weg, der Schmerz ließ ein wenig nach, da sprang er auf und wollte fliehen. Dabei fiel im das zweite Täschchen abermals aus der rechten Hand, in der er auch immer noch das offene Springmesser hielt. Diesmal ließ er es liegen und rannte los, denn er sah, dass die Hilfe für die Frauen rasch näher kam. Laurini hatte die Frauen fast erreicht, da rief ihm die mit der Jeans bekleidete zu:

„Meine Tasche, er hat meine Tasche geklaut!“

Ohne das Tempo zu verringern, sprintete Laurini an ihr vorbei, immer den Flüchtenden im Blick. Der hatte schon fast den *Corso* erreicht, sah sich im Laufen um und merkte, dass der Abstand zu seinem Verfolger rasch geringer wurde. Genau an der Kreuzung mit dem *Corso* hatte Laurini ihn eingeholt. Er bekam ihn am Kragen seiner Jacke zu packen, Terrasini wollte sich losreißen, kam ins Straucheln und fiel hin.

„Vorsicht, er hat ein Messer“ hörte Laurini von Weitem eine der Frauen schreien.

Terrasini hielt das Messer immer noch in seiner rechten Hand und wollte damit im Liegen nach seinen Angreifer stoßen. Dieser reagierte jedoch schneller als er und trat ihm auf die rechte Hand. Schreiend ließ Terrasini das Messer fallen. Laurini versetzte dem Messer einen Tritt, sodass es in hohem Bogen davonflog. Mit dem Knie voran ließ er sich auf Terrasini fallen, packte seinen rechten Arm und drehte ihm diesen auf den Rücken. Nochmals schrie Terrasini auf, beschimpfte ihn laut fluchend und wollte sich losreißen, doch gegen Laurinis kräftigen Griff hatte er keine Chance.

Alfonso Seresti saß in seinem Büro auf dem Revier der *Carabinieri* und las Zeitung. Auf seinem Schreibtisch stand eine große, gelb leuchtende Flasche *Limoncello*, die ihm seine Kollegen Francesco und Riccardo am Nachmittag zu seinem Namenstag geschenkt hatten. Seine Eltern hatten ihn nach dem heiligen *Alfonso Maria de Liguori* getauft, dem Gründer des Redemptoristen-Ordens. Serestis Mutter stammte nämlich aus dem kleinen Örtchen *Scala* in den Bergen oberhalb von *Amalfi* an der *Costiera Amalfitana*, südlich von Neapel. In *Scala* hatte der Heilige 1732 den Orden gegründet. Da Serestis Eltern schon viele Jahre nicht mehr lebten, er keine Geschwister und auch sonst keine näheren Angehörigen mehr hatte, waren seine Kollegen jeweils die Einzigen, die ihm am 1. August zu seinem Namenstag gratulierten.

Der Abend seiner Spätschicht war völlig ruhig verlaufen. Nachdem er die lästige Büroarbeit, die in den letzten Tagen wegen der zwei Mordfälle liegen geblieben war, erledigt hatte, hatte er sich die aktuelle Tageszeitung aus dem Büro von *Capitano* Lombardo geholt. Der *Capitano* hatte ihm, Francesco und Riccardo am Abend, bevor er nach Hause ging, noch eine kräftige Standpauke gehalten, weil sie noch immer keinen entscheidenden Schritt auf dem Weg zur Klärung der beiden Mordfälle vorangekommen waren.

„Typisch Chef" hatte sich Alfonso gedacht, als er die Zeitung nahm. „Selbst die meiste Zeit im Büro nur Zeitung lesen, aber die Arbeit der Anderen kritisieren."

Zum ausführlichen Zeitung lesen hatte er selbst schon lange keine Zeit mehr gehabt. Er war auf der vorletzten Seite der Zeitung angelangt, als das Telefon klingelte. Ein Autofahrer, der den *Corso Vittoria Colonna* entlanggefahren war, hatte beobachtet, wie Terrasini von Laurini überwältigt worden war. Als er sah, dass Laurini allein mit ihm fertig wurde, hatte er sofort zum Handy gegriffen. Alfonso war mit dem Telefonhörer in der Hand aufgesprungen, weil er sofort ahnte, wer da soeben geschnappt worden war. Er versicherte dem Anrufer, dass er sich sofort auf den Weg machen würde und legte auf. Er rannte zu seinem Dienstwagen, sprang hinein und brauste los. Mit eingeschaltetem Blaulicht und kreischender Sirene raste er zum Tatort. Dort kniete Laurini immer noch auf dem überwältigten Verbrecher. Alfonso legte zuallererst Terrasini Handschellen an und schob ihn auf den Rücksitz seines Wagens. Nachdem er sich vergewissert hatte, dass bereits ein Krankenwagen gerufen worden war, wählte er die Nummer von Francesco.

„Entschuldige Francesco, dass ich dich schon wieder mitten in der Nacht anrufe. Ich habe gerade den vollbärtigen Kerl mit der Narbe auf dem Kinn festgenommen. Er hat in der Nähe des *Principessa Elisabetta* zwei Frauen überfallen, aber der Nachtportier des Hotels kam ihnen zu Hilfe und konnte ihn überwältigen."

„Das ist ja großartig, Alfonso. Ich setz mich sofort ins Auto und bin in ein paar Minuten da."

Francesco traf zehn Minuten nach dem Krankenwagen am Tatort ein. Die junge Frau in dem Sommerkleid, die einen Schock erlitten hatte, lag bereits im Krankenwagen und wurde von den Sanitätern versorgt, sie zitterte am ganzen Körper und war ziemlich blass. Beim Sturz auf die Straße hatte sie sich ihre Knie aufgeschlagen. Ihre Freundin hatte den Überfall besser weggesteckt, auch Raffaele Laurini hatte seine Verfolgungsjagd und den kurzen Kampf mit Terrasini unbeschadet überstanden. Alfonso hatte bereits die Personalien der drei aufgenommen und zusammen mit den beiden Frauen überprüft, ob ihre Wertsachen in ihren Handtaschen komplett und unbeschädigt vorhanden waren. Francesco schlug ihnen vor, ihre Aussagen erst am nächsten Morgen zu Protokoll zu nehmen, damit sie nicht auch noch mitten in der Nacht mit aufs Revier kommen mussten.

Terrasini saß derweil in Alfonsos Wagen und wartete darauf, was nun mit ihm geschehen würde. Er war noch nie von der *Polizia* oder den *Carabinieri* festgenommen worden. Zweimal hätten sie ihn am Bahnhof von Neapel nach einem Taschendiebstahl beinahe geschnappt, doch beide Male war er ihnen gerade noch entwischt. Er sagte kein Wort, als der *Carabiniere* ins Auto stieg und losfuhr. Die Fahrt durchs nächtliche *Ischia Porto* dauerte nur wenige Minuten. Beim Aussteigen sah er, dass ihnen der zweite *Carabiniere* in seinem Wagen gefolgt war. Dieser stellte sich ihm als *Maresciallo* Bianchi vor. Sie brachten ihn ins Revier hinein und führten ihn ins Büro des *Maresciallo*. Bevor er sich hinsetzen durfte, zog sich Seresti Gummihandschuhe an, durchsuchte seine Taschen und fand darin einen schwarzen Geldbeutel, ein Taschenmesser, einen ziemlich ramponierten Personalausweis, ein Feuerzeug und ein paar Geldstücke.

„Gaetano Terrasini, *Napoli*" las Alfonso laut vor, als er sich den zerfledderten Personalausweis ansah. Dann nahm er den schwarzen Geldbeutel zur Hand und klappte ihn auf. Das Münzfach auf der rechten Seite war leer, genau so wie das hintere Fach für die Geldscheine. In Steckfächern auf der linken Seite befanden sich zwei Karten. Alfonso nahm sie heraus, es waren eine EC-Karte und eine Kreditkarte. Überrascht zog er die Augenbrauen hoch, als er sah, welcher Name auf den Karten aufgedruckt war: Rudolf Schlosser. Er hielt sie Francesco hin, damit auch er sehen konnte, auf wen die Karten ausgestellt waren. Francesco, der inzwischen hinter seinem Schreibtisch Platz genommen hatte, schaute genauso überrascht.

Das hatte er nicht erwartet. Alfonso zog den Reißverschluss auf, der in der Mitte des Geldbeutels senkrecht verlief und fand in diesem verschließbaren Fach den Führerschein und den Personalausweis von Rudi Schlosser. Unruhig verfolgte Terrasini, wie seine Habseligkeiten untersucht wurden. Seit sie auf dem Revier angekommen waren, hatte keiner der *Carabinieri* etwas zu ihm gesagt, außer dass er sich hinsetzen solle. Gespannt wartete er darauf, was nun passieren würde.

„Also, *Signor* Terrasini" begann Francesco. „Nachdem Sie vorhin bei dem Überfall auf die zwei Damen auf frischer Tat ertappt wurden, brauchen wir uns in diesem Fall wohl nicht über schuldig oder unschuldig unterhalten, oder?"

„Ja" antwortete Terrasini kleinlaut.

„Außerdem haben wir hier die Anzeige einer österreichischen Touristin, die vor knapp zwei Wochen nur zwei Querstraßen von dem Ort des heutigen Überfalls entfernt ebenfalls mit einem Messer bedroht und ausgeraubt wurde. Ihre Beschreibung des Täters – schwarze Haare, Vollbart, Narbe am Kinn, circa eins siebzig groß – trifft exakt auf Sie zu."

Terrasini schwieg und ließ diesen Vorwurf unbeantwortet.

„Und jetzt finden wir in Ihren Taschen den Geldbeutel von einem gewissen Rudolf Schlosser, der gestern Nacht wiederum nur eine Querstraße vom heutigen Tatort entfernt, nämlich beim *Hotel Vesuvio*, offenbar auch von Ihnen ausgeraubt und anschließend ermordet wurde."

„Nein" schrie Terrasini und sprang auf. „Damit habe ich nichts zu tun. Sie können mir viel vorwerfen, aber einen Mord lass ich mir von Ihnen nicht anhängen."

Alfonso, der schräg hinter ihm stand, drückte in wieder auf seinen Stuhl zurück.

„Schön ruhig sitzen bleiben!"

„Sie sind gut" schnauzte Terrasini Alfonso an. „Ich soll ruhig bleiben, wenn Sie mich für einen Mörder halten. Diesen Schlosser habe ich ganz bestimmt nicht auf dem Gewissen."

„Und wie wollen Sie uns dann erklären, dass Sie seinen Geldbeutel in der Jackentasche hatten?"

Terrasini standen die Schweißperlen auf der Stirn.

„Den Geldbeutel habe ich gefunden."

„Gefunden?" fragte Francesco ungläubig. „Sie wollen uns wohl für dumm verkaufen?"

„Nein, *Maresciallo*, ehrlich, ich habe ihn wirklich gefunden. Genau an der Ecke, an der mich dieser Grobian vorhin zu Boden geworfen hat, steht ein Papierkorb. Den habe ich, bevor ich mich in der Straße auf die Lauer gelegt habe, durchwühlt. Sie glauben gar nicht, was die Touristen oft alles wegwerfen, was ich noch gut gebrauchen und verkaufen kann. In dem Papierkorb habe ich den Geldbeutel gefunden. Leider war kein Bargeld mehr drin, nur die zwei Karten. Ich habe ihn eingesteckt, weil ich gehofft hatte, die Karten in Neapel irgendwie zu Geld machen zu können. Mit einem Mord habe ich nichts zu tun, das müssen Sie mir glauben, *Maresciallo*" flehte er.

„Ich glaube eher, Sie werden einen guten Anwalt und einen gnädigen Richter brauchen, um nicht lebenslang hinter Gitter zu wandern."

Francesco wollte ihn damit noch mehr einschüchtern.

„Gestern Nacht war ich überhaupt nicht hier auf *Ischia*, da war ich in Neapel" verteidigte sich er weiter.

„Gibt es dafür einen Zeugen, Terrasini?"

„Nein, ich befürchte das kann niemand bestätigen" musste er wieder kleinlaut zugeben. „Ich habe gestern Abend ziemlich viel Rotwein getrunken, bin irgendwann eingeschlafen und bin erst heute Vormittag wieder aufgewacht."

„Und wo soll das gewesen sein?"

„Ich habe mir in der Nähe vom Hauptbahnhof in Neapel, in einer Querstraße von der *Piazza Garibaldi*, in einem alten verlassenen Bürohaus eine Unterkunft eingerichtet, dort schlafe ich regelmäßig. Ab und zu übernachten dort auch ein paar Freunde von mir, aber gestern Abend war keiner von ihnen da."

„Wie gesagt, Terrasini, ich fürchte, es sieht schlecht aus für Sie, kein Alibi, hier der Geldbeutel vom Mordopfer, dann Ihre wiederholten Überfälle ganz in der Nähe von der Stelle, an der Rudolf Schlosser ermordet wurde. Wie sollen wir Ihnen denn glauben, dass Sie unschuldig sind?"

„Diesen Schlosser kenne ich doch überhaupt nicht."

„Die zwei Damen von vorhin und die Österreicherin kannten Sie auch nicht, trotzdem haben Sie diese mit Ihrem Messer bedroht. Wer weiß, was Sie mit Ihnen angestellt hätten, wenn sie ihre Handtaschen und den Schmuck nicht so widerstandslos hergegeben hätten."

„Ich bin kein Mörder" wiederholte Terrasini noch ein paar Mal, als er merkte, dass er keine Argumente und keine Beweise mehr hatte, um die Anschuldigungen des *Maresciallo* zu widerlegen. Francesco sah keinen Sinn mehr, die Vernehmung an dieser Stelle noch weiterzuführen, da Terrasini ohnehin den Mord weiter abstreiten würde und er im Moment auch keine weiteren Beweise gegen ihn vorbringen konnte.

Auf dem Revier gab es zwei Arrestzellen, die allerdings sehr selten benutzt wurden. Zuletzt war drei Wochen zuvor ein Engländer für eine

Nacht ihr Gast, weil er volltrunken in seinem Hotel zu randalieren begonnen hatte und überhaupt nicht zu beruhigen war. Deshalb hatten sie ihn bis zum nächsten Morgen zum Ausnüchtern in die Zelle gesteckt. Dort hatte er noch eine Weile weiter getobt, dann aber doch irgendwann Ruhe gegeben und bis zum nächsten Morgen seinen Rausch ausgeschlafen.

Bevor nun auch Terrasini in die Zelle wanderte, erfolgte noch die übliche erkennungsdienstliche Behandlung. Sein Gesicht wurde von vorne sowie von rechts und links fotografiert, dann wurden ihm die Fingerabdrücke abgenommen. In der Zelle befanden sich nur ein einfaches Bett, ein kleines Waschbecken sowie eine Toilette. Alfonso stellte noch eine Flasche *Acqua minerale* neben das Bett und legte ein frisches Handtuch auf das Waschbecken. Dann führte er Terrasini hinein, nahm ihm die Handschellen ab und forderte ihn auf, sich auf das Bett zu setzen. Er ließ ihn allein in der Zelle zurück und verriegelte hinter sich die Tür. Durch die Luke in der Tür sagte er noch zu ihm:

„So, nun können Sie sich ein paar Stunden überlegen, ob Sie uns nicht doch etwas zu dem Mord an Herrn Schlosser zu sagen haben. Wir sprechen uns morgen früh wieder."

„Ich habe doch schon alles gesagt, was ich weiß."

Alfonso wollte sich nicht auf eine Fortsetzung der Diskussion einlassen, die sie eben schon ohne klares Ergebnis geführt hatten. Er schloss die Luke und ging in Francescos Büro zurück.

„Gibt er Ruhe?" fragte Francesco.

„Ich denke schon. Der ist erst einmal fertig mit sich und der Welt. Meinst du, dass er es wirklich war?"

„Es spricht jedenfalls viel dafür. Wie sollte er denn sonst an den Geldbeutel gekommen sein? Die Geschichte mit dem Papierkorb hört sich schon sehr an den Haaren herbeigezogen an."

„An der Ecke, wo wir ihn festgenommen haben, steht aber tatsächlich ein Papierkorb. Sein Messer, das Laurini mit einem Tritt außer Reichweite befördert hatte, als Terrasini sich damit gegen ihn wehren wollte, habe ich nämlich genau neben einem Papierkorb gefunden."

„Ach so" sagte Francesco erstaunt. „Du meinst, der Mörder hat den Geldbeutel dort weggeworfen, als er vom *Hotel Vesuvio* abgehauen ist?"

„Möglich wäre es schon, aber etwas passt da nicht zusammen. Sollte Schlosser tatsächlich Opfer eines Raubmordes geworden sein, dann dürfte der Täter kein Gelegenheitsdieb, sondern eher ein Profi gewesen sein. Aber wenn es ein Profi war, warum hat er dann nur das Bargeld aus dem Geldbeutel genommen und die Karten weggeworfen?"

„Richtig, das passt nicht zusammen. Ein Profi hätte sicher zumindest mit der Kreditkarte etwas anzufangen gewusst. Leider wird in zu vielen Geschäften viel zu wenig darauf geachtet, ob die Unterschriften auf dem Kreditkartenbeleg und der Karte selbst wirklich genau übereinstimmen. Also warum hätte der Dieb sie dann wegwerfen und nicht versuchen sollen, ob er damit gratis einkaufen gehen kann?"

„Wir müssen den Geldbeutel morgen früh schnellstens auf mögliche Fingerabdrücke untersuchen lassen, Francesco. Vielleicht bringt uns das weiter. Und sein Messer gehört natürlich auch auf Fingerabdrücke und andere Spuren untersucht. Wenn Schlosser damit tatsächlich erstochen wurde, findet die Spurensicherung hundertprozentig noch Blutspuren von ihm."

„Richtig, wenn wir Terrasini morgen nach Neapel bringen, nehmen wir die Sachen mit."

„Sollten wir ihn nicht vorher der Österreicherin gegenüberstellen?"

„Das geht nicht, sie ist am Wochenende abgereist. Du warst unterwegs, als sie am Tag vor ihrer Heimreise hier war. Ich habe mir aber ihre Anschrift in Wien und auch ihre E-Mail-Adresse geben lassen. Morgen Vormittag werde ich ihr eine E-Mail schreiben und die Fotos von Terrasini mitschicken, aber ich zweifle nicht daran, dass sie ihn darauf erkennen wird."

Francesco seufzte bei dem Blick auf seine Armbanduhr, es war schon wieder kurz vor zwei Uhr.

„Eigentlich wollte ich heute endlich mal wieder früher ins Bett gehen."

„Ich glaube, das kannst du vergessen, solange wir die beiden Mordfälle noch nicht gelöst haben. Wer weiß, was uns da bei unseren Ermittlungen noch alles blüht."

An eine geruhsame Nacht war nun ohnehin nicht mehr zu denken, deshalb nahm sich Francesco, bevor er nach Hause fahren wollte, auch noch die Zeit, Alfonso zu erzählen, was er am Abend mit Max besprochen hatte, welche Ideen sie hatten und wie sie nun weiter vorgehen wollten.

„Das wäre alles natürlich hinfällig, wenn wir Terrasini schnell des Mordes überführen könnten. Wobei ich nicht glaube, dass das sofort passieren wird, wenn er nicht freiwillig ein Geständnis ablegt. Deshalb will ich jetzt Max auch nicht bremsen, wenn er seinen Rosenheimer Kollegen auf den Fall ansetzen wird. Je mehr Infos wir haben, desto besser. Und irgendwie habe ich das Gefühl, dass hinter dem Mord an Schlosser mehr steckt als ein Raubüberfall, auch wenn derzeit vieles für Terrasini als Mörder spricht."

„Selbst wenn es Terrasini war, der Schlosser erstochen hat, dann tappen wir beim Mord an Spinelli immer noch im Dunkeln. Das war nun mal kein

Raubmord und die äußeren Umstände – mitten in einer Menschenmenge – sind völlig konträr zu den Überfällen von Terrasini. Da können wir weitere Informationen über Spinelli aus Deutschland gut gebrauchen."

„Richtig, aber darüber können wir uns dann morgen weiter unterhalten. Wenn ich dich nach deiner Nachtschicht pünktlich ablösen soll, dann muss ich jetzt wirklich nach Hause fahren, sonst kann ich gleich durchmachen. Schau ab und zu mal nach Terrasini, damit er keine Dummheiten macht."

Er verabschiedete sich von Alfonso, verließ sein Büro und das Revier und fuhr in Richtung *Fiaiano* davon.

21

Chiaras Wunsch, nach der vorhergegangenen unruhigen und nervenaufreibenden Nacht ihr Hotelzimmer wieder alleine für sich und ihren Mann zu haben, war in Erfüllung gegangen. Sie war am Abend mit Elena vom Eis essen zurückgekommen, nicht lange, nachdem Francesco nach Hause gefahren war. Toto hatte Martina diesmal auch etwas pünktlicher zum Hotel zurückgebracht, sodass einer ungestörten Nacht nichts mehr im Wege stand. Max und Chiara wussten das entsprechend auszukosten. Zufrieden und glücklich schlief sie in seinen starken Armen ein.

Die Sonne schien bereits, als Max am nächsten Morgen aufwachte. Chiara stand splitternackt vor dem Bett und wollte sich gerade ihren Bikini anziehen, um wie jeden Morgen zum Schwimmen zu gehen. Max rekelte sich im Bett.

„Na, mein Brummbär, hast du genauso gut geschlafen wie ich?“

„Ja, so gut wie schon lange nicht mehr.“

Chiara sah, wie er ihren Körper von oben bis unten musterte und sie angrinste.

„Was ist denn?“

„Ich hätte nichts dagegen, wenn du noch mal ins Bett zurückkommen würdest.“

„Max, manchmal bist du echt unersättlich“ lachte sie.

Sie hatte sich den Bikini fertig angezogen und setzte sich auf den Rand seines Bettes. Er zog sie zu sich und küsste sie. Sie erwiderte seinen Kuss, dann hauchte sie ihm ins Ohr:

„Es war eine wunderbare Nacht, aber jetzt habe ich eine andere sportliche Betätigung nötig. Du kannst gerne mitkommen. Das Meerwasser ist in der Früh immer so herrlich frisch.“

„Ich spring lieber gleich unter die Dusche, zum Schwimmen habe ich noch den ganzen Tag Zeit.“

Er versuchte, Chiara doch noch einmal ins Bett hineinzuziehen, aber sie wusste genau, wie kitzelig er war und dass sie ihn nur ein bisschen in die Seite kneifen musste, damit er sie lachend wieder losließ. Sie sprang auf und schnappte sich ihr Badehandtuch, rief „bis später, Schatz“ und war schon bei der Tür draußen.

Nachdem er geduscht hatte, sah Max, dass es schon kurz nach acht war. Er nahm sein Handy vom Nachtkästchen und wählte eine der einprogrammierten Nummern.

„Kripo Rosenheim, Maler, Grüß Gott.“

„Kripo Rosenheim, Außenstelle *Ischia,* Grüß Gott“ antwortete er.

„Ja sag einmal, Max, dich hätte ich jetzt nicht erwartet“ rief sein Kollege Ludwig am anderen Ende der Leitung erstaunt ins Telefon.

„Ich muss doch kontrollieren, ob du auch schön brav in der Arbeit bist, während ich mir hier die Sonne auf den Bauch scheinen lasse“ flachste er.

„Depp“ war Ludwigs spontane Antwort und beide lachten laut los.

Ludwig Maler und Max Hartinger waren schon seit mehreren Jahren Kollegen bei der Kripo in Rosenheim. Sie verstanden sich blendend, sodass sie sehr gerne zusammenarbeiteten. Darüber hinaus waren sie ein sehr erfolgreiches Tandem, wenn es darum ging, Verbrechen aufzuklären. Ludwig, genannt Wiggerl, war zwar nur drei Jahre jünger als Max, hatte aber erst im letzten Herbst geheiratet und sah gerade zum ersten Mal Vaterfreuden entgegen. Seit ihm seine Frau Gabi eröffnet hatte, dass sie in diesem Jahr aller Voraussicht nach bereits zu Weihnachten zu dritt sein würden, gab es für Ludwig kein anderes Thema mehr. Max, der sich nur zu gern an die Zeit zurückerinnerte, als Chiara schwanger war und er sehnsüchtig die Geburt seiner beiden Kinder erwartete, konnte Ludwigs Euphorie gut verstehen. Manchmal war es aber selbst ihm zu viel. Da versuchte er dann, seinen Kollegen und Freund mit nicht ganz ernst gemeinten Ratschlägen, wie „schlaf schon einmal vor, ab Weihnachten ist es vorbei mit der Nachtruhe“ zu bremsen, was ihm allerdings in den meisten Fällen nicht so recht gelang.

„Hör mal Wiggerl, ich rufe nicht aus Spaß an, es ist dienstlich.“

„Was ist denn bei euch passiert?“

Max schilderte seinem Kollegen ausführlich, was sich in den letzten Tagen auf *Ischia* und speziell in seinem Hotel alles zugetragen hatte und was er mit seinem Schwager Francesco bisher alles herausfinden konnte.

„Schau doch, ob gegen Schlosser bei uns etwas vorliegt. Und dann könntest du gleich zu der Klinik fahren, in der er gearbeitet hat. Vielleicht ist dort vor seinem Urlaub etwas passiert, was uns auf die Spur des Mörders bringen könnte. Hier kommen wir einfach nicht vorwärts.“

„Ich hätte zwar heute Vormittag etwas Anderes vor, aber das lässt sich verschieben. Ob Schlosser bei uns schon bekannt ist, kann ich dir in ein paar Minuten sagen.“

„Ruf mich gleich an, ich gehe inzwischen zum Frühstück.“

„Guten Appetit, ich melde mich gleich bei dir.“

Martina und Elena waren vor ihren Eltern im Frühstücksraum und ließen es sich schon schmecken, als Max eintraf. Wenig später stieß auch

Chiara zu ihnen. Elena war wie immer neugierig darauf, etwas über die Arbeit ihres Vaters zu erfahren. Max erzählte ihr, dass es immer noch mehrere Alternativen gäbe, um auf eine heiße Spur zum Mörder zu kommen. Mehr ließ er sich diesmal nicht entlocken. Er wollte soeben in seine Semmel beißen, da klingelte sein Handy.

„Wiggerl, was hast du gefunden?"

„Nichts, absolut nichts. Der Schlosser hat bisher noch nicht einmal einen Strafzettel wegen Falschparkens bekommen. Ich muss hier nur noch schnell etwas fertig machen, dann fahre ich zu der Klinik."

„Gut. Danke! Ich habe auch noch eine andere Idee. Du isst doch gerne *Pizza*, Wiggerl. Gönn dir heute Mittag oder heute Abend eine im *Da Silvio* und hör dich ein bisschen um. Ich weiß nicht, ob *Signora* Spinelli dort schon Bescheid gegeben hat, dass ihr Sohn nicht mehr an seinen Arbeitsplatz zurückkehren wird. Seine italienischen Kollegen und er haben sicher auch viel von ihrer Freizeit miteinander verbracht. Es würde mich wundern, wenn es anders wäre. Vielleicht findet sich da ein Ansatzpunkt. Aber rechne nicht damit, dass sie sofort reden werden wie ein Wasserfall, sie werden sich sicher erst einmal bedeckt halten. Also lass dir die *Pizza* schmecken und halte mich auf dem Laufenden."

„Ist doch klar. Melde du dich aber auch, wenn es etwas Neues gibt."

Den Rest seines Frühstücks konnte Max ungestört verspeisen, während seine drei Damen daran gingen, den neuen Tag zu verplanen. Martina wollte, wie nicht anders zu erwarten war, am Strand bleiben.

„Dianas Familie fährt heute nach *Capri* rüber. Darf ich da mitfahren?"

„Muss das heute sein, Elena? Wir wollen doch Ende der Woche auch hinfahren. Willst du nicht lieber mit uns mitfahren?"

Chiara war nicht so begeistert von Elenas Plan.

„Die Martina fährt doch sowieso nicht mit uns mit, dann wird's für mich schon ein bisschen langweilig."

„Hast du gehört, Chiara, wir sind unserer Tochter zu langweilig."

Elena war sich jetzt nicht sicher, ob diese Bemerkung von Max ernst gemeint war oder ob er nur vorgab, deswegen beleidigt zu sein.

„Und wer weiß, ob wir überhaupt hinüberfahren können, wenn du bis dahin immer noch auf Mörderjagd bist, Papa."

Nun war wieder Chiara an der Reihe zu antworten.

„Ganz unrecht hat sie nicht, Max. Solange die beiden Fälle nicht geklärt sind, können wir die nächsten Tage nicht richtig planen."

Wieder klingelte das Handy von Max, diesmal war es sein Schwager.

„Echt? Das ist ja großartig."

Mehr sagte Max nicht, als ihm Francesco von dem neuerlichen Überfall und der anschließenden Festnahme von Terrasini berichtete. Gespannt schauten Chiara und die beiden Mädchen ihn an, aber er reagierte nicht darauf, sondern hörte solange in Ruhe zu, bis ihm Francesco ausführlich alles über die Ereignisse der letzten Nacht erzählt hatte.

„Wann bringt ihr ihn nach Neapel rüber?"

„Noch heute Vormittag. Ich werde ihn zusammen mit Riccardo zur Untersuchungshaft bringen, er soll schon am frühen Nachmittag dem Haftrichter vorgeführt werden. Übrigens bin ich gestern Abend beim Verlassen des Hotels Heidi Schlosser begegnet. Sie weiß schon, dass sie noch nicht abreisen kann."

„Gut, dann brauchen wir uns darum vorerst nicht mehr kümmern. Über ihren Mann ist in unseren Akten nichts zu finden gewesen. Mein Kollege dürfte mittlerweile schon auf dem Weg zur Klinik sein. Ich gebe dir Bescheid, sobald er sich bei mir wieder gemeldet hat. *Ciao*."

Max schaltete das Handy aus und legte es beiseite. Weil er nicht sofort zu Reden begann, drängte ihn Elena.

„Nun erzähl schon, Papa! Hat Onkel Francesco den Mörder geschnappt?"

„Das kann ich dir nicht sagen, Elena. Auf alle Fälle haben sie heute Nacht jemanden verhaftet. Und wisst ihr wen? Den Kerl, der die Österreicherin überfallen hat. Heute Nacht ist ihm ein neuer Überfall missglückt und er konnte überwältigt werden. Ob er mit dem Mord an Schlosser etwas zu tun hat, muss erst noch untersucht werden."

Die nicht ganz unwichtige Tatsache, dass bei Terrasini der Geldbeutel von Rudi Schlosser gefunden worden war, behielt Max vorerst für sich.

„Jetzt bin ich aber froh, dass der hier nicht mehr sein Unwesen treiben kann" war Chiara erleichtert.

Ohne es sich anmerken zu lassen, war es ihr am Vorabend schon etwas mulmig gewesen, als sie mit Elena alleine vom Eis essen zurückkam und spät abends durch die schwach beleuchtete Zufahrtsstraße zu ihrem Hotel gehen musste.

„Was ist jetzt mit *Capri*?" drängte Elena.

Max und Chiara blickten sich kurz an und nickten dann zustimmend.

„Von mir aus" meinte Chiara. „Wenn Dianas Eltern auch einverstanden sind, dann kannst du mitfahren. Wann wollen sie denn los?"

„Mit dem Schiff um zehn. Ich muss Diana gleich erzählen, dass ich mit darf."

Elena sprang auf und lief zum Tisch von Dianas Familie am anderen Ende des Frühstückraumes.

„Ich geh dann auch mal" sagte Martina, die die ganze Zeit ungewöhnlich still gewesen war.

„Was hat sie denn?" wollte Max von Chiara wissen, aber auch sie konnte ihm nicht sagen, warum Martina während des Frühstücks kaum geredet hatte.

„Mir ist gestern Abend schon aufgefallen, dass sie nicht mehr so fröhlich war, wie sie nach Hause gekommen ist. Ich werde später mit ihr reden, vielleicht erzählt sie mir, was los ist. Was hast du jetzt vor, Max?"

„Ich mache Urlaub und lasse die Anderen arbeiten" lachte er. „Francesco fährt nach Neapel, um Terrasini – so heißt der, den sie heute Nacht festgenommen haben – ins Gefängnis zu stecken. Wiggerl ist auf dem Weg zu der Klinik am Chiemsee, in der Schlosser gearbeitet hat. Und ich hab jetzt erst einmal frei."

„Hast du Lust, mit mir einen Einkaufsbummel zu machen?"

Chiara wusste zwar, dass Max nicht so gerne von Schaufenster zu Schaufenster wanderte und meistens ungeduldig wartete, wenn sie neue Schuhe oder neue Kleidungsstücke anprobierte, aber sie wollte seine blendende Laune geschickt ausnutzen.

„Gern. Wann willst du los?"

„Zuerst gehe ich jetzt duschen, dann können wir uns gemütlich auf den Weg machen."

Gemeinsam verließen sie den Frühstücksraum, in dem nur noch wenige Hotelgäste saßen. In ihrem Zimmer verschwand Chiara im Bad, Max nahm sich eine von Chiaras italienischen Klatsch-Illustrierten und setzte sich damit auf den Balkon.

22

Ludwig Maler hatte mit dem Auto Prien durchquert und hielt nach dem Hinweisschild an der Abzweigung zur Klinik Seeblick Ausschau. Er hatte das Fenster auf der Beifahrerseite heruntergefahren und ließ sich die angenehme, erfrischende Seeluft, die der Wind vom Chiemsee herüber trug, ins Auto wehen. Seit über einer Woche war es nun schon brütend heiß, gerne wäre er jetzt so wie sein Kollege Max am Strand gelegen. Da sich die beiden Kollegen aber jeweils gegenseitig vertreten mussten, war sein Urlaub in diesem Jahr erst für Ende August eingeplant. Auf eine Flugreise wollten er und seine Frau wegen Gabis Schwangerschaft allerdings verzichten, deshalb hatten sie eine Ferienwohnung an der Küste der *Toscana* gebucht. Die Autofahrt dorthin war nicht übermäßig lang, außerdem waren von dort aus ohne Weiteres Tagesausflüge nach *Pisa* und *Lucca* oder sogar bis nach Florenz oder *Siena* möglich. Ganz in Gedanken an seine Frau und den Urlaub hätte Maler beinahe das Schild übersehen, das nach rechts zur Klinik Seeblick wies. Er bog von der Hauptstraße ab und hatte nach wenigen Hundert Metern die Klinik direkt am Ufer des Chiemsees erreicht.

Am Empfang der Klinik saß eine junge Krankenschwester. Sie war auffallend hübsch, mit schwarzen Haaren und großen dunklen Augen. Auf der linken Seite ihres weißen Kittels war ihr Name eingestickt.

„Guten Morgen, Schwester Monika, mein Name ist Ludwig Maler, ich komme von der Kripo in Rosenheim."

Er hielt ihr seinen Dienstausweis hin.

„Polizei?" sagte sie erstaunt.

„Ja, ich hätte gerne Professor Fischer gesprochen. Ist er im Haus?"

„Ja, er ist da. Moment bitte, ich frage nach, ob er gerade in seinem Behandlungszimmer ist."

Sie griff zum Telefon, drückte eine Taste und wartete einen Augenblick.

„Herr Professor" sagte sie dann in den Hörer. „Hier ist ein Herr Maler von der Kriminalpolizei, der Sie gerne sprechen würde."

Sie wartete auf die Antwort des Professors.

„In Ordnung, ich bringe ihn nach oben."

Sie legte auf, kam hinter ihrem Empfangstresen hervor und steuerte auf die Treppe zu.

„Kommen Sie bitte mit, Herr Maler, ich führe Sie zum Professor in den ersten Stock."

Ludwig Maler folgte ihr und bedankte sich, als sie das Zimmer des Professors erreicht hatten. Sie hatte für ihn bereits angeklopft und ihm die Tür geöffnet. Er trat ein und wurde von Professor Fischer begrüßt.

„Herr Maler, guten Tag, was kann ich für Sie tun?“

„Grüß Gott Herr Professor. Wie Ihnen Schwester Monika bereits gesagt hat, komme ich von der Kriminalpolizei. Ich habe leider die unangenehme Aufgabe, Ihnen eine schlechte Nachricht zu überbringen. Ihr Angestellter Rudi Schlosser ist tot.“

„Rudi ist tot? Das gibt es doch gar nicht“ sagte Professor Fischer bestürzt und musste sich erst einmal setzen.

„Er ist in der Nacht von Montag auf Dienstag an seinem Urlaubsort, direkt vor seinem Hotel auf der Insel *Ischia* ermordet worden.“

„Ermordet? Das ist ja unfassbar. Wer sollte denn einen so netten Menschen wie Rudi ermorden?“

„Das kann ich Ihnen nicht sagen. Die Ermittlungen der Kollegen vor Ort sind erst noch ganz am Anfang, Herr Professor. Deshalb bin ich auch hier. Soweit wir bisher wissen, hat Herr Schlosser vor seiner Abreise nach *Ischia* bis letzten Freitag noch gearbeitet.“

„Ja, ja, das ist richtig, er hatte am Freitag seinen letzten Arbeitstag und hat sich dann in den Urlaub verabschiedet. Mein Gott, er war so gut gelaunt und hatte sich natürlich richtig auf den Urlaub gefreut. Ich kann es gar nicht fassen, dass er nicht mehr zurückkommt.“

„Für uns wäre es nun wichtig zu wissen, ob speziell in der letzten Zeit hier an seinem Arbeitsplatz etwas Ungewöhnliches vorgefallen ist. Hat es irgendeinen Streit mit Kollegen oder vielleicht Unstimmigkeiten mit Patienten gegeben?“

„Davon ist mir nichts bekannt. Ich werde gleich unsere Oberschwester danach fragen.“

Er griff zum Telefon, rief bei Oberschwester Katharina an und bat sie, sofort in sein Behandlungszimmer zu kommen. Keine zwei Minuten später war sie schon da. Er stellte ihr Maler vor und machte ihr die traurige Mitteilung von Schlossers Tod. Fassungslos stand sie da und Maler merkte, wie sie gegen die Tränen ankämpfte.

Mit gebrochener Stimme sagte sie dann:

„Rudi war so ein lieber Kerl, den alle Kollegen gern hatten und den unsere Patienten sehr schätzten. In den zwei Jahren, die er bei uns als Krankenpfleger arbeitete, hat es keine einzige Beschwerde über ihn gegeben. Er war sehr zuverlässig und insgesamt nur zwei Tage krank.“

„Das war letzte Woche“ ergänzte der Professor. „Da hatte er sich beim Fischessen den Magen verdorben und ist deshalb am Mittwoch und Donnerstag zuhause geblieben. Manch Anderer hätte vielleicht den Freitag auch noch zur Erholung drangehängt, zumal es der letzte Tag vor dem Urlaub war. Aber Rudi nicht, das hätte nicht zu ihm gepasst, dazu war er viel zu pflichtbewusst.“

„Können Sie mir sagen, mit wem von hier er am engsten zusammengearbeitet hat oder unter Umständen auch privat häufiger Kontakt hatte? Vielleicht hat er bei Gelegenheit über private Schwierigkeiten oder andere Probleme gesprochen."

Oberschwester Katharina wusste, dass Schlosser sich besonders gut mit Schwester Sofie verstanden hatte.

„Wenn er jemandem hier in der Klinik etwas Privates erzählt hat, dann bestimmt ihr. Leider ist sie nicht im Haus, sie hat heute Nachtdienst."

„Ab wann ist sie dann hier erreichbar?"

„Ihr Dienst beginnt um neun Uhr abends."

„Danke, ich werde mich dann entweder telefonisch bei ihr melden oder ich komme heute Abend nochmals vorbei."

„Können wir Ihnen sonst noch irgendwie weiterhelfen?" wollte Professor Fischer wissen. „Wenn wir dazu beitragen können, dieses furchtbare Verbrechen aufzuklären, dann machen wir das natürlich. Das ist wohl das Mindeste, was wir für Rudi jetzt noch tun können."

„Vielen Dank Herr Professor. Ich denke, das Einzige, was Sie wirklich tun können, ist, mich zu informieren, wenn Ihnen noch etwas einfällt oder Ihnen etwas zu Ohren kommt, das darauf hindeuten könnte, dass in der letzten Zeit bei Herrn Schlosser etwas Ungewöhnliches passiert ist. Das gilt natürlich auch für Sie, Oberschwester Katharina."

Beide versicherten ihm, dass sie Augen und Ohren offen halten würden. Wenn die Ursache für den Mord an Schlosser tatsächlich in der Klinik zu finden war, dann würde nun, nach Bekanntwerden des Mordes, bestimmt einiges getratscht werden. Ludwig Maler ließ beiden seine Visitenkarte da und verabschiedete sich.

Genauso freundlich, wie er von ihr zuvor begrüßt worden war, wünschte ihm Schwester Monika noch einen schönen Tag, als Maler die Klinik wieder verließ. Auf der Rückfahrt nach Rosenheim wählte er über seine Freisprechanlage im Auto die Nummer von Max' Handy. Der hatte gerade Zeit zu telefonieren, weil Chiara soeben in einer Umkleidekabine verschwunden war, um einen neuen Bikini anzuprobieren.

„Servus Max, ich komme gerade aus der Klinik."

„Hast du etwas Interessantes erfahren?"

„Leider nicht viel. Der Leiter der Klinik, Professor Fischer, und die Oberschwester haben ihn über den grünen Klee gelobt. Er war anscheinend immer nett und freundlich, kam gut mit den Patienten zurecht, war so gut wie nie krank. Also praktisch der Traum für jeden Chef."

„Also wieder kein Hinweis auf ein mögliches Motiv" seufzte Max ein bisschen enttäuscht.

„Nein, so wie es aussieht nicht. Allerdings kann ich heute Abend noch mit Schwester Sofie sprechen, zu ihr hatte er angeblich den besten Draht. Unter Umständen hat er ihr etwas erzählt, wenn er private Probleme gehabt oder wenn es in der Klinik Schwierigkeiten gegeben haben sollte."

„Dann ist diese Schwester Sofie, was die Klinik angeht, wohl so etwas wie unser letzter Strohhalm."

„Das könnte man so sagen."

„Eine interessante Neuigkeit habe ich jetzt noch für dich, Wiggerl. Ein paar Minuten, nachdem du mich heute Morgen zurückgerufen hattest, hat sich auch Francesco bei mir gemeldet und mir von einer spektakulären Festnahme in der vergangenen Nacht berichtet."

Kurz und knapp gab Max die wichtigsten Details zur Festnahme von Terrasini an Ludwig weiter.

„Wenn er es tatsächlich war, dann hätten sich meine Ermittlungen hier in Rosenheim bereits erledigt, bevor ich überhaupt richtig damit angefangen habe. Jedenfalls was den Mord an Schlosser angeht. Du hörst dich aber nicht so an, als wärest du restlos überzeugt davon, dass dieser Terrasini Rudi Schlosser ermordet hat" stellte Ludwig fest.

„Da hast du recht, im Moment sprechen zwar viele Fakten gegen ihn, aber ich sehe keinerlei Verbindung zum Mord an Spinelli. Und mein Gefühl sagt mir nach wie vor, dass die beiden Fälle irgendwie zusammenhängen."

„Ich fahre jetzt zurück ins Polizeipräsidium und geh heute Mittag dann wie besprochen ins *Da Silvio*. Bist du am Nachmittag erreichbar?"

„Ich denke schon. Wir haben zwar noch nicht besprochen, was wir heute Nachmittag unternehmen, aber ich werde mein Handy auf alle Fälle eingeschaltet lassen."

Gut, ich melde mich dann wieder. Bis später, Max."

In der Klinik Seeblick saßen Professor Fischer und Oberschwester Katharina noch eine ganze Weile zusammen, nachdem Ludwig Maler gegangen war. Es war schwierig, nach dem Schock über Rudis Tod sofort zu besprechen, wie so schnell wie möglich ein Nachfolger für seinen Arbeitsplatz gefunden werden könnte, dennoch blieb ihnen nichts anderes übrig, als sich mit diesem Thema auseinanderzusetzen. Dass Rudi nicht wiederkommen würde, war nun einmal traurige Gewissheit. Oberschwester Katharina sollte unmittelbar alle anwesenden anderen Angestellten der Klinik über Rudis Tod informieren, der Professor wollte sich sofort darum kümmern, eine Stellenanzeige für die Wochenendausgabe der regionalen Zeitung vorzubereiten und gleichzeitig auch Kontakt zu einer Personalagentur aufzunehmen. Die Oberschwester hatte kaum sein Zimmer verlassen, da klingelte sein Telefon und Schwester Monika stellte ihm einen Herrn Schmidt durch.

„Hallo, ich bin es" meldete sich der Privatdetektiv Jürgen Specht.

Der Professor war überrascht, ihn zu hören, da er davon ausgegangen war, dass die Ermittlungen von Specht vorläufig unterbrochen waren. Specht war am Vorabend mit einem alten Freund verabredet gewesen, der ihn in ein italienisches *Ristorante* zum Essen einladen wollte. Da sie sich in der Rosenheimer Innenstadt getroffen hatten, war es naheliegend gewesen, ins *Da Silvio* zu gehen.

„Mir ist sofort aufgefallen, dass in der *Pizzeria* keine so fröhliche Stimmung wie sonst herrschte. Auch die *Pizza* schmeckte mir diesmal nicht so gut wie in den vergangenen Wochen, als ich mehrfach wegen Spinelli dort gegessen hatte. Schließlich habe ich einen der Kellner direkt darauf angesprochen und er hat mir dann ganz aufgeregt berichtet, dass – jetzt halten Sie sich fest – also er hat berichtet, dass ihr *Pizza*-Bäcker Marco Spinelli Mitte letzter Woche auf *Ischia* ermordet wurde."

„Mein Gott, ich Idiot, dass ich da nicht sofort draufgekommen bin!"

Diese Reaktion des Professors hatte Specht nicht erwartet.

„Was meinen Sie denn?"

„Vor einer halben Stunde war die Kripo bei mir und hat mir mitgeteilt, dass einer meiner Krankenpfleger am Montagabend im Urlaub ermordet wurde. Das ist auch auf *Ischia* passiert."

„Das gibt's doch nicht! Auch auf *Ischia*? Wann ist er dorthin gereist?"

„Ich weiß, was Sie jetzt denken. Er ist aber erst am vergangenen Samstag nach Neapel geflogen, er kann also Spinelli nicht ermordet haben, dennoch bin ich mir jetzt ziemlich sicher, dass Rudi Schlosser, so hieß der Krankenpfleger, die Verbindung zwischen Spinelli und meiner Klinik war."

„Das ist gut möglich, aber warum sollten sie unabhängig voneinander innerhalb weniger Tage beide ermordet werden? Das ergibt doch irgendwie keinen Sinn."

„Wer weiß, was die beiden für krumme Dinger gedreht haben. Auf alle Fälle müssen Sie schnell herausfinden, ob sie sich kannten. Ich will ganz sicher sein, dass ich mir keine Sorgen mehr machen muss. Den Lebenslauf von Schlosser, den er vor zwei Jahren bei seiner Bewerbung bei uns mit eingereicht hat, werde ich Ihnen sofort per Fax schicken, dann haben Sie sicher ein paar Anhaltspunkte für Ihre Ermittlungen."

„In Ordnung, dann mache ich mich sofort an die Arbeit. Auf Wiederhören."

Professor Fischer legte auf, lehnte sich in seinem Ledersessel zurück und musste erst einmal tief durchschnaufen. Die überraschenden Nachrichten von der Kriminalpolizei und seinem Privatdetektiv waren durchaus auch positiv für ihn gewesen. Er musste sich zwar einen neuen Krankenpfleger suchen, aber vielleicht konnte er dann endlich wieder in Ruhe und ohne unliebsame Störungen seiner Arbeit in der Klinik nachgehen. Vorerst beschäftigte ihn aber noch der Gedanke daran, dass er sich anscheinend noch nie in einem Menschen so getäuscht hatte wie bei Rudi Schlosser. Der liebe und nette Rudi, der nie einer Fliege etwas zuleide tat, sollte er tatsächlich mit diesem Spinelli unter einer Decke gesteckt haben? Specht arbeitete schnell und zuverlässig, sicher würde er ihm bald Klarheit verschaffen können, inwieweit es wirklich eine Verbindung zwischen Spinelli und Rudi Schlosser gab. Er stand auf, suchte aus seinem Wandschrank die Personalakte von Rudi Schlosser heraus, fand bei den Bewerbungsunterlagen wie erwartet dessen Lebenslauf, legte die beiden Seiten auf sein Faxgerät und schickte sie dem Privatdetektiv ins Büro.

23

Ludwig Maler war am späten Vormittag in sein Büro zurückgekehrt und erledigte einige Schreibarbeiten, die am Morgen liegen geblieben waren, nachdem ihn sein Kollege Max an den Chiemsee zur Klinik Seeblick geschickt hatte. Als er damit fertig war, sagte ihm das Glockenläuten der nahen St. Nikolaus-Kirche, dass es bereits zwölf Uhr war, die richtige Zeit also, um zum Mittagessen zu gehen. Er verließ das Polizeipräsidium und machte sich zu Fuß auf den Weg in Richtung Fußgängerzone. Solange er unter den Arkaden der Geschäftshäuser im Schatten gehen konnte, war die hochsommerliche Wärme halbwegs auszuhalten, in der prallen Sonne war es wieder fast unerträglich heiß. Er bog nach rechts zur Fußgängerzone ab und gelangte durch das Mittertor, dem einzigen noch erhaltenen historischen Stadttor Rosenheims und zugleich im Kern ältesten Gebäude der Stadt, auf den Max-Josefs-Platz. Mitten auf dem historischen Marktplatz, Rosenheims guter Stube, stand ein riesiger, mobiler Marktstand, an dem frisches Obst und Gemüse sowie bunt leuchtende Blumen angeboten wurden. Unter den großen Sonnenschirmen der Cafés und Gaststätten rings um den Platz waren um diese Zeit die meisten Stühle und Tische schon besetzt.

Auch vor der *Pizzeria Da Silvio*, die vom Mittertor aus gesehen am gegenüberliegenden Ende des Platzes lag, waren schon einige Tische besetzt. Maler fand einen freien Platz direkt neben dem Eingang der *Pizzeria* und setzte sich. Aus den mehr als zwanzig *Pizza*-Variationen auf der Speisekarte wählte er seine Lieblings-*Pizza* mit frischen Champignons und gekochtem Schinken. Zusätzlich zu seiner *Pizza Regina* bestellte er eine große Apfelsaftschorle. Von seinem Tisch aus konnte er beobachten, wie in der Gaststube an der Theke, an der die drei Kellner jeweils die Getränke holten, immer wieder eifrig diskutiert wurde. Es handelte sich aber nicht um eine dieser üblichen lebhaften und lauten Diskussionen unter italienischen Männern, bei denen es vorwiegend um Fußball, *Ferrari* oder Frauen ging. Maler spürte, dass sie ein ernstes Thema zu besprechen hatten. Daraus schloss er, dass die Angestellten in der *Pizzeria* schon von dem Mord an ihrem Kollegen Marco Spinelli wussten. Er ließ sich das kühle Getränk und die knusprige *Pizza* schmecken, winkte den Kellner heran und bezahlte. Danach wartete er einen günstigen Augenblick ab, an dem alle drei Kellner zugleich an der Theke Getränke holen wollten, ging zu ihnen hinein, zog seinen Dienstausweis aus der Hosentasche und stellte sich ihnen vor.

„*Signor* Maler, Sie kommen bestimmt wegen unserem armen Marco. Ich bin Silvio Gallino, der Inhaber dieser *Pizzeria*."

Er stand hinter der Theke und goss die Getränke in die Gläser.

„Sie haben Recht, *Signor* Gallino, ich bin wegen Marco Spinelli hier. Wann haben Sie von seinem Tod erfahren?"

„Am Montagabend hat mich *Signora* Spinelli, seine bedauernswerte Mama, angerufen und mir diese schreckliche Sache mitgeteilt. Wir sind alle noch völlig fassungslos, weil wir uns nicht erklären können, wer Marco so etwas antun konnte."

Er stellte zwei große Gläser mit Mineralwasser und ein Viertel Rotwein auf ein rundes Tablett und hob dieses auf die Theke.

„Marco war ein erstklassiger *Pizza*-Bäcker und darüber hinaus ein richtig netter Kerl, der hier sehr gut hereingepasst hat. Wir pflegen hier untereinander ein sehr freundschaftliches Verhältnis, er hat sich von Anfang an bei uns wohl gefühlt und ich war mit seiner Arbeit sehr zufrieden. Können Sie uns schon Näheres dazu sagen, was da auf *Ischia* wirklich geschehen ist?"

„*Signor* Gallino, ich stehe in engem Kontakt zu den *Carabinieri* von *Ischia Porto,* die in dem Mordfall ermitteln. Es gab zwar mehrere Verdächtige, die aber alle ein Alibi vorweisen konnten. Deshalb stehen meine Kollegen dort immer noch vor einem Rätsel. Aus diesem Grund bin ich heute auch hier. War Marco in der letzten Zeit irgendwie verändert oder hat er sich über etwas Sorgen gemacht?"

„Ganz im Gegenteil, er war zuletzt besonders guter Laune, was wahrscheinlich auch daran lag, dass sein Urlaub bevorstand. Ich bin selbst in *Napoli* geboren, wenn bei mir eine Reise in die Heimat ansteht, dann geht es mir genauso, ich bin richtig gut aufgelegt und kann es kaum erwarten, bis es endlich losgeht."

„Wir wissen noch sehr wenig von seinem privaten Umfeld hier in Rosenheim. Hatte er denn eine Freundin?"

„Da fragen Sie mich jetzt zu viel, *Signor* Maler. Ich kann es mir aber nicht vorstellen, denn sie wäre dann doch bestimmt hin und wieder hier gewesen und das hätte ich mitbekommen."

Die Kellner, die pausenlos nach draußen unterwegs waren, um die vielen Gäste zu bedienen, hatten sich bisher überhaupt nicht ins Gespräch eingemischt, sondern ließen lieber ihren Chef reden. Einer der Kellner, der Claudio hieß und Maler vorher bedient hatte, blieb aber nun stehen, als er die letzte Frage von ihm gehört hatte.

„Über Frauen hat er nie viel geredet. Wir waren uns ziemlich sicher, dass es da eine gab, die er unregelmäßig getroffen hat, aber daraus hat er immer ein großes Geheimnis gemacht. Das war sehr untypisch für ihn, weil er uns sonst immer sehr viel erzählt hat. Er hat zum Beispiel nicht verschwiegen, dass er sich in absehbarer Zeit mit einer eigenen *Pizzeria* auf *Ischia* selbstständig machen wollte. *Signor* Gallino hat das zwar nicht gerne gehört, weil er ihn am liebsten hier behalten wollte. Aber er hat es ihm auch hoch angerechnet, dass er mit offenen Karten gespielt hat. Und welcher Italiener hätte kein Verständnis dafür gehabt, dass er sich in *Bella Italia* eine eigene Existenz aufbauen wollte?"

„Wie konkret waren seine Pläne mit der eigenen *Pizzeria*?"

„Soviel ich weiß, wollte er während seines diesjährigen Urlaubs schon verschiedene Möglichkeiten vor Ort ausloten. Er hat auch immer wieder durchklingen lassen, dass er die Finanzierung seinen Berechnungen zufolge würde stemmen können. Deshalb hing sein Plan anscheinend nur noch davon ab, geeignete Räumlichkeiten zu finden."

„Wäre es ihm nicht auch schwergefallen, hier alles aufzugeben?"

„Das glaube ich nicht. Er hat ohnehin, als er sich vor über zwei Jahren von seiner langjährigen Freundin in München getrennt hatte, einen Schnitt in seinem Leben vollzogen. Immerhin ist er in München geboren, aber er hat dort alles hinter sich gelassen, seinen Job gekündigt, um dann hier in Rosenheim ganz von vorne anzufangen. Aber offenbar haben sich seine Pläne mit der eigenen *Pizzeria* in der letzten Zeit schneller als erwartet immer mehr konkretisiert, sodass er Rosenheim mittlerweile nur noch als kürzere Zwischenstation angesehen hat."

„Hatte er hier in Rosenheim, mal abgesehen von dieser ominösen Frauenbekanntschaft, noch keine anderen Kontakte geknüpft?"

„Wir Angestellten haben immer wieder etwas zusammen unternommen, außerdem ging er regelmäßig ins Fitness-Studio. Wenn er andere Freunde gefunden hätte, dann hätte er sicher davon erzählt."

Ludwig Maler war nicht entgangen, wie Silvio Gallino seinem Kellner einen vielsagenden Blick zugeworfen hatte und demonstrativ ein volles Tablett etwas unsanft auf die Theke gestellt hatte, sodass die Gläser darauf klirrten. Er wollte Claudio damit signalisieren, dass er sich nun endlich wieder seiner Arbeit zuwenden sollte, anstatt sich so ausschweifend mit Maler zu unterhalten. Claudio nahm das Tablett und verschwand damit nach draußen.

„Vielen Dank, *Signor* Gallino, dass Sie sich für mich Zeit genommen haben. Hier haben Sie meine Karte, bitte rufen Sie mich an, wenn Ihnen oder einem Ihrer Angestellten noch etwas einfällt, was unsere Ermittlungen voranbringen könnte."

Er legte seine Visitenkarte auf die Theke.

„Selbstverständlich, *Signor* Maler, aber ich fürchte, mehr als das, was Sie gerade von Claudio und von mir gehört haben, werden wir Ihnen nicht berichten können."

„*Arrivederci*."

In der Nähe der *Pizzeria* gab es eine Eisdiele, dort kaufte sich Maler zum Nachtisch ein Eis. Er liebte *Stracciatella*- und Schokoladen-Eis und gönnte sich zwei Kugeln davon. Neben der Eisdiele blieb er stehen und leckte solange an seinem köstlichen Eis, bis es auf der Waffel so wenig geworden war, dass es ihm nicht mehr über deren Rand auf seine Finger herunter laufen konnte. Während er dann im Schatten unter den Arkaden des Max-Josefs-Platzes zurück zum Polizeipräsidium ging, erstattete er gleich wieder seinem Kollegen Max Bericht.

„Der ganze Fall ist schön langsam wie ein gordischer Knoten" stöhnte Max, weil ihnen auch Spinellis Arbeitskollegen nicht weitergeholfen und sie erneut keine wichtigen Neuigkeiten erfahren hatten.

„Das kann doch nicht sein, keiner weiß etwas über Probleme der beiden Ermordeten, ihre Chefs und Kollegen loben sie, keiner sieht ein Motiv für die Morde, wir haben keine Spuren an den Tatorten und doch wurden sie so heimtückisch umgebracht."

„Scheinbar das perfekte Verbrechen, oder?"

„Du weißt, dass ich nicht an das perfekte Verbrechen glaube, Wiggerl. Irgendeinen Fehler macht der Täter doch immer und diesen Fehler müssen wir eben finden."

„Ich kann erst heute Abend weitersuchen, wenn ich mit Schwester Sofie spreche. Oder kann ich vorher noch etwas unternehmen?"

„Nein. Ich warte jetzt auch, bis Francesco aus Neapel zurück ist, mal sehen, ob sich im Hinblick auf Terrasini noch etwas ergeben hat. In der Zwischenzeit bleibe ich hier am Strand liegen, so nah am Wasser unter dem Sonnenschirm lässt es sich ganz gut aushalten."

„Ach sei bloß still, wir sind hier nur noch am Schwitzen. Heute Vormittag wäre ich am liebsten in den Chiemsee gesprungen."

„Das könntest du doch heute Abend noch machen, wenn du mit Schwester Sofie gesprochen hast."

„Keine schlechte Idee, aber wenn es schon recht spät sein sollte, fahre ich lieber nach Hause, ich will die Gabi nicht so oft alleine lassen."

„Wie geht's ihr denn? Ist alles okay mit dem Baby?"

„Ja, alles bestens, Ende der Woche hat sie wieder einen Arzttermin. Wir hoffen, dass man auf dem Ultraschallbild dann schon mehr erkennen kann als beim letzten Mal."

Ludwig Maler hatte schon fast das Polizeipräsidium erreicht, als er sich von Max verabschiedete und ihm noch einen schönen Nachmittag am Strand wünschte. Er selbst zog sich in sein klimatisiertes Büro zurück und arbeitete vorerst weiter an seinem aktuellen, weitaus unspektakuläreren Fall, bei dem es um wiederholte Brandstiftung bei Altpapier-Containern ging.

24

Am Vormittag hatte Chiara ihren Max von Geschäft zu Geschäft geschleppt, er hatte geduldig gewartet, als sie sich zwei T-Shirts, eine Bluse, einen Bikini und ein paar Schuhe aussuchte und hatte ihre Einkäufe dann sogar auch noch bezahlt. Deswegen war sie auch nachsichtig mit ihm, wenn er immer wieder am Handy hing und mit Wiggerl oder ihrem Bruder telefonierte. Ihre Hoffnung, dass die beiden Mordfälle sehr schnell gelöst sein würden und sie ihren Mann für den Rest des Urlaubs wieder ganz für sich haben würde, hatte sich leider nicht erfüllt. Zudem machte sie sich Gedanken über ihre ältere Tochter.

Martina saß wie an den vergangenen Tagen pausenlos unter dem roten Sonnenschirm bei Toto, aber was sich schon am Frühstückstisch angedeutet hatte, war nun ganz offensichtlich. Martina war längst nicht mehr so fröhlich und unbeschwert wie sonst. Als Chiara und Max nach dem Einkaufsbummel und einem kleinen Mittags-Imbiss an den hoteleigenen Strand gegangen waren, war Martina zu ihnen herübergekommen. Chiara hatte ihr von ihren Einkäufen vorgeschwärmt und ihr angeboten, zusammen noch mal in das Schuhgeschäft in der *Via Roma* zu gehen, denn dort würde sicher auch sie ein schönes Paar finden. Die Begeisterung von Martina hielt sich in Grenzen, deshalb hatte Chiara sie direkt gefragt, was mit ihr los sei.

„Nichts" war die lapidare Antwort von Martina.

An diesem Punkt schaltete sich auch Max mit ein, weil er die Vermutung von Chiara bestätigen konnte, dass sie im Vergleich zu den anderen Urlaubstagen etwas bedrückt wirkte. Martina wich ihren Fragen aus und beendete die Diskussion ganz einfach damit, dass sie unter den roten Sonnenschirm zurückkehrte.

„Lassen wir sie am besten eine Weile in Ruhe" hatte Max dann seiner Frau geraten. „Wenn sie nicht darüber reden will, dann können wir ihr nicht helfen. Vielleicht verrät sie Elena heute Abend etwas."

Nachdem das Handy von Max nach Wiggerls Anruf für mehrere Stunden stumm geblieben war, klingelte es am Spätnachmittag erneut. Francesco und Riccardo waren aus Neapel zurückgekehrt und Francesco wollte Max gleich auf den neuesten Stand bringen. Bevor er seine Neuigkeiten loswerden konnte, gab Max erst einmal die Informationen weiter, die er von Wiggerl erhalten hatte. Auch Francesco sah darin keinen wesentlichen Fortschritt für ihre Ermittlungen und fasste dann die Ereignisse des Tages in Neapel zusammen.

„Auf der Fahrt nach Neapel hat Terrasini weiter pausenlos beteuert, dass er mit einem Mord nichts zu tun hat und dass er den Geldbeutel von Schlosser im Papierkorb gefunden hat. Nachdem wir ihn im Untersuchungsgefängnis abgeliefert hatten, haben wir den Geldbeutel und auch Terrasinis Springmesser ins Labor gebracht. Ein erstes Untersuchungsergebnis soll ich heute Abend oder spätestens morgen früh bekommen. Anschließend haben wir die Unterkunft von Terrasini unter die Lupe genommen. Er hat in einem furchtbar finsteren und dreckigen Loch gehaust. Wie er nach seiner Festnahme schon sagte, übernachten dort auch immer wieder Freunde von ihm. Als wir ankamen, lagen zwei Fixer in ihrem Drogenrausch auf einem Matratzenlager. Wir haben die Kollegen vom Drogendezernat sowie zwei Rettungswagen alarmiert, die die armen Teufel dann vorsorglich mitgenommen haben. Unter der Matratze von Terrasini haben wir einige Wertsachen gefunden, er muss also immer wieder auf Diebestour unterwegs gewesen sein und seine Beute nach und nach zu Geld gemacht haben. Unter anderem war da auch eine Armbanduhr, die der Beschreibung nach der Österreicherin gehören müsste. Außerdem sind auch mehrere leere Geldbeutel aufgetaucht, einer davon müsste ebenfalls von der Österreicherin sein."

„Waren die Geldbeutel leer?"

„Nicht alle, in zweien steckte noch jeweils eine Kreditkarte, sie waren von deutschen Touristen."

„Habt ihr schon untersucht, ob diese Touristen nur überfallen wurden oder ob ihnen mehr passiert ist?"

„Ja, ich habe das anhand der Namen auf den Kreditkarten überprüfen lassen, sie haben jeweils nur einen Taschendiebstahl in Neapel angezeigt, körperlich zu Schaden gekommen ist keiner von ihnen. Das spricht zwar insgesamt für Terrasini, aber ganz auszuschließen ist es natürlich nicht, dass er einmal die Nerven verloren und Rudi Schlosser mit seinem Messer erstochen hat."

„Was willst du jetzt tun, Francesco?"

„Zuerst einmal muss ich die Laboranalyse von Terrasinis Messer und von Schlossers Geldbeutel abwarten und dann hoffe ich, dass dein Kollege Ludwig bei dieser Schwester Sofie noch etwas Interessantes erfährt. Aber das bezieht sich jeweils nur auf Schlosser, in Sachen Spinelli weiß ich derzeit überhaupt nicht, wie wir weiterkommen könnten."

Max wiederholte sich, als er wiederum die Meinung vertrat, dass die beiden Fälle zusammenhängen würden und die Lösung des einen Falles auch beim zweiten zum Ziel führen würde. Francesco war sich in der Hinsicht nicht so sicher. Sie verabredeten, wieder zu telefonieren, sobald einer von ihnen Nachricht aus Neapel oder Rosenheim bekäme. Max legte das

Handy beiseite und ging ins Meer, um eine Runde zu schwimmen und um in Ruhe nachdenken zu können.

Ludwig Maler war nach der Hochzeit mit seiner Frau Gabi an den südlichen Stadtrand von Rosenheim gezogen, wo sie eine gemütliche Wohnung gefunden hatten. Seit sie wussten, dass Gabi schwanger war, planten sie, wie und wann sie ihr kleines Arbeitszimmer in ein Kinderzimmer umgestalten sollten. Bevor er am Abend Schwester Sofie in der Klinik Seeblick persönlich aufsuchen wollte, wollte Maler nach Hause fahren, um zusammen mit Gabi essen zu können. Er hatte bereits die Klinke seiner Bürotür in der Hand, da klingelte das Telefon auf seinem Schreibtisch.

„Hallo Herr Maler, hier spricht Sofie Wagner."

„Frau Wagner, Grüß Gott. Sind Sie Schwester Sofie aus der Klinik Seeblick?"

„Ja genau, die bin ich. Oberschwester Katharina hat mich vor einer Stunde angerufen und mir die schreckliche Neuigkeit mitgeteilt. Diese Nachricht hat mich so getroffen, dass ich kurz darauf ein bisschen zusammengeklappt bin."

„Wie geht es Ihnen jetzt?"

„Danke, es geht schon wieder. Mein Hausarzt hat mir eine Spritze gegeben. In der Klinik habe ich mich für heute krankgemeldet. Ich wollte Ihnen nur Bescheid geben, dass Sie nicht umsonst nach Prien fahren."

„Das ist sehr nett, vielen Dank. Wann könnte ich mich mit Ihnen über Ihren Kollegen unterhalten?"

„Von mir aus können Sie sofort kommen, ich wohne in Frasdorf."

„Wird Ihnen das heute nicht zu viel?"

„Nein, nein, ich denke, das geht schon."

Sofie Wagner beschrieb ihm den Weg von der Autobahn-Ausfahrt Frasdorf bis zu ihrer Wohnung und er wollte sich sogleich auf den Weg machen. Bevor er sein Büro verließ, informierte er noch seine Frau, dass er später zum Essen kommen würde, danach aber voraussichtlich nicht mehr weg müsste.

Durch den üblichen dichten Feierabendverkehr wühlte sich Maler in Richtung Süden aus der Stadt hinaus bis zur Autobahn München-Salzburg. Diese war trotz der Urlaubszeit an diesem Abend wenig frequentiert, sodass er recht zügig nach Frasdorf fahren konnte. Dank Schwester Sofies präziser Wegbeschreibung hatte er auch keine Probleme, schnell zu ihrer Wohnung zu finden. Das kleine Einzimmer-Appartement lag im Dachgeschoss eines Sechsfamilienhauses. Im Wohnzimmer waren das Bett und ein Schrank durch einen Vorhang vom Rest des Raumes getrennt, die kleine Küche war direkt vom Wohnzimmer aus zu erreichen. Maler hatte geklingelt und sie hatte ihm mit dem elektrischen Türöffner die Haustür geöffnet und die Wohnungstür einen Spalt weit offen gelassen. Dann hatte sie sich wieder im Wohnzimmer auf die Couch gelegt. Maler klopfte an, als er die Wohnung betrat.

„Kommen Sie nur herein, Herr Maler" rief ihm Sofie Wagner zu.

Sie war fünfundzwanzig Jahre alt, hatte eine sehr zierliche Figur, schulterlange braune Haare und trug eine Brille. An den rotgeränderten Augen war leicht zu erkennen, dass sie kurz zuvor geweint hatte.

Zuerst erkundigte er sich nach ihrem Befinden.

„Ich bin immer noch total geschockt, ausgerechnet heute musste mein Freund auch noch zum Arbeiten nach München, sonst wäre er schon längst da. Können Sie mir genauer erklären, was mit Rudi passiert ist? Oberschwester Katharina hat mir am Telefon nicht sehr viel erzählt."

Ludwig Maler berichtete ihr kurz, was er von dem Mord an Rudi Schlosser wusste, dass die Hintergründe der Tat noch völlig im Unklaren lagen und er deshalb nun in Rudis persönlichem Umfeld recherchiere.

Sofie Wagner holte etwas aus.

„Als Rudi vor circa zwei Jahren zu uns in die Klinik kam, wollte es der Zufall, dass ich in den ersten Wochen keine Nachtschicht hatte, weshalb wir ständig gleichzeitig in der Klinik waren. Wir haben uns auf Anhieb sehr gut verstanden, Rudi war so ein richtiger Kumpeltyp, mit dem man einfach gut auskommen musste. Ich habe auch sehr schnell gemerkt, dass man ihm vertrauen kann und er Persönliches nicht weitergetratscht hat. Wissen Sie, ich hatte mich etwa zwei Monate vorher von meinem Verlobten getrennt, mir ging es damals nicht so gut und Rudi hatte immer ein offenes Ohr, mit ihm konnte man einfach alles bereden."

Sie bekam feuchte Augen, zog ein Taschentuch aus ihren Shorts und wischte sich die Tränen ab.

„Entschuldigen Sie, Frau Wagner, wenn ich das so direkt frage. Hatten Sie ein Verhältnis mit Herrn Schlosser?"

„Nein, wie kommen Sie denn darauf?" sagte sie entrüstet. „Wie ich schon sagte, war er ein sehr guter Kumpel, außerdem wäre das schon allein von seiner Seite aus nicht infrage gekommen, schließlich war er verheiratet und hat seine Frau manchmal geradezu vergöttert."

„Kennen Sie Heidi Schlosser auch näher?"

„Näher kennen wäre vielleicht etwas zu übertrieben ausgedrückt. Natürlich hat Rudi immer viel von ihr gesprochen. Wir sind uns einige Male begegnet, als sie ihn während der Schulferien mehrfach nach der

Arbeit in der Klinik abgeholt hat. Und im letzten Jahr hatte Rudi bei seinem vierzigsten Geburtstag einige Kollegen und mich zu sich nach Hause zum Grillen eingeladen. Dort habe ich eine Zeit lang mit ihr ein bisschen geratscht. Aber richtig gekannt habe ich sie deswegen sicher noch nicht."

„Hatte er zu seiner Geburtstagsfeier noch andere Gäste eingeladen, die nicht aus dem Kollegenkreis stammten?"

„Nein, die waren alle aus der Klinik, hatten aber zum Teil ihre Partner dabei. Wir waren also praktisch unter uns."

„Wie war sein Verhältnis zu den anderen Kollegen und zu Ihrem Vorgesetzten, Professor Fischer?"

„Soweit ich weiß, ausnahmslos gut. Ich habe nie gehört, dass er sich abfällig über einen Kollegen geäußert hätte oder in der Klinik Streit gehabt hätte. Nur über den Herrn Professor ist einmal eine eigenartige Bemerkung gefallen."

„In welchem Zusammenhang?"

„Bei Rudis Geburtstagsfeier war auch der Professor dabei gewesen und hatte offenbar ein wenig mit Rudis Frau geflirtet. Ich glaube, Rudi konnte sehr schnell eifersüchtig werden. Etwa zwei Wochen später wurde eine Patientin, die schon mehrere Male vom Professor operiert worden war, aus unserer Klinik entlassen. Sie hat sich bei uns für die gute Betreuung bedankt und dabei auch vom Professor geschwärmt und ihn in den höchsten Tönen gelobt. Die Patientin war kaum aus der Tür, da raunte Rudi einen Kommentar, in etwa „der ist auch nicht so ein Heiliger, wie immer alle tun". Du brauchst doch wegen eines harmlosen Flirts nicht gleich derart eifersüchtig sein, hab ich ihm dann gesagt, worauf er nur meinte, dass das mit seiner Frau nichts zu tun hätte. Natürlich habe ich nochmals nachgebohrt, was diese Bemerkung dann zu bedeuten habe, aber er ist mir ausgewichen und hat mir keine konkrete Antwort gegeben. So etwas über den Professor habe ich nie wieder von ihm gehört und nachgefragt habe ich später dann auch nicht noch einmal."

„Hatte Herr Schlosser außer Ihnen hier noch andere Freunde oder eventuell auch noch welche aus seiner Münchner Zeit?"

„Da weiß ich nicht viel, meines Erachtens hatte er nicht viele richtige Freunde. Wie ich schon sagte, hat er seine Heidi vergöttert und hat versucht, jede Minute seiner Freizeit mit ihr zu verbringen. Sie als Lehrerin hat meistens die Nachmittage frei, sodass sie selbst genügend eigene Freiheiten hatte, solange er in der Klinik war. Deshalb konnte sie sich meistens auch die Abende und Wochenenden, wenn er nicht arbeiten musste, für ihn frei halten. Insgeheim hatte er auch geplant, nicht auf Dauer mit ihr hier zu bleiben."

„Sie meinen, er wollte wieder weg von der Klinik Seeblick?“

„Nicht nur weg von der Klinik, sondern gleich weg aus Deutschland. Er hat davon geträumt, sich irgendwann auf *Ischia* eine Wohnung oder ein kleines Häuschen zu kaufen und zusammen mit Heidi für immer dorthin auszuwandern. Heidi wusste aber noch nichts von seinen Plänen, das hat er nur mir erzählt. Allerdings weiß ich nicht, wie er das bewerkstelligen wollte. Sie müssen wissen, dass man als Krankenpfleger nicht reich werden kann. Er war sich seiner Sache aber relativ sicher und hat gemeint, er arbeite bereits daran, sich diesen Traum zu verwirklichen und dass es nur eine Frage der Zeit sei, bis er sich in den sonnigen Süden absetzen werde.“

Plötzlich hörte man, wie ein Schlüssel ins Schloss der Wohnungstür gesteckt wurde.

„Das ist der Michi“ rief Sofie Wagner, sprang auf und lief quer durch das Wohnzimmer in den Flur hinaus. Ihr Freund Michael hatte die Tür noch nicht richtig aufgemacht, da fiel sie ihm schon um den Hals und brach wieder in Tränen aus.

„Ein Herr von der Kripo ist gerade da“ hörte sie Maler nach einer Weile mit gebrochener Stimme flüstern, dann kamen beide ins Wohnzimmer herein.

„Michael Neumeier, Grüß Gott“ stellte sich ihr Freund vor.

„Ludwig Maler, Kripo Rosenheim.“

„Stell dir vor Michi, der Rudi ist direkt vor seinem Hotel erstochen und dann in den Swimmingpool geworfen worden.“

Michael Neumeier setzte sich zu seiner Freundin auf die Couch und weil er merkte, dass ihn Maler etwas fragend ansah, meinte er fast entschuldigend:

„Ich habe ihn leider nicht mehr kennengelernt, weil wir noch nicht so lange zusammen sind, wir kennen uns auch erst seit fünfeinhalb Wochen. Aber Sofie hatte mir schon einiges über ihn erzählt, vor allem, dass sie sich so gut mit ihm verstanden hat.“

„Mir hat sie gerade auch ein paar sehr interessante Dinge erzählt. Ihre Aussagen waren sehr wichtig für unsere Arbeit, Frau Wagner. Wie kann ich Sie am besten erreichen, wenn ich noch Fragen haben sollte?“

Sie gab ihm ihre Handy-Nummer und fügte hinzu:

„Ab morgen gehe ich sicher wieder in die Arbeit, ich habe in dieser und in der nächsten Woche Nachtdienst, da muss ich tagsüber natürlich schlafen, aber gegen Abend müsste ich dann jeweils erreichbar sein.“

Im Hinausgehen bedankte Ludwig Maler sich für ihre Hilfe, machte sich auf den Heimweg nach Rosenheim und freute sich auf einen hoffentlich geruhsamen Abend zusammen mit seiner Frau.

25

Für Max Hartinger war diese Art der Ermittlungen völlig neu und ungewohnt. Er saß an seinem Urlaubsort und konnte nicht selbst unterwegs sein, um Verdächtige und Zeugen zu befragen. Seinem Rosenheimer Kollegen Ludwig Maler musste er es überlassen, an den Wohnorten und Arbeitsplätzen der beiden Mordopfer zu recherchieren, auf der anderen Seite waren es sein Schwager Francesco und dessen Kollegen von den *Carabinieri,* die an den Tatorten und deren Umfeld ihre Untersuchungen anstellen mussten. Dennoch liefen die Fäden bei Hartinger zusammen. Wenn er mitten in einem Fall steckte, konnte er schwer abschalten, dann drehten sich alle seine Gedanken darum. Besonders jetzt, da er nichts anderes zu tun hatte, als am Strand zu liegen und von Zeit zu Zeit eine Runde im Meer zu schwimmen, ließen ihn die Überlegungen zu den zwei Morden nicht zur Ruhe kommen. In dieser Hinsicht hatte er trotz stundenlangem Nichtstun am Strand nicht allzu viel Urlaubserholung.

Wie Max nicht anders erwartet hatte, war es Francesco, der als Erster wieder bei ihm anrief. Er hatte die Laborberichte aus Neapel erhalten. Demnach waren auf Terrasinis Messer keinerlei Blutspuren gefunden worden und die Fingerabdrücke darauf stammten auch ausschließlich von ihm selbst.

„Interessanter wird es bei Schlossers Geldbeutel. Die Spezialisten haben darauf drei verschiedene Fingerabdrücke gefunden."

„Konnten sie schon zugeordnet werden?"

„Teilweise. Die einen stammen eindeutig von Terrasini, die zweiten, wie nicht anders zu erwarten war, von Rudi Schlosser. Von wem die dritten Fingerabdrücke sind, wissen wir noch nicht. Ein Abgleich mit den gespeicherten Fingerabdrücken in den diversen Verbrecherdateien hat keine Übereinstimmung ergeben."

„Dann bleiben eigentlich nur noch zwei Möglichkeiten. Entweder sind sie von dem Mörder, der bisher noch nicht bei der *Polizia* oder den *Carabinieri* auffällig geworden ist oder sie stammen von Heidi Schlosser. Sie wird doch sicher den Geldbeutel von ihrem Mann auch irgendwann in der Hand gehabt haben."

„Da wäre ich mir nicht so sicher, Max. Sie hat doch behauptet, dass er seinen Geldbeutel ständig in der Hosentasche hatte und erst vor dem Schlafengehen auf den Nachtisch legte. Wenn die Fingerabdrücke tatsächlich von Frau Schlosser sein sollten, dann könnte das auch heißen, dass sie, aus welchem Grund auch immer, den Geldbeutel selbst verschwinden ließ, nachdem er ermordet wurde."

„Meinst du wirklich? Also ist sie für dich auch noch verdächtig?"

„Ganz ausgeschlossen habe ich das nie. Aber vielleicht verfolge ich da eine völlig falsche Spur. Terrasini kommt für mich nach wie vor in erster Linie als möglicher Täter infrage. Die Tatsache, dass auf seinem Messer keine Blutspuren waren, muss nicht heißen, dass er es nicht war. Ein blutverschmiertes Messer ist leicht entsorgt und durch ein neues ersetzt."

„Dann brauchen wir als Nächstes Heidi Schlossers Fingerabdrücke. Wir haben sie übrigens heute den ganzen Tag noch nicht gesehen, womöglich verkriecht sie sich immer noch stundenlang in ihrem Hotelzimmer. Soll ich ihre Fingerabdrücke besorgen, ohne dass sie es bemerkt?"

„Du meinst, damit sie nicht misstrauisch wird? Ich glaube nicht, dass es nötig ist, ein großes Geheimnis daraus zu machen. Es sollte doch auch in ihrem Interesse sein, dass wir den Mord an ihrem Mann bald aufklären können. Soll ich morgen Vormittag im Hotel vorbeikommen oder bringst du sie hierher?"

„Es wäre sicher ganz gut, wenn sie hier einmal rauskommt. Ich werde sie zu euch aufs Revier fahren. Stell dich aber schon darauf ein, dass sie dich morgen sofort fragen wird, wann sie endlich abreisen kann."

Ich weiß, dass die Frage kommen wird. Siehst du ein Problem damit, sie nach Hause fliegen zu lassen?"

„Nein, ich denke ohne konkreten Verdacht gegen sie könntest du es ihr auch schwer erklären, sie noch nicht wegzulassen. Außerdem kann ich mir nicht vorstellen, dass sie sich aus dem Staub macht, ohne ihren Mann daheim zu beerdigen. Sollte sie tatsächlich irgendwie ihre Finger mit im Spiel gehabt haben, dann müsste sie sich auf der sicheren Seite sehen, wenn wir ihr berichten, dass wir Terrasini unter dringendem Mordverdacht verhaftet haben."

„In Ordnung, dann bring du sie morgen hierher, ich kümmere mich inzwischen schon darum, die Überführung der Leiche für sie zu organisieren. Hat sich Ludwig schon bei dir gemeldet?"

„Nein, dafür ist es auch noch zu früh. Ich ruf dich an, wenn er etwas Wichtiges erfahren haben sollte. Bis später oder bis morgen."

Chiara, die neben Max im Liegestuhl lag, hatte nur die eine Hälfte des Telefonats mit anhören können, Max lieferte ihr die noch fehlende andere Hälfte nach.

„Es scheint also allmählich doch alles auf Terrasini als Täter hinauszulaufen."

„Anhand der Fakten wird er einen Richter nur schwer davon überzeugen können, dass er es nicht war."

„Und du, Max, bist du wirklich davon überzeugt, dass er Rudi Schlosser umgebracht hat?"

„Nein, ich kann es dir nicht genau erklären, aber mein Bauchgefühl sagt mir, dass er unschuldig ist, zumindest was den Mord angeht."

Nach und nach leerte sich der Strand, die Hotelgäste sammelten ihre Badesachen zusammen und gingen ins Hotel zurück, um sich für das Abendessen umzuziehen und frisch zu machen. Max und Chiara hatten nicht bemerkt, dass Martina schon vor ihnen auf ihr Zimmer gegangen war. Plötzlich sahen sie Toto alleine unter seinem Sonnenschirm sitzen. Als sie kurz darauf die wenigen Schritte zum Hotel zurückgingen, grüßte er sie freundlich und wünschte ihnen noch einen schönen Abend. Während Max dann im ersten Stock aus dem Lift stieg, fuhr Chiara in die zweite Etage weiter, weil sie vorhatte, mit ihrer Tochter unter vier Augen zu sprechen. Wenn sie ohne Max in ihr Zimmer käme, dann wäre Martina vielleicht etwas gesprächiger als am Strand und würde ihr verraten, was ihr den ganzen Tag scheinbar die gute Laune verdorben hatte.

Martina war überrascht, als ihre Mutter an die Zimmertür klopfte, sie schien aber auch ein bisschen erleichtert zu seien, dass sie endlich mit jemandem in Ruhe reden konnte. Chiara lag völlig richtig mit ihrer Vermutung, dass Martinas Probleme mit Toto zusammenhingen.

„Toto wollte gestern Abend, dass ich mit ihm nach Hause fahre. Was er vorhatte, kannst du dir ja denken."

„Und du, was wolltest du?"

„Ach Mama" seufzte Martina. „Ich glaube schon, dass ich mich total in Toto verliebt habe, aber mir geht das alles ein bisschen zu schnell."

„Wie hat er reagiert, als du nicht mit ihm mitfahren wolltest?"

„Er war schon richtig enttäuscht, ja vielleicht sogar ein bisschen beleidigt. Er hat zwar versucht, es sich nicht unbedingt anmerken zu lassen, aber es war doch ziemlich offensichtlich."

„Toto hat am Strand heute nicht verändert auf mich gewirkt, allerdings habe ich mit ihm auch nicht gesprochen. Ich habe aber gesehen, wie er dich die ganze Zeit angeschaut hat."

„Na ja, mich hat er es schon ein bisschen spüren lassen. Natürlich will er heute Abend wieder mit mir ausgehen und ich bin mir sicher, dass er wieder fragen wird. Ich weiß überhaupt nicht, was ich machen soll, ich will mich nicht so drängen lassen. Weißt du, irgendwie habe ich auch die Befürchtung, dass er viel zu einfach sein Ziel erreicht hat, wenn ich gleich nach drei Tagen mit ihm schlafe und kaum bin ich dann weg, dann lacht er sich womöglich sofort die nächste Urlauberin an. Warum muss das alles so kompliziert sein, wenn man sich verliebt?"

„Diese Frage habe ich mir auch so manches Mal gestellt, als ich in deinem Alter war. Ich kann dir nur einen Rat geben. Lass dich nie auf etwas ein, was du nicht selbst zu einhundert Prozent willst. Wenn es ein Junge wirklich ernst mit dir meint, dann wird er es auch akzeptieren, wenn du noch nicht so weit bist und nicht gleich Ja sagst. Wenn er keine Rücksicht auf dich nimmt, dann siehst du schnell, dass es ihm nur um sich selbst geht. Du hast schon recht, dass du dir auch Gedanken machst, was nach unserem Urlaub passieren würde."

Mitten in Chiaras letzten Satz platzte Elena ins Zimmer und musste sofort loswerden, wie toll die Überfahrt nach *Capri* gewesen war, was sie mit Dianas Familie dort alles unternommen hatte, wie wunderbar ihr die berühmte blaue Grotte gefallen hatte und dass sie natürlich noch einmal mitfahren würde, wenn ihre Eltern tatsächlich auch noch während dieses Urlaubs einen Tageausflug dorthin machen sollten. In ihrem Redeschwall war sie kaum zu bremsen.

„Und jetzt hab ich einen Bärenhunger."

Plötzlich hielt sie inne und sah die beiden erstaunt an.

„Warum sitzt ihr zwei eigentlich alleine hier auf dem Bett und schaut so ernst? Ist was passiert?"

„Nein" antwortete ihre Mutter. „Wir wollten nur in Ruhe etwas besprechen."

„Was denn?"

„Das geht dich nichts an" raunzte Martina sie an.

„Oje, es ist wegen Toto. Ist er etwa schon einem anderen Rock hinterher? Ich hab ja gleich gesagt, dass das ein Hallodri ist, der dich nur möglichst schnell in sein Bett kriegen will."

„Blöde Kuh!"

Ihren Schimpfworten schleuderte Martina ein Kopfkissen hinterher und rannte heulend aus dem Zimmer.

„Sag mal, musste das jetzt sein? Manchmal kannst du wirklich richtig grob sein."

Chiara war richtig verärgert wegen Elenas Bemerkung.

„Sie wird doch wohl noch ein bisschen Spaß verstehen. Sonst ist sie auch nicht so empfindlich?"

„Ein Spaß war das für sie sicher nicht. Warte nur, bis du zum ersten Mal Liebeskummer hast, da werde ich dich dann daran erinnern, dass du doch ein bisschen Spaß verstehen sollst. Ich bin gespannt, wie du dann reagieren wirst."

„Ich wollte sie doch nur ein bisschen aufziehen, weil sie in den letzten Tagen nichts anderes mehr hört und sieht als ihren Toto. Ich konnte doch nicht ahnen, dass sie gerade tatsächlich ein Problem mit ihm hat" musste Elena dann ein bisschen kleinlaut zugeben.

„Ich werde nachsehen, wo sie hingelaufen ist. Wenn sie ins Zimmer zurückkommt, dann entschuldigst du dich gefälligst bei ihr und schaffst die Sache aus der Welt, ich will beim Abendessen keinen Zickenkrieg im Speisesaal erleben."

Chiara machte sich auf die Suche nach Martina und fand sie nicht weit von ihrem Zimmer entfernt am Ende des Ganges, wo sie am Fenster stand und aufs Meer hinaus sah. Sie nahm ihre Tochter, der immer noch die Tränen über die Wangen liefen, in den Arm.

„Sie ist so gemein."

„Aber sie hat es bestimmt nicht so ernst gemeint, wie sie es gesagt hat. Du weißt doch, wie übermütig sie oft ist, sie wollte dich einfach ein bisschen ärgern."

„Trotzdem braucht sie nicht so über Toto herziehen. Sie kennt ihn praktisch überhaupt nicht."

„Kennst du ihn richtig?"

„Nein, das ist ja das Problem."

Martina musste über ihre letzte Bemerkung selbst ein bisschen lachen.

„Siehst du, es ist alles halb so wild" freute sich Chiara, als sie ihre Tochter wieder lächeln sah.

„Weißt du was, Mama, ich glaube, heute lasse ich ihn richtig zappeln. Ich habe mir überlegt, dass ich heute nicht mit ihm ausgehe. Wenn er mich wirklich mag, dann wird er schon verstehen, dass ich auch einmal einen Abend mit meiner Familie verbringen will."

„Willst du das denn wirklich?"

Martina lächelte ihre Mutter an.

„Ja, aber nur, wenn ich einen großen Eisbecher bekomme."

„Den Eisbecher darf dir der Papa spendieren, gestern Abend hat er nämlich Elena und mich alleine zum Eis essen gehen lassen, weil Onkel Francesco so lange bei ihm war."

„Mal sehen, was er dazu sagen wird. So, und jetzt gehe ich mich fürs Abendessen umziehen."

Chiara war froh, dass die Probleme ihrer Tochter für den Rest dieses Tages erledigt oder zumindest erst einmal ausreichend verdrängt schienen. Martina tat ihr Leid, denn den ersten Liebeskummer ausgerechnet im Urlaub erleben zu müssen, tat besonders weh. Sie selbst konnte sich sehr gut in Martinas Lage hineinversetzen, da sie in ihrer Jugend einmal in einer ähnlichen Situation war. Damals war sie mit ihren Eltern und ihrem

Bruder Francesco für eine Woche von Rom an den *Lago Trasimeno* in der Nähe von *Perugia* gereist. Dort hatte sie Giorgio aus Turin kennengelernt, der in *Perugia* ein Semester lang studiert hatte. Am Ende des Semesters hatte er für ein paar Tage direkt am See auf einem Campingplatz, der in der Nähe des gemieteten Ferienhauses von Chiaras Familie lag, mit ein paar Studienkollegen sein Zelt aufgeschlagen. Beim Baden hatte sie Giorgio getroffen und sich sofort in ihn verliebt. Die ganze Woche war sie so oft wie möglich mit ihm zusammen gewesen, lag mit ihm am See, unternahm mehrere Bootsfahrten und ging abends mit ihm zum Tanzen. Giorgio hatte Chiara zwar von Anfang an klar gemacht, dass er zwei Wochen später auf alle Fälle nach Turin zurückkehren müsse, das wollte sie aber nicht hören und schon gar nicht wahrhaben. Verschwiegen hatte er jedoch, dass in Turin bereits eine Freundin auf seine Rückkehr wartete. Das hatte er Chiara erst gestanden, als sie sich am letzten Urlaubstag tränenreich von ihm verabschiedete und bereits Pläne schmiedete, wie sie sich so schnell wie möglich wieder sehen könnten. Giorgios Geständnis ließ sie in ein tiefes Loch fallen, die gesamte Rückfahrt bis Rom hatte sie im Auto still vor sich hingeweint und kein Wort gesprochen. Nun hoffte sie für Martina, dass ihr ein ähnlich schmerzhaftes Erlebnis erspart bleiben würde und nicht der ganze Urlaub der Familie vom Liebeskummer ihrer ältesten Tochter überschattet sein würde.

26

Eine halbe Stunde, nachdem Martina bei ihrer Mutter ihr Herz ausgeschüttet hatte, saß die Familie vereint im Speisesaal beim Abendessen. Martina vermied es, mit Elena zu sprechen, so ganz hatte sie ihr die für sie beleidigende Bemerkung über Toto noch nicht verziehen, auch wenn ihre Schwester sie um Entschuldigung gebeten hatte. Elena dagegen kam kaum dazu, ihre Suppe zu löffeln, sie redete wie ein Wasserfall, um die Erlebnisse des Tages auf *Capri* nun auch noch bei ihrem Papa loszuwerden. Als ihre Schwester sich einen Löffel voll Nudelsuppe in den Mund schob, nutzte Martina die Gelegenheit, um Max nach dem Stand der Ermittlungen zu fragen. Er konnte ihr nicht sonderlich viel Neues berichten, außer dass Terrasini weiterhin der Hauptverdächtige für den Mord an Schlosser sei, dass sie beim Mord an Spinelli immer noch völlig im Dunkeln tappten und dass er hoffte, von Wiggerl noch an diesem Abend etwas mehr über Schlosser zu erfahren. Plötzlich gab ihm Chiara einen leichten Stups mit dem Ellenbogen.

„Schau mal ganz unauffällig nach dort drüben. Links von der Tür sitzt die Heidi Schlosser."

„Ich habe vorher schon nach ihr Ausschau gehalten, denn ich muss ihr noch Bescheid sagen, dass ich sie morgen Vormittag zu Francesco aufs Revier bringen soll."

„Will er sie verhaften?" fragte Elena wie aus der Pistole geschossen.

„Nein. In erster Linie will er ihr mitteilen, dass sie bald abreisen und den Leichnam von ihrem Mann nach Deutschland überführen kann."

„Und wenn sie doch selbst ihren Mann ermordet hat, dann geht sie euch aber durch die Lappen, wenn ihr sie jetzt laufen lasst."

„Elena, wir können sie doch hier nicht festhalten, wenn es keine Beweise dafür gibt, dass sie mit dem Tod ihres Mannes etwas zu tun hat."

In der Zwischenzeit hatte ihnen der Kellner als Hauptgang einen gegrillten und herrlich nach Kräutern duftenden Fisch aufgetragen. Max steckte sich gerade das letzte Stück davon in den Mund, als er sah, dass Heidi Schlosser ihre Serviette zusammenlegte, von ihrem Platz aufstand und den Speisesaal verließ.

„Moment, ich bin gleich wieder da."

Chiara und die Mädchen dachten, er würde Frau Schlosser nachlaufen, damit er sie von dem Termin auf dem Revier unterrichten könne. Stattdessen steuerte er schnurstracks auf ihren jetzt verlassenen Tisch zu, nahm die Serviette, breitete sie auseinander und ließ das leere Wasserglas, das neben dem noch halb vollen Teller stand, in der Serviette verschwinden.

Natürlich löcherte ihn Elena sofort, was das Ganze zu bedeuten habe, als er an den Tisch zurückkam.

„Wir müssen noch etwas klären und dazu brauchen wir die Fingerabdrücke von Frau Schlosser. Francesco wollte sie ihr morgen Vormittag ohnehin abnehmen, aber so ist es unauffälliger und Frau Schlosser muss sich nicht unnötig Gedanken darüber machen."

„Papa, ich glaube, du verschweigst uns was!"

Elena hatte ihn durchschaut, er wollte aber bewusst nicht alles preisgeben, was er an Details wusste und mit Francesco besprochen hatte.

„Manchmal ist es besser, wenn du nicht alles weißt, meine Kleine. Immerhin sind zwei Menschen gestorben und der oder die Mörder laufen noch frei herum."

Elena wollte noch etwas darauf erwidern, aber Martina war schneller und wollte das Thema wechseln.

„Die Mama hat gemeint, du spendierst mir heute Abend noch einen großen Eisbecher."

Max hatte natürlich in der Zwischenzeit von Chiara erfahren, dass Martina an diesem Abend nicht, wie ursprünglich geplant, mit Toto, sondern mit ihrer Familie ausgehen wollte und war deshalb auch darauf vorbereitet, dass sie das versprochene Eis bei ihm einfordern würde. Allerdings kam er nicht mehr dazu, Martina zu antworten, weil im gleichen Augenblick sein Handy zu klingeln anfing. Die Nummer, die am Display aufleuchtete, war ihm bestens bekannt.

„Servus Wiggerl, bist du jetzt auf dem Weg in die Klinik?"

Er war überrascht, als er hörte, dass Wiggerl bereits mit Schwester Sofie gesprochen hatte und schon zuhause war.

„Warte einen Augenblick, ich sitze noch mitten im Speisesaal, hier kann ich nicht ungestört reden."

Max stand auf, ließ ein kurzes „bin gleich wieder da" fallen und verschwand.

„Störe ich dich beim Essen, Max?"

„Nein, wir sind schon fertig, es gibt nur noch ein bisschen Obst zum Nachtisch."

Er verließ den Speisesaal und blickte sich um. In der Hotelhalle saßen ihm im Augenblick zu viele Urlauber, deshalb ging er durch die breite Terrassentür hinaus ins Freie, am Pool vorbei, bis hinunter zum Strand, der um diese Zeit schon völlig leer war. Es war noch nicht ganz dunkel, dennoch sah man von Weitem die unzähligen Lichter, die die Küste des Festlandes erleuchteten. Max setzte sich auf die niedrige Mauer, die den Strand von der Hotelterrasse abgrenzte.

„So, dann schieß mal los“ forderte er seinen Kollegen auf, Schwester Sofies Aussage wiederzugeben. Ohne Wiggerl zu unterbrechen hörte er gespannt zu, nur einige Male entkam ihm ein „aha“ oder „interessant“.

„Was denkst du jetzt?“ fragte Wiggerl, als er fertig war.

„Ich bin nun mehr denn je davon überzeugt, dass sich Spinelli und Schlosser kannten. So viele Parallelen auf einmal können einfach kein Zufall mehr sein. Jetzt wissen wir auch noch, dass sich nicht nur Spinelli hier niederlassen wollte, um seine *Pizzeria* zu eröffnen, sondern dass auch Schlosser ähnliche Pläne hatte, zumindest was das Auswandern nach *Ischia* betrifft.“

„Über eine Bemerkung von Sofie denke ich auch schon die ganze Zeit nach. Sie hatte doch infrage gestellt, dass sich Schlosser die eigenen vier Wände auf *Ischia* von seinem Krankenpflegergehalt würde leisten können und er war sich ziemlich sicher, dass er es schaffen würde.“

„Genau, das ist mir auch aufgefallen. Ob Krankenpfleger oder *Pizza*-Bäcker, recht üppig wird das Gehalt bei beiden nicht gewesen sein, also woher sollte das Geld stammen?“

„Vielleicht gibt es dafür eine ganz einfache Erklärung, eine Erbschaft oder eine Nebentätigkeit.“

„Die Erbschaft halte ich bei beiden für unwahrscheinlich. Francesco hat erzählt, dass Spinellis Mutter in sehr bescheidenen Verhältnissen wohnt, wenn sehr viel Erspartes von seinem Vater da wäre, dann hätte er es bestimmt nicht gleich seinem Sohn, sondern zuerst seiner Frau vermacht, um ihr einen etwas unbeschwerlicheren Lebensabend zu ermöglichen. Und wenn Schlosser geerbt hätte, dann wüsste seine Frau sicher auch davon. Hat er zu Schwester Sofie nicht gesagt, er würde daran arbeiten?“

„Ja, so ähnlich hat sie sich ausgedrückt.“

„Das spräche für eine Nebentätigkeit, aber wie sollte er das bewerkstelligen, ohne dass seine Frau dahinter kam, wo sie doch ohnehin schon mehr Freizeit hatte als er? Spinelli könnte sich natürlich neben seinem Job als *Pizza*-Bäcker noch etwas hinzuverdient haben.“

„Unter Umständen könnte das die Verbindung zwischen Spinelli und Schlosser sein.“

„Richtig, Wiggerl. Dann weißt du, was du morgen früh als erstes tun solltest. Du musst versuchen, die Finanzen der beiden etwas zu durchleuchten, vielleicht haben wir Glück und finden dort tatsächlich das nächste Mosaiksteinchen zur Klärung der beiden Morde. Darüber hinaus werde ich veranlassen, dass dir Francesco morgen per Mail sowohl ein Foto von Spinelli als auch eins von Schlosser schickt. Wenn sie sich kannten, dann würde ich mich sehr darüber wundern, wenn sie weder in der Klinik noch in der *Pizzeria* irgendwann einmal zusammen gesehen worden wären.“

„Stimmt. Wahrscheinlich dürfte ich im *Da Silvio* mehr Glück haben als in der Klinik, denn eher ist doch Schlosser in die *Pizzeria* zum Essen gegangen, als dass Spinelli ihn in der Klinik besucht hat. Außer er wollte sich dort zwischendurch mal ein bisschen Fett absaugen lassen."

„Da muss ich dich enttäuschen, Wiggerl, laut Obduktionsbericht war er sehr durchtrainiert. Und die Spuren von einer Schönheitsoperation wären *Dottore* Nuccolo, so heißt der zuständige Gerichtsmediziner in Neapel, sicher aufgefallen. Francesco hat mir den Obduktionsbericht gezeigt, da stand nur etwas von einer Narbe am Knie."

„Hat Francesco heute in Neapel noch etwas erreicht?"

„Ja, dazu wollte ich jetzt kommen."

In Kürze informierte Max seinen Kollegen über die fehlenden Blutspuren an Terrasinis Springmesser, die verschiedenen Fingerabdrücke auf Schlossers Geldbeutel, die versteckten Wertsachen in Terrasinis Behausung und dass er selbst vor wenigen Minuten ganz unauffällig die Fingerabdrücke von Frau Schlosser besorgt hatte.

„Ich werde jetzt sofort zu ihr gehen und ihr Bescheid geben, dass Francesco sie morgen Vormittag auf dem Revier haben möchte. Die Leiche von Schlosser ist seit gestern Abend freigegeben und sie sitzt ohnehin auch schon seit gestern auf gepackten Koffern, deswegen könnte ihre Abreise relativ schnell erfolgen."

„Und was hast du heute sonst noch vor?"

„Kurz bei Francesco anrufen, damit er auch weiß, was Schwester Sofie ausgesagt hat und dann geh ich mit Chiara und den Mädchen noch Eis essen."

„Ein schönes Eis gibt es bei uns heute auch noch. Gabi setzt im Moment die Hitze ganz schön zu und futtern tut sie im wahrsten Sinne des Wortes für Zwei, deswegen lässt sie unsere Eisvorräte im Gefrierfach auch nie ausgehen. Ich muss mich immer selbst bremsen, weil es bei mir doch sofort ansetzt, aber dafür schaufelt Gabi zurzeit umso mehr rein."

„Sei doch froh, dass es ihr so gut geht und sie richtig Appetit hat, stell dir vor, sie würde wochenlang jeden Tag mit dem Kopf über der Schüssel hängen, so wie es manchen Schwangeren teilweise geht."

„Ja, das ist ihr zum Glück erspart geblieben."

„Dann grüß sie herzlich von mir und melde dich bald wieder."

„Klar! Ich mach mich morgen früh gleich an die Recherche wegen der Finanzen der beiden, und sobald ich die Fotos habe, kann ich in der Richtung auch loslegen. Du hörst so schnell wie möglich wieder von mir."

Nachdem sie sich verabschiedet hatten blieb Max noch kurz sitzen und blickte aufs Meer hinaus. An diesem Abend gab es kaum Wellen, nur ein kleines Fischerboot, das nicht allzu weit vom Strand entfernt vorbeituckerte, durchschnitt die ruhige Wasseroberfläche. Weit draußen auf dem Meer spiegelte sich der Mond auf dem Wasser, es war wieder eine sternklare Nacht, die für den nächsten Tag eine Fortsetzung des herrlichen Wetters versprach. Am liebsten wäre Max noch lange dort sitzen geblieben und seinen Gedanken über das Telefonat mit Wiggerl nachgehangen, aber er wollte seine Familie nicht länger warten lassen, zumal er noch beim Zimmer von Frau Schlosser vorbeigehen wollte. Er war sich sicher, dass sie vom Speisesaal aus nicht woanders hingegangen war.

In der Hotelhalle hielten sich noch immer so viele Touristen auf wie zuvor. Max bog nicht nach links zum Speisesaal ab, sondern ging geradewegs in den Zimmertrakt im Erdgeschoss, in dem das Zimmer 09 von Heidi Schlosser war. Sie antwortete sofort auf sein Klopfen und einen Augenblick später öffnete sie ihm die Tür.

„Guten Abend, Frau Schlosser, entschuldigen Sie die späte Störung."

„Herr Hartinger, Sie stören mich nicht, kommen Sie doch herein. Was haben Sie für Neuigkeiten für mich?"

Sie bot ihm an, sich zu setzen, aber er wollte sich nicht länger als unbedingt nötig bei ihr aufhalten und blieb deshalb lieber stehen. In dem Zimmer sah es noch fast genauso aus wie am Tag zuvor, als er mit Francesco und Riccardo zur ersten Vernehmung nach dem Mord dort gewesen war. Der gepackte Koffer stand rechts vom Doppelbett, der zweite lag aufgeklappt, aber bereits fast voll auf dem Bett. Gespannt schaute Heidi Schlosser Max an.

„Die *Carabinieri* sind bei ihren Ermittlungen schon ein Stück vorangekommen. Außerdem wurde der Leichnam Ihres Mannes inzwischen freigegeben, Ihrer Rückkehr steht also nichts mehr im Weg."

Ihr entfuhr ein tiefer, lang gezogener Seufzer.

„Da bin ich aber froh, die letzten zwei Tage waren grauenvoll für mich, ich habe mich nur hier in meinem Zimmer verkrochen und bin erst am Abend ein bisschen an die frische Luft raus. Ich wollte einfach niemanden sehen. Und das Urlaubsparadies, das *Ischia* nun viele Jahre für mich, für uns, war, ist nur noch ein Albtraum für mich. Ich bin mir ziemlich sicher, dass ich nie wieder hierher zurückkehren werde."

„Ich kann Sie gut verstehen. Mein Schwager hat die Organisation der Überführung Ihres Mannes bereits in Angriff genommen, Näheres dazu und die Einzelheiten zu den Ermittlungen möchte er aber gerne persönlich mit Ihnen besprechen. Ich habe ein Auto hier und würde Sie morgen Vormittag schnell zum Revier hinüberfahren."

„Das wäre sehr nett, wann soll ich dorthin kommen?"

„Einen konkreten Zeitpunkt hat er mir nicht genannt, ich denke, wenn wir gegen zehn Uhr losfahren, passt das."

„In Ordnung, dann warte ich am Eingang vom Hotel."

„Sie könnten auch gleich zu dem Parkplatz vor dem Hotel kommen, dort steht mein weißer *Fiat Punto* mit italienischem Kennzeichen."

„Gut, ich werde um zehn da sein."

Max lag noch eine Frage auf der Zunge, aber er konnte sich beherrschen, sie ihr zu stellen. Zu gern hätte er gewusst, wie sie reagieren würde, wenn er sie nach Marco Spinelli fragen würde. Doch wie er es mit Francesco besprochen hatte, wollten sie Heidi Schlosser erst damit konfrontieren, wenn sie auf anderem Wege herausgefunden hatten, ob sich Schlosser und Spinelli gekannten hatten. Denn dann wäre es fast eine logische Konsequenz, dass auch sie Spinelli gekannt haben müsste. Um nicht doch noch schwach zu werden, wünschte er ihr noch eine gute Nacht und war schon wieder bei der Tür draußen.

Chiara, Martina und Elena warteten immer noch im Speisesaal auf ihn. Die meisten Hotelgäste saßen längst nicht mehr an ihren Plätzen, außer dem Tisch der Hartingers waren nur noch drei weitere Tische besetzt.

„Bist du schon wieder da?" war die rhetorische Frage von Chiara, aus der ein sehr ironischer Unterton herauszuhören war.

Max entschuldigte sich, dass sein Telefonat mit Wiggerl doch etwas länger als gedacht gedauert hatte.

„Er hatte mir einfach so viel zu berichten. Aber ich war auch schon kurz bei Frau Schlosser, sodass ich nun nichts mehr zu erledigen habe, außer einem kurzen Anruf bei Francesco."

„Wie kurz diese Anrufe sind, wissen wir ja."

Diesmal war es Martina, die mit dieser ironischen Bemerkung ihren Papa ein bisschen aufziehen wollte. Elena dagegen interessierte sich natürlich wieder brennend dafür, ob es bei der Mörderjagd nun endlich wieder ein Stück vorwärts ginge.

„Wiggerl hat ein paar sehr interessante Dinge über Schlosser erfahren, die uns bestimmt weiterhelfen werden."

Mehr an Informationen ließ er sich nicht entlocken. Solange Frau Schlosser immer noch im Hotel war, wollte er nicht riskieren, dass sie vielleicht durch einen dummen Zufall davon Wind bekam, dass sein Kollege in Deutschland inzwischen intensiv das Privatleben von ihrem Mann unter die Lupe nahm.

„Wann wollt ihr denn los zum Eis essen?"

Chiara und Elena wären sofort startklar gewesen, Martina musste noch ihre Verabredung mit Toto absagen. Obwohl sie sich relativ sicher war, dass es nicht schaden würde, ihm für diesen Abend einen Korb zu geben, hatte sie den Anruf bei ihm bisher vor sich her geschoben. Mittlerweile waren es aber nur noch zwanzig Minuten bis zu dem vereinbarten Zeitpunkt, nun war es also höchste Zeit, ihm Bescheid zu sagen. Max kam es gelegen, dass nicht nur er noch telefonieren wollte.

„Gut, dann geh ich schnell ins Zimmer rauf und rufe kurz bei Francesco an, dann können wir starten."

Der Anruf bei Francesco fiel tatsächlich relativ kurz aus, weil der mit seiner Frau noch beim Essen saß. Giulia hatte sich an diesem Abend mit ihren Kochkünsten bei dem *Pollo alla lucana* wieder einmal selbst übertroffen und während Max komprimiert die Aussagen von Schwester Sofie weitergab, aß sein Schwager weiter an seinem gefüllten Hühnchen. Die Füllung aus Leber, verschiedenen Kräutern und geriebenem *Pecorino* war Giulia besonders gut gelungen.

Max bat ihn, die Fotos von Schlosser und Spinelli an Wiggerl zu mailen und kündigte ihm an, dass er Frau Schlosser gegen zehn aufs Revier bringen würde. Max wollte schon wieder auflegen, da fiel ihm noch etwas ein.

„Beinahe hätte ich vergessen, dir zu sagen, dass ich die Fingerabdrücke von ihr schon habe. Ich habe vorhin im Speisesaal, ohne dass sie es bemerkt hat, ihr Wasserglas verschwinden lassen."

Francesco musste erst ein Stück Hühnchen hinunterschlucken, bevor er antworten konnte.

„Keine schlechte Idee. Ich habe mir auch noch etwas einfallen lassen. Morgen werde ich ihr sagen, dass mit der Überführung ihres Mannes alles glatt geht, dass es aber vor Freitagabend keine Möglichkeit gab, den Transport durchzuführen. So haben wir noch mal fast zwei Tage Zeit gewonnen."

„Sehr gut, wenn Wiggerl morgen die Informationen, die ich erwarte, tatsächlich bekommt, dann dürften wir schon einen großen Schritt weiter sein. Jetzt lass dich aber nicht weiter vom Essen abhalten und sag einen lieben Gruß an Giulia. Bis morgen Vormittag."

Max steckte sein Handy in die Hosentasche. Einen Moment überlegte er, ob er es nicht einfach im Hotelzimmer liegen lassen sollte, damit er den Rest des Abends wirklich ungestört mit seiner Familie unterwegs sein konnte, letztlich konnte er sich aber doch nicht dazu durchringen. Schleunigst ging er nach unten in die Hotelhalle, wo seine drei Damen schon auf ihn warteten.

Die meisten Geschäfte in der *Via Roma* und am *Corso Vittoria Colonna* haben in der Hochsaison bis spät abends geöffnet, wenn sich ein nicht enden wollender Strom von Touristen hindurch schiebt. Max hatte zwar gemeint, dass er nach dem Einkaufsbummel vom Vormittag erst einmal eine Weile davon verschont bleiben würde, aber der Abendspaziergang mit drei Frauen kam natürlich auch einem Schaufensterbummel gleich. Das Schuhgeschäft, in dem sich Chiara am Vormittag schon ein Paar gekauft hatte, lag von ihrem Hotel aus gesehen am anderen Ende der *Via Roma*, nicht weit weg vom Hafen. Dort blieben sie natürlich auch stehen. Martina entdeckte im Schaufenster ein Paar todschicke Sandalen, die sie unbedingt anprobieren wollte. Chiara gefielen die Sandalen auch sehr gut, während Max den Preis etwas übertrieben fand. Er ging nicht mit in das Geschäft hinein, sondern blieb lieber vor der Tür stehen und beobachtete die vorbeiflanierenden Touristen. Während der Hochsaison waren es überwiegend Italiener, die die Insel besuchten, im Frühjahr und Herbst stieg der Altersdurchschnitt der Urlauber gewaltig an, da vor allem ältere Semester wegen der zahlreichen Kurmöglichkeiten *Ischia* als Reiseziel wählten.

„Ich habe auch ein Paar Sandalen gefunden und Mama hat bezahlt" jubelte Elena, als sie mit Martina und Chiara wieder aus dem Schuhgeschäft herauskam. Chiara hatte auch ihrer älteren Tochter die Sandalen, die sie im Schaufenster gesehen hatten, gekauft.

„Ob jetzt das Geld noch für einen Eisbecher reicht?" war die erste, nicht ganz ernst gemeinte Reaktion von Max, wofür er bei seinen Töchtern einen lauten Proteststurm erntete.

Nach dem Schuhkauf schlenderten sie die *Via Roma* wieder zurück und kamen dann am *Corso* zu ihrer Lieblings-Eisdiele. Zu der kleinen Eisdiele gehörte eine große *Pergola*, unter der runde Tische mit jeweils vier Stühlen aufgestellt waren. Sie hatten Glück, dass vier junge Leute soeben bezahlt hatten und aufstanden, denn es waren alle Tische besetzt. Elena wollte wie immer ein Bananensplit, Martina wählte diesmal den Eisbecher *La Pergola* nach Art des Hauses. Max und Chiara bestellten sich jeweils ein Glas *Prosecco*. Während sie warteten, kamen zwei Musikanten, die von Lokal zu Lokal wanderten, zum *La Pergola*, um den Gästen vorzusingen und vorzuspielen und dann um einen entsprechenden Obolus zu bitten. Der eine war ein Sänger, der anscheinend das gesamte Repertoire neapolitanischer Lieder auf Lager hatte, der andere hatte ein Akkordeon dabei, um den Sänger zu begleiten. Der sang nicht unbedingt schön, aber dafür laut. *Torna a Surriento* schmetterte er gerade, als die Eisbecher und der *Prosecco* serviert wurden. Elena aß ihr Bananensplit immer Schicht für Schicht, zuerst die Sahne mit den Mandelsplittern und reichlich Schokoladensoße, danach das Vanille-Eis und erst zum Schluss die beiden Bananenhälften. Der Hausbecher *La Pergola* war mit Erdbeer-, Vanille- und Schokoladen-

Eis, vielen verschiedenen Früchten sowie sehr viel Sahne zubereitet und mit Fruchtsoße und Schokoladen-Stückchen garniert.

Der Sänger schmachtete über die Sehnsucht der Fischer nach dem Hafen von Neapel und zog dabei Strophe für Strophe das *Santa Luciiiiiia* derart in die Länge, das ihn alle Zuhörer gebannt anstarrten, wie lange er es wohl diesmal aushalten würde. Dann bedankte er sich im Voraus schon einmal für die Gaben, die er nun zu erhalten hoffte und kündigte zum Abschluss den Klassiker *O sole mi*o an. Mit einem Hut in der Hand klapperte er alle Tische ab und die meisten Urlauber warfen ihm ein paar Münzen hinein. Als er dann seinen Lohn fertig eingesammelt hatte, stimmte sein Partner mit dem Akkordeon das letzte Lied an. Wie nicht anders zu erwarten war, zog er beim Refrain das *O soooooole mio* ähnlich in die Länge wie vorhin das *Santa Lucia*.

Elena hatte ihr Eis bereits fertig gegessen, Martina hatte nur noch ein paar Früchte in dem großen Glaskelch, als ihr buchstäblich der Löffel aus der Hand fiel und klirrend ins Glas krachte.

„So ein Schuft" rief sie, sprang zum Erstaunen ihrer Familie auf und rannte hinaus auf die Straße.

„Was hat das denn zu bedeuten?" fragte Max, aber Elena und Chiara hatten auch nicht gesehen, was Martina veranlasst hatte, Hals über Kopf davonzurennen.

Martina war sich sicher gewesen, dass es Toto war, der Arm in Arm mit einer Blondine am *La Pergola* vorbeigegangen war. Als sie auf der Straße stand, sah sie ihn nicht mehr. Im Laufschritt kämpfte sie sich durch den Strom der Touristen, bis sie ihn wieder erblickte. Er war es tatsächlich, im Abstand von ein paar Metern blieb sie hinter ihm. Das blonde Mädchen, das sich bei ihm untergehakt hatte, trug einen schwarzen Minirock und ein rotes Top mit Spaghettiträgern. Martina überlegte fieberhaft, was sie nun tun sollte. Sie verfolgte die beiden bis an die Ecke, an der die Fußgängerzone endet und der für den Verkehr freigegebene Teil des *Corso Vittoria Colonna* beginnt. Dort hatte Toto seine *Vespa* abgestellt. Seine Begleiterin setzte sich seitlich auf den Motorroller, er trat nahe an sie heran und sie schlang ihre Arme um seinen Nacken. Martina stand halb verdeckt hinter einer Palme, ihr Herz pochte bis zum Hals hinauf. Die Blonde, die in etwa so alt wie sie sein mochte, fing an, Toto wild abzuknutschen und er streichelte ihr sanft über ihren nackten Oberschenkel. Jetzt wurde es Martina zu viel, sie stürmte auf die beiden zu. Toto war zu sehr beschäftigt, um sie kommen zu hören. Martina blieb neben ihm stehen und tippte ihm auf die Schulter. Er drehte sich zu ihr um.

„*Stronzo*" stieß sie ihm wütend entgegen. Aber ihn nur als Scheißkerl zu beschimpfen reichte ihr nicht. Noch ehe Toto realisierte, was los war, landete Martinas Hand klatschend auf seiner Wange. Ohne seine Reaktion abzuwarten lief sie davon. Erst jetzt schossen ihr die Tränen in die Augen, sie rannte weiter, ohne sich noch einmal umzudrehen. Nach ein paar Häuserblocks bemerkte sie, dass sie in die falsche Richtung lief, nämlich immer weiter weg vom *La Pergola*, wo ihre verdutzte Familie zurückgeblieben war. Sie blieb stehen und überlegte kurz, ob sie wieder umkehren sollte, aber sie hatte keine Lust mehr, den Rest des Abends zwischen lauter gut gelaunten Urlaubern zu verbringen, lieber wollte sie zurück ins Hotel. Langsam ging sie weiter, an der nächsten Kreuzung des *Corso Vittoria Colonna* konnte sie bereits nach links zum *Vesuvio* abbiegen. Auf den letzten Metern zum Hotel versuchte sie, ihre Tränen zurückzuhalten, um nicht völlig verheult durch die Hotelhalle zu ihrem Zimmer gehen zu müssen, aber es wollte ihr nicht so recht gelingen. Im Zimmer angekommen, warf sie sich nur noch aufs Bett und ließ ihren Tränen freien Lauf.

Ihre Eltern und Elena hatten gedacht, dass Martina gleich wieder ins *La Pergola* zurückkommen und ihr Verhalten erklären würde. Als sie dann aber nach mehr als zehn Minuten immer noch nicht wieder aufgetaucht war, machten sie sich allmählich Sorgen um sie. Max bezahlte die zwei Eisbecher und den *Prosecco*, damit sie aufbrechen konnten.

„Wo könnte sie denn hingelaufen sein?" fragte sich Chiara besorgt.

„Ich habe auch nicht mitbekommen, wen sie auf der Straße draußen entdeckt hat, sie hat doch nur so etwas wie ‚Schuft' gerufen und war schon verschwunden" meinte Elena.

„Ich könnte mir vorstellen, dass sie Toto gesehen hat, denn wen sollte sie hier sonst kennen?"

„Wenn er es war, dann ist sie entweder mit ihm mitgegangen oder ins Hotel zurück."

„Dann schlage ich vor, wir gehen zu allererst zum *Vesuvio* zurück" gab jetzt auch Max einen Kommentar ab.

„Elena, ich befürchte fast, dass du mit deiner flapsigen Bemerkung über Toto richtig gelegen hast. Wenn sie schon „Du Schuft" oder so ähnlich gerufen hat, dann hat sie ihn womöglich in weiblicher Begleitung hier vorbeigehen sehen."

Die drei brachen auf und kehrten auf direktem Weg zu ihrem Hotel zurück. Vor der Tür von Elenas und Martinas Zimmer blieben sie stehen und lauschten. Es war nicht zu überhören, dass Martina drin war und bitterlich weinte.

„Lasst mich lieber alleine zu ihr reingehen" hielt Chiara ihren Mann und Elena zurück.

Elena blieb vor der Tür stehen, Max wollte ein Stockwerk tiefer im eigenen Zimmer auf sie warten. Als Chiara das Zimmer betrat, lag Martina immer noch bäuchlings auf dem Bett. Chiara setzte sich dazu und streichelte ihr übers Haar.

„Dieser gemeine Kerl" schluchzte Martina und sah ihre Mutter mit ihren rot geweinten Augen an.

„Meine arme Große, du tust mir so leid. Was ist denn passiert?"

„Gestern Abend wollte er noch so schnell wie möglich mit mir ins Bett gehen und kaum lass ich ihn einen Abend alleine, zieht er schon mit einer Anderen um die Häuser, knutscht sie ab und fummelt an ihr rum."

„Ich weiß, dass dich das jetzt kaum trösten wird, aber sei froh, dass du gestern etwas zurückhaltend warst. Es würde noch viel mehr wehtun, wenn du seinem Drängen nachgegeben hättest und er dich dann auch gleich fallen gelassen hätte wie eine heiße Kartoffel."

Es stimmte, ein wirklicher Trost war das in diesem Augenblick nicht für Martina. Chiara blieb noch eine ganze Weile am Bett sitzen, bis Martina sich etwas beruhigt hatte. Dann verließ sie das Zimmer ihrer Tochter.

Elena wartete immer noch vor der Tür. Da Chiara das lose Mundwerk ihrer jüngeren Tochter kannte, ermahnte sie Elena:

„Komm bloß nicht auf die Idee, da drin jetzt einen dummen Kommentar loszulassen. Martina geht es wirklich nicht gut."

„Wegen Toto?"

„Ja, sie hat ihn mit einer Anderen erwischt."

„Ich hab's doch gleich gesagt!"

„Ja, du hast ihn richtig eingeschätzt, aber das musst du ihr jetzt nicht auch noch hinreiben. Sie ist für heute genug bedient. Am besten sagst du gar nichts."

„Alles klar, ich sag schon nichts. Gute Nacht, Mama."

„Schlaf gut, Elena."

In ihrem Zimmer musste Chiara dann auch noch Max erklären, dass Elena mit ihrer Vermutung leider richtig gelegen hatte. Sie beratschlagten gemeinsam, wie sie sich nun in den kommenden Tagen verhalten sollten, ob sie Martina erst einmal vom Strand und damit von Toto fernhalten oder erst recht mit ihr dorthin gehen sollten.

„Das lassen wir sie am besten selbst entscheiden, Max. Wenn sie nicht hier an den Strand gehen will, dann nutzen wir eben einen der vielen anderen Strände oder machen einen Badetag in den Poseidon-Gärten. Das hatte ich sowieso vor."

„Hoffentlich lässt sich Elena noch ein bisschen Zeit mit den jungen Burschen, solche Szenen wie eben muss ich nicht auch noch in doppelter Ausführung haben."

„Ach, Liebling, das wirst du dir leider nicht aussuchen können. Stell dich schon einmal darauf ein, dass so etwas wie heute auch noch öfter vorkommen kann. Was meinst du, wie viele Tränen ich vergossen habe, bis du mir endlich auf dem Oktoberfest über den Weg gelaufen bist."

„Und wer weiß, wie vielen hübschen Italienern du vorher und nachher das Herz gebrochen hast."

Eine direkte Antwort auf diese spitze Bemerkung von Max blieb Chiara schuldig, aber ihr vielsagendes Grinsen war ihm Antwort genug.

„Die Hauptsache ist doch, dass ich zur rechten Zeit ein bayerisches Herz erobert habe."

Max nahm Chiara in den Arm, um ihr zu sagen, dass er sie noch genauso liebte wie am ersten Tag. Während er sie umarmte, machte er einen Schritt zur Seite und ließ sich gemeinsam mit ihr aufs Bett fallen.

27

Ludwig Maler hatte eine kurze Nacht hinter sich. Am späten Abend waren dunkle Gewitterwolken aufgezogen, die sich an der nicht weit entfernten Alpen-Nordseite stauten und schließlich nahe der Stadt entluden. Bis weit nach Mitternacht hatte das dumpfe Donnergrollen angehalten und Maler nicht einschlafen lassen. Wenigstens die schwüle Hitze, die während der vergangenen zwei Wochen geherrscht hatte, war durch das Gewitter vertrieben worden. Aber der klare, blaue Himmel versprach schon wieder einen herrlichen Sommertag. Maler war etwas später als gewohnt in seinem Büro eingetroffen und als er seinen PC hochgefahren hatte, sah er sofort, dass die angekündigte Mail aus *Ischi*a mit den Fotos der zwei Mordopfer bereits angekommen war. Sowohl Schlosser als auch Spinelli waren ihm völlig unbekannt. Er druckte sich die Fotos mehrfach aus und steckte sie in eine Klarsichthülle. Nachdem er einige Telefonate geführt hatte, um die Recherche der finanziellen Verhältnisse von den beiden auf den Weg zu bringen, schnappte er sich die Fotos, setzte sich in seinen Dienstwagen und machte sich auf den Weg in Richtung Chiemsee.

Am Empfang der Klinik Seeblick wurde er wieder von Schwester Monika freundlich begrüßt.

„Heute bringen Sie hoffentlich bessere Nachrichten, Herr Maler."

„Zum Glück sind wir nicht mehr im Mittelalter, wo die Überbringer schlechter Nachrichten noch geköpft wurden" antwortete er ihr mit einem Augenzwinkern. „Sonst gäbe es bald keine Kripobeamten mehr. Heute habe ich aber weder gute noch schlechte Nachrichten, ich müsste nochmals mit Herrn Professor Fischer sprechen."

Schwester Monika versuchte, den Professor über das Haustelefon zu erreichen, er meldete sich aber nicht. Nach dem siebten oder achten Klingelton legte sie wieder auf.

„Anscheinend ist er noch bei der morgendlichen Visite. Ich kann schlecht abschätzen, wie lange das noch dauern wird."

„Neben dem Professor müsste ich auch noch mit den Kollegen von Rudi Schlosser kurz sprechen."

Er zog das Foto von Marco Spinelli hervor und legte es ihr auf den Empfangstresen.

„Haben Sie diesen Herrn schon einmal gesehen? Vielleicht zusammen mit Rudi Schlosser?"

Schwester Monika sah sich das Foto genau an und schob es dann wieder zu ihm zurück.

„Tut mir leid, Herr Maler, ich kenne ihn nicht. Ist das der mutmaßliche Mörder von Rudi?"

„Nein, aber wenn wir wüssten, ob zwischen den beiden eine Verbindung bestand, könnte uns das bei der Klärung des Mordes weiterhelfen."

„Wie gesagt, ich habe ihn noch nie gesehen. Zumindest während meiner Arbeitszeit ist er hier am Empfang noch nie vorbeigekommen, daran würde ich mich erinnern, ich habe nämlich ein sehr gutes Personengedächtnis."

„Könnten wir den Professor während seiner Visite irgendwo abfangen, damit ich ganz kurz mit ihm sprechen kann, bevor ich den anderen Angestellten das Foto zeige?"

„Kommen Sie mit, ich sehe, was ich machen kann."

Schwester Monika führte Maler in den Trakt mit den Krankenzimmern. In der Mitte eines langen Ganges im Erdgeschoss stand vor einem Zimmer ein kleiner Rollwagen, in dem eine Reihe von Akten hing. Genau bei dem Wagen blieb sie stehen.

„Er dürfte in diesem Zimmer sein und müsste in ein paar Minuten herauskommen. Er wird zwar bei der Visite nicht gerne gestört, aber warten Sie einfach mal auf ihn."

Maler bedankte sich für ihre Hilfe, sie drehte sich um und ging zum Empfang zurück. Er sah ihr nach. Sie war nicht nur hübsch und ausgesprochen nett, sie hatte auch eine erstklassige Figur. Es dauerte ein paar Minuten, da ging die Zimmertür auf und der Professor kam mit drei Herren heraus, die genau wie er mit einem weißen Kittel bekleidet waren.

„Grüß Gott Herr Professor, darf ich Sie kurz stören?"

„Herr Maler, guten Morgen, hatten Sie schon Erfolg bei Ihren Ermittlungen?"

Seine Gegenfrage interpretierte Maler so, dass ihm die kleine Störung nichts ausmachte.

„Wir kommen voran" antwortete er ihm und ohne lange herumzureden hielt er dem Professor das Foto von Spinelli vor die Nase und fragte ihn, ob er ihn kenne.

Der Professor zog die Augenbrauen hoch und sagte sofort:

„Nein, nie gesehen. Verdächtigen Sie ihn?"

„Es wäre sehr wichtig für uns zu wissen, ob er Rudi Schlosser kannte. Deshalb frage ich das."

Maler reichte das Foto auch bei den drei Begleitern des Professors herum, die dieser als seine Assistenzärzte vorgestellt hatte. Alle drei schüttelten mit dem Kopf. Keiner von ihnen kannte den Mann auf dem Foto.

„Wenn Sie nichts dagegen haben, werde ich das Foto hier allen Angestellten kurz zeigen."

„Ja, ja, machen Sie nur Ihre Arbeit, ich kann Ihnen leider nicht weiterhelfen. Nun muss ich meine Visite fortsetzen."

Ohne sich von Maler zu verabschieden, verschwand er mit seinen drei Assistenten im Schlepptau im nächsten Zimmer.

„Da bin ich schon wieder" machte Maler Schwester Monika auf sich aufmerksam, als er zum Empfang zurückkam.

„Haben Sie den Professor erwischt?"

„Ja, wenn auch nur ganz kurz. Wo finde ich denn die weiteren Kollegen von Rudi Schlosser?"

Schwester Monika sah auf die Uhr.

„Um diese Zeit müsste ein Großteil der Schwestern und Pfleger im Aufenthaltsraum zu finden sein. Gehen Sie hier zweimal rechts um die Ecke, dann stehen Sie direkt davor."

Der Raum war wirklich einfach zu finden, Maler klopfte an und trat ein. Momentan hielten sich dort drei Krankenschwestern und zwei Pfleger auf. Eine der Schwestern stand an einer Kaffeemaschine und löffelte das Kaffeepulver in den Filter, eine andere bestrich eine Semmel mit Butter und die dritte stand am offenen Fenster und rauchte eine Zigarette. Die Pfleger saßen an einem der zwei Tische, der eine las Zeitung, der andere blätterte in einem Sportmagazin. Alle fünf sahen ihn ziemlich überrascht an, als er plötzlich in ihrem Aufenthaltsraum stand. Er stellte sich vor und umriss kurz, warum er da war. Nacheinander sahen sie sich das Foto von Spinelli an, aber keiner konnte angeben, dass er ihn schon einmal gesehen hatte. Maler bedankte sich bei ihnen und war schon wieder draußen.

Etwas enttäuscht war er schon, dass keiner von Rudi Schlossers Kollegen Spinelli erkannt hatte. Waren sie vielleicht doch auf einer falschen Fährte? Er hatte auch nicht den Eindruck gehabt, dass einer von denen, die das Foto gesehen hatten, gelogen hätte. Nur die Reaktion des Professors war ihm eigenartig vorgekommen. Dieser hatte nur einen kurzen, flüchtigen Blick darauf geworfen und sofort verneint, ihn zu kennen, alle anderen hatten sich schon etwas mehr Zeit genommen, das Foto zu betrachten. Kam dieses Verhalten des Professors nur dadurch zustande, dass er sich bei seiner Visite gestört fühlte und diese schnellst möglichst fortsetzen wollte oder hatte er bewusst die Unwahrheit gesagt?

„So, nun sind Sie mich für heute aber wieder los" versprach Maler am Empfang Schwester Monika.

„Sie können mir das Foto gerne hier lassen, Herr Maler, wir haben auch einige Halbtageskräfte und die Kollegin, die in dieser Woche Nachtdienst hat, ist natürlich auch nicht im Haus."

„Vielen Dank. Ich wollte Sie ohnehin danach fragen. Zumindest Schwester Sofie sollte sich das Foto unbedingt anschauen."

Er gab ihr das Foto von Spinelli sowie seine Visitenkarte, im selben Augenblick klingelte das Telefon. Zufällig sah Maler auf dem Display die Nummer des Anrufers.

„Tut mir leid Herr Schmidt, der Professor ist momentan noch bei der Visite, kann er Sie zurückrufen?"

Sie wartete eine Antwort ab.

„In Ordnung, dann rufen Sie ungefähr in einer halben Stunde noch einmal an."

Schwester Monika wirkte etwas genervt.

„Auf Wiederhören."

Maler war sich sicher, dass die Telefonnummer, die er auf dem Display neben der Rosenheimer Vorwahl erkannt hatte, keinem Herrn Schmidt gehörte.

„Ruft dieser Herr Schmidt hier öfter an?"

„Gestern hat er auch angerufen. Davor war circa eine Woche Pause, aber im Juli hatte ich ihn öfters in der Leitung. Wieso fragen Sie?"

„Reine Neugierde, ist eine Berufskrankheit bei uns Kriminalern" wich er ihrer Frage etwas aus. „Hat er immer nur den Professor verlangt, wenn er hier angerufen hat?"

„Ja, er war immer sehr kurz angebunden und wollte mit dem Professor sprechen."

Bevor Schwester Monika noch weiter nachfragen konnte, warum er sich plötzlich so für den Anrufer interessierte, verabschiedete er sich von ihr. Er war schon fast bei der Eingangstür, da hielt er plötzlich inne und drehte sich noch einmal um.

„Eine Frage hätte ich jetzt doch noch. Hatten Sie in der letzten Woche und auch diese Woche hier durchgehend Dienst?"

„Ja, jeweils von Montag bis Freitag, ich war nur am Wochenende nicht da."

„Und Professor Fischer, war er auch die ganze Zeit hier?"

„Sicher. Er kommt morgens jeweils gegen acht, und wenn ich normalerweise so gegen fünf Uhr heimgehe, ist er immer noch im Haus. Das war auch in den vergangenen eineinhalb Wochen ohne Ausnahme der Fall."

„Vielen Dank. Jetzt sind Sie mich aber endgültig los."

Vom Parkplatz aus warf Maler, bevor er ins Auto stieg, einen Blick auf den See hinaus, der im Sonnenlicht glänzte. Am liebsten wäre er jetzt zum Schwimmen gegangen, aber er hatte keine Badehose dabei und auch Wichtigeres zu tun, als mitten am Vormittag Badefreuden zu genießen. Also setzte er sich ans Steuer und fuhr nach Rosenheim zurück. Der Besuch in der Klinik hatte doch noch mehr erbracht, als er erwartet hatte. Je länger er über die Reaktion von Professor Fischer beim Betrachten des Fotos nachdachte, desto mehr war er überzeugt, dass dieser Spinelli erkannt hatte. Noch wichtiger war vielleicht, dass er zufällig mitbekommen hatte, wie Privatdetektiv Specht angerufen und den Professor verlangt hatte. Aus welchem Grund rief dieser, wie Schwester Monika ihm gesagt hatte, seit einiger Zeit immer wieder in der Klinik an? Eine Auskunft über Schönheitsoperationen hatte sich Specht wohl kaum besorgen wollen. Was konnte dahinter stecken, warum brauchte der Professor einen Privatdetektiv? Er nahm sich vor, je nachdem wie sich die Ermittlungen weiterentwickeln würden, Specht ein bisschen in die Mangel zu nehmen. Der würde sich zwar auf seine Verschwiegenheitspflicht zum Schutz seiner Mandaten berufen, aber wenn es um die Aufdeckung eines Kapitalverbrechens wie Mord ginge, würden sich schon Mittel und Wege finden, ihn so weit unter Druck zu setzen, damit er nicht auf Dauer einen Mörder decken würde. Er überlegte lange, wie der Professor mit den Morden in Zusammenhang stehen könnte, kam aber zu keinem schlüssigen Ergebnis. Auf der Landstraße zwischen Prien und Rosenheim war relativ wenig Verkehr, deshalb kam er so zeitig am Rosenheimer Polizeipräsidium an, dass es noch zu früh war, um sofort zum *Da Silvio* zu gehen. Er kehrte deshalb an seinen Schreibtisch zurück und wollte sich nochmals um die Finanzen der beiden Mordopfer kümmern.

In der Klinik Seeblick hatte bei Schwester Monika wieder einmal das Telefon geklingelt.

„Ich habe schon wieder diesen Herrn Schmidt in der Leitung, Herr Professor, er hat vor ungefähr einer halben Stunde schon einmal angerufen."

Professor Fischer war inzwischen mit der Visite fertig, sodass sie ihm den ominösen Anrufer diesmal auch durchstellen konnte. Es knackte in der Leitung und Specht meldete sich. Der Professor nahm sich nicht einmal die Zeit, ihm einen guten Morgen zu wünschen, sondern fragte sofort:

„Haben Sie schon etwas herausgefunden?"

„Ja, Schlossers Lebenslauf, den Sie mir gestern gefaxt haben, hat mich auf die richtige Spur gebracht."

„Inwiefern?"

„Ich habe entdeckt, dass sich Spinelli vor circa sechs Jahren beim Fußballspielen einen Kreuzbandriss zugezogen hat und deswegen operiert werden musste. Die Operation wurde in der Unfallklinik in München durchgeführt, in der Rudi Schlosser gearbeitet hat, bevor er zu Ihnen an den Chiemsee wechselte. Spinelli lag sogar auf der Station, in der Schlosser zu dieser Zeit im Dienst war. Ich bin mir sicher, dass sie sich dort kennengelernt haben."

„Verdammt, dann war also wirklich Schlosser der Verbindungsmann zu diesem Italiener. Das hätte ich ihm nicht zugetraut. Die Kripo ist übrigens schon auf der selben Spur."

„Woher wissen Sie das?"

„Ein Kripobeamter aus Rosenheim war vorher hier in der Klinik und hat mir Spinellis Foto unter die Nase gehalten. Meine Angestellten hat er auch schon befragt."

„Was wollen Sie jetzt unternehmen?"

„Vorerst nichts. Beide sind doch sowieso schon tot, was soll ich da noch großartig tun? Ich kann nur abwarten und hoffen, dass mich die Kripo in Ruhe lässt."

„Darauf würde ich mich nicht verlassen. Wenn sie schon vermuten, dass sich Schlosser und Spinelli kannten, dann werden sie auch davon ausgehen, dass die beiden nicht zufällig innerhalb weniger Tage ermordet wurden. Selbstverständlich wird die Kripo nicht eher zufrieden sein, bis der oder die Mörder dingfest gemacht wurden."

„Ihr Job ist vorerst erledigt, bitte schicken Sie mir Ihre Rechnung. Wenn ich Sie noch mal brauche, melde ich mich wieder."

Professor Fischer knallte den Hörer auf die Gabel, ohne sich von Specht zu verabschieden. Es war noch nicht einmal elf Uhr und er war schon für den Rest des Tages bedient. Er konnte nur hoffen, dass Schlosser und Spinelli nicht noch mehr Komplizen hatten und die Kripo nicht zu sehr in seiner Privatsphäre und in den Angelegenheiten der Klinik herumstochern würde."

28

Auf *Ischia* hatte Martina den Vorschlag ihrer Eltern, gleich nach dem Frühstück zu den Poseidon-Gärten zu fahren und den ganzen Tag dort in den Thermen zu bleiben, dankbar angenommen. Sie wollte Toto nicht sofort wieder begegnen, aber sie war sich auch im Klaren darüber, dass sie ihm in den restlichen eineinhalb Wochen Urlaub nicht völlig aus dem Weg gehen konnte. Elena hatte beim Frühstück gefragt, ob Diana mit ihnen mitfahren dürfe, Max und Chiara hatten nichts dagegen. Auch Dianas Eltern waren damit einverstanden, nach dem *Capri*-Ausflug vom Vortag hatten sie für diesen Tag ohnehin nichts geplant und wollten am Strand vor dem *Vesuvio* bleiben.

Da Max wie vereinbart mit Heidi Schlosser um zehn aufs Revier der *Carabinieri* fahren wollte, hatte er mit Chiara besprochen, dass sie zusammen mit den drei Mädchen den Bus nehmen und vorausfahren sollte und er dann sofort nachkommen würde, sobald er Frau Schlosser wieder am Hotel abgesetzt hatte. Als er wenige Minuten vor zehn Uhr zu dem weißen *Fiat Punto* auf dem Hotelparkplatz kam, wartete sie schon auf ihn.

„Guten Morgen, Frau Schlosser, wie geht es Ihnen heute?"

„Schon etwas besser, heute Nacht konnte ich wenigstens ein paar Stunden schlafen. Aber mir graut unheimlich vor dem, was mich in den nächsten Tagen noch erwartet, die Überführung von Rudi, zuhause die Organisation seiner Beerdigung und schließlich die Beerdigung selbst. Ich wäre froh, wenn ich das alles bereits hinter mir hätte."

„Ich kann Ihre Stimmung gut nachvollziehen, Frau Schlosser. Was die Überführung angeht, hat mein Schwager sicher schon vorgearbeitet."

Auf der kurzen Fahrt zum Revier schwieg sie. Dort angekommen ließ Francesco sie in seinem Büro Platz nehmen und gab Max einen Wink, dass er vorher noch mit ihm allein sprechen wolle.

„Wir sind sofort bei Ihnen, Frau Schlosser."

In Alfonsos Büro berichtete Francesco, dass er am Morgen einen Anruf aus Österreich erhalten hatte. Die Dame, die von Terrasini überfallen worden war, hatte ihn anhand des Fotos, das er ihr gemailt hatte, eindeutig identifiziert.

„Gut" meinte Max. „Dann ist wenigstens der Überfall für euch erledigt, aber in Sachen Schlosser hilft uns das nicht weiter."

„Ich weiß, aber Terrasini bleibt auf alle Fälle vorerst in Haft. Die Kollegen in Neapel versuchen gerade zu klären, wie viele Überfälle noch auf sein Konto gehen könnten."

„Müssen wir vorab wegen Frau Schlosser noch etwas besprechen, Francesco?"

„Nein, ich meine nicht. Hast du das Wasserglas mit den Fingerabdrücken dabei?"

„Ja, das liegt im Kofferraum von meinem Auto."

Max gab Alfonso die Autoschlüssel, damit er das Glas aus dem Kofferraum holen konnte, während er mit Francesco in dessen Büro zu Frau Schlosser ging. Wie gehabt ließ Max in erster Linie seinen Schwager reden und fungierte nur als Dolmetscher. Zuerst machte Francesco ihr deutlich, dass es schwieriger als erwartet gewesen war, kurzfristig einen Flug für die Überführung der Leiche von ihrem Mann zu finden. Schließlich habe er über seine Kollegen in Neapel erreicht, dass in einer Abendmaschine von Neapel nach München die Möglichkeit geschaffen wurde, den Sarg mitzunehmen.

„Heute Abend schon?" wollte Heidi Schlosser wissen.

„Nein, erst morgen Abend. Es ist aber bereits alles soweit vorbereitet, sodass Sie sich um nichts mehr kümmern brauchen. Ein Kollege von mir wird Sie morgen am Spätnachmittag am *Molo Beverello* in Neapel abholen und zum Flughafen bringen. Von ihm bekommen Sie auch das Flugticket. Haben Sie jemanden, der Sie in München am Flughafen abholen kann?"

„Ja, meine Eltern haben mir bereits angeboten, dass sie mich vom Flughafen aus nach Hause fahren. Mit ihnen habe ich auch schon vereinbart, dass sie ein Bestattungsunternehmen engagieren, sobald ich ihnen sagen kann, wann ich zurückkomme. Ich werde sie sofort verständigen, damit auch Rudis Weitertransport morgen Abend schon geregelt ist, wenn wir am Flughafen in München ankommen."

Plötzlich stiegen ihr die Tränen in die Augen, sie suchte nach einem Taschentuch in ihrer Handtasche und schniefte ein paar Mal hinein.

„So wollte ich mit Rudi nicht aus *Ischia* heimkehren" schluchzte sie und wischte sich mit dem Handrücken über die Augen.

Max und Francesco warteten eine Weile, bis sie sich wieder etwas gefasst hatte. Francesco wollte ihr noch von den Ermittlungen gegen Terrasini berichten, aber bevor er fortfahren konnte, fragte sie ihn:

„Waren Sie mittlerweile erfolgreich, was die Suche nach dem Mörder meines Mannes angeht?"

„Wir haben einen Verdächtigen verhaftet, der den Geldbeutel Ihres Mannes bei sich trug."

„Hat er den Mord gestanden?"

„Nein, er leugnet, etwas mit dem Mord zu tun zu haben. Allerdings sprechen einige Fakten gegen ihn. Er sitzt momentan in Neapel in Untersuchungshaft."

Francesco zog eine Schublade von seinem Schreibtisch auf, holte ein Foto von Terrasini hervor und reichte es Frau Schlosser.

„Haben Sie diesen Mann schon einmal gesehen?"

„Ist er das?"

„Ja. Denken Sie nach, ob er Ihnen vielleicht in der Nähe des Hotels oder auf der Überfahrt von Neapel schon einmal aufgefallen ist."

Heidi Schlosser sah sich das Foto von Terrasini lange an, bevor sie Francesco antwortete.

„Nein, ich bin mir sicher, den habe ich noch nie gesehen."

Sie gab Francesco das Foto zurück und wollte wissen, wie es nun weitergehen würde.

„Was Terrasini angeht sind wir mit unseren Untersuchungen noch nicht am Ende. Wenn er den Mord weiterhin leugnet, müssen wir stichhaltiges Beweismaterial auf den Tisch legen können, damit es überhaupt zu einer Anklage kommen kann. Aber daran arbeiten wir."

Max hatte alles übersetzt und schlug ihr vor, sie wieder ins Hotel zurückzufahren, falls sie keine weiteren Fragen hätte. Sie bedankte sich bei Francesco für seine Unterstützung und verabschiedete sich von ihm. Im Hinausgehen versprach Max seinem Schwager auf Italienisch, dass er sich sofort melden würde, sobald er Neuigkeiten von Wiggerl hören würde.

„Ich bin den Rest des Tages in den Poseidon-Gärten."

Im Gegensatz zur Hinfahrt war Heidi Schlosser auf dem Weg zurück zum Hotel im Auto etwas gesprächiger. Von sich aus erzählte sie Max, dass ihr Mann in manchen Dingen ein sehr vorsichtiger Mensch war und ihr dies im Nachhinein nun noch zugute kam.

„Wissen Sie, meine Eltern und auch die Eltern von Rudi sind nicht mehr die Jüngsten, da könnte immer ein plötzlicher Krankheits- oder Todesfall eintreten. Deshalb hat Rudi im letzten Jahr vor unserem Urlaub eine Versicherung abgeschlossen, die die Kosten für den Abbruch des Urlaubes und des vorzeitigen Heimfluges übernehmen würde. Darin eingeschlossen war auch eine spezielle Auslandskrankenversicherung, die nicht nur für den Krankenrücktransport, sondern auch für die Überführung des Leichnams im Fall des Versterbens im Ausland aufkommen würde."

Nachdem sie nun schon das Thema Geld angeschnitten hatte, wollte sich Max die Gelegenheit nicht entgehen lassen, in dieser Hinsicht noch ein bisschen mehr von ihr zu erfahren.

„Wie werden Sie allein zukünftig finanziell über die Runden kommen? Reicht Ihnen Ihr eigenes Gehalt zum Leben?"

„Damit müsste ich schon auskommen. Ich habe mir auch noch keine Gedanken darüber gemacht, ob ich unsere Mietwohnung behalten oder in eine kleinere umziehen werde. Großartige Ersparnisse haben wir leider nicht."

„Hatte Ihr Mann eine Lebensversicherung?"

„Rudi hatte zwar als Altersvorsorge eine Versicherung abgeschlossen, aber soviel ich weiß, ist es keine klassische Lebensversicherung, weil er damit nicht zusätzlich irgendwelche Immobilienkredite hätte absichern müssen, sondern es müsste eine Rentenversicherung sein. Inwieweit ich daraus jetzt schon eine Rente bekommen werde, kann ich nicht abschätzen. Das sind alles Dinge, um die ich mich natürlich von hier aus nicht kümmern konnte. Wie gesagt, mir graut wirklich vor dem, was da jetzt noch alles auf mich zukommen wird."

Beim Hotel fuhr Max gar nicht erst auf den Parkplatz, sondern ließ Heidi Schlosser am Eingang nur aussteigen, er wollte sofort zu den Poseidon-Gärten weiterfahren.

Die *Giardini Poseidon* liegen im Gemeindegebiet von *Forio*, auf der anderen Seite der Insel, am Ende der lang gezogenen, malerischen *Citara*-Bucht. Schon allein der Weg dorthin ist wirklich sehenswert. Max verließ *Ischia Porto* auf der *Strada Statale* in Richtung *Casamicciola*. Von dort bis *Lacco Ameno* führt die Straße direkt an der Küste entlang, danach ein Stück durchs Inselinnere bergauf und bergab, hinüber bis nach *Forio*. Hinter der Ortsgrenze von *Forio* verläuft die Straße etwas oberhalb vom Meer und gibt bald den Blick auf die *Citara*-Bucht frei. Max folgte dem Hinweispfeil, der nach rechts Richtung *Citara* zeigte, fuhr bis zur nächsten Kreuzung, bog links ab, erreicht kurz darauf den Strand der *Citara*-Bucht und fuhr dann am Meer entlang bis zu den Poseidon-Gärten am Ende der Bucht. Er fand noch einen Parkplatz im Schatten, machte sich aber keine Illusion darüber, dass die Sonne bald weiter gewandert sein und das Auto im Laufe des Tages bis zu ihrer Heimfahrt noch in einen Backofen verwandeln würde.

Max löste das nicht gerade billige Tagesticket und sperrte seinen Geldbeutel, seine Uhr und die Autoschlüssel in eines der Schließfächer, die sich gleich hinter dem Eingang befanden. Einen Fünf-Euro-Schein und auch sein Handy behielt er bei sich, damit er für Wiggerl und Francesco erreichbar war. Direkt neben den Schließfächern befand sich ein kleiner Laden, in dem Tageszeitungen, Zeitschriften, Postkarten, Badeartikel, Filme und Batterien für Fotoapparate sowie zahlreiche *Ischia*-Souvenirs angeboten wurden. Max kaufte sich eine deutsche Zeitung, bei der es sich sogar um eine tagesaktuelle Ausgabe handelte, bevor er sich in den Thermen auf die Suche nach seiner Frau und seinen Töchtern machte.

Der riesige Thermalgarten erstreckt sich von den steilen Felsen, die die *Citara*-Bucht nach Süden und Südosten begrenzen, bis zum Meer. Auf diesem Areal sind nahezu zwanzig kreisrunde, ovale oder eckig geformte Badebecken verteilt und teilweise durch Treppenstufen, teils durch ebenerdige, gepflasterte Wege miteinander verbunden. Die Wassertemperaturen reichen mit Ausnahme des Kneipp-Beckens von 28 bis 40 Grad Celsius. Zwischen den Becken und Ruheplätzen für die Gäste liegen wunderschön gestaltete Blumenbeete, die meist um Palmen oder größere Kakteen herum angelegt sind. Für die zahlenden Gäste ist ein eigener, sechshundert Meter langer Sandstrand durch einen Zaun vom öffentlichen Strand der *Citara*-Bucht abgetrennt. Dort fand Max ohne längere Suche unter einem der Bast-Sonnenschirme seine Frau.

„Hallo mein Schatz."

„*Ciao* Max, wie war's?"

„Unspektakulär. Auf dem Revier haben wir nichts Neues von ihr erfahren, beim Zurückfahren hat sie ein bisschen über ihre finanziellen Verhältnisse geplaudert. Große Reichtümer haben die beiden nicht angehäuft, falls sie in der Hinsicht bei der Wahrheit geblieben ist. Wenn sie also doch mit dem Mord etwas zu tun haben sollte, dann war meiner Ansicht nach sicher nicht sein Geld das Motiv. Das Wasserglas mit ihren Fingerabdrücken geht heute noch zur Analyse nach Neapel rüber, mal sehen, was dabei herauskommen wird."

Max lobte das Vorgehen von Francesco, den Rückflug von Heidi Schlosser bewusst bis auf den Freitagabend hinausgezögert und somit noch einen weiteren Tag für die Ermittlungen gewonnen zu haben, bevor sie die Frau ziehen lassen mussten. Er zog sich seine kurze Hose und sein T-Shirt aus und setzte sich neben Chiara in einen Liegestuhl.

„Wo sind denn die Mädchen?"

„Kurz bevor du gekommen bist sind sie zu den Thermalbecken gegangen."

„Willst du auch zu den Becken gehen, Chiara?"

„Ich bin schon knapp eine Stunde im warmen Wasser gesessen, jetzt brauche ich erst einmal eine Pause."

„Und ich habe als erstes eine Erfrischung nötig" antwortete Max, stand auf, lief die wenigen Meter bis zum Meer und stürzte sich ins Wasser. Mit kräftigen Zügen schwamm er hinaus.

In der Bucht lagen viele kleine Boote vor Anker und schaukelten auf dem Wasser. Chiara schnappte sich die Zeitung, die Max gekauft hatte, und blätterte sie durch. Sie las allerdings nur die Überschriften, im Grunde war es ihr egal, was da alles geschrieben stand. Die üblichen Sommerlochthemen, die herhalten mussten, um die Zeitung auch im August zu füllen, interessierten sie nicht. Recht schnell legte sie deshalb die Zeitung wieder weg, lehnte sich zurück und schloss die Augen.

„Iiiiihh“ kreischte sie und schreckte hoch, als Max das kalte Meerwasser von seinen Haaren auf ihren Bauch tropfen ließ. Sie hatte ihn überhaupt nicht zurückkommen hören, umso mehr war sie bei seiner kalten Dusche erschrocken. „Ich bin wieder da“ grinste er sie an.

„Du bist gleich wieder weg“ prophezeite sie ihm.

Blitzschnell nahm sie eine Handvoll Sand und warf sie ihm gegen den Bauch. An seinem nassen Körper blieb ein Großteil des Sandes kleben. Deshalb war er tatsächlich gleich wieder weg, denn er ging noch mal ins Wasser, um sich den Sand wieder abzuwaschen.

„Siehst Du“ lachte sie, als er wieder zurückkam. „Du weißt doch, dass du den Kürzeren ziehst, wenn du dich mit mir anlegen willst.“

Max gab sich vorerst geschlagen, trocknete sich ab, legte sich wieder neben Chiara in den Liegestuhl und nahm die Zeitung zur Hand. Im Gegensatz zu seiner Frau las er die Zeitung etwas ausführlicher, besonders beim Sportteil hielt er sich länger auf. Eineinhalb Wochen vor dem Start in die neue Saison der Fußball-Bundesliga gab es für die Sportjournalisten natürlich genügend zu schreiben über den Trainingsstand der einzelnen Mannschaften und wie sich die zu Saisonbeginn verpflichteten Spieler und Trainer bei ihren neuen Vereinen eingewöhnt hatten. Außerdem wurde darüber spekuliert, inwieweit sich die Euphorie und Fußballbegeisterung, die während der gerade mal einen Monat zurückliegenden Weltmeisterschaft in Deutschland aufgekommen waren, auf die Bundesliga übertragen würden.

„Manchmal kann es auch von Vorteil sein, wenn jemand sehr viel Arbeit um die Ohren hat“ dachte sich Max. „Francesco ist seit Samstag überhaupt nicht mehr dazugekommen, mich wegen unserer Halbfinal-Niederlage gegen seine Italiener aufzuziehen.“

Er hatte die Artikel, die ihn interessierten, fast fertig gelesen, da kamen Martina, Elena und Diana von den Thermalbecken zurück.

„Mama, ich habe Hunger.“

Typisch Elena, sie war wie immer die Erste, die zum Essen drängte. In den Poseidon-Gärten gibt es ein großes Selbstbedienungs-*Ristorante,* in dem viele Köstlichkeiten der ischitanischen und italienischen Küche angeboten werden. Die ganze Familie Hartinger aß hier wie immer *Pizza* und auch Diana wählte für ihr Mittagessen eine *Pizza* aus. Nach dem Essen waren die drei Mädchen schnell wieder in Richtung Strand verschwunden, Max und Chiara blieben noch eine Weile sitzen und ließen sich ein

Gläschen *Vino rosso* schmecken. Die Tische um sie herum waren alle schon wieder leer, nur in einer Ecke des *Ristorante* saßen noch ein paar Gäste.

„So kann man es aushalten. Gutes Essen, ein guter Schluck zu trinken und weit weg von Stress und Hektik des Alltags" schwärmte Max.

„Leider nicht weit genug weg" beklagte sich Chiara, weil im selben Augenblick der Klingelton vom Handy ihres Mannes ertönte.

„Servus Wiggerl, was gibt's?"

„Du wirst staunen, was ich heute schon alles herausgefunden habe. Ich war gerade im *Da Silvio* beim Mittagessen. Dort habe ich das Foto von Schlosser allen gezeigt, aber keiner der Italiener konnte sich erinnern, ihn schon gesehen zu haben. Weder allein noch mit Spinelli zusammen."

„Und darüber soll ich jetzt staunen? Hat dir wenigstens die *Pizza* geschmeckt?" frotzelte Max.

„Klar, die war sehr gut, mit Tomaten, *Mozzarella,* Schinken, Champignons" zählte er ganz langsam auf.

„Wiggerl, spann mich nicht so auf die Folter!"

„Also gut, hör zu. Der Blick auf die Konten von Schlosser und Spinelli war sehr aufschlussreich. Schlosser hatte außer seinem Gehaltskonto noch ein Sparbuch sowie ein kleines Depot mit festverzinslichen Wertpapieren und eine Rentenversicherung, die zum fünfundsechzigsten Lebensjahr fällig gewesen wäre. Die Konten und das Depot lauteten sowohl auf ihn als auch auf seine Frau."

„Dann hat mir Frau Schlosser also die Wahrheit erzählt, als sie heute Vormittag über ihre Ersparnisse gesprochen hat."

„Bei Spinelli sind auch ein Girokonto und ein Sparbuch vorhanden. Alles in allem waren dort aber bei beiden keine atemberaubenden Beträge, auf den Sparbüchern waren nicht mehr als vierzehntausend Euro."

„Das wäre aber ein bisschen wenig gewesen als Startkapital für eine eigene *Pizzeria* oder für eine Eigentumswohnung hier auf *Ischia*."

„Eben, genau deswegen hatten die beiden wohl noch anderweitig vorgesorgt. Sowohl Spinelli als auch Schlosser haben Ende November 2004 unter einer gesonderten Kontonummer noch ein weiteres Sparbuch eröffnet. Das eine gehörte interessanterweise Rudi Schlosser allein und nicht ihm und seiner Frau zusammen. Auf beide Sparkonten wurde monatlich bar eingezahlt, zuerst ein Jahr lang jeweils 2.500 Euro, dann ein halbes Jahr lang jeweils 3.000 Euro und zum Schluss Mitte Juni und Mitte Juli jeweils 4.000 Euro. Die Gutschriften auf Spinellis Konto erfolgten immer ein oder zwei Tage vor Schlossers Einzahlungen."

„Das ist ja der Hammer!"

Max überlegte einen Augenblick.

„Wiggerl, glaubst du auch, dass die beiden jemanden erpresst haben?"

„Genau, so sieht es aus und ich habe auch schon eine Idee, wenn sie da angezapft haben könnten."

Ludwig berichtete Max, wie eigenartig für ihn das Verhalten von Professor Fischer gewesen war, als er ihm Spinellis Foto gezeigt hatte und wie er am Empfang zufällig mitbekommen konnte, dass Jürgen Specht, der Privatdetektiv, zum wiederholten Mal in der Klinik angerufen und nach dem Professor verlangt hatte.

„Das könnte bedeuten, dass sie den Professor erpresst haben und er daraufhin Specht engagierte, um der Erpressung ein Ende zu bereiten."

„Dieser alte Gauner Specht."

Max war auf den Privatdetektiv nicht gut zu sprechen, weil er ihnen schon mehrmals bei ihren Ermittlungen dazwischengefunkt hatte und er es bei seiner Arbeit auch mit Recht und Gesetz oft nicht so genau nahm.

„Meinst du der Professor hat die beiden umgebracht?"

„Er selbst kann es eigentlich nicht gewesen sein. Ganz nebenbei habe ich heute Morgen auch sein Alibi geprüft. Schwester Monika am Empfang der Klinik hat mir bestätigt, dass er an den Werktagen in dieser und in der letzten Woche sowohl am Nachmittag gegen fünf noch in der Klinik war, als auch in der Früh gegen acht bereits schon wieder da war."

„Da sind fünfzehn Stunden dazwischen, theoretisch könnte er in dieser Zeit schon bis hierher gekommen und wieder zurückgekehrt sein."

„Theoretisch schon, aber praktisch ist es doch unmöglich. Die Morde waren kurz nach Mitternacht, da hätte er einen Privatjet gebraucht, um am nächsten Morgen wieder in der Klinik zu sein. Und mit dem Auto ist es erst recht kaum möglich. Außerdem hätte er es doch einfacher haben können. Warum sollte er sie erst nach *Ischia* reisen lassen und dann ermorden, wenn er sie hier praktisch vor der eigenen Haustür hätte aus dem Weg räumen können?"

„Dann bleibt aber immer noch die Möglichkeit, dass er einen professionellen Killer engagiert hat. Aber um ihm das nachzuweisen, müssten wir diesen schon an der Angel haben."

Beide schwiegen kurz und überlegten, wie sie weiter vorgehen sollten.

„Also Max, was sollen wir unternehmen?"

„Ich denke, du solltest dem Specht mal ordentlich auf die Füße steigen. Der weiß genau, dass wir ihn wegen Vertuschung einer Straftat drankriegen können, wenn der Professor wirklich die beiden umbringen ließ. Und dem Professor müsstest du auch auf den Zahn fühlen. Wer weiß, was für ein krummes Ding er gedreht hat, womit sie ihn dann erpressen konnten. Ohne Grund wird er nicht jedem 56.000 Euro bezahlt haben."

„Angenommen, unsere Theorie stimmt und der Professor hat tatsächlich seit eineinhalb Jahren an Spinelli und Schlosser bezahlt. Warum hat er dann erst jetzt Specht engagiert? Laut Schwester Monika begannen seine Anrufe in der Klinik Anfang Juli. Warum hat er nicht sofort etwas unternommen?"

„Du hast mir doch eben gesagt, dass die Einzahlungssummen zweimal angestiegen sind. Vielleicht sind ihm die beiden Erpresser einfach zu gierig geworden. Unter Umständen sind sie mit der Zeit auch leichtsinniger und unvorsichtiger geworden bei ihrer Erpressung. Der alte Spruch „Gier frisst Hirn" bestätigt sich doch immer wieder. Und da könnte sich der Professor gezwungen gesehen haben, nun doch etwas zu unternehmen, um die Erpressung stoppen zu können."

„Der Professor wird bestimmt alles abstreiten, Max."

„Davon kannst du ausgehen. Es wäre trotzdem interessant zu wissen, wie er darauf reagiert. Mir fällt gerade noch etwas ein. Als ich letzte Woche für Francesco untersucht habe, ob gegen Spinelli bei uns in Rosenheim etwas vorliegt, da habe ich entdeckt, dass er im letzten Jahr zweimal an der gleichen Stelle, nämlich am Ortseingang von Prien, geblitzt worden ist. Schau dir an, wann das genau war. Bisher hatte ich eher daran gedacht, dass er sich an den betreffenden Tagen womöglich mit Rudi Schlosser getroffen hat, jetzt sieht es aber ein bisschen anders aus. Unter Umständen war er an diesen Tagen auf dem Weg zum Professor, um wieder einmal abzukassieren. Vielleicht haben wir Glück und die Daten, an denen er geblitzt wurde, passen mit den Einzahlungsdaten auf den Konten von Spinelli und Schlosser überein."

„Das würde aber immer noch nicht ausreichen, um dem Professor nachzuweisen, dass das Geld auf den Konten tatsächlich von ihm stammt und er erpresst wurde."

„Stimmt. Und ein Beweis, dass er hinter den Morden steckt, ist es erst recht nicht. Nun ist es wohl doch an der Zeit, auch Heidi Schlosser zu fragen, ob sie Spinelli kannte. Wir haben das bisher noch nicht getan, weil wir sie in dem guten Glauben lassen wollten, dass sie nicht zu den Verdächtigen gehört, obwohl wir immer auch in Betracht gezogen haben, dass sie ihre Finger irgendwie mit im Spiel haben könnte."

„Von der Erpressung muss sie nichts gewusst haben. Wie mir Schwester Sofie sagte, hat Rudi ohne das Wissen seiner Frau geplant, mittelfristig nach *Ischia* auszuwandern. Zudem würde für sie sprechen, dass das Sparkonto mit den 56.000 Euro im Gegensatz zu den anderen Gemeinschaftskonten nur auf Rudi lautete."

„Richtig. Trotzdem könnte sie uns unter Umständen weiterhelfen, wenn sie Spinelli kannte. Also, dann kümmere du dich jetzt um Specht und den Professor, ich werde Francesco informieren und heute Abend Heidi Schlosser befragen. Es wird Zeit, dass wir den Fall zu Ende bringen, Chiara ist mittlerweile schon ziemlich genervt, dass ich so oft am Telefon hänge oder mich mit Francesco treffe. Sie sagt zwar nichts, aber ich merke ihr es deutlich an."

Max und Wiggerl verabredeten, spätestens am Abend wieder zu telefonieren und hängten ein. Sie hatten so lange telefoniert, dass Chiara und auch die wenigen anderen Gäste, die vorher noch beim Essen gesessen hatten, längst gegangen waren und Max mittlerweile ganz alleine im *Ristorante* saß.

29

Max fand die Plätze seiner Familie am Strand leer, nur die T-Shirts von Chiara, seinen Töchtern und Diana hingen dort. Er setzte sich in seinen Liegestuhl und ließ sich das Telefonat mit Wiggerl noch einmal durch den Kopf gehen. Was er schon lange vermutet hatte, schien durch die übereinstimmenden Zahlungseingänge auf den Sparkonten der beiden bewiesen, Schlosser und Spinelli kannten sich, mehr noch, sie waren anscheinend an einer Erpressung oder sonst einem unsauberen Geschäft beteiligt. Oder konnte es für die monatlichen Einzahlungen eine andere, plausible Erklärung geben? Max fiel auf Anhieb keine ein. Wenn sie tatsächlich den Professor Fischer erpresst hatten, dann musste dieser ihnen auch einen Grund für die Erpressung geliefert haben. Je länger Max darüber nachdachte, desto mehr kam er zu dem Schluss, dass die Ursache für die Erpressung in der Klinik liegen musste. Oder war es nur ein Zufall, dass Rudi Schlosser im Sommer 2004 dort seinen neuen Job angetreten hatte und wenige Monate später die monatlichen Zahlungen zu fließen begannen? Was konnte er dort entdeckt haben, das dem Professor bisher bereits über 110.000 Euro Schweigegeld wert gewesen war? War die ganze Schönheitsklinik vielleicht nur eine Tarnung für irgendwelche kriminellen Machenschaften? Es machte Max ganz kribbelig, dass er momentan praktisch zum Nichtstun verdammt war, weit weg von der Klinik, in der er den Schlüssel für die Erpressung und letztlich auch für die Morde an Schlosser und Spinelli vermutete.

Chiara und die Mädchen waren noch nicht wieder aufgetaucht, deshalb griff Max zum Handy und rief Francesco an.

„*Ciao* Max, jetzt bist du mir aber zuvorgekommen, ich wollte dich auch gerade anrufen."

„Wieso denn?"

„Alfonso hat sich vor ein paar Minuten bei mir gemeldet. Ich hatte ihn nach Neapel rübergeschickt, er ist während der Analyse der Fingerabdrücke dort geblieben. Also, die dritten Fingerabdrücke auf Schlossers Geldbeutel stimmen eindeutig mit denen auf dem Wasserglas überein."

„Das ist sehr interessant. Und welche Schlüsse ziehst du daraus?"

„Ich weiß noch nicht so recht. Einerseits könnte es einfach nur bedeuten, dass der Mörder von Schlosser bei der Tat Handschuhe trug, andererseits kommt wieder deine Theorie ins Spiel, dass Heidi Schlosser in den Fall verstrickt ist."

„Ob diese Theorie, wie du meinen Verdacht eben genannt hast, haltbar ist, daran zweifele ich momentan ziemlich. Ich habe vorhin lange mit Wiggerl gesprochen, was er heute herausgefunden hat, wirft ein ganz neues Licht auf unseren Fall."

Francesco hörte gespannt zu, als ihm Max von den dubiosen Sparkonten, dem zwielichtigen Privatdetektiv und der möglichen Erpressung in der Klinik berichtete.

„Was soll man dazu sagen? Da hätten wir noch lange hier auf *Ischia* ermitteln können und wären auf keinen grünen Zweig gekommen, wenn das Motiv für den Mord in Bayern zu finden ist. Aber den Mörder der beiden haben wir damit trotzdem noch längst nicht ausfindig gemacht."

„Warte mal ab, was Wiggerl heute bei diesem Specht und dem Professor noch erreicht. Und wir sollten uns heute Abend nochmals eingehend mit Heidi Schlosser unterhalten, aber im Gegensatz zu heute Vormittag ohne Voranmeldung, damit der Überraschungseffekt größer ist."

„Was versprichst du dir davon? Meinst du, sie war an der Erpressung auch beteiligt?"

„Nein, das halte ich eher für unwahrscheinlich, aber wenn ihr Mann seit fast zwei Jahren mit Spinelli dieses krumme Ding gedreht hat, dann müssen sich die beiden doch schon vorher eine Weile gekannt haben, denn sie werden doch nicht von heute auf morgen, so ganz auf die Schnelle, zu Komplizen bei einer Erpressung geworden sein. Wenn Heidi Schlosser nun von uns von der Erpressung erfährt, vielleicht kommen ihr dann Ereignisse der letzten Wochen in den Sinn, die sie bisher für belanglos gehalten und überhaupt nicht mit dem Tod von ihrem Mann in Verbindung gebracht hat."

„Ich weiß nicht so recht, da ist natürlich sehr viel Spekulation dabei, aber versuchen müssen wir es trotzdem. Dann komme ich am besten nach dem Abendessen zu euch ins Hotel."

„Gut, bis dahin habe ich sicher neue Nachrichten von Wiggerl."

Nachdem Max das Handy abgeschaltet hatte, wusste er, ohne sich umzudrehen, dass Chiara und die drei Mädchen im Anmarsch waren, ihr Geschnatter war nicht zu überhören. Schnell ließ er das Handy in seiner Hosentasche verschwinden, schloss die Augen und tat so, als würde er schlafen. Dann, als sie um ihn herumstanden, schaute er auf und rieb sich scheinbar verschlafen die Augen.

„Papa, du warst noch gar nicht in den Thermalbecken" stellte Elena vorwurfsvoll fest.

„Man soll doch nicht sofort nach dem Essen wieder ins Wasser gehen" verteidigte er sich. „Aber jetzt werde ich eine Runde durch die Becken machen."

Wenn sie auf *Ischia* in einem Thermalgarten waren, wanderten Max und Chiara am liebsten von Becken zu Becken, angefangen bei dem mit der niedrigsten Temperatur, um dann nach einiger Zeit in das Becken mit der nächst höheren Temperatur zu wechseln, bis sie das heißeste Becken erreicht hatten. Und diese Prozedur wiederholten sie mehrmals am Tag.

„Wir gehen gleich noch schwimmen“ rief Elena und lief zusammen mit Diana und Martina ins Meer.

Chiara nahm neben ihm in ihrem Liegestuhl Platz.

„Entschuldige, dass ich dich vorher im *Ristorante* allein sitzen gelassen habe.“

„Ich muss mich doch bei dir entschuldigen, Schatz, dass ich so lange telefoniert habe. Aber Wiggerl ist heute auf etwas gestoßen, das uns womöglich ganz nahe an die Aufklärung der beiden Morde gebracht hat.“

Sein langes Telefonat mit Wiggerl hatte Chiara anfangs noch neben ihm sitzend mitgehört, er wusste aber nicht mehr, zu welchem Zeitpunkt des Gespräches sie aufgestanden und gegangen war. Deshalb skizzierte er noch einmal nach, was sich bei der Untersuchung der finanziellen Verhältnisse der beiden Mordopfer ergeben hatte. Oft waren es banale Dinge, die er im Eifer des Gefechts einfach übersehen hatte, die dann aber entweder ihm selbst oder seiner Frau auffielen, wenn er ihr über den Stand seiner Ermittlungen berichtete. Er wusste, dass er sich dabei hundertprozentig auf Chiara verlassen konnte und niemals ein Dritter davon erfuhr.

„Mal angenommen, das Motiv für die Morde war wirklich die Erpressung beziehungsweise das Geld. Dann gäbe es neben dem Professor als Täter oder einem von ihm engagierten Mörder auch die Möglichkeit, dass an der Erpressung noch ein Dritter beteiligt war, der im Streit um das Geld oder aus einem anderen Grund seine bisherigen Komplizen aus dem Weg geräumt hat, um dann die Erpressung alleine weiter durchzuziehen.“

„Das ist eine gute Idee, Chiara, diese Variante habe ich noch gar nicht bedacht. Aber wie sollen wir ohne irgendeinen Anhaltspunkt auf einen möglicherweise beteiligten Dritten stoßen? Das wäre wie die berühmte Suche nach der Stecknadel im Heuhaufen. Ehrlich gesagt halte ich es auch für wahrscheinlicher, dass der Professor seine Erpresser aus dem Weg räumen ließ.“

„Das klingt mir auch am plausibelsten. Vielleicht war das mit dem Dritten nur eine Schnapsidee von mir.“

„Nein, nein, ich bin wirklich froh um jede Idee, auch wenn sie anfangs noch so verrückt klingen mag. Was ich dir noch nicht erzählt habe, ist, dass jetzt einwandfrei feststeht, dass die Fingerabdrücke auf Schlosser Geldbeutel von ihm selbst, von Terrasini und von Heidi Schlosser stammen. Das könnte wieder für einen professionellen Killer sprechen, der Schlosser umbringt, seinen Geldbeutel verschwinden lässt, um eine falsche Spur zu legen und um das Ganze wie einen Raubmord aussehen zu lassen. Bei seiner Tat trägt er natürlich Handschuhe, um keine Fingerabdrücke zu hinterlassen. Dann hätte Terrasini sogar die Wahrheit gesagt, als er beim Verhör angegeben hat, den Geldbeutel in einem Papierkorb gefunden zu haben."

„Terrasini hast du doch von Anfang an nicht für den Mörder gehalten."

„Stimmt, aber ich hätte mich natürlich auch irren können."

„Am Wahrscheinlichsten ist für mich die Version mit dem professionellen Killer. Wenn der Professor über diesen Specht erfahren hat, wer ihn erpresst hat, dann dürfte Specht auch herausgefunden haben, dass Spinelli regelmäßig jedes Jahr hierher in den Urlaub gefahren ist und auch die Schlossers schon mehrfach hier waren. Zudem hätte es der Professor auch zufällig in der Klinik erfahren können, dass die Schlossers auch in diesem Jahr wieder einmal nach *Ischia* fahren wollten. Da wäre doch die Idee, sie weitab von zuhause um die Ecke bringen zu lassen, damit keiner einen Zusammenhang mit dem Professor herstellen kann, gar nicht so abwegig."

„Unsere Theorien mögen vielleicht zum Teil ganz zutreffend sein, was wir jetzt brauchen sind Beweise, aber frag mich nicht, wie wir sie bekommen könnten."

Max brauchte Zeit zum Nachdenken, er zog seine kurze Hose aus und bat Chiara, sie im Blick zu behalten, weil sein Handy in der Hosentasche steckte. Dann nahm er sein Handtuch und machte sich auf den kurzen Weg zum ersten Thermalbecken.

30

Nach dem Mittagessen im *Da Silvio* hatte sich Ludwig Maler in den Riedergarten, einen kleinen Park in der Nähe der Fußgängerzone, gesetzt, damit er in Ruhe mit Max telefonieren konnte. Nach dem Telefonat hatte er sich ein Eis gekauft und war langsam über den Max-Josefs-Platz in Richtung Polizeipräsidium gegangen. Er wusste, in welchem Haus das kleine Büro von Jürgen Specht lag, bei seinem kurzen Fußmarsch zurück ins Präsidium würde er direkt daran vorbeilaufen. Den Privatdetektiv hatte er seit über drei Monaten nicht mehr gesehen, deshalb musste er schon zweimal hinsehen, als er ihn in der Fußgängerzone aus einer Bäckerei herauskommen sah. Aber er war es tatsächlich. Seine dunklen Haare trug Specht jetzt ein ganzes Stück länger, sie sahen aus, als hätte er sie schon seit Tagen nicht mehr gewaschen. Er hatte noch immer seinen Schnurrbart, zusätzlich schien er sich auch noch eine Vollbart wachsen lassen zu wollen. Dreitagebart konnte man das nicht mehr nennen, was er bereits im Gesicht trug. Insgesamt machte er einen sehr ungepflegten Eindruck. In der Hand hielt er eine Tüte der Bäckerei, offenbar hatte er sich soeben sein Mittagessen besorgt. Maler blieb stehen und beobachtete, wohin er gehen würde. Wie er vermutet hatte, steuerte Specht auf direktem Weg das Haus an, in dem er sein Büro hatte. Im Erdgeschoss befand sich eine Apotheke, der Zugang zu den Arztpraxen und Büros, die in den Stockwerken über der Apotheke lagen, war auf der Rückseite des Hauses. Aus gesicherter Entfernung hatte Maler beobachtet, wie Specht im Haus verschwunden war. Die Gelegenheit, dem Privatdetektiv sofort einen Besuch abzustatten, wollte er beim Schopfe packen. Er überlegte kurz, holte dann sein Handy aus der Hosentasche und wählte die eingespeicherte Nummer der Klinik Seeblick.

Schwester Monika nahm schon beim zweiten Klingeln ab.

„Grüß Gott Schwester Monika, hier ist Ludwig Maler."

„Hallo Herr Maler."

Beinahe hätte sie ein natürlich nicht ernst gemeintes „Sie schon wieder" hinterhergeschickt, konnte sich diese spitze Bemerkung aber gerade noch verkneifen. Sie war sich nicht sicher, ob das nicht etwas zu dreist gewesen wäre und wie er darauf reagiert hätte.

„Verzeihung, wenn ich Sie schon wieder störe, ich fasse mich auch ganz kurz. Ich bin mir ziemlich sicher, dass innerhalb der nächsten Stunde dieser Herr Schmidt wieder bei Ihnen anrufen wird. Würden Sie mir bitte den Gefallen tun und ihn nicht zum Professor durchstellen. Sagen Sie ihm einfach, der Professor wäre bei einer Operation und könnte nicht gestört werden oder etwas Ähnliches in der Art."

„Herr Maler, jetzt machen Sie mich aber richtig neugierig. Heißt das, dass ich ab sofort für die Kripo arbeite?“ fragte sie ihn lachend.

„Wenn Sie so wollen. Es tut mir leid, dass ich Ihnen das im Moment nicht genauer erklären kann, aber es wäre sehr wichtig, dass Herr Schmidt nicht mit dem Professor spricht, bevor ich selbst wieder mit ihm gesprochen habe.“

„Heißt das, Sie kommen heute noch einmal hierher?“

„Ja, ich muss jetzt erst mit Herrn Schmidt sprechen und anschließend komme ich sofort in die Klinik.“

„Also Herr Maler, wenn ich nicht wüsste, dass Sie bei der Kripo arbeiten, müsste ich fast vermuten, Sie kommen nur hierher, um mich wieder zu sehen.“

Jetzt hatte sie ihn aber auf dem falschen Fuß erwischt. Wollte sie tatsächlich mit ihm zu Flirten anfangen? Sie war sehr nett und zudem äußerst attraktiv, aber er war glücklich verheiratet und hatte eine schwangere Frau zuhause. Obwohl er nicht abschätzen konnte, wie er das nun einordnen sollte, wollte er Schwester Monika ihren Spaß lassen.

„Natürlich komme ich nur Ihretwegen in die Klinik, meine Besuche beim Professor sind doch nur ein Vorwand, um Sie wieder zu treffen. Wir müssen nur aufpassen, dass meine Frau nichts davon erfährt. Sonst hätten meine Kollegen womöglich bald schon im nächsten Mordfall zu ermitteln. „Kripobeamter von schwangerer Ehefrau aus Eifersucht ermordet“ – stellen Sie sich diese Schlagzeilen vor!“

Mit dieser Antwort hatte nun sie wiederum nicht gerechnet. Gerne hätte er ihr verdutztes Gesicht gesehen. Ihre flapsige Bemerkung war ihr nun offenbar peinlich, es dauerte einen Moment, bis sie ihm wieder antwortete, wobei sie auf seine spontane Reaktion nicht mehr einging.

„Machen Sie sich keine Gedanken, ich schaffe es schon, diesen Schmidt abzuwimmeln. Ich kenne ihn zwar nur vom Telefon, aber er ist mir sehr unsympathisch. Er hat übrigens auf die Minute genau eine halbe Stunde nach seinem ersten Anruf heute Morgen zum zweiten Mal hier angerufen.“

Maler bedankte sich bei ihr für diesen Hinweis und ihre in Aussicht gestellte Hilfe und hängte ein.

Die Glastür am Eingang des Hauses, in dem Spechts Büro lag, war offen. Maler ging hinein und weil ihm der Lift vor der Nase weggefahren war, stieg er zu Fuß bis in den vierten Stock hinauf. Bei jedem Schritt knarzte die alte Treppe, deren helles Holz wie frisch gebohnert glänzte. Oben angekommen lauschte er einen Augenblick an Spechts Tür. Es war nichts zu hören, der Privatdetektiv schien also allein in seinem Büro zu sein. Maler klingelte und durch den Spion sah er schemenhaft, wie Specht sofort zur Tür kam. Ohne zu fragen, wer da sei, öffnete er.

„Guten Tag, Herr Specht, kann ich Sie einen Augenblick sprechen?"

Jürgen Specht war überrascht, dem Kripobeamten gegenüberzustehen, er machte einen Schritt zur Seite, sodass Maler eintreten konnte.

„Kommen Sie herein."

Als er das Büro betrat, hätte er am liebsten sofort das Fenster zum Lüften aufgemacht, es miefte ziemlich in dem kleinen Raum. Auf dem wackeligen Tisch, neben dem aufgeklappten Laptop, stand eine geöffnete Dose Bier, daneben lagen ein angebissenes Schinken-Baguette sowie eine Rosinen-Schnecke. Specht setzte sich in seinen ledernen Schreibtischstuhl und bot Maler einen alten Klappstuhl zum Sitzen an, der in der Ecke neben der Tür stand.

„Was kann ich für Sie tun?" fragte Specht und biss von seinem Baguette ab.

„Zuerst einmal können Sie mir sagen, wie ich Sie anreden soll. Mit Specht oder ist Ihnen Schmidt lieber?"

Bumm, der erste Schuss war ein Volltreffer, Specht verschluckte sich fast an dem Stück Baguette, das er gerade im Mund hatte. Dann tat er aber so, als wüsste er von nichts und spülte den Bissen mit einem Schluck Bier hinunter.

„Schmidt? Wieso denn Schmidt?"

„Ich dachte nur, dass Sie sich vielleicht einen neuen Namen zugelegt haben, weil Sie seit Wochen in der Klinik Seeblick anrufen, sich mit Schmidt melden und dann Professor Fischer sprechen wollen."

Von den früheren Begegnungen mit Specht wusste Ludwig Maler, dass es keinen Sinn hatte, den Privatdetektiv mit Samthandschuhen anzufassen, bei ihm musste man sofort in die Offensive gehen.

„Professor Fischer? Wer soll das sein?"

„Das ist der Inhaber der Klinik Seeblick, bei dem Sie zum Beispiel gestern Vormittag und heute Morgen sogar schon zweimal angerufen haben. Wirklich zu dumm für Sie, dass die meisten Telefone heutzutage ein Display haben und man die Nummer des Anrufers sehen kann."

So leicht ließ sich Specht aber nicht aus der Reserve locken.

„Nur mal angenommen, Sie hätten recht und ich hätte dort unter falschem Namen angerufen. Ich wüsste nicht, was Sie das angeht, ich kann doch anrufen, wo ich will."

„Natürlich. Sie können den Professor von mir aus Tag und Nacht anrufen. Aber wenn es im Umfeld des Professors innerhalb weniger Tage zwei Morde gibt, dann geht es die Kripo sehr wohl etwas an, wenn ein Privatdetektiv wie Sie dort wochenlang immer wieder in der Leitung hängt."

„Zwei Morde? Davon ist mir nichts bekannt. Wenn es die gegeben hätte, dann hätte ich doch sicher darüber etwas in der Zeitung gelesen."

Specht wollte also weiterhin den Unwissenden spielen. Deshalb legte Maler nach.

„Über wen haben Sie denn für den Professor Erkundigungen eingeholt? Über Marco Spinelli oder Rudi Schlosser? Oder sogar über beide?"

Seelenruhig biss Specht wieder von seinem Baguette ab und trank von seinem Bier.

„Ich weiß wirklich nicht, worauf Sie hinauswollen. Diese Herren, wie sagten Sie noch, Spinelli und Schlosser, kenne ich nicht. Wer soll das sein?"

Er war wirklich nicht so leicht aus der Ruhe zu bringen, aber Maler konnte auch hartnäckig sein.

„Das sind die beiden, die den Professor erpresst haben, worauf er Sie engagiert hat. Leider können wir alle beide nicht mehr befragen, der eine liegt schon unter der Erde, der andere momentan noch im Kühlhaus des gerichtsmedizinischen Instituts in Neapel."

„Es tut mir sehr leid, aber Sie haben sich ganz umsonst hierher bemüht. Ich weiß nicht, wie ich Ihnen bei dieser Sache weiterhelfen könnte."

Schön langsam machte Specht Ludwig Maler wütend mit seiner Sturheit. Maler stand auf, ging zum Fenster und sah zur Fußgängerzone hinab.

„Wissen Sie, ich kann auch andere Seiten aufziehen. Was würden Sie denn dazu sagen, wenn ich Sie wegen Vertuschung einer Straftat oder gleich wegen Beihilfe zum Mord in zwei Fällen festnehmen würde?"

Jetzt wurde Specht doch ein wenig unruhig, er konnte es sich nicht erlauben, verhaftet zu werden, auch wenn er unschuldig war. Würde sich das herumsprechen, könnte er seinen Job gleich an den Nagel hängen.

„Ohne Beweise können Sie mir gar nichts anhaben."

Aus dem Augenwinkel heraus sah Maler, der immer noch am Fenster stand, wie Specht seinen Laptop vorsichtig zuklappte. Er drehte sich um und gab dem Schreibtischstuhl, auf dem Specht saß, einen kräftigen Stoß, sodass dieser in Richtung Tür davon rollte. Ehe Specht reagieren konnte, hatte Maler den Laptop wieder aufgeklappt. Auf dem Bildschirm erschien ein Rechnungsformular. Als Empfänger war ein Professor Josef Fischer in Prien eingetragen. Darunter stand in der Betreffzeile „Ermittlungstätigkeit in Sachen Spinelli". Bingo! Sie waren also tatsächlich auf der richtigen Spur.

„Sie wollten doch Beweise, Herr Specht. Wie wäre es denn damit?" triumphierte Maler und deutete auf den Laptop.

Nun musste auch Specht einsehen, dass er sich nicht weiter herausreden konnte.

„Also gut, es stimmt, dass ich für den Professor gearbeitet habe. Aber mit einem Mord oder sogar zweien habe ich nichts zu tun. Und ich denke, der Professor auch nicht."

„Ein bisschen genauer bitte. Seit wann haben Sie für ihn gearbeitet?"

„Der Professor hat mich Anfang Juli zum ersten Mal angerufen. Er erzählte mir, dass er seit einiger Zeit erpresst werde, er aber nicht wisse von wem. Das sollte ich für ihn herausfinden."

„Und aus welchem Grund wurde er erpresst?"

„Das weiß ich nicht."

Anscheinend wollte er mit seinen Spielchen wieder von vorne beginnen.

„Meinen Sie, das kaufe ich Ihnen ab? Ich bin mir sicher, dass er Ihnen erzählt hat, worum es bei der Erpressung ging."

„Nein, das hat er wirklich nicht."

Maler glaubte ihm das nicht, aber er wollte im Augenblick nicht darauf herumreiten, sondern forderte Specht auf, fortzufahren.

„Mitte Juli erhielt der Professor erneut einen Anruf, in dem ihm mitgeteilt wurde, wann und wo er die nächste monatliche Zahlung deponieren sollte. Das war, so wie er mir berichtet hatte, in den vorhergehenden Monaten immer in und um Prien, meistens irgendwo in der Nähe vom See. So auch Mitte Juli. Er sollte das Geld in ein Kuvert stecken, dieses dann in Zeitungspapier einschlagen und auf einer Parkbank direkt am Chiemsee liegen lassen. Dort habe ich mich dann auf die Lauer gelegt. Das Zeitungspäckchen lag nur ein paar Minuten da, da kam ein südländischer Typ, nahm es und rannte davon. Ich hatte ihn mit meinem Teleobjektiv fotografiert und bin ihm dann bis nach Rosenheim gefolgt, wo er sein Auto in der Innenstadt abstellte und zu Fuß in die *Pizzeria Da Silvio* ging."

An Malers Gesichtsausdruck erkannte er, dass er sich damit noch nicht zufrieden gab.

„Ungefähr eine Woche bin ich ihm auf den Fersen geblieben, um etwas mehr über ihn zu erfahren. Der Professor wollte vor allem wissen, welche Verbindung zwischen ihm und der Klinik bestehen könnte."

„Also wissen Sie doch, worum es bei der Erpressung ging."

„Nein, ich weiß nur, dass es irgendetwas mit der Klinik zu tun haben muss."

„Haben Sie die Verbindung zur Klinik herausgefunden?"

„Nein. Bis Sonntag vor einer Woche habe ich diesen Spinelli beschattet, dann ist er mit dem Zug für drei Wochen Richtung Neapel abgereist.

Alle Infos und Fotos habe ich dann an den Professor weitergeleitet, damit schien mein Job erst einmal erledigt."

„Warum haben Sie dann gestern und heute wieder mehrfach bei ihm angerufen."

„Am Dienstag, also vorgestern, war ich abends mit einem Freund im *Da Silvio* beim Essen, dort habe ich dann erfahren, dass Spinelli auf *Ischia* ermordet worden war. Deshalb habe ich gestern Vormittag wieder beim Professor angerufen. Er wusste natürlich noch nichts davon. Aber er hat mir erzählt, dass die Kripo kurz zuvor bei ihm gewesen sei, weil einer seiner Krankenpfleger während des *Ischia*-Urlaubs ebenfalls ermordet worden sei. Somit war uns klar, dass der Krankenpfleger, also Schlosser, der Kontaktmann von Spinelli gewesen sein könnte. Der Professor hat mir seinen Lebenslauf gefaxt, woraufhin ich dann gestern wieder tätig geworden bin."

„Mit welchem Erfolg?"

Specht erzählte von Spinellis Krankenhausaufenthalt wegen seines Kreuzbandrisses vor sechs Jahren und dass Schlosser auf exakt der Station der Münchner Unfallklinik, in der Spinelli gelegen hatte, zur selben Zeit gearbeitet hatte.

„Das war für mich und auch für den Professor Beweis genug, dass Spinelli und Schlosser unter einer Decke steckten. Aber nachdem nun beide bereits tot waren, war mein Job endgültig erledigt. Sie haben gesehen, dass ich schon dabei bin, für den Professor die Rechnung zu schreiben."

„Das hört sich zwar sehr plausibel und nachvollziehbar an. Aber hat sich wirklich alles so abgespielt?"

Maler wollte ihn noch ein bisschen in die Mangel nehmen.

„Wer garantiert mir denn dafür, dass Sie mir die Wahrheit erzählt haben? War es in Wirklichkeit nicht so, dass Sie im Auftrag des Professors nach *Ischia* gereist sind und dort nacheinander Spinelli und Schlosser ins Jenseits befördert haben?"

Specht sprang auf.

„Sie sind ja verrückt. Ich bin doch kein Mörder."

„Wo waren Sie letzte Woche in der Nacht von Mittwoch auf Donnerstag und diese Woche in der Nacht von Montag auf Dienstag."

„Ich schätze, dass ich da im Bett war."

„Kann das jemand bezeugen?"

„Ich denke nicht, ich lebe allein."

Dass er sich ab und zu nachts im Rotlichtmilieu vergnügte, wollte er diesem lästigen Kerl von der Kripo nicht sofort auf die Nase binden.

„Also haben Sie kein Alibi."

Specht blätterte in seinem länglichen Tischkalender eine Seite zurück.

„Letzten Donnerstag hatte ich bereits morgens um acht Uhr einen Zahnarzttermin."

„Bei welchem Zahnarzt?"

Specht nannte ihm den Namen und schrieb ihm die Telefonnummer auf einen Notizzettel.

„Hier, Sie können das gerne überprüfen."

„Das werde ich tun, verlassen Sie sich darauf."

Maler hielt Specht nicht ernsthaft für einen Mörder, aber es machte ihm Spaß, diesen widerlichen Privatdetektiv ein bisschen zappeln zu lassen.

„Und Ihr Alibi für diese Woche?"

Specht blätterte in seinem Kalender wieder auf die aktuelle Woche, das Feld für den Montag war leer, am Dienstag war nur am Abend die Essens-Verabredung mit seinem Freund eingetragen.

„In der fraglichen Nacht war ich allein zuhause."

Maler wollte es vorerst damit bewenden lassen, er steckte den Zettel mit der Telefonnummer von Spechts Zahnarzt ein und wandte sich zur Tür.

„Ich denke, das wäre es fürs Erste. Sind Sie in den nächsten Tagen in Rosenheim."

„Ja, ich habe hier ein paar kleinere Aufträge zu erledigen."

„Gut. Es kann durchaus sein, dass ich noch weitere Fragen an Sie habe."

Er stand bereits in der offenen Bürotür, da drehte er sich noch einmal um und warnte Specht:

„Kommen Sie nicht auf die Idee, jetzt sofort den Professor anzurufen."

Ohne Spechts Antwort abzuwarten, verließ er das Büro und sah auf seine Uhr. Es war fünf Minuten vor drei. Ludwig Maler war davon überzeugt, dass Jürgen Specht bereits den Telefonhörer in der Hand hatte und die Nummer der Klinik Seeblick wählte.

31

Als Ludwig Maler zum Polizeipräsidium zurückkehrte, ging er gar nicht erst in sein Büro, sondern setzte sich sofort in seinen Dienstwagen und schlug zum zweiten Mal an diesem Tag den Weg in Richtung Chiemsee ein. Hinter der Rosenheimer Stadtgrenze, auf der Landstraße nach Prien, wurde der Verkehr weniger und Maler wählte über die Freisprechanlage die Handy-Nummer von Max.

„Chiara Hartinger"

„*Ciao* Chiara, hier ist Wiggerl. Wie geht's dir denn im sonnigen Süden?"

„An sich ganz gut, aber mir würde es noch besser gehen, wenn mein Göttergatte auch endlich einmal Urlaub machen und nicht ständig mit Francesco und dir telefonieren würde."

War diese Antwort nun ironisch oder wirklich ernst gemeint? Er war sich nicht sicher. Deshalb wollte er ihr etwas den Wind aus den Segeln nehmen.

„Es sieht so aus, als wären wir bald am Ziel. Kann ich Max kurz sprechen?"

„Nein, er sitzt gerade in einem der Thermalbecken. Kann ich ihm etwas ausrichten?"

„Sag ihm nur, dass Specht ausgepackt hat. Spinelli und Schlosser haben den Professor tatsächlich erpresst. Mit den Morden will er aber nichts zu tun gehabt haben und hat in der Hinsicht auch den Professor in Schutz nehmen wollen. Ich bin schon wieder auf dem Weg in die Klinik, ich melde mich später noch einmal, wenn ich mit dem Professor fertig bin."

„In Ordnung, ich richte es ihm aus."

„Nicht böse sein, Chiara, du kennst doch deinen Max, er kann halt nicht raus aus seiner Haut."

„Ist schon okay, Wiggerl. *Ciao*."

In Prien hielt Maler an einer Konditorei an und kaufte eine kleine Schachtel Trüffelpralinen. Während des letzten Stückes seiner Fahrt wollte er in Gedanken noch einmal durchgehen, wie er den Professor am besten aus der Reserve locken könnte, aber er musste ständig an das Telefonat mit Schwester Monika denken. Hatte sie nur Spaß gemacht oder ernsthaft mit ihm flirten wollen? Er kam zu keinem Ergebnis, aber da sie sich gleich sehen würden, wollte er sich von ihrer Reaktion überraschen lassen. Sein Herz klopfte ein bisschen schneller, als er die gläserne Eingangstür der Klinik passierte.

„Hallo Schwester Monika, ich komme wieder einmal, um Professor Fischer zu besuchen."

„Hallo Herr Maler."
Sie stand auf und grinste ihn an.
„Leider können Sie den Professor im Moment nicht sprechen, er ist mitten in einer Operation und darf nicht gestört werden."
Sie war also darauf aus, weiterhin ihre Späßchen mit ihm zu machen.
„Können Sie nicht eine klitzekleine Ausnahme für mich machen? Sehen Sie, ich bin extra von Rosenheim hergefahren, da wäre es doch schade, wenn ich unverrichteter Dinge wieder zurückfahren müsste."
„Na gut, aber nur, weil Sie mich so nett darum gebeten haben."
Ihr Lächeln war wirklich bezaubernd.
„Haben Sie heute viel zu tun, ich meine, telefonieren oder dergleichen?"
„Nein, es hält sich in Grenzen. Aber stellen Sie sich vor, kurz vor drei Uhr hat doch tatsächlich ein Herr Schmidt hier angerufen und wollte schon wieder den Professor sprechen."
„Na so was."
„Aber wie gesagt, der Professor ist nicht zu sprechen."
„Sie sind wirklich ein Schatz, vielen Dank für Ihre Hilfe."
Er drückte ihr die Schachtel Trüffelpralinen in die Hand und sie wurde ein bisschen rot.
„Danke, das wäre aber nicht nötig gewesen."
„Doch, doch. Die Erklärung für meine Bitte kann ich Ihnen hoffentlich auch bald nachliefern."
„Sie sind mir aber keine Erklärung schuldig. Soll ich Sie jetzt dem Professor melden?"
„Ja, bitte."

Der Professor war in seinem Behandlungszimmer. Ludwig Maler kannte inzwischen den Weg dorthin, deshalb ließ ihn Schwester Monika alleine hinaufgehen. Er klopfte an die schwere Zimmertür und wartete auf eine Antwort.
„Herein."
„Grüß Gott Herr Professor."
„Herr Maler, guten Tag. Bitte nehmen Sie doch Platz."
Der Professor saß hinter seinem großen Schreibtisch in seinem schwarzen Ledersessel, Maler setzte sich auf einen der beiden Stühle, die vor dem Schreibtisch standen.
„Entschuldigen Sie, dass ich heute Vormittag so kurz angebunden war, aber während meiner täglichen Visite werde ich nicht gerne gestört."
„Kein Problem, ich verstehe, dass Sie Ihre Arbeit machen müssen. Aber ich bin auch nur hier, um meine Arbeit zu tun."

„Sind Sie auf der Suche nach dem Mörder unseres armen Rudi schon weitergekommen?"

„Ja, genau deswegen bin ich hier. Wir wissen mittlerweile, dass nicht nur Rudi Schlosser, sondern wenige Tage zuvor eine weitere Person auf *Ischia* ermordet wurde."

„Ein zweiter Mord?"

Der Professor war ein guter Schauspieler, er tat so, als wäre er völlig überrascht.

„Ja, heute Vormittag habe ich Ihnen das Foto eines Mannes gezeigt, er ist der zweite Tote."

„Ach deshalb wollten Sie wissen, ob ich ihn kenne. Wie gesagt, mir war dieser Mann völlig unbekannt. Aber was haben die beiden Morde miteinander zu tun?"

„Nun, es hat sich herausgestellt, dass Rudi Schlosser und der andere, der Marco Spinelli hieß, gemeinsame Sache gemacht und jemanden erpresst haben."

Maler entging nicht, dass der Professor jetzt etwas unruhig auf seinem Ledersessel hin und her rutschte.

„Der Rudi soll ein Erpresser gewesen sein? Das kann ich mir überhaupt nicht vorstellen. Sie haben doch gestern gehört, wie Oberschwester Katharina voll des Lobes für ihn war."

„Das mag schon sein, trotzdem wissen wir, dass Herr Schlosser keine blütenweiße Weste trug. Seit mehr als eineinhalb Jahren war er mit Spinelli an einer Erpressung beteiligt und hat halbe halbe mit ihm gemacht."

„Was wollen Sie nun von mir hören? Ich kann mich dem Lob von Oberschwester Katharina nur anschließen, Rudi Schlosser hat mir nie einen Grund geliefert, mich über ihn oder über seine Arbeit hier in der Klinik zu beklagen. Was er in seiner Freizeit angestellt hat, entzieht sich meiner Kenntnis und ist für mich auch ohne Belang, solange seine Arbeit für meine Klinik nicht darunter zu leiden hatte."

Der Professor schien eine harte Nuss zu sein, die nicht so leicht zu knacken war. Deshalb hielt es Maler für angebracht, etwas schwerere Geschütze aufzufahren.

„Wollen Sie dieses Versteckspiel nicht endlich beenden, Herr Professor?"

„Welches Versteckspiel denn? Ich weiß nicht, worauf Sie hinauswollen."

„Wir wissen, dass Sie es sind, der von Schlosser und Spinelli erpresst worden ist."

„Ich? Wie kommen Sie denn darauf? Warum sollte ich von den beiden erpresst worden sein?"

„Das wissen wir noch nicht, aber wir werden es schon noch herausfinden. Jedenfalls kann es kein banaler Grund gewesen sein, denn sonst hätten Sie seit Dezember 2004 wohl kaum insgesamt 112.000 Euro Schweigegeld gezahlt. Außerdem haben Sie mich heute Vormittag angelogen, Sie kennen Spinelli von den Fotos, die Ihnen Jürgen Specht geschickt hat, oder soll ich lieber sagen, die Ihnen der Herr Schmidt geschickt hat?"

Es war nicht zu übersehen, wie der Professor schluckte und seine Gesichtsfarbe von zartrosa zu aschfahl wechselte. Er wusste jetzt, dass Maler nicht bluffte. Dennoch wollte er sich noch nicht geschlagen geben.

„Wer hat Ihnen denn so einen Blödsinn erzählt? Ich und erpressbar? Wirklich nicht. Und diesen Spinelli habe ich noch nie gesehen."

Allmählich wurde es Maler zu bunt, um seinen Worten Nachdruck zu verleihen, erhob er sich und baute sich vor dem Professor auf, in dem er sich mit den Händen auf seinen Schreibtisch stützte.

„Nun hören Sie mir mal gut zu, Herr Professor, Sie haben jetzt zwei Möglichkeiten. Entweder, Sie erzählen mir freiwillig, aus welchem Grund Sie für Schlosser und Spinelli erpressbar waren oder ich nehme Sie gleich wegen doppelten Mordverdachts fest. Und noch in der nächsten Stunde lasse ich von einer ganzen Armee von Kollegen Ihr privates Anwesen in Prien und Ihre Klinik von oben bis unten auf den Kopf stellen. Ich bin mir sicher, dass wir dabei nicht nur den Nachweis finden, dass Sie monatlich die erpresste Summe bar von Ihrem Konto abgehoben haben, sondern dass wir auch auf das Motiv für die Erpressung stoßen werden."

Professor Fischer stand auf, ging zum Sideboard hinter seinem Schreibtisch und goss sich aus einer Karaffe ein Glas Wasser ein. In einem Zug trank er das Glas leer. Dann ließ er sich resignierend in seinen Sessel fallen. Es dauerte eine ganze Weile, bis er wieder zu Sprechen begann.

„Dass Rudi mit diesem Spinelli gemeinsame Sache gemacht hat, weiß ich erst seit gestern. Den Kontakt hat immer nur Spinelli zu mir aufgenommen und er muss es auch gewesen sein, der jeweils das Geld abgeholt hat. Ich dachte, er würde irgendwann wieder damit aufhören, aber das Gegenteil war der Fall. Nach einem Jahr wollte er statt 5.000 Euro plötzlich jeden Monat 6.000 Euro und im Juni hat er seine Forderung nochmals erhöht, dann gleich auf 8.000 Euro. Ich musste etwas unternehmen, ich wollte mir mein Lebenswerk nicht zerstören lassen. Wer weiß, wie hoch die Forderungen im Laufe der Zeit noch geworden wären. Aber ich sah keinen Punkt, wo ich ansetzen konnte, um die Erpressung endlich zu beenden. Deshalb habe ich diesen Privatdetektiv engagiert."

„Und als Sie dann von Specht erfahren hatten, dass Spinelli der Erpresser war, haben Sie eine Möglichkeit gesucht, ihn aus dem Weg zu räumen."

„Nein, Sie irren sich, mit dem Mord an Spinelli habe ich nichts zu tun, genauso wenig wie mit der Ermordung von Rudi. Als ich in der letzten Woche von Specht erfahren habe, dass Spinelli der Erpresser ist, war er bereits nach *Ischia* abgereist. Von Schlossers Ermordung habe ich erst durch Sie erfahren."

„Können Sie das auch beweisen?"

Der Professor stand auf und ging zu seinem Sakko, das auf einem Kleiderbügel an einem Haken neben der Tür hing. Er holte seinen in Leder eingebundenen Taschenkalender hervor, setzte sich wieder in seinen Sessel und blätterte den Kalender auf.

„An welchem Tag wurde Spinelli letzte Woche ermordet?"

„In der Nacht von Mittwoch auf Donnerstag."

„Am Mittwoch war ich abends mit meiner Frau bei den Opernfestspielen auf Gut Immling, wir haben uns *Don Carlos* von Giuseppe Verdi angesehen. Und am Montag hatte ich um sechs Uhr eine Verabredung mit einem Kollegen zum Golfspielen. Wir waren auf einem Golfplatz ganz in der Nähe von Prien."

„Herr Professor, dass Sie nicht selbst nach *Ischia* gefahren sind, um Spinelli und Schlosser zu ermorden, war mir schon klar."

„Was wollen Sie dann noch von mir?"

„Erstens weiß ich immer noch nicht, womit Sie erpresst wurden und zweitens beweist Ihr Alibi – wenn es denn stichhaltig sein sollte – nicht, dass Sie keinen Profi engagiert haben, um Ihre Erpresser aus dem Weg räumen zu lassen. Also, warum wurden Sie erpresst?"

Der Professor schwieg beharrlich. Maler überlegte, wie er nun weiter vorgehen sollte. Die Aussagen von Specht und vom Professor deckten sich. Anscheinend hatten sie beide auch ein Alibi. Einen Beweis für einen Auftragsmord konnte er nicht liefern. Also, was tun? Er konnte dem Professor ansehen, dass dieser sich krampfhaft überlegte, wie er aus seiner misslichen Lage herauskommen könnte. Noch einmal fragte Maler ihn nach dem Grund für die Erpressung, aber Fischer schwieg weiter.

„Na gut, Sie lassen mir keine andere Wahl."

Maler griff zum Handy und alarmierte seine Kollegen vom Betrugsdezernat.

„Ohne einen schriftlichen Bescheid darf hier niemand herein und erst recht nicht in meinen Unterlagen schnüffeln" protestierte der Professor.

„Sie irren sich, es besteht Gefahr im Verzug, mögliche Vernichtung von Beweismaterial, da brauchen wir keinen Durchsuchungsbeschluss."

Der Professor machte Anstalten, den Raum zu verlassen. Maler stellte sich ihm in den Weg, packte ihn am Handgelenk und legte ihm Handschellen an.

„Sie sind vorläufig festgenommen."

„Halt!" protestierte er. „Auch das dürfen Sie nicht, Sie haben überhaupt keinen Haftbefehl."

„Natürlich darf ich das. Sie sind auch nicht verhaftet, sondern nur vorläufig festgenommen. Zum einen wegen des Verdachts, die Morde an Schlosser und Spinelli angeordnet zu haben. Zum anderen wegen Verdunkelungsgefahr. Solange meine Kollegen noch nicht hier waren kann ich Sie nicht mehr unbeaufsichtigt lassen, Sie könnten sonst wichtiges Beweismaterial verschwinden lassen."

Der Professor protestierte weiter, aber Maler kümmerte sich nicht darum.

„Ich will sofort bei meinem Anwalt anrufen" verlangte er.

Diesen Anruf musste ihm Maler selbstverständlich gestatten, aber der Professor hatte Pech. Sein Anwalt war momentan nicht in seiner Kanzlei und bei seinem Handy meldete sich nur die Mailbox. Er hinterließ ihm auf diesem Weg eine Nachricht.

„Wollen Sie nicht doch reden? Wir finden sowieso heraus, warum Sie erpresst wurden."

Aber der Professor blieb stur, er schwieg, egal wie hartnäckig Maler auf ihn einredete.

Es dauerte ungefähr eine Dreiviertelstunde, dann fuhren fast zeitgleich jeweils drei Wagen der Kriminalpolizei bei Fischers Privathaus in Prien als auch bei der Klinik vor. Maler hatte zuvor über das Haustelefon bei Schwester Monika die Ankunft seiner Kollegen angekündigt, deshalb schickte sie die ganze Truppe sofort in den ersten Stock zu dem Zimmer, in dem Ludwig Maler sie schon erwartete. Er hoffte immer noch, dass der Professor kooperieren würde, aber der schwieg weiter. Er überlegte, ob es sinnvoll wäre, den Professor gleich zum Polizeipräsidium zu fahren, entschied sich dann aber dafür, mit ihm vor Ort zu bleiben. Mit versteinerter Miene beobachtete der Professor, wie die Beamten vom Betrugsdezernat begannen, systematisch seine Aktenschränke zu durchsuchen.

32

Max Hartinger hatte den Nachmittag in den Poseidon-Gärten noch ausgiebig genutzt, um stundenlang im Thermalwasser zu sitzen. Nach der ersten Runde durch die Becken war er mit Chiara nochmals ins *Ristorante* gegangen und hatte sich einen Kaffee und ein Stück Kuchen schmecken lassen. Danach war er zusammen mit seiner Frau die nächste Baderunde angegangen. Chiara hatte ihm Wiggerls knappe Informationen ausgerichtet, er war sehr neugierig, wie sich dessen Ermittlungen im Laufe des Nachmittags weiterentwickeln würden. Vielleicht konnte der Fall heute schon abgeschlossen werden. Gespannt wartete er darauf, wieder von Wiggerl zu hören, aber sein Handy blieb den ganzen Nachmittag stumm. Als die ganze Familie am Abend ihre Badesachen zusammenpackte, hatte sich Wiggerl immer noch nicht gemeldet. Langsam wurde Max nervös, was hatte das zu bedeuten? Waren ihre Vermutungen doch ein Schlag ins Wasser? Aber Wiggerl hatte doch Chiara berichtet, dass Specht die Erpressung bestätigt hatte. In jedem Fall musste er noch mit ihm telefonieren, bevor er zusammen mit Francesco nach dem Abendessen wieder mit Heidi Schlosser sprechen wollte.

Max hatte richtig vermutet, die Sonne hatte den *Fiat Punto* extrem aufgeheizt, das schwarze Lenkrad und der Schalthebel waren so heiß, dass er kaum hinfassen konnte. Das alte Auto hatte natürlich keine Klimaanlage, so kurbelten sie alle Fenster herunter und ließen sich die angenehme Meeresluft durch den Innenraum blasen. Max bog bei der Rückfahrt nicht schon in der *Citara*-Bucht zur *Strada Statale* ab. Er blieb auf der Straße, die am Meer entlang führt, vorbei an der beliebten Badebucht *Cava dell'isola*, bis hinüber nach *Forio*, wo sie einen Abstecher zu der kleinen *Chiesa Santa Maria del Soccorso*, dem Wahrzeichen von *Forio*, machen wollten. Das schneeweiße Kirchlein ist der Schutzpatronin aller Fischer von *Forio* geweiht und steht erhaben auf einem weit ins Meer hinausragenden Felsen. Von dem weitläufigen Platz vor der Kirche hat man einen fantastischen Blick auf den Sonnenuntergang über dem Meer, wenn man sich umdreht, kann man die Dächer und Kirchtürme von ganz *Forio* überblicken und bis hinauf zum Gipfel des *Monte Epomeo* sehen. Die Hartingers hatten leider ihren Fotoapparat nicht dabei, aber Diana schoss ein paar Fotos und versprach, sie nach dem Urlaub Elena zu schicken. Ihre Heimatadressen hatten die zwei Mädchen längst ausgetauscht. Ziemlich erschöpft erreichten sie wenig später ihr Hotel in *Ischia Porto*, den ganzen Tag im warmen Thermalwasser zu sitzen machte müde. Vor dem gemeinsamen Abendessen mussten sie sich noch etwas frisch machen. Max sprang als erster unter die Dusche, als er sich danach abgetrocknet hatte und das Bad für Chiara frei machte, klingelte endlich sein Handy.

„Na endlich, ich dachte schon, du hast mich ganz vergessen, Wiggerl" war die Begrüßung von Max.

„Du bist lustig, während du dir die Sonne auf den Bauch scheinen lässt, habe ich hier Schwerstarbeit verrichtet."

Ohne sich gegenseitig aufzuziehen konnten die beiden Kollegen nicht miteinander telefonieren.

„Wie sieht es aus?"

„Ich habe heute Nachmittag den Professor Fischer in seiner Klinik festgenommen."

„Wirklich? Hat er dir gestanden, in die beiden Mordfälle verwickelt zu sein?"

„Nein, das nicht. Aber zusammen mit den Kollegen vom Betrugsdezernat habe ich die Hintergründe der Erpressung aufdecken können. Der Professor hatte mir gegenüber zwar zugegeben, von Spinelli und Schlosser erpresst worden zu sein, zu dem Grund dafür hat er aber standhaft geschwiegen."

„Was hat er denn ausgefressen."

Wiggerl musste etwas ausholen, um Max die Einzelheiten der Erpressung darlegen zu können.

„Anfang der neunziger Jahre ging es der Klinik Seeblick wirtschaftlich ziemlich schlecht. Die Zahl der Patienten für Schönheitsoperationen war spürbar zurückgegangen, ohne dass dafür in der Klinik ein spezieller Grund ersichtlich war. Der Professor vermutete, dass viele potenzielle Patienten nach dem Zusammenbruch des Warschauer Paktes und der Öffnung der Grenzen Richtung Osteuropa nach Tschechien und Ungarn auswichen, um dort die Operationen zu einem Bruchteil dessen durchführen zu lassen, was sie im Gegensatz dazu hier in Deutschland dafür hätten bezahlen müssen."

„Davon habe ich auch schon gehört, billigste Operationen, aber oft mit einem erhöhten medizinischen Risiko."

„Genau. Im Zuge seiner Überlegungen, wie er dieser Konkurrenz begegnen könne, kam der Professor auf die Idee, sich die Silikon-Implantate, die er regelmäßig benötigte, in Tschechien zu besorgen. In seiner Klinik führt er drei bis vier Brustvergrößerungen pro Woche durch. Für die tschechischen Implantate zahlte er nur rund ein Zehntel im Vergleich zu dem, was er für die hochwertigeren deutschen Implantate hätte bezahlen müssen. Seinen Patienten stellte er aber die deutschen Preise in Rechnung."

„Da kommt im Lauf der Jahre natürlich ein hübsches Sümmchen zusammen."

„Richtig. Auf diesem Weg hat er also nicht nur seine Patienten betrogen, sondern sich spätestens ab 2001 auch aus medizinischer Sicht strafbar gemacht. Denn in der Europäischen Union dürfen seit 2001 nur noch Implantate verwendet werden, die über ein europäisches Qualitäts-Gütesiegel verfügen. Das ist dieses CE-Zeichen zusammen mit einem vierstelligen Zahlencode und dieses Prüfsiegel tragen die billigen Tschechien-Importe natürlich nicht. Alles hätte wunderbar so weiterlaufen können, wenn der Professor vor zwei Jahren nicht Rudi Schlosser eingestellt hätte. Wir wissen zwar noch nicht, wie Schlosser dahinter gekommen ist, auf alle Fälle muss er das Geheimnis des Professors entdeckt haben und wollte Kapital daraus schlagen. Er und Spinelli müssen perfekte Komplizen gewesen sein, Schlosser hatte die Informationen, Spinelli trat als Erpresser auf, kassierte den Professor ab und jeder strich die Hälfte der Summe ein. Der Professor war gezwungen zu zahlen, denn wenn die Sache an die Öffentlichkeit gelangt wäre, dann hätte er seine Klinik zusperren können."

„Und wenn die beiden nicht so gierig gewesen wären, hätte das ewig so weitergehen können."

„Ja, so sieht es aus. Wenn sie ihre Forderungen nicht zweimal erhöht hätten, wäre der Professor vielleicht gar nicht auf die Idee gekommen, einen Privatdetektiv zu engagieren. Bei der letzten Geldübergabe hat sich Specht dann an die Fersen von Spinelli geheftet, somit kannten sie zwar den Erpresser, wussten aber angeblich nicht, wer sein Informant in der Klinik war. Sowohl Specht als auch der Professor haben ausgesagt, dass ihnen erst die Augen aufgegangen sind, als der Professor gestern von mir erfuhr, dass Schlosser auf *Ischia* ermordet worden war und Specht tags zuvor im *Da Silvio* das gleiche über Spinelli gehört hatte. Ob das stimmt, bleibt mal dahingestellt."

„Saubere Arbeit, Wiggerl! Aber wie könnten wir jetzt dem Professor noch die Morde nachweisen?"

„Genau das ist das Problem. Er selbst hat ein Alibi, das habe ich überprüft. Am Abend von Spinellis Tod war er mit seiner Frau in der Oper und am Montag war er abends mit einem Freund in der Nähe von Prien beim Golfen."

„Und was ist mit Specht?"

„Der hat zumindest für den Mord an Spinelli ein Alibi, weil er am Morgen danach bereits um acht Uhr beim Zahnarzt war."

„Verdammt. Jetzt hast du zwar die Erpressung aufgeklärt, aber wir stehen immer noch ohne Mörder da."

„Richtig, im Moment habe ich auch keine Idee, wie wir jetzt weitermachen könnten. Wie sollen wir dem Professor beweisen, dass er jemanden mit den Morden beauftragt hat? Freiwillig gestehen wird er bestimmt nicht."

„Wenn er den Auftrag erteilt haben sollte, könnte ich mir vorstellen, dass er Spinelli und Schlosser den Killer aus Deutschland hinterhergeschickt hat. Check doch morgen Vormittag die Passagierlisten der Flüge zwischen München und Neapel von den betreffenden Tagen. Vielleicht fällt dir dabei etwas auf. Sollte der Killer allerdings nach dem Mord an Spinelli hier geblieben oder mit dem Auto oder Zug angereist sein, würden wir wieder in die Röhre schauen. Aber versuchen müssen wir es unbedingt. Eine andere Möglichkeit sehe ich derzeit nicht."

„Ich auch nicht, ich muss erst einmal eine Nacht darüber schlafen, vielleicht kommt mir dann die rettende Idee. Oder wir haben Glück und die Passagierlisten der Flüge liefern uns den entscheidenden Hinweis."

„Nun bin ich wirklich gespannt darauf, was Heidi Schlosser dazu sagen wird, dass ihr Mann ein Erpresser war."

„Ich glaube nach wie vor nicht, dass sie etwas davon gewusst hat, geschweige denn sogar daran beteiligt war."

„Das wird sich vielleicht heute Abend herausstellen. Lass uns morgen wieder telefonieren, wenn du dir die Passagierlisten ansehen konntest."

„Einen schönen Abend noch."

„Danke, dir auch. Und viele Grüße an Gabi."

Nach dem Abendessen wartete Max im Hotelzimmer auf seinen Schwager. Als ihm von der Rezeption Bescheid gegeben wurde, dass *Maresciallo* Bianchi in der Hotelhalle auf ihn warten würde, bat er darum, ihn nach oben zu seinem Zimmer zu schicken.

„*Buonasera,* Francesco."

„*Buonasera,* Max. Was ist los, wolltest du nicht sofort zu Frau Schlosser gehen?"

„Das wollte ich schon, aber heute Nachmittag ist so viel passiert, dass ich dich unbedingt erst darüber informieren muss, bevor wir zu ihr gehen können."

Ausführlich erzählte Max, wie Wiggerl am Nachmittag die Erpressung von Professor Fischer aufgeklärt hatte, sie bei der Überführung des Mörders aber immer noch ein bisschen im Dunkeln tappten.

„Dann müssen wir also Frau Schlosser jetzt schonend beibringen, dass ihr Mann ein Erpresser war."

„Genau. Wiggerl ist davon überzeugt, dass sie nichts davon wusste. Und ich kann mir nicht vorstellen, dass sie Spinelli nie begegnet ist. Aber ich bezweifle auch, dass sie uns mit einer Spur zum Mörder der beiden weiterhelfen kann."

„Lassen wir uns überraschen."

Max öffnete die Balkontür, denn Chiara saß im Freien.

„Wir gehen jetzt zu Frau Schlosser runter, ich denke nicht, dass wir allzu lange brauchen werden."

Dann dreht er sich um und sagte zu Francesco gewandt:

„Die Mädchen wollen natürlich noch Eis essen gehen und ich will Chiara nicht schon wieder alleine mit ihnen losziehen lassen."

Francesco steckte seinen Kopf bei der Balkontür hinaus:

„Bevor ich es vergesse, Chiara. Giulia hat morgen frei und dachte daran, mit dir etwas zu unternehmen. Ruf sie doch mal an, sie ist heute den ganzen Abend zuhause."

„Danke, Francesco, das werde ich gerne machen."

Heidi Schlosser war sehr überrascht, dass Max und Francesco schon wieder vor ihrer Tür standen. Sie ließ sie eintreten und Max fiel sofort auf, dass das Zimmer wieder genauso aussah wie am Vortag. Frau Schlosser lebte anscheinend seit Tagen direkt aus dem Koffer, der aufgeklappt, aber fast vollständig gefüllt, auf dem rechten der beiden Betten lag. Der zweite Koffer stand wie schon seit Tagen immer noch vollgepackt daneben. Sie setzten sich in die zwei Sessel, Heidi Schlosser nahm auf einem Gartenstuhl Platz, den sie von draußen hereinholte.

„Hat sich an dem Termin für meine Rückreise noch etwas verändert?" fragte Heidi Schlosser besorgt.

Diesmal überließ es Francesco seinem Schwager zu reden.

„Nein, daran hat sich nichts geändert, aber wir haben andere, unangenehme Neuigkeiten für Sie."

„Unangenehme? Eine noch unangenehmere als Ihre Mitteilung von Montagnacht, dass mein Mann tot sei, können Sie doch gar nicht haben."

„Ich will nicht lange drum herum reden, Frau Schlosser. Meine Kollegen in Rosenheim haben heute herausgefunden, dass Ihr Mann an einer Erpressung beteiligt war."

„Mein Rudi ein Erpresser? Das glauben Sie doch wohl selbst nicht. Wer kommt denn auf so einen Blödsinn?"

Max hatte nicht den Eindruck, dass ihre Entrüstung gespielt war.

„Es gibt eindeutige Beweise dafür."

„Was für Beweise denn?"

„Zum Beispiel ein Sparkonto von Ihrem Mann, auf das seit Dezember 2004 regelmäßig monatlich bar eingezahlt wurde, bisher insgesamt 56.000 Euro."

Heidi Schlosser schnappte nach Luft.

„Das habe ich nicht gewusst. Und wen hat er erpresst?“

„Seinen Chef, Professor Fischer.“

Sie schüttelte mit dem Kopf.

„Das kann doch alles gar nicht wahr sein.“

Ganz kurz erklärte ihr Max, worum es bei der Erpressung ging, dann holte er zum nächsten Schlag aus.

„Er hat die Erpressung aber nicht alleine durchgezogen, sondern hatte einen Komplizen.“

Sie wartete gespannt darauf, dass er weiterreden würde. Max ließ sich von Francesco Spinellis Foto reichen und zeigte es ihr.

„Sein Komplize war ein gewisser Marco Spinelli.“

Heidi Schlosser richtete sich auf ihrem Stuhl auf. Max meinte bemerkt zu haben, dass ihr Lidschlag augenblicklich schneller wurde, als sie den Mann auf dem Foto ansah. Seiner Frage, ob sie ihn kenne, kam sie zuvor.

„Den habe ich noch nie gesehen.“

„Sind Sie sich sicher?“

„Ja, absolut, den kenne ich nicht. Hat er mit dem Tod von meinem Rudi etwas zu tun?“

„Wahrscheinlich nur soviel, dass er eben sein Komplize bei der Erpressung des Professors war. Am Tod Ihres Mannes dürfte er nicht direkt beteiligt gewesen sein, er wurde selbst ermordet, und zwar bereits einige Tage vor Ihrem Mann.“

„Er wurde auch ermordet?“

Sie ließ sich auf ihrem Stuhl wieder zurückfallen.

„Soll das jetzt heißen, dass Professor Fischer die beiden auf dem Gewissen hat?“

„Einen Beweis dafür haben wir noch nicht, aber wir halten es für sehr wahrscheinlich, dass der Professor etwas mit dem Mord zu tun haben könnte. Durch einen Privatdetektiv, den er Anfang Juli engagiert hat, wusste er, von wem er erpresst wurde.“

Eine Weile schwieg sie, dann wandte sie sich mit einer Bitte an Max.

„Herr Hartinger, Sie müssen so schnell wie möglich klären, wer die beiden ermordet hat, am Ende denkt der Professor noch, ich hätte auch davon gewusst.“

„In der Hinsicht brauchen Sie sich bestimmt keine Sorgen machen. Niemand glaubt, dass Sie an der Erpressung beteiligt gewesen sein könnten und außerdem wurde der Professor heute Nachmittag bereits festgenommen.“

„Trotzdem wäre mir natürlich wohler, wenn ich wüsste, dass der Mörder nicht mehr frei herumläuft.“

„Wir tun unser Möglichstes, Frau Schlosser. Aber es ist nicht so einfach, wenn man mit den Kollegen immer nur übers Telefon kommunizieren kann. Ich kann nicht täglich zwischen Rosenheim und *Ischia* hin und her pendeln."

„Bitte halten Sie mich auf dem Laufenden."

„Selbstverständlich. Und seien Sie unbesorgt, Ihnen wird hier bestimmt nichts geschehen."

Auf dem Parkplatz vor dem Hotel, neben Francescos dunklem Dienstwagen, ließen sie das kurze Gespräch noch einmal Revue passieren.

„Hast du das gemerkt, Francesco? Sie hat zweimal völlig unterschiedlich reagiert. Als ich ihren Mann als Erpresser bezeichnet habe, war sie völlig entrüstet, aber bei dem Foto von Spinelli ist sie sichtlich nervös geworden."

„Das ist mir auch aufgefallen, wahrscheinlich hast du recht mit deiner Vermutung, dass sie Spinelli kannte."

„Jetzt würde ich sogar darauf wetten."

Als Max in sein Zimmer zurückkehrte, kam Chiara vom Balkon herein.

„Heute wart ihr wirklich schnell, dann können wir gleich los. Die Mädchen warten sicher schon."

„Von mir aus, ich bin soweit. Hoffentlich erspart uns unsere Große heute aber so einen Abgang wie gestern Abend."

33

Am nächsten Morgen saß Francesco noch nicht lange in seinem Büro, da wurde ihm von einem Kurier ein Brief zugestellt. Als er ihn öffnete, fiel eine kleine Kassette, wie sie in Diktiergeräten üblicherweise verwendet wird, heraus. Francesco zog zwei Blätter aus dem Kuvert. Er begann zu lesen und polterte sofort los:

„So einen bodenlose Schlamperei!"

Er schimpfte so laut, dass Alfonso und Riccardo augenblicklich in seinem Büro standen, um nachzusehen, was passiert sei.

„Seit Montag warte ich darauf, dass die Kollegen in Neapel endlich die PIN-Nummern von Spinellis Handys knacken."

„Hat das jetzt die ganze Woche gedauert?" wollte Riccardo wissen und erntete einen wütenden Blick von seinem Chef.

„Nein, unser Hacker hatte es bereits am Montagabend geschafft. Weil er aber ab Dienstag ein paar Tage frei hatte, hat er einen Kollegen gebeten, uns die Daten und dieses Tonband hier gleich weiterzuleiten. Aber dieser Idiot hat es einfach vergessen."

„Was ist denn auf dem Band drauf?" fragte Alfonso.

„Ich habe es noch nicht abgehört."

Francesco überflog die zweite Seite des Briefes mit den Daten der letzten eingehenden und abgehenden Gespräche der beiden Handys, nahm sein Diktiergerät, legte die Kassette ein und schaltete das Gerät ein. Die Aufzeichnung war nur wenige Sekunden lang, aber noch während das Band lief, griff er zum Telefonhörer.

„Max, du musst sofort herkommen, es ist sehr wichtig."

„Was ist passiert?"

„Das kann ich dir am Telefon nicht erklären, dazu musst du schon herkommen."

Familie Hartinger saß noch am Frühstückstisch, Max kaute an seiner *Nutella*-Semmel, Chiara löffelte noch an ihrem Müsli und die beiden Mädchen waren bereits satt.

„Wir sitzen noch beim Frühstück, Francesco, aber Chiara wollte ohnehin danach gleich aufbrechen und zu Giulia fahren, dann kann sie mich mitnehmen und beim Revier absetzen."

„In Ordnung, bis gleich."

Chiara, Martina und Elena schauten ihn fragend an, aber er konnte ihnen beim besten Willen nicht sagen, was los war.

„Ich weiß nicht, was geschehen ist, er klang sehr aufgeregt und wenn er mich sofort sprechen will, aber am Telefon nichts weiter sagt, dann muss er äußerst brisante Informationen bekommen haben."

Chiara hatte mit Giulia verabredet, dass sie ihre Schwägerin zuhause in *Fiaiano* abholen würde. Gemeinsam wollten sie nach *Sant'Angelo* hinüberfahren, ein bisschen bummeln und am Nachmittag eventuell in der *Sorgeto*-Bucht zum Baden gehen. Vor dem Revier setzte sie Max ab, zwanzig Minuten nach Francescos aufgeregtem Anruf stand er in dessen Büro.

„Hast du dich schon wieder ein wenig beruhigt, du klangst vorher ziemlich aufgeregt?"

Francesco war tatsächlich inzwischen ein wenig ruhiger, aber nach der Frage von Max schimpfte er wieder los über diese Schlamperei in Neapel. Max setzte sich und Francesco schob ihm das Blatt mit Spinellis Handy-Daten rüber. Mit dem Handy des italienischen Netzbetreibers war nur ein Anruf getätigt worden und zwar am Tag seiner Ankunft in Neapel. Die gewählte Nummer gehörte zum Handy von Giuseppe Montella.

„Das ist der Cousin von Marco, der Alfonso und mir nach der Beerdigung schon davon erzählt hatte, dass Marco ihn am Hafen angerufen hatte."

Mit dem deutschen Handy war seit dem Urlaubsbeginn von Spinelli überhaupt nicht telefoniert worden, in den Tagen davor hatte er mehrfach eine Telefonnummer in Rosenheim gewählt, die, wie sich herausgestellt hatte, zur *Pizzeria Da Silvio* gehörte. Interessanter waren die Daten der letzten zwei Anrufe, die die beiden Handys erreicht hatten, denn zu diesem Zeitpunkt war Spinelli bereits tot.

„Schau" sagte Francesco und deutete mit dem Finger auf das Blatt mit den Nummern und Uhrzeiten. „Beide Anrufe gingen am vergangenen Montag innerhalb weniger Minuten ein. Die Nummer, die aufgezeichnet wurde, stammt von einem öffentlichen Telefon, das in einem kleinen *Ristorante* am Strand der *Cartaromana*-Bucht steht. Beide Male hat sich natürlich nur die Mailbox eingeschaltet, bei dem italienischen Handy wurde keine Nachricht hinterlassen."

„Aber bei dem deutschen, oder?"

„Ja, pass auf."

Francesco schaltete das Diktiergerät ein. Zuerst rauschte es ein wenig, dann hörte man klar und deutlich eine Frauenstimme sprechen:

„*Ciao amore*, ich warte schon an unserem Treffpunkt. Leider hab ich mein Handy vergessen, ich hoffe, du bist bald da."

Max schlug mit der flachen Hand auf Francescos Schreibtisch.

„Ich hab's doch gewusst, dass sie Spinelli gekannt hat. Und so sehnsüchtig, wie Heidi Schlosser da ins Telefon geflötet hat, hat sie ihn nicht nur sehr gut gekannt, sondern war sogar seine Geliebte."

„Richtig, einen anderen Schluss lässt ihr Anruf nicht zu."

„Und was bedeutet das nun für unsere Mordfälle, Francesco?"

„Wenn Spinelli noch leben würde, hätte ich spontan gesagt, sie haben den Ehemann, der ihnen im Weg stand, einfach über den Jordan geschickt, aber so kann es doch nicht gewesen sein, weil Spinelli eher tot war als Schlosser."

„Eben, das passt nicht zusammen. Vielleicht hat ihre Affäre mit Spinelli auch nichts mit den Morden zu tun. Anzunehmen ist aber, dass sie nicht zufällig zur gleichen Zeit hier Urlaub gemacht haben. Ihr Mann wollte doch öfter den ganzen Tag zum Kuren nach *Casamicciola,* da hätte sie dann immer freie Bahn gehabt für ihren Geliebten, so wie am Montag. Ihr Anruf beweist auch, dass sie noch nichts von seinem Tod wusste, als sie in der *Cartaromana*-Bucht auf ihn gewartet hat."

„Versetz dich mal in ihre Lage, Max. Du wartest auf einen Freund, er versetzt dich, du sprichst ihm auf die Mailbox, er ruft aber weder an noch erscheint er. Was würdest du in diesem Fall machen?"

„Weiterhin versuchen, ihn telefonisch zu erreichen oder ihn ausfindig zu machen."

„Es sei denn…" Francesco sprach nicht weiter.

„Es sei denn, ich hätte inzwischen erfahren, dass er nicht kommen oder antworten konnte, weil er nicht mehr lebt."

„Sehr gut."

„Also muss Heidi Schlosser im Laufe des Montags, wie auch immer, erfahren haben, dass ihr Lover tot ist. Sonst wären sicher noch weitere Anrufe von ihr auf Spinellis Mailbox gelandet."

„Genau. Und am selben Tag, nur ein paar Stunden später, wird ihr Mann in ihrer unmittelbaren Nähe umgebracht."

„Francesco, ich glaube, die liebe, brave Heidi Schlosser hat ihren Mann auf dem Gewissen."

„Das glaube ich mittlerweile auch."

„Anscheinend hat sie ihren Mann für den Tod ihres Geliebten verantwortlich gemacht, ob zu Recht oder zu Unrecht, wegen ihres Verhältnisses mit Spinelli oder wegen der Erpressung, das wird sie uns nur selbst sagen können."

„Ich würde mir aber keine zu großen Hoffnungen machen, dass sie freiwillig auspackt, denn wir haben nicht viel gegen sie in der Hand. Als Beweis für einen Mord ist dieses kleine Tonband doch ein wenig dürftig."

„Das befürchte ich auch. Für die Fingerabdrücke auf dem Geldbeutel ihres Mannes könnte sie sicher auch eine ganz simple Erklärung liefern, unser Verdacht steht wirklich auf sehr wackeligen Beinen."

Sie diskutierten weiter und erörterten die verschiedensten Möglichkeiten, wie sie Heidi Schlosser den Mord an ihrem Mann beweisen könnten, kamen aber zu keiner stichhaltigen Beweisführung. Plötzlich klopfte es und Riccardo streckte den Kopf bei der Tür herein.

„Entschuldigt, wenn ich euch störe, aber es wäre wichtig."

„Was ist denn los?"

„Ich habe gerade Besuch bekommen. Das junge Ehepaar, das zusammen mit Rudi Schlosser in den *Castiglione*-Thermen gesehen worden war, war gestern wieder dort. Eine Angestellte im *Ristorante*, mit der ich am Dienstag gesprochen hatte, hat sie wiedererkannt und ihnen meine Karte gegeben. Die Herrschaften sitzen in meinem Büro, sprechen aber kaum Italienisch. Max, du bist wieder einmal als Dolmetscher gefragt."

Alle drei gingen in Riccardos Büro hinüber. Zum wiederholten Mal während dieses Urlaubs stellte sich Max als Kripobeamter aus Rosenheim und Schwager des örtlichen *Maresciallo* vor. Auch die beiden unerwarteten Besucher stellten sich vor. Sie hießen Andrea und Robert Schwertfeger, waren dreißig und dreiunddreißig Jahre alt, seit fünf Jahren miteinander verheiratet und kamen aus München. Seit fast zwei Wochen waren sie auf der Insel und wohnten in einem Hotel in *Lacco Ameno*. Am nächsten Tag stand bereits ihre Heimreise nach München an.

„Wir waren gestern zum dritten Mal in den *Castiglione*-Thermen" begann Robert Schwertfeger. „Sie können sich vorstellen, wie überrascht wir waren, als wir im *Ristorante* angesprochen und darum gebeten wurden, uns hier zu melden. Man sagte uns, es ginge um Rudi Schlosser."

„Kannten Sie ihn schon länger?"

„Nein, wir haben uns erst am Montag kennengelernt. Er lag zufällig auf dem Liegestuhl neben uns, ich hatte ein Fußball-Magazin dabei und da hat er mich angesprochen und gefragt, ob er es sich zum Lesen ausleihen dürfe. So kamen wir ins Gespräch und haben unter anderem festgestellt, dass er bis vor zwei Jahren in München ganz in der Nähe von unserer Wohnung gearbeitet hatte."

Bisher hatte nur Robert Schwertfeger gesprochen, jetzt meldete sich auch seine Frau zu Wort.

„Er war sehr nett, wir haben sehr viel gelacht und sind eben auch miteinander zum Mittagessen gegangen. Können Sie uns auch sagen, warum Sie sich so für ihn interessieren?"

„Hat man Ihnen das im *Ristorante* der *Castiglione*-Thermen nicht gesagt?"

„Nein" antworteten beide gleichzeitig.

„Es tut mir leid, aber ich muss Ihnen sagen, dass Rudi Schlosser am Montag spät abends auf der Terrasse von seinem Hotel hier in *Porto* ermordet worden ist."

Robert Schwertfeger nahm die Hand seiner Frau, die merklich zitterte.

„Das kann doch gar nicht wahr sein, so ein netter Kerl, wir hatten so viel Spaß miteinander und schon wenige Stunden später war er tot. Haben Sie den Mord schon geklärt?"

„Wir sind anscheinend kurz davor, deshalb wäre es für uns wichtig zu wissen, ob er Ihnen etwas mehr über sein Privatleben oder eventuelle Probleme erzählt hat."

Die beiden sahen sich an und schüttelten fast gleichzeitig mit dem Kopf. Sie überließ es wieder ihm, zu reden.

„Er hat uns nur erzählt, dass er schon öfters mit seiner Frau auf *Ischia* gewesen sei, dass ihm die Kuranwendungen gut täten und dass er sich vorstellen könnte, irgendwann für immer hierher umzuziehen. Über Probleme hat er nicht gesprochen. Wir haben gegen Abend unsere Adressen getauscht. Er sagte, dass er ab und zu noch nach München käme und wir verabredeten, uns wieder einmal zu treffen. Das war eigentlich schon alles."

„Nicht ganz" korrigierte ihn seine Frau. „Etwas war merkwürdig, wir sind aber am Montag erst beim Abendessen darauf gestoßen. Wir haben uns über unsere neue Bekanntschaft unterhalten, da ließ Robert eine Bemerkung fallen, in etwa so „der Glückliche hat noch fast die ganzen zwei Wochen Urlaub vor sich". Ich hatte am Vormittag nicht mitbekommen, dass er erst zwei Tage zuvor angereist war. Als Robert das dann erwähnte, war ich ziemlich überrascht, denn ich hätte wetten können, dass ich Rudi bereits vor dem Samstag hier auf der Insel gesehen hatte."

„Wir wissen aber auch von seiner Frau, dass er erst am Samstag hier angekommen ist" bestätigte Max die Aussage von Herrn Schwertfeger hinsichtlich des Zeitpunkts der Anreise von Rudi Schlosser.

„Das mag schon sein. Trotzdem bin ich mir absolut sicher, ihn schon vorher gesehen zu haben. Er hatte doch diese markante Tätowierung am Arm, diesen Schlangenkopf. Und genau an diesen Schlangenkopf konnte ich mich erinnern."

„Wann und wo wollen Sie ihn denn gesehen haben."

„Vergangene Woche, beim Sankt-Anna-Fest in *Ponte.*"

Max schaute Francesco an, der schaute abwechselnd Max und Andrea Schwertfeger an.

„Sind Sie sich absolut sicher, dass er es war?" bohrte Max noch ein bisschen nach.

„Sein Gesicht habe ich nicht gesehen, aber von schräg hinten hatte ich mitten in der Menge einen freien Blick auf den Schlangenkopf an seinem rechten Oberarm. Von der Statur her würde es auch passen."

„Können Sie sich auch noch an die Uhrzeit erinnern?"

„Nicht genau, es war schon später Abend, nicht lange danach ging das Feuerwerk los."

„Und wo ungefähr war das in *Ponte*?"

„Ganz in der Nähe, wo dieser lang gezogene Weg, der zum *Castello* hinübergeht, beginnt."

Max, der die ganze Zeit gestanden hatte, musste sich nun erst einmal setzen. Francesco sah ihn an, ihre Blicke trafen sich und Francesco nickte nur. Nach einer Weile durchbrach Robert Schwertfeger das Schweigen.

„Was bedeutet das nun?"

„Das bedeutet, dass Ihre Frau wahrscheinlich gerade einen Mordfall aufgeklärt hat."

„Den Mord an Rudi?"

„Nein, es gab in der vergangenen Woche hier noch einen zweiten Mord, in etwa zur Zeit des Feuerwerks, ganz in der Nähe des *Castello*."

„Aber, aber, Sie wollen doch nicht etwa sagen, dass Rudi ein Mörder war?" stammelte Andrea Schwertfeger.

„Doch, davon müssen wir nach Ihrer Aussage nun ausgehen, Frau Schwertfeger."

„Und so einem haben wir unsere Adresse gegeben."

Mehr sagte sie nicht mehr, sie war restlos bedient und auch ihr Mann saß mit betretener Miene da.

Max setzte am PC von Francesco ein kurzes Protokoll auf, das sowohl Andrea als auch Robert Schwertfeger unterschrieben. Er bedankte sich bei den beiden dafür, dass sie ihnen bedeutend weitergeholfen hatten und ließ sich ihre Hoteladresse in *Lacco Ameno*, ihre Münchener Adresse sowie ihre Handy-Nummern geben.

„Eventuell würden wir nochmals auf Sie zukommen, wenn wir noch weitere Fragen haben. Trotz der unerfreulichen Nachricht, die wir für Sie hatten, wünsche ich Ihnen noch einen schönen letzten Urlaubstag hier auf *Ischia* und morgen eine angenehme Heimreise."

Ohne noch viele Worte zu verlieren verabschiedete sich das Ehepaar Schwertfeger. Sie hatten keinen Mietwagen, sondern waren mit dem Bus von *Lacco Ameno* herübergekommen, deshalb bot ihnen Riccardo an, sie mit dem Auto zu ihrem Hotel zurückzufahren. Das Angebot nahmen sie gerne an. Francesco ging mit Max wieder in sein eigenes Büro zurück und ließ sich auf seinen Stuhl fallen.

„Fassen wir noch einmal zusammen: Wir haben jetzt einen mutmaßlichen Mörder, der inzwischen selbst ermordet wurde und eine dringend Tatverdächtige, die zuerst ihren Geliebten verlor und anschließend wahrscheinlich ihren eigenen Ehemann umgebracht hat. Wie hat es Rudi Schlosser nur angestellt, letzte Woche nach *Ischia* zu reisen, ohne dass seine Frau etwas davon bemerkte?"

„Das wird nicht so schwer gewesen sein. Sie war doch in der letzten Woche am Mittwoch und Donnerstag mit ihrer Schulklasse in einem Landschulheim und er hatte sich genau an diesen beiden Tagen wegen einer angeblichen Magenverstimmung krankgemeldet. Sie fährt ins Landschulheim, er düst zum Flughafen, fliegt hierher, bringt den Geliebten seiner Heidi um, der gleichzeitig sein Komplize war und als seine Frau am nächsten Tag gegen Abend wieder nach Hause kommt, ist er auch längst wieder zurück."

„Wobei wir jetzt wieder an dem Punkt sind, dass wir nicht wissen, ob er ihn ermordet hat, um zukünftig das erpresste Geld allein einkassieren zu können oder ob er dahinter gekommen ist, dass Marco Spinelli ein Verhältnis mit seiner Frau hatte."

„Eben, das ist zwar letztlich egal, aber interessieren würde es mich auch. Ich glaube, wir müssen dringend schon wieder Heidi Schlosser besuchen."

Sie kamen nicht mehr dazu, sofort aufzubrechen, weil das Handy von Max zu klingeln begann.

„Es ist Wiggerl" stellte Max fest, als er aufs Display schaute.

Wiggerl hielt sich nicht lange mit einer Vorrede auf, sondern legte gleich los.

„Ich habe soeben wie gestern besprochen die Passagierlisten der Flüge zwischen München und Neapel gecheckt. Du wirst niemals erraten, wen ich da entdeckt habe."

„Doch. Rudi Schlosser."

„Ach komm, Max, woher weißt du denn das jetzt schon wieder? Du gönnst mir aber auch überhaupt keinen Erfolg."

„Tja, dann hättest du eben ein bisschen schneller als sonst ermitteln müssen."

„Depp!"

„Mal im Ernst, Wiggerl, ich habe es auch erst vor ein paar Minuten erfahren."

Max schilderte ihm die Zeugenaussage der Schwertfegers und auch, was sie anhand von Spinellis Handy-Daten und mit Hilfe des Tonbandes herausgefunden hatten.

„Dann komme ich mit meiner Information tatsächlich ein bisschen zu spät. Ich war ganz schön überrascht, als ich entdeckt habe, dass Schlosser letzten Mittwoch gegen Mittag nach Neapel geflogen und am Donnerstag Vormittag wieder zurückgeflogen ist. Was die Mordfälle angeht, dürfte der Professor somit aus dem Schneider sein."

„Danach sieht es jetzt offensichtlich aus. Hat er sich noch zu der Erpressung geäußert?"

„Nein, er sagt dazu gar nichts. Sein Anwalt kam gestern Abend noch zum Polizeipräsidium und hat ihm auch geraten, vorerst keine Aussage zu machen. Ich denke, er wird ihn spätestens heute Nachmittag gegen Kaution wieder rausholen. Was wollt ihr jetzt wegen Heidi Schlosser unternehmen?"

„Wir werden ihr gleich einen Besuch abstatten und hören, was sie zu unseren Vermutungen zu sagen hat. Einen endgültigen Beweis, dass sie ihren Mann umgebracht hat, haben wir noch nicht in der Hand, auch wenn mittlerweile viel für sie als Mörderin spricht. Ich melde mich wieder bei dir, wenn wir mit ihr gesprochen haben."

Nachdem Max eingehängt hatte, sagte er zu Francesco:

„Jetzt haben wir nach der Aussage der Schwertfegers einen zweiten Beweis, dass Rudi Schlosser letzte Woche hier war. Er steht auf der Passagierliste eines Fluges von München nach Neapel am Mittwoch und auf der Liste des Rückfluges am Donnerstag. Komm, lass uns jetzt sofort zu seiner Frau fahren."

34

Francesco und Max stiegen in den blauen Dienst-*Alfa*, Francesco wollte ihn starten, aber der Motor sprang nicht an.

„Was ist denn jetzt los? Vor einer Stunde ist er doch noch ganz normal gelaufen."

Auf Anhieb konnten sie die Ursache für den Defekt nicht feststellen. Unglücklicherweise war nicht nur Riccardo auf dem Weg nach *Lacco Ameno*, auch Alfonso war mit seinem Dienstwagen unterwegs. Nur Riccardos privater MINI stand noch vor dem Revier.

„Den dürfen wir uns sicher ausleihen, ich weiß, wo sein Autoschlüssel gewöhnlich liegt."

Francesco holte den Autoschlüssel aus Riccardos Büro und sie brausten mit dem MINI Richtung *Hotel Vesuvio* davon. Auf dem Hotelparkplatz wollten sie aussteigen, da hielt Max seinen Schwager plötzlich am Arm zurück.

„Schau, da ist sie."

Heidi Schlosser verließ soeben das Hotel und marschierte die Straße entlang, in Richtung des *Corso Vittoria Colonna*.

„Ich glaube, wir sollten sie nicht mehr aus den Augen lassen."

Francesco ließ den Motor wieder an. Sie rollten langsam vom Parkplatz und blieben in Sichtweite hinter ihr. Sie überquerte den *Corso* und ging durch die gegenüber beginnende kleine Gasse, bis sie die breite und viel befahrene *Via Alfredo De Luca* erreichte. Dort bog sie nach rechts ab und ging in Richtung eines großen Zeitungsstandes. Francesco blieb am Straßenrand stehen.

„Siehst du, Francesco, selten ein Schaden, bei dem nicht auch ein Nutzen dabei ist. Wären wir in deinem Dienstwagen unterwegs, könnten wir ihr längst nicht so unauffällig folgen."

Heidi Schlosser hatte aber scheinbar nicht vor, sich eine Zeitung zu kaufen, sondern sie steuerte auf den Blumenhändler zu, der neben dem Zeitungsstand seine frischen Blumen anbot. Sie kaufte eine langstielige rote Rose und ging wieder in die Richtung zurück, aus der sie gekommen war. Instinktiv rutschten Francesco und Max in ihren Sitzen nach unten.

„Kannst du dir das erklären?" rätselte Max.

„Ich glaube, ich weiß, was sie vorhat" antwortete Francesco, der sah, dass sie an der Bushaltestelle stehen geblieben war.

Francesco kannte natürlich die Fahrtrouten der Busse, die dort hielten, wollte aber seinen Schwager noch ein wenig auf die Folter spannen. Kurz darauf kam die Linie 8, Heidi stieg ein und Francesco nahm die Verfolgung auf. Sie blieben bis *San Michele* hinter dem Bus, dort stieg Heidi Schlosser aus, ging ohne zu Zögern die Hauptstraße weiter, bog nach rechts ab, marschierte an der gelben Friedhofsmauer entlang und ging geradewegs durch das große eiserne Tor des Haupteinganges. Francesco stellte den MINI auf dem Parkplatz gegenüber der Friedhofsmauer ab, er und Max stiegen aus und schlichen sich bis zum Tor. Von dort aus beobachteten sie, wie Heidi Schlosser direkt auf ein Grab zuging, das ganz in der Nähe des Eingangstores lag. Rings um das Grab standen noch, an dreieckigen Ständern aufgehängt, einige nicht mehr ganz frische Trauerkränze.

„Dort ist das Grab von Marco Spinelli" flüsterte Francesco.

Von ihrem Beobachtungspunkt aus sahen sie, wie sie die rote Rose auf dem Grab ablegte und stumm davor stehen blieb. Nach einiger Zeit holte sie aus ihrer Handtasche ein Taschentuch, schnäuzte sich und tupfte sich damit auf die Augen. Max zog Francesco am Ärmel und forderte ihn damit auf, ihm zu folgen. Im Moment schienen keine anderen Besucher auf dem Friedhof zu sein, jedenfalls war keiner zu sehen. Nach einigen Metern bogen Max und Francesco von dem Hauptweg ab, möglichst leise näherten sie sich Spinellis Grab. Heidi Schlosser konnte sie nicht sehen und da sie sich immer wieder schnäuzte, ermöglichte sie ihnen auch, sich völlig unbemerkt an sie heranzuschleichen. Als sie fast direkt hinter ihr standen, sagte Max ganz laut:

„Finden Sie es nicht merkwürdig, einem völlig Unbekannten eine rote Rose aufs Grab zu legen?"

Sie zuckte zusammen und fuhr herum.

„Herr Hartinger, was machen Sie denn hier?"

„Das Gleiche möchte ich von Ihnen gerne wissen."

Heidi Schlosser biss sich auf die Unterlippe, krampfhaft suchte sie nach einem Ausweg. Sie sagte nichts, deshalb redete Max weiter.

„Ich denke, Sie wollten sich vor Ihrer Abreise noch von Ihrem Liebhaber verabschieden."

Ihr kamen wieder die Tränen, aber sie sagte noch immer nichts. Max legte nach.

„Es muss ein ziemlicher Schock für Sie gewesen sein, als Sie am Montag erfuhren, dass Ihr Mann letzte Woche hierher gereist war und Ihren Geliebten ermordet hat."

Sie sah ihn mit versteinerter Miene an.

„Und weil Ihr Geliebter tot war, sollte auch sein Mörder, Ihr Mann, nicht mehr weiterleben."

„Er hat alles kaputt gemacht" sagte sie leise.

Francesco und Max konnten sie gerade noch rechtzeitig auffangen, als ihre Knie nachgaben und sie zusammensackte. In der Nähe des Eingangstores stand eine große Pinie, darunter war eine kleine steinerne Bank, dorthin führten sie Heidi Schlosser, damit sie sich setzen konnte. Max erinnerte sich, dass er hinter dem Fahrersitz des MINI eine volle Flasche *Acqua minerale* liegen gesehen hatte, er bat Francesco darum, sie zu holen, während er neben Frau Schlosser sitzen blieb. Nachdem sie dann etwas Wasser getrunken hatte, stabilisierte sich ihr Kreislauf wieder, sie war nicht mehr ganz so blass wie noch wenige Minuten zuvor.

„Frau Schlosser, Sie sind uns noch einige Erklärungen schuldig."

„Was wollen Sie denn noch hören? Sie wissen doch ohnehin schon alles, Herr Hartinger" sagte sie resignierend.

„Was genau ist am Montag passiert?"

Es dauerte einige Minuten, bis sie langsam zu erzählen begann:

„Nachdem Rudi zu den *Castiglione*-Thermen gefahren war, habe ich mich in den Bus gesetzt und wollte mich, wie schon lange vereinbart, mit Marco in der *Cartaromana*-Bucht treffen. Er wollte mich dort mit einem Boot abholen. Aber er ist nicht gekommen. Ich hatte mein Handy vergessen, deshalb bin ich in das *Ristorante* dort hinein und habe versucht, ihn von dem öffentlichen Telefon aus anzurufen, aber bei seinen beiden Handys meldete sich nur die Mailbox. Ich weiß nicht mehr, wie lange ich vergeblich gewartet habe, dann bin ich zurück zur Bushaltestelle hier oben in *San Michele*. Die ganze Zeit habe ich fieberhaft überlegt, was ich unternehmen könnte. Ich machte mir solche Sorgen um Marco, weil es überhaupt nicht seine Art war, mich zu versetzen. Ich spürte, dass ihm etwas zugestoßen sein musste. Er hatte seiner Mutter nie von uns erzählt, weil er wusste, dass sie es auf keinen Fall gutgeheißen hätte, dass er sich regelmäßig mit einer verheirateten Frau traf. Ich weiß aber, wo ihre Wohnung in *Ponte* liegt, wo er während seines Urlaubs immer wohnte. Ich sah keine andere Möglichkeit, als dorthin zu gehen. Also bin ich in *Porto* an dieser großen, fast runden Kreuzung mit der Verkehrsinsel ausgestiegen."

„Sie meinen die *Piazza degli Eroi*?"

„Ja, ich glaub so heißt sie. Dort bin ich also aus dem Bus und gleich in die Linie 7 Richtung *Ponte* umgestiegen. Dort habe ich mir erst einmal eine Flasche Wasser gekauft und bin zu Fuß weitergegangen. Auf der Hauptstraße dort bin ich an der *Chiesa dello Spirito Santo* vorbeigekommen. Neben der Kirche, an einer dieser Plakatwände, habe ich dann Marcos Todesanzeige hängen gesehen. Es hat mich wie ein Keulenschlag getroffen. Zufällig kam gerade ein Priester aus der Kirche, ihn habe ich gefragt, an was dieser arme junge Mann denn gestorben sei. Der Priester sprach ein bisschen deutsch und hat mir zu verstehen gegeben, dass er ermordet worden sei. Als ich über das Sterbedatum nachdachte, das natürlich genauso wie der Friedhof hier in der Todesanzeige genannt war, keimte in mir dann dieser unglaubliche Verdacht. Es passte irgendwie alles zusammen. Ich war zwei Tage im Landschulheim, Rudi hatte sich krankgemeldet. Mehrfach habe ich an diesen beiden Tagen vergeblich versucht, Rudi über unser Festnetz-Telefon zu erreichen. Also probierte ich es am Handy. Er redete sich heraus, dass er pausenlos zur Toilette rennen müsse und deshalb nie ans Telefon ginge und nur das Handy bei sich trage. Je mehr ich über die ganze Situation nachdachte, desto sicherer war ich mir, dass er Marco ermordet hatte. Ich stand immer noch wie angewurzelt vor Marcos Todesanzeige, circa zwei Stunden später sollten schon sein Requiem und seine Beerdigung sein. Sie können sich denken, dass ich hin- und hergerissen war, ob ich nicht gleich dort bleiben sollte. Aber ich wusste nicht, wer über meine Beziehung zu Marco informiert war und wer womöglich bei der Beerdigung alles auftauchen würde, deshalb bin ich dann schweren Herzens zurück nach *Porto* gefahren."

„Seit wann ging Ihr Verhältnis mit Marco schon?"

„Ungefähr seit drei Jahren. Marco hatte Rudi vor sechs Jahren in seiner Münchner Unfallklinik kennengelernt, als er am Knie operiert wurde. Er lag auf Rudis Station, Rudi hat ihm täglich die *Gazetta dello Sport* besorgt. Sie haben sich ein bisschen angefreundet und in der Folge immer wieder einmal getroffen. Im Mai vor drei Jahren, an meinem Geburtstag, hat mich Rudi zum Essen eingeladen, er hatte im *Positano* einen Tisch reserviert. Das war die *Pizzeria*, in der Marco viele Jahre gearbeitet hat. Dort hat er mir Marco vorgestellt. Kurz darauf, ich hatte wegen der Pfingstferien frei, sind wir uns zufällig in der Münchener Fußgängerzone über den Weg gelaufen. Er war sehr charmant und hat mich zu einem Kaffee eingeladen. In seiner Beziehung kriselte es schon seit einiger Zeit. Ich war eigentlich ganz glücklich mit Rudi, aber mit seiner Eifersucht und dadurch, dass er nur auf mich fixiert war und sonst nichts und niemanden wahrnahm, wenn ich in der Nähe war, damit hat er mich manchmal regelrecht erdrückt. Marco wollte mich gern wieder sehen und so ist dann schnell mehr daraus geworden. Nachdem ich an vier Nachmittagen während der Woche frei hatte und er nachmittags auch nicht arbeiten musste, konnten wir uns regelmäßig treffen, ohne dass Rudi etwas davon bemerkte.

Bald darauf hat er sich auch von seiner Lebensgefährtin, die die Tochter von seinem italienischen Chef war, getrennt. Nach der Trennung wollte er sich natürlich auch einen anderen Arbeitsplatz suchen. Meine Versetzung an den Chiemsee kam relativ überraschend, aber es war dann kein Zufall, dass er in meine Nähe gezogen ist, auch wenn er es Rudi gegenüber so dargestellt hatte. Hätte Rudi etwas von unserem Verhältnis gewusst, wären sie sicher nicht Komplizen geworden."

„Also wussten Sie doch von der Erpressung."

„Nein, wirklich nicht, weder Marco noch Rudi haben mir je ein Sterbenswörtchen davon erzählt. Ich habe es erst gestern Abend durch Sie erfahren. Marco hat mir zwar immer wieder vorgeschwärmt, dass er Geld für eine eigene *Pizzeria* auf *Ischia* beiseite legen würde, aber dass er es sich auf kriminelle Art beschaffen würde, wusste ich nicht. Wenn ich das geahnt hätte, hätte ich niemals geplant, mit ihm für immer nach *Ischia* auszuwandern."

„Sie wollten sich also von Ihrem Mann trennen?"

„Ja, wenn Marco ganz nach *Ischia* gegangen wäre, dann wäre ich mit ihm mit."

Sie trank wieder von dem *Acqua minerale*, mittlerweile hatte sie fast die ganze Flasche geleert.

„Wie kam Ihr Mann dann dahinter, dass Sie ein Verhältnis mit seinem Freund und Komplizen hatten?"

„Das habe ich ihn auch gefragt, als ich ihn am Montag zur Rede gestellt habe, sobald er von den Thermen zurückkam. Er hat aber nur hämisch gelacht und gedroht, dass es jedem, der mich mit seinen dreckigen Fingern anfassen würde, genauso ergehen würde wie Marco. Damit war der Fall für ihn erledigt."

„Warum sind Sie nicht sofort zur Polizei, um den Mord anzuzeigen?"

„Das hatte ich selbstverständlich vor, aber ich wollte doch zuerst von ihm wissen, woher er von mir und Marco wusste. Ich habe da nicht locker gelassen. Nach dem Abendessen wollte er noch einen Spaziergang machen, er hat pausenlos davon gefaselt, dass nun wieder alles so wie früher werden würde. Das hat mich immer wütender gemacht, weil er einfach nicht kapieren wollte, dass ich trotz Marcos Tod oder gerade deswegen nicht länger mit ihm zusammenbleiben könne. Da hat er mir dann zum ersten Mal gedroht, dass er das nicht zulassen würde. Nach dem Spaziergang habe ich ihn im Hotel noch einmal gefragt, woher er von unserem Verhältnis wusste. Da hat er wieder nur gelacht und über Marco hergezogen, dass sich dieser idiotische Italiener schlicht und einfach verplappert hätte. Einen Tag vor Marcos Abreise hatten sich die beiden getroffen und da hat Marco irgendetwas von meiner Fahrt ins Landschulheim erwähnt, obwohl ihm Rudi noch nichts davon erzählt hatte. Marco muss noch versucht haben, sich herauszureden, aber Rudi hat ihm nicht geglaubt und muss da schon fast handgreiflich geworden sein.

Nachdem mir Rudi das alles gestanden hatte, wollte er auf die Terrasse raus zum Rauchen. Ich hatte nun gehört, was ich wissen wollte und habe ihm nachgerufen, dass ich ihn nicht ungeschoren davonkommen lassen würde und dass er für Marcos Tod noch büßen müsse. In der Terrassentür hat er sich umgedreht und mir wieder gedroht. Er würde mich genauso abstechen wie Marco, wenn ich auf die Idee käme, zur Polizei zu gehen oder ihn zu verlassen. Da sind dann bei mir schließlich alle Sicherungen durchgebrannt, ich fühlte mich wie in einem Gefängnis und wusste, dass ich etwas unternehmen musste. Als er draußen war, sah ich plötzlich die Schere auf dem Tisch liegen, die habe ich genommen und bin ihm nachgerannt. Ohne zu überlegen habe ich ihm die offene Schere in den Bauch gerammt. Den Rest kennen Sie bereits."

„Woher hatten Sie plötzlich die Schere?"

„Am Nachmittag bin ich zum Einkaufen gegangen, um auf andere Gedanken zu kommen, während ich darauf warten musste, bis Rudi aus *Casamicciola* zurückkommt. Mich stören in Blusen und T-Shirts immer die Etiketten, deshalb habe ich mir an der Rezeption eine Schere ausgeliehen, um die Etiketten bei den Kleidern herauszuschneiden, die ich mir an diesem Nachmittag gekauft hatte."

„Wo ist die Schere jetzt?"

„Die habe ich weggeworfen."

„Wahrscheinlich in denselben Papierkorb, in den Sie auch den Geldbeutel von Ihrem Mann geworfen haben."

Heidi Schlosser nickte stumm.

„Können Sie sich erklären, warum Marco Sie nicht gewarnt hat, dass Ihr Mann über Ihr Verhältnis zu ihm Bescheid wusste?"

„Diese Frage habe ich mir in den letzten Tagen immer und immer wieder gestellt. Die Antwort darauf hat Marco mit ins Grab genommen. Vielleicht war er in der Hinsicht zu naiv und hat gemeint, dass Rudi, wenn er sich erst einmal beruhigt hätte, ihm doch noch glauben würde, dass da nichts zwischen uns sei. Wer weiß, wie alles gekommen wäre, wenn er mich über seine Auseinandersetzung mit Rudi informiert hätte. Ich wusste doch, wie eifersüchtig Rudi war, und hätte ihn warnen können, dass er sich in der nächsten Zeit etwas in acht nehmen solle. Hätte er mir nur etwas gesagt, dann würden wahrscheinlich beide noch leben."

Heidi Schlosser brach in Tränen aus und wurde von einem heftigen Weinkrampf geschüttelt. Die ganze Anspannung der letzten Tage fiel mit einem Mal von ihr ab, nachdem sie endlich mit jemandem über die schrecklichen Ereignisse gesprochen hatte, die ihrem Geliebten und ihrem Ehemann das Leben gekostet hatten. Max wusste, dass weitere Fragen im Moment keinen Sinn hatten, er wartete, bis sie sich wieder ein wenig beruhigt hatte, um sie dann zum Auto zu bringen.

Francesco war schon zum Parkplatz vorausgegangen und rief auf dem Revier an, Riccardo war inzwischen aus *Lacco Ameno* zurück.

„Sag mal, Francesco, kann es sein, dass du mit meinem MINI durchgebrannt bist?“

„Ja, mein *Alfa* streikte und wir mussten doch dringend zu Heidi Schlosser fahren. Sie hat uns soeben den Mord an ihrem Mann gestanden.“

„Ich warne dich, wehe ich finde auch nur einen Kratzer daran.“

„Nun hab dich mal nicht so. Deinem MINI passiert schon nichts. Kannst du bitte bis in einer Viertelstunde zum Hafen kommen, wir müssen Heidi Schlosser nach Neapel in die Untersuchungshaft bringen.“

„In Ordnung, ich werde dort sein.“

„Ist Alfonso auch da?“

„Nein, er ist noch unterwegs.“

Francesco fuhr vom Friedhof nicht direkt zum Hafen, sondern machte noch einen Abstecher zum *Hotel Vesuvio,* damit Heidi Schlosser ein paar persönliche Sachen einpacken und mitnehmen konnte. Max begleitete ihn auf der Weiterfahrt zum Hafen, wo Riccardo sie bereits erwartete. Nervös umrundete er gleich mehrfach sein Auto, um zu kontrollieren, dass Francesco auch wirklich keine Delle und keinen Kratzer hineingefahren hatte. Widerwillig stimmte er dann auch zu, dass Max den MINI zum Revier zurückfahren und den Schlüssel entweder in den Briefkasten werfen oder Alfonso geben sollte, falls dieser inzwischen wieder in seinem Büro sein sollte. Francesco verzichtete darauf, Heidi Schlosser Handschellen anzulegen, als er sie zusammen mit Riccardo an Bord des Tragflügelbootes brachte, das als nächstes in Richtung Neapel auslaufen sollte. Nachdem Max das Auto zum Revier zurückgebracht, Alfonso den Schlüssel übergeben und ihm von der spektakulären Lösung der zwei Morde berichtet hatte, machte er sich zu Fuß auf den Rückweg zum *Hotel Vesuvio.*

35

Max lag in seinem Liegestuhl am Strand vor dem *Hotel Vesuvio*, als Chiara am frühen Abend von ihrem Ausflug mit Giulia zurückkam. Elena tollte mit Diana am Wasser herum, Martina hatte es vorgezogen, den ganzen Tag bei den Liegestühlen rings um den Pool zu bleiben, um Toto möglichst aus dem Weg zu gehen. Chiara zog sich ihr Shirt und ihren kurzen Rock aus und legte sich neben Max.

„Wie war dein Tag, Schatz?"

„Sehr schön. Auf der Fahrt nach *Sant'Angelo* hat mir Giulia einen wunderbaren botanischen Garten gezeigt, der erst in den letzten Jahren angelegt worden ist."

„Wo denn?"

„Ein kleines Stück hinter der Ortsgrenze von *Forio*, direkt an der *Strada Statale*. Dort ist doch auf der rechten Straßenseite eine Tankstelle, kurz dahinter befinden sich auf der gegenüberliegenden Seite die *Giardini Ravino*. Ich war total begeistert von dem Garten, der auf einer Fläche von mehreren Tausend Quadratmetern angelegt und eine sehr gelungene Zusammenstellung von mehr als achthundert verschiedenen Sukkulenten ist. Aber er bietet noch sehr viel mehr als die meisten anderen botanischen Gärten. Auf vielen Hinweistafeln wird erklärt und veranschaulicht, wie sich die Artenvielfalt auf unserer Erde und speziell auf *Ischia* entwickelt und verändert hat. Ich hätte mich dort den ganzen Tag aufhalten können und möchte nächste Woche unbedingt noch einmal hinfahren."

„Was habt ihr danach noch gemacht?"

„Wir sind weiter nach *Sant'Angelo*, dort habe ich mir ein hübsches Kleid gekauft, habe eine köstliche, knusprige *Pizza* gegessen und bin mit Giulia am Nachmittag die meiste Zeit im seichten warmen Wasser der *Sorgeto*-Bucht gelegen. Es war herrlich. Wie war es bei dir, seid ihr wieder einen Schritt weitergekommen?"

Max schüttelte mit dem Kopf.

„Noch immer kein Fortschritt?" fragte sie erstaunt.

„Wir sind nicht einen Schritt weitergekommen, sondern viele. Um es genauer zu sagen, es ist alles vorbei."

„Wirklich?"

„Ja."

„Max, mach mich nicht wahnsinnig, lass dir doch nicht alles so aus der Nase ziehen."

„Erinnerst du dich an den Kommentar, den Elena am Dienstag beim Frühstück losgelassen hat, als wir uns über die Ereignisse der vorangegangenen Nacht unterhalten haben?"

Chiara überlegte einen Augenblick.

„Du meinst, als sie sagte, am Ende hat Heidi Schlosser ihn wegen irgendeines Ehedramas umgebracht?"

„Richtig, damit hat sie genau ins Schwarze getroffen. Heidi Schlosser hatte seit drei Jahren ein Verhältnis mit Marco Spinelli, ihr Mann hat es kurz vor dem Urlaub erfahren, ist in der letzten Woche für einen Tag hierher gereist und hat Spinelli ermordet. Für Montag hatte sich Frau Schlosser mit Spinelli zu einem Schäferstündchen verabredet, zu dem er natürlich nicht erschien. Zufällig sah sie seine Todesanzeige hängen, erfuhr zudem, dass er ermordet wurde und hat dann in der Nacht aus Rache und Verzweiflung ihren Mann erstochen. So dramatisch kann ein Urlaub enden. Er kehrt im Sarg nach Deutschland zurück und sie in Handschellen."

„Es ist mir immer rätselhaft, wie die Liebe zwischen zwei Menschen, die sich vor dem Traualtar ewige Treue versprochen haben, plötzlich in so einen Hass umschlagen kann, dass sie sich gegenseitig umbringen. Versprich mir, dass uns so etwas nie passieren wird."

Max nahm seine Frau bei der Hand. „Uns kann nichts trennen, mein Schatz. Egal was passiert, du weißt, ich werde dich immer lieben."

„Ich dich auch, außer…" Sie machte eine Pause und lächelte ihn an.

„Außer, was?"

„Außer wenn du den Rest unseres Urlaubs wieder nur am Handy hängst." Sie kniff ihn in die Seite, genau da, wo er so kitzelig war. Er sprang auf und jagte seiner Frau hinterher, die geradewegs ins Meer lief.

Beim Abendessen musste Max auch noch seinen Töchtern bis ins Detail erklären, wie er zusammen mit ihrem Onkel die beiden Mordfälle gelöst hatte. Elena grinste triumphierend.

„Siehst du Papa, hättest du mir gleich geglaubt, hättest du dir eine ganze Woche Arbeit sparen können."

„Du kleine Schlaumeierin, du vergisst, dass wir ganz nebenbei auch noch einige Überfälle, eine Erpressung und einen gewaltigen Betrugsfall aufgedeckt haben. Leider können wir aber den Professor nicht mehr zur Rechenschaft ziehen."

„Warum?" fragten Elena und Chiara gleichzeitig.

„Am Spätnachmittag hat mich Wiggerl angerufen. Ich hatte ihm vorher auf die Mailbox gesprochen, dass unser Fall aufgeklärt sei. Ich habe sofort gemerkt, dass er irgendeine schlechte Nachricht hatte. Der Professor wurde heute Mittag gegen Kaution wieder auf freien Fuß gesetzt und von einem Kollegen zu seiner Klinik zurückgebracht. Von dort aus ist er kurz zu seiner Frau nach Prien gefahren. Auf dem Rückweg zur Klinik ist er mit seinem Porsche auf gerader Strecke frontal gegen einen Baum geprallt und war sofort tot. An der Unfallstelle gab es keine Bremsspuren. Es sieht so aus, als wäre er absichtlich ungebremst gegen den Baum gefahren."

Für einige Minuten herrschte betretenes Schweigen am Tisch der Hartingers, wortlos aßen sie ihre gegrillten Schweinefilets. Schließlich ergriff Chiara wieder das Wort.

„Giulia hat uns für Sonntag erneut zum Essen eingeladen."

„Prima" jubelte Elena. „Wenn ich an letzten Sonntag denke, läuft mir schon jetzt wieder das Wasser im Mund zusammen."

Martina schien mit ihren Gedanken weit weg zu sein. Chiara fragte sie deshalb, ob sie noch einmal mit Toto gesprochen habe.

„Nein, ich wüsste nicht, was ich mit ihm noch reden sollte. Außerdem hängt diese blöde Tussi den ganzen Tag bei ihm rum."

Max, der merkte, dass es wohl am besten war, Martina möglichst vom Strand fernzuhalten, hatte eine Idee.

„Was haltet ihr davon, morgen nach *Capri* zu fahren?"

Für eine Fahrt mit dem Schiff war auch Martina zu begeistern und Elena hatte sich nach ihrem Ausflug mit Dianas Familie sowieso mehrfach eine weitere Tour nach *Capri* gewünscht.

„Hauptsache, wir haben dich wieder ganz für uns allein" stimmte auch Chiara dem Vorschlag von Max zu.

Francesco und Riccardo hatten Heidi Schlosser im Untersuchungsgefängnis von Neapel abgeliefert. Mit Hilfe eines professionellen Dolmetschers musste sie nochmals ihre Aussagen zu dem Mord an ihrem Mann zu Protokoll geben. Über eine mögliche kurzfristige Auslieferung nach Deutschland sollte erst in einigen Tagen entschieden werden. Zurück auf *Ischia* führte Francescos und Riccardos erster Weg nach *Ponte* zu Anna Spinelli, der Mutter von Marco.

„*Buonasera, Maresciallo.*

„*Buonasera, Signora* Spinelli. Wie geht es Ihnen?"

„Ach, *Maresciallo*" seufzte sie. „Wie soll es einer alten Frau schon gehen, wenn ihr das einzige Kind genommen wurde? Ich weiß überhaupt nicht, was mein Leben jetzt noch für einen Sinn haben soll. Aber es gibt doch bestimmt einen Grund für Ihren Besuch."

„Richtig, ich wollte Ihnen mitteilen, dass wir heute herausgefunden haben, wer für den Tod Ihres Sohnes verantwortlich ist."

„Haben Sie den Schuldigen auch schon verhaftet?"

„Das ist leider nicht möglich, weil der Mörder Ihres Sohnes Anfang der Woche selbst Opfer eines Verbrechens wurde und nun im gerichtsmedizinischen Institut in Neapel liegt."

„Dann waren es also weder Luigi Rasoni noch einer von Marcos drei Freunden, die Sie zunächst auch in Verdacht hatten."

Francesco erklärte ihr, wie sich herausgestellt hatte, dass Marco in Deutschland ein Verhältnis mit einer verheirateten Frau hatte und dass deren Ehemann in der vergangenen Woche Marco nach *Ischia* nachgereist war und ihn ermordet hatte.

„Ein Mord aus Eifersucht?" fragte *Signora* Spinelli und schnaufte tief durch. „Das macht Marcos Tod für mich noch sinnloser als er ohnehin schon ist."

Für Francesco war mit dem Besuch bei der alten Dame der Fall Spinelli endgültig abgeschlossen. Zurück im Auto fragte Riccardo erstaunt:

„Warum hast du die Erpressung nicht erwähnt?"

„Was hätte das für einen Sinn gehabt, Riccardo? Warum hätte ich ihr die Illusion von ihrem lieben, unbescholtenen Sohn nehmen sollen? Wir müssen bei unserer Arbeit weiß Gott oft genug schlechte Nachrichten überbringen, also warum nicht auch einmal eine unangenehme Tatsache verschweigen. Man muss dabei nicht lügen, es reicht doch schon, nicht die volle Wahrheit zu erzählen."

Riccardo musste ihm recht geben. Mit seinen fast zwanzig Dienstjahren bei den *Carabinieri* war ihm Francesco doch ein ganzes Stück an Erfahrung voraus. Er selbst brachte es gerade mal auf ein Drittel dieser Zeit.

Sie kamen zum Revier zurück und liefen direkt *Capitano* Lombardo in die Arme, der sich soeben auf den Heimweg machen wollte und sofort den neuesten Stand der Ermittlungen wissen wollte. Francesco berichtete ihm von der Festnahme von Heidi Schlosser.

„Ich habe mir gleich gedacht, dass seine Frau dahinter steckt. Wer hätte es denn sonst gewesen sein sollen? Ohnehin habe ich mich gewundert, dass Sie diese *Signora* Schlosser nicht schon viel eher in die Mangel genommen haben. Das hätte uns eine Menge unnützer Ermittlungsarbeit erspart."

Ohne eine Antwort abzuwarten, ließ er die beiden verdutzten *Carabinieri* stehen.

„*Stronzo*" dachte sich Riccardo. „Selbst keinen Finger bei der Arbeit krumm machen und dann auch noch so saudumm daherreden."

Francesco, der gewohnt war, kaum anerkennende und lobende Worte von seinem Chef zu hören, sah Riccardo an, wie wütend er war.

„Ärgere dich nicht, Riccardo, so ist er nun einmal. Ich rege mich schon lange nicht mehr darüber auf, dass er uns ständig die gesamte Arbeit machen lässt und hinterher immer alles besser weiß."

Francesco war einfach nur froh, dass die nervenaufreibenden letzten Tage nun vorbei waren und er an diesem Abend endlich wieder einmal relativ zeitig nach Hause zu seiner Frau Giulia fahren konnte.

36

Am Vorabend hatte es zeitweise so ausgesehen, als würde das Wetter umschlagen, aber über Nacht war der Himmel wieder aufgeklart und strahlte schon am Morgen in herrlichstem Blau. Sofort nach dem Frühstück war die Familie Hartinger zum Hafen aufgebrochen und an Bord des Ausflugsschiffes gegangen, das sie zur Insel *Capri* bringen sollte. Alle vier nahmen an Deck Platz und beobachteten das geschäftige Treiben, das um diese Zeit schon im Hafen herrschte. Die erste große Fähre aus Neapel hatte bereits angelegt und spülte den ersten Schwung neu ankommender Touristen auf die Insel. Im Laufe dieses Samstags sollten es noch Unzählige mehr werden.

Das Schiff legte ab. Hätte es den direkten und kürzesten Weg genommen, hätte es zuerst die Strände von *Ischia Porto* und *Ponte* passiert, anschließend das mächtige *Castello Aragonese* umfahren und wäre dann in südöstlicher Richtung über den Golf von Neapel nach *Capri* geschippert. Da aber vorgesehen war, im Hafen von *Forio*, auf der anderen Seite der Insel, nochmals anzulegen und weitere Fahrgäste zusteigen zu lassen, kam der erste Teil der Fahrt einer Inselrundfahrt gleich. Vorbei am roten Leuchtturm an der Hafeneinfahrt von *Ischia Porto* steuerte der Kapitän das kleine Ausflugsschiff westwärts. Schon bald waren die lange, weit ins Meer hinausragende Kaimauer des Hafens und die weißen, bis an die Hänge des *Monte Epomeo* hinaufreichenden Häuser von *Casamicciola* zu sehen. Soeben war eine Fähre in den Hafen eingelaufen und öffnete langsam die große Heckklappe. *Casamicciola* ist neben *Porto* der einzige Hafen der Insel, der groß genug für die riesigen Autofähren ist. Elena, die nicht lange still sitzen konnte und natürlich auch das Ausflugsschiff erkunden musste, kam nach einem kurzen Rundgang wieder an ihren Platz zurück.

„Jetzt müsste man gleich *Il Fungo* sehen“ rief sie, als sie sich *Lacco Ameno* näherten. *Il Fungo* ist ein einzigartiger Tuff-Fels in Form eines Pilzes, der vor der Küste des wohl nobelsten Ortes von *Ischia* im Wasser steht. Sowohl von der Hafenpromenade als auch vom Meer aus hat man tatsächlich den Eindruck, als würde dort ein überdimensionaler Pilz aus dem Meer emporwachsen. Auf der Strecke zwischen *Lacco Ameno* und *Forio* musste das Schiff die wilden, schroffen Felsen des *Punta Caruso* umfahren. In *Forio* stiegen so viele weitere *Capri*-Ausflügler zu, dass das kleine Schiff voll besetzt war. Die Hartingers hatte sich an Deck in die hinterste, linke Ecke gesetzt, um weiterhin den besten Blick auf die Insel zu haben. Nachdem das Schiff den Hafen von *Forio* wieder verlassen hatte, bestaunten alle die weiße *Chiesa Santa Maria del Soccorso*, deren exponierte Lage vom Meer aus noch eindrucksvoller wirkte wie von der weitläufigen *Piazza* davor, auf der Diana zwei Tage zuvor die Erinnerungsfotos für die Hartingers geschossen hatte.

Der Kapitän begrüßte über die Lautsprecheranlage nun auch die in *Forio* zugestiegenen Fahrgäste und erklärte, dass sie nun gleich die *Citara*-Bucht passieren würden. In der Bucht tummelten sich um diese Zeit sowohl am Strand als auch in den *Giardini Poseidon* schon viele Badegäste. Ein kleiner Junge, der am Strand mit dem Sandburgen-Bauen beschäftigt war, ließ seine Schaufel fallen, als er das Ausflugsschiff vorbeifahren sah und winkte mit seinem Sonnenhut herüber. Elena und Martina standen auf und winkten ihm mit beiden Armen zurück. Der kleine Junge hüpfte vor Freude. Das Schiff folgte dem Küstenverlauf um den riesigen, dicht bewachsenen Felsen des *Punta Imperatore* mit dem weithin sichtbaren weißen Leuchtturm. Danach folgten viele kleine felsige, teilweise unbewohnte Buchten, schließlich war die kleine, berühmte *Sorgeto*-Bucht zu sehen.

„Schau Max, dort bin ich gestern im Wasser gelegen."

Man sah die steile, gut ausgebaute Treppe mit den fast dreihundert Stufen, die von der Straße hinunterführt in die kleine Bucht mit ihren heißen Quellen, die das Meerwasser derart erwärmen, dass man dort sogar mitten im Winter baden kann. Neben dem hölzernen *Ristorante* führt ein Steg über die Felsen ins Meer. Dort legte gerade ein kleines Wassertaxi ab, das die Badenden, die nicht die vielen Stufen hinab- und wieder hinaufsteigen wollten, von *Sant'Angelo* über das Meer in die Bucht herüberbrachte.

„Seid ihr gestern zu Fuß gegangen oder haben sich die Damen auch mit dem Wassertaxi chauffieren lassen?" wollte Max von Chiara wissen.

Sie grinste ihn nur verschmitzt an, sagte aber nichts.

„Aha" lachte Max. „Keine Antwort ist manchmal auch eine Antwort."

Sie erreichten die Südküste der Insel und konnten nach dem malerischen *Sant'Angelo* bald den dunklen, fast schwarzen Sand des *Maronti*-Strandes erkennen. Dann war ihre Inselrundfahrt beendet, mehr und mehr entfernte sich ihr Ausflugsschiff von der Küste *Ischia*s und hielt Kurs auf *Capri*, das aufgrund der klaren Sicht längst vor ihnen zu sehen war. Max hatte seinen Arm um Chiara gelegt und sie lehnte sich an ihn.

„Schön, dass wir noch eine Woche Urlaub vor uns haben, aber leider geht's nächsten Samstag schon wieder nach Hause" seufzte Chiara und schmiegte sich noch enger an ihren Mann.

„Denk nicht schon jetzt an unsere Heimreise, sondern freu dich auf die Tage und Nächte, die noch vor uns liegen, mein Schatz."

„Genau, Mama" stimmte Martina ihrem Vater zu und Elena musste gleich wieder übertreiben:
„Von mir aus können wir die ganzen Ferien hier bleiben."

Alle vier drehten sich noch einmal um und blickten zurück auf ihre paradiesisch schöne Urlaubsinsel, die in der zurückliegenden Woche so viele Überraschungen für sie bereitgehalten hatte.

Karte der Insel *Ischia*

(Mit freundlicher Genehmigung des ADAC-Verlags)

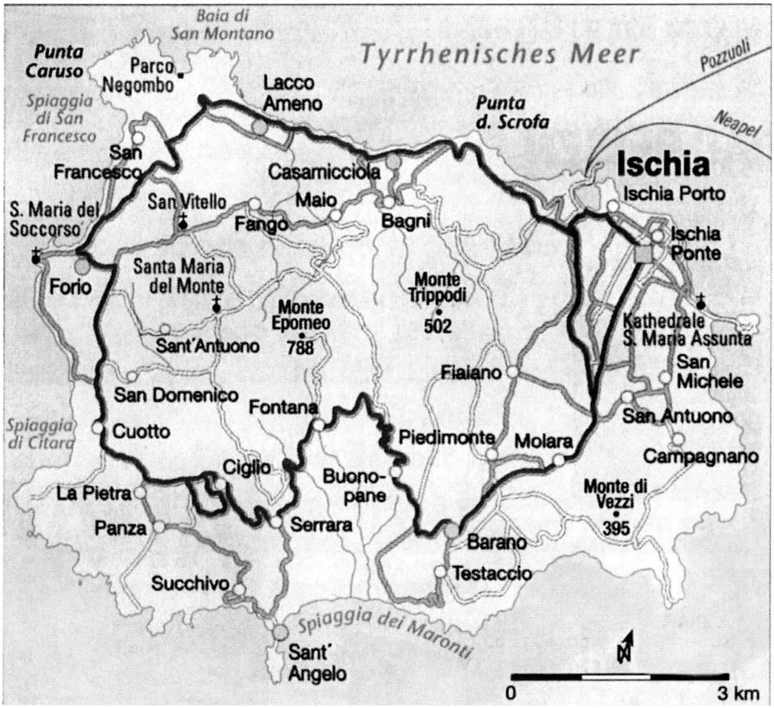

Anmerkung des Autors

Im Mai 2008 bin ich nach *Ischia* gereist, um das Manuskript meines Krimis fertigstellen zu können. Weil mir eine sehr realitätsnahe Beschreibung der Örtlichkeiten am Herzen lag, habe ich sämtliche Schauplätze der Handlung mehrfach aufgesucht. Dabei sind auch zahlreiche Fotos entstanden, die ich mit der Angabe der entsprechenden Seite im Buchtext sowie einer kurzen Beschreibung auf meiner Homepage eingestellt habe:
www.andreasfranke-rosenheim.de

Dort finden Liebhaber der italienischen Küche auch einige Kochrezepte der im Text genannten Köstlichkeiten. Viel Vergnügen beim Nachkochen und *Buon appetito*!

Danksagung

In Dankbarkeit denke ich an meine leider viel zu früh verstorbene Tante Renate, die mich 1981 bei einer gemeinsamen *Ischia*-Reise zum ersten Mal den Zauber und die Schönheit der Insel im Golf von Neapel erleben ließ. Sie hat damit in besonderer Weise dazu beigetragen, dass auch ich dem Reiz von *Ischia* erlegen bin und so dieses Buch überhaupt erst möglich wurde.

Herzlich danke ich meiner Lektorin Claudia Bethke für ihre stets aufmunternde Unterstützung, ihre konstruktive Kritik, ihre Ideen und Ratschläge und nicht zuletzt für ihre jahrelange treue Freundschaft.